栖霞山谷红叶飞

滕业龙 著

南京大学出版社

图书在版编目(CIP)数据

栖霞山谷红叶飞 / 滕业龙著. — 南京：南京大学
出版社，2018.1
　ISBN 978 - 7 - 305 - 19667 - 6

　Ⅰ. ①栖… 　Ⅱ. ①滕… 　Ⅲ. ①随笔－作品集－中国－
当代 　Ⅳ. ①I267.1

中国版本图书馆 CIP 数据核字(2017)第 303868 号

出版发行　南京大学出版社
社　　　址　南京市汉口路 22 号　　　　邮　　编　210093
出 版 人　金鑫荣
书　　　名　**栖霞山谷红叶飞**
著　　　者　滕业龙
责任编辑　芮逸敏　　　　　　　编辑热线　025 - 83597520
照　　　排　南京理工大学资产经营有限公司
印　　　刷　南通印刷总厂有限公司
开　　　本　880×1230　1/32　印张 12.25　字数 296 千
版　　　次　2018 年 1 月第 1 版　　2018 年 1 月第 1 次印刷
ISBN 978 - 7 - 305 - 19667 - 6
定　　　价　38.00 元

网　　　址:http://www.njupco.com
官方微博:http://weibo.com/njupco
微信服务:njuyuexue
销售咨询:(025)83594756

目 录
CONTENTS

生态之光

岁月如歌

人生百味

静夜沉思

笔端流云

一吐为快

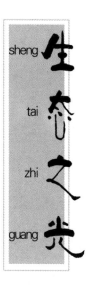

sheng 生

tai 态

zhi 之

guang 光

窗

秋雨打在窗上"滴答、滴答"地响，如同两位智者对话，不紧不慢，有问必答。秋雨，不如夏雨猛烈。夏雨滂沱，呼啸而来，拍打窗子"劈劈拍拍"，如同诗人在旷野上激情高歌。秋雨，比春雨磊落。春雨柔润，随风潜至窗户，如同少女怀春一般的羞涩，矜持得没有一丝声响。

雨打窗户，让屋子里的人坐不住。放下手中的笔，用书镇将文稿压好，然后漫步到窗前，透过玻璃依稀看到秋雨如珠掉落树梢，先在树叶上滚动，把它染得葱葱的，再又流进桂花黄色的蕊丛。金桂受到秋雨的浸润越发耀眼，惹得赏桂人连忙就要打开窗子，想嗅嗅她的芳香。面对这花中仙子，秋雨如何能阻挡得了人开窗呢？

在蛮荒时代，原始人最初住在洞穴里，那时并没有窗子。无论尼安德特人，还是山顶洞人，都利用洞穴遮风避雨，使自己免受自然的侵害。虽然洞穴不是猿人挖掘的，但是发现洞穴的功用，无疑是早期智人的一大进步。随着我们先人的智力不断增强，慢慢地掌握了搭建技术，他们开始修建的是一个个不带窗子的茅草窝，后来才建出了茅草屋，再后来才在墙壁上开出了窗子。对于我们早期的先人来说，房子上安装门是必需的，窗则是奢侈的。没有门，人就进不去房子，

这房子造它何用?有没有窗子,并不影响人的进出。

人类的始祖从采集——狩猎型社会,步入种植——养殖型社会,也就是从原始的洪荒时代进入农耕文明,相应地也就从洞穴搬进了房子。他们越来越觉得房间通风的重要,甚至觉察到阳光的消毒作用,这就是人类祖先设计窗子的最初动机。如今窗子已经成了房子的一部分,而且是很重要的一部分。从都市的摩天大楼,到乡村的低矮平房,甚至深山老林里的小木屋都装有窗子。所以,窗子无疑是人类文明发展的产物。

在农耕文明社会,人们在广阔的天地里,只要有适宜的气象条件,有属于自己的土地,通过自己的辛勤劳动,便可以养活自己、繁衍后代,同时尽可能地让家族壮大。不断蓬勃的家族,需要在政府里寻找"代言人",而科考制度让下层平民有了参与国家管理的机会。"学而优则仕",便成为这个时代平民上升的阶梯。与此同时,由于社会劳动主要依赖于人力、畜力,使得男性居于主导地位,人类社会也从母系社会过渡到父系社会。父系社会的一大特点在于重视血缘纯正,这就要求未婚女性保持贞洁。她们足不出户,只能在闺房里描红、绣花,无聊之时,站在窗前观窗外杨柳树上两只黄莺鸣啼、嬉闹。"哪个少年不钟情?哪个少女不怀春?"爱情作为人类最美好的情感、人生最稀有的礼物,窗户又如何能挡得住?窗内的女子看见一位玉树临风的书生从窗前走过,投过爱慕的目光,便设法买通身边的侍女给他暗送情书。书生在夜深人静时就翻过窗子,潜入小姐的闺房相会。所以,从大门走进的小伙,大多是一家之主——老爷看中的人,而从窗户爬进的才是小姐的心上人。

农耕文明时期的窗子大都是木质的。清晨,浓雾还没有散去;绣楼上,打开窗户的是如兰花般的手指,只听得木窗轴的"吱吱"声,从小巷的深处传来,接着是一张红扑扑的粉脸向外张望。这时窗口不仅是痴情男女叛逆的通道,还是女儿寄情的出口。在《红楼梦》里,贾宝玉被父亲毒打一顿,在林黛玉看望他后,特地支开众丫鬟,让晴雯送两条旧手帕给林妹妹。林黛玉一体会出手帕的意思来,顿时神痴心醉,不顾凉风习习,坐在窗前慢慢回味,一时竟五内沸然,马上命人掌灯,研墨蘸笔,在那两块旧帕上写道:"眼空蓄泪泪空垂,暗洒闲抛更向谁? 尺幅鲛绡劳惠赠,为君那得不伤悲?"

　　人类进入工业文明,窗棂由木质变为铁质材料。因为人的欲望随着机器的使用,带来生产力空前释放而不断膨胀,对物质的需求也越来越高。农耕文明的"谦谦君子"被红了眼睛的直奔财富而去的贪利者取代。此时,窗子已经成为危险的入口。为了防盗,人们不得不加固窗棂。有钱的人家还雇佣家丁护院,以防盗匪通过窗子入室抢劫。现在不少人家在窗子上安装了摄像头在线监控,窗口防盗甚过防川堤决口。

　　如今我们已经到了工业化的后期,不少窗子采用复合材料制成,即从石油中提取的物质经过加工成为一种称作塑料的材料。这种窗子轻质、美观、耐用,甚至可以制成各种不同的艺术风格。由于设置了滑槽,塑料窗户开合很方便,轻轻一拉便可以移动,听不到任何声响。家庭主妇,将脏衣服放入洗衣机,加入洗涤剂,通上电源,设置好程序,半小时后就把洗净的衣服晾在窗外的晒衣架上,任其在阳光下自然风干。近来,主妇越来越苦恼。由于灰霾,窗外的阳光再没有了过去的明媚,衣服晒干需要更长时间。时间长了衣服上就落上了灰尘,这些尘埃混合了工业文明带来的许多有害物质,有煤烟的烟尘,有汽车尾气形成的气溶胶,有化工厂飘来的毒物,还有从沙漠输送过来的尘土。

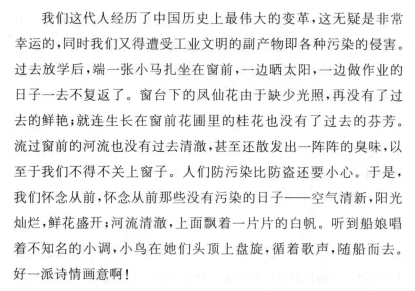

我们这代人经历了中国历史上最伟大的变革，这无疑是非常幸运的，同时我们又得遭受工业文明的副产物即各种污染的侵害。过去放学后，端一张小马扎坐在窗前，一边晒太阳，一边做作业的日子一去不复返了。窗台下的凤仙花由于缺少光照，再没有了过去的鲜艳；就连生长在窗前花圃里的桂花也没有了过去的芬芳。流过窗前的河流也没有过去清澈，甚至还散发出一阵阵的臭味，以至于我们不得不关上窗子。人们防污染比防盗还要小心。于是，我们怀念从前，怀念从前那些没有污染的日子——空气清新，阳光灿烂，鲜花盛开；河流清澈，上面飘着一片片的白帆。听到船娘唱着不知名的小调，小鸟在她们头顶上盘旋，循着歌声，随船而去。好一派诗情画意啊！

但是，如果让我们穿越回到那个年代，由于没有汽车，我们不得不单程步行多个小时，才能走到小镇上购买连环画；由于没有电话，一封洋溢喜悦的家书，要在途中走上几周；由于没有各种充足的肉制品、水果吃，没有牛奶、豆浆喝，造成我们营养不良；由于没有衣服穿，弟兄三个只能共用两条裤子！更别说没有让这个世界"变小"了的互联网，让我们就如坐井之蛙，只看到顶头上的一方天空，哪知道这个世界是如此的神奇？恐怕我们在那里待不了一周就又得穿越回来。

窗，不仅给我们提供了一个观察外部世界的机会，还划出了生态与文明之间的界限。窗内各式各样的家用电器，大件有空调、电脑、洗衣机，小家电有洗碗机、豆浆机、电饭煲、微波炉、热水器，还有陈列的所有家具，既是我们的劳动所得，更是人类工业文明的成果。劳动创造了人，把人从自然中的其他动物中分离了出来，从这个意义上说，窗内的人，也是人类文明发展的产物。窗外，是天空、大地、山川，这些都是属于自然生态系统的一部分。人类文明的发展史，就是人类利用自然和改造自然的历史，在此过程中不可避免地对自然生态系统施加或轻或重的影响，正面的影响是财富，负面的影响就是污染。

　　面对当前严峻的环境保护形势，各种工业文明的代谢物给我们关上了与自然亲密接触的"窗"，但我们还可以打开通向可持续发展的"门"，那就是转变粗放的生产方式为资源节约型、环境友好型的经济发展模式；以简约的生活方式代替奢侈、奢靡的生活追求。相信在不久的将来，通过全社会共同参与生态文明建设，我们不仅可以走进可持续发展的"门"，还能打开人和自然友好相处的"窗"！

乡愁不老

在人类所有痛苦中，乡愁是最高尚的一种。

——（德）赫尔德

　　这次全省生态文明培训会在南京举行。培训期间，主办方还组织所有学员到浦口区的不老村，考察当地新农村建设。不老村是由江苏一德集团和南京时代传媒公司以及当地村民联合新建的美丽乡村，地处老山国家森林公园南麓、风光绮丽的象山湖西侧，与古刹七佛寺毗邻，南北皆山，如同少女养在闺中。

　　走进不老村，只见小桥、流水、人家，栈道、粉墙、黛瓦，仿佛置身于陶渊明笔下的世外桃源。不老村不大，半个小时就可逛完。这个村落原本就不是用来闲逛的，而是用来避世休闲的。或许归隐此地是一种人生的奢侈，但若能放下尘世的烦扰，在这里度一个安静的周末，却是一件触手可及的事情。这里有主题民宿、乡间味道、休闲茶室、青味书屋。在这里喝一杯清茶，看一本闲书；爬一爬身后的老山，拜一拜不远处的佛寺；去水库边钓鱼，在林间道散步……或者干脆什么也不做，就在这个小村子里放空自己，便可安顿心情。

　　不老村流传一个古老的传说。很久以前，这里的老山是一个严重缺水的地方，树木极易枯死。山脚下有一庄户人家，很穷，生有一个漂亮女儿。姑娘与村上的一个后生情投意合，但囿于封建礼教，只好让一头小鹿暗送情书。小鹿曾受过箭伤，逃到这里时已经奄奄一息，是姑娘上山采药才把它救活的。姑娘的母亲去世早，贪财的继母把她许配给了当地大财主做妾。姑娘誓死不从，遂与后生带着小鹿一起逃往深山。

财主付了钱，不肯罢休，带领家丁一路逶迤追寻。后来他们找到这对年轻人的茅舍，就像恶狼似的猛扑过去。后生只得拉着妻子、领着小鹿拼命往山上跑，但很快被逼至山巅，前面就是悬崖。为了捍卫爱情，这对年轻人奋不顾身，一跃而下。说时迟，那时快，只见小鹿化为大鹏，载着这对夫妻向山下飞去，惊得财主目瞪口呆。原来玉皇大帝被这对年轻人的爱情感动，特派天宫的神鹰化作小鹿一直守护他们。后来玉皇大帝还设法让老山的树不老、泉水永不干涸。居住在这里的人们渐渐发现自己的身体越来越好，生活也越来越富足。消息传开了，人们慕名而来。据说凡是看过不老树、饮过不老泉的人都会延年益寿、幸福美满。"不老村"由此得名。

现代文明的进程，实际上是一个逐渐远离乡野、走向都市的过程。在不断提速的城市化过程中，向往未来与怀恋过去，已成现代人的精神的两面。在烟波处回味梦中乡野，在觥筹间关注绿色食品，在都市里向往惬意栖居……这样的生活无疑是富含乡愁而令人神往的。

乡愁如网，密密的让人无法挣脱。这种说不清道不明、难以割舍的情绪笼罩在每一位游子的心头。也许从离开家乡的那一刻这张网就注定要陪伴一生。春天走进城市湿地公园，观翠柳轻拂湖面，便想起故乡河岸的垂柳和田野上灿灿的油菜花；夏晚走在异地他乡的街头，看见那闪亮的霓虹灯，就想起家乡苇塘那纷飞的萤火虫；到了国庆节，机关门前挂上了彩球，就像祖屋后面树上挂满的柿子；冬夜在孤灯下放下闲书去拉开窗帘,外面大雪纷飞,让人想起老家天井里的腊梅,还有头戴腊梅花的小芳……

乡愁似水,淡淡的让人萦怀于心。早上驾车上班途中,看道路两侧盛开的月季花,便想要是家乡小芳戴花的模样;中午休息躺在办公室的沙发上,一闭上眼睛就想起躺在老家堂屋藤椅上的自在。一边用着晚餐,一边想象着父母吃晚饭的样子,他们是不是还像过去那样简单,那样将就呢?现在生活水平提高了,多吃点、吃好点没关系,身体要紧哪。倒满酒高举空中,来,老父亲,我们隔空干了这一杯!天气冷了,高血压的父亲适量喝点酒可以舒张血管,但不能喝多。一杯酒下肚,一股辣味直达心头,一下子冲开了记忆的闸门。躺在城里的床上,想起来的却是老家的事儿:男孩子推着铁环在田埂上胡跑;女孩们在空地上一蹦一跳、踢着瓦片跳方格的身影;村口回荡着母亲喊孩子回家吃饭的声音;乡亲们敲锣打鼓欢送孩子上大学的热闹场景;公社放映队开着机帆船到村里放露天电影,打谷场上乌压压挤满了人;村里的粮食加工厂开业典礼,乡亲们笑得合不拢嘴,再不用赶驴碾米了。想起故乡的点滴都如溪水流过困顿的生命,让人顿感神清气爽。

我们这代人年轻时向往城市的生活,为了离开乡村可谓殚精竭虑,或努力读书,或参军入伍,只为拥有一本城市户口簿。如今在城市呼吸不到清新的空气,难以喝上洁净的水,甚至享受不到明媚的阳光。生命的三大环境要素都无法触及,有时如同在昏天黑地里生活。过去的故乡,泥土里都散发芬芳,蓝天白云下是绿油油的庄稼;清澈的河水返照沿岸的景致,犹如水中的画廊。坐在河坎上,先投下饵料,然后在鱼钩上穿一条长长的、细细的红红的蚯蚓,沉入水中,等着鱼来上钩,不急不躁,悠闲自得,那真是神仙过的日子啊!

如今乡愁如烟,渐渐消失在记忆之中。故乡修建了扬州机场,祖宅已经被拆,成为空港产业园的一部分。家乡的树被砍了,小河被填了,田野被覆盖上了沥青和混凝土,就连儿时的伙伴小芳去年也患乳腺癌去世了。

城镇化如同一张巨手把故乡连根拔起,推平的岂止是农家小院?推平的还有传统文化的根基。乡村的一间老屋、一排杨柳、一片竹林、一条河流、一塘碧水、一出折子戏,每一处、每一物都有它自己的根脉、灵魂和风韵,这就是每个人有其独特的乡愁的原因所在。据作家冯骥才先生估算:"最近十年,我国每天消失80个村落!最近三十年,4万多处不可移动文物消失!"畸形的城镇化切断的不只是一段历史,还有世代积淀在乡村那特有的文化与习俗、与生俱来的劳作习惯、天人合一的人与自然友好相处的关系以及民族文化的根脉。

我们每个人从孕育生命的那个时刻起,就开始吮吸故乡的营养,那里的山,那里的水,那里的风土人情都在潜移默化地影响着我们。不管你后来走向何地,走得多远,都无法割断这种水土之情、血脉之亲。正因为这样才让人有一种对故土、对亲人的思念。这种思念日积月累就凝结成一份沉甸甸的乡愁。

无论是李白的"举头望明月,低头思故乡"、白居易的"望阙云遮眼,思乡雨滴心",还是贺知章的"少小离家老大回,乡音无改鬓毛衰",都是那样意境幽远,情真意切,借月、借雨、借鬓把无形的乡愁有形化,让人别有一番滋味在心头。王维说乡愁是一种思念,面对故乡来客,那久久萦回于胸的故乡物事,终于有望得到证实,便急切地问:"来日绮窗前,寒梅著花未?"余光中说乡愁是一种联系,无论是船票,还是邮票,都是与亲人联系的凭证,而"浅浅的海峡"则一度隔断了诗人与故乡的联系。席慕蓉则把乡愁喻为一棵没有年轮的树,永不老去……

南京浦口区的不老村,就是在城镇化突飞猛进的今天,为城市居

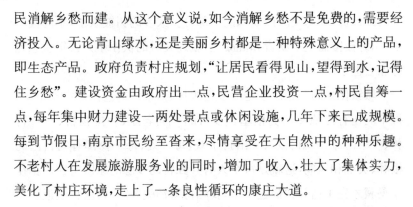

民消解乡愁而建。从这个意义说，如今消解乡愁不是免费的，需要经济投入。无论青山绿水，还是美丽乡村都是一种特殊意义上的产品，即生态产品。政府负责村庄规划，"让居民看得见山，望得到水，记得住乡愁"。建设资金由政府出一点，民营企业投资一点，村民自筹一点，每年集中财力建设一两处景点或休闲设施，几年下来已成规模。每到节假日，南京市民纷至沓来，尽情享受在大自然中的种种乐趣。不老村人在发展旅游服务业的同时，增加了收入，壮大了集体实力，美化了村庄环境，走上了一条良性循环的康庄大道。

今年冬天的第一场雪比往年来得早。我们去不老村考察的头一天恰逢农历小雪节气，南京就下起了雪。雪不大，一落地便消失得无影无踪，只在松树上看得到零零星星的积雪，好像两鬓斑白的老人站在村口眺望，又如游子归来，一路默念："我的不老村，爱情不老，乡愁不老……"

乡村岁月

　　最近,妻有位同学到江南来旅游,路过这座城市,我们就请她到郊外一"农家乐"餐厅吃饭。妻的同学在一家央企担任高管,平时吃惯了大鱼大肉,这次主动提出要吃农家菜。待客之道在于让客人吃得舒心,吃得放心,我们便遂了她的愿。人老易怀旧,妻与同学分别了许多年,话题自然就转到儿时的童趣上来。妻在西安长大,与我成长的乡村环境完全不同。她们在一起说笑,我倒一时插不上嘴。毕竟生活环境不同,童趣是不一样的。

　　在我的生命里,在城市生活的时间远比在乡村里的长,但我还自觉或不自觉地保留一些农民的习性。我的血管里流淌的是农民勤劳、质朴的血液;我的面孔呈现的是农民和善、胆怯的表情;我的肢体摆出的是农民悠闲、慵懒的姿势。每当我向陌生人自我介绍时都会在身份的前面自嘲地加上"农民"两个字。我经常自恋般的对熟悉我的人理直气壮地说,我的生命最活跃的十六年是在与世无争的苏北水乡度过的。

　　故乡就在扬州城外一个宁静、温润的村子里。我一直有个愿望:退休后再次回到乡村去。在祖屋门前辟一块地,种上各种蔬菜,不施化肥,不用农药,青菜、韭菜、包菜、空心菜一样不缺;黄瓜、丝瓜、南瓜、西红柿一应俱全。在屋后的竹园里散养几只草鸡,每天一直睡到雄

生态之光

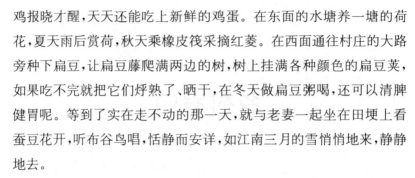

鸡报晓才醒,天天还能吃上新鲜的鸡蛋。在东面的水塘养一塘的荷花,夏天雨后赏荷,秋天乘橡皮筏采摘红菱。在西面通往村庄的大路旁种下扁豆,让扁豆藤爬满两边的树,树上挂满各种颜色的扁豆荚,如果吃不完就把它们炸熟了、晒干,在冬天做扁豆粥喝,还可以清脾健胃呢。等到了实在走不动的那一天,就与老妻一起坐在田埂上看蚕豆花开,听布谷鸟唱,恬静而安详,如江南三月的雪悄悄地来,静静地去。

　　春天的故乡是绿色的海洋。只是在海洋的尽头是水连着天,而故乡是绿叠着绿。近处是翠绿的麦苗,它们相挽在风中,似有说不完的情话。远处是高大的意杨,如同屹立的庄稼汉,在明媚的阳光下,葱绿的叶片闪闪发亮,如同汉子劳动时脸上的汗水。偶尔见到一片黄色,那是盛开的油菜花,正欢快地拍着手,欢迎每一只飞过的蜜蜂。三三两两的村民在田间劳动,累了就往田埂上一躺,折一根麦秆做一支哨子,面对蔚蓝的天空,吹奏乡野小调。孩子们跟着大人在田里玩耍,蓦见一只野兔从堆里惊出,顿时欢叫一声:"大黄,追!"那条盘坐在田头的猎犬立即猛扑过去。孩子们嬉闹着也跟着飞奔过去。大人立即收拾农具往回走,刚到村口,就见我们已经拿着猎物在前面等着了,身后是兴奋得摇头摆尾的大黄犬。把炊烟升起来,整个村庄都弥漫着兔肉的香味。孩子们大快朵颐,好不快意!

　　杨柳树下是一塘清亮的河水。一群鸭子在水里刨食,不时拍打着翅膀,肆意享受这春池的水暖。放鸭老人含一根旱烟斗,坐在一棵树下,吧哒、吧哒地吸烟,眯眼看着近处倒影在水里的白云,不时用眼角扫描一下池塘里的鸭群。等鸭子吃饱了,嬉闹够了,老人就把鸭子赶回去。我们立即圈起裤管,赤脚下水,在浅水区用脚趟。鸭子一般凌晨在窝棚里下蛋,但也有例外。早上放鸭人把鸭子赶出来觅食,迟生蛋就漏在水塘里了。我们一路趟过去每次都能趟到鸭蛋。春天池塘的水还很凉,又怎么能阻挡得住我们收获的喜悦呢?积攒鸭蛋多了就拿到集市上去卖,得了钱为自己买几本连环画,可以消遣整个春季,也不忘给放鸭老人带回一包旱烟,算是"吃水不忘挖井人"吧。

转眼麦子灌浆了,不久就成了一片金黄。"三夏"大忙时节,苏北平原金色麦浪像波涛随风涌动,一直接至远处蔚蓝的天空。柔美的水乡女子开镰收割,挥汗如雨。强壮的庄稼汉子挽着高高的裤筒,挑着两大捆麦穗杆,吆喝的声音可以与川江号子媲美。阴凉的柳树影下,一个半大的女孩搁下担子,高声招呼田里的家人歇午用餐。无边无际的金色田野,在一块块缩小,村民们如同鱼儿在金浪里遨游。我和小伙伴们就在收割完的田里拾麦穗,累了坐在田头树荫下,用一块帆布包住麦穗使劲地搓,迎风吹去杂物,就剩下红红的麦粒。回家用小推磨把麦粒磨成面,在锅里一炒,用开水一烫,再在面糊里放一勺子红糖,一小坨猪油,吃起来很香。

夕阳西下,我们这些孩子在地里追逐低低萦回的蜻蜓,高叫着,嬉闹着。累了,就静静地坐在田埂上,将疲倦的小脚丫伸入沟溪里拍击水花,等待月亮从东方缓缓升起。富饶宽广的故乡见证了一代又一代人忙碌、喧闹的童年,也埋藏了祖祖辈辈所有的沧桑与不幸。说她富饶,只经过一场漫雨,田地里便又是一片青翠,即使在荒年,遍地的野菜也能让人充饥;说她宽广,这里曾是抗日的战场,如今还能想象闪动在鬼子们头上的刀光剑影。

秋天乡村最盛大的节日莫过于公社派人来放映电影。电影屏幕就树立在打谷场边上,一片刚刚收割完稻子的田地里。放学后,有的孩子一到家便丢下书包跑到放映场,摆上一只小方凳,占据了一个好位子。头一天就请来的亲戚,有外婆、阿姨、出嫁了的姑姑、姐姐,还有一大群表姐妹、表兄弟。他们走进了各家各户,整个村庄一下子热闹起来。男女老少早早地吃过晚饭,拎着小马扎,扛着长板凳,成群结队地赶过去。就那么一会儿，整个放映场地被挤得水泄不通，黑压压的一片。电影还没开始，乡亲们已经做好了准备，他们迫不及待地盯着那一片挂在两棵大树之间的大屏幕，只盼着它早些亮起来。嫁出的同龄姐妹平时难得碰到一起，回到娘家互相问候，一聊就是半天，根本不在乎电影的故事情节。即使原来有些过节的姐妹，路上碰到了，也会亲亲热热地招呼一番。彼此难免一通感慨，想起以前为着你家的鸡偷啄了我家的庄稼而指桑骂槐的事，都觉得很可笑，嘻嘻哈哈地笑上一阵便恩怨全消了。

立冬过后，故乡的天气越来越冷，北风吹得屋后的竹园沙沙地响，偶尔听到南归的雁鸣，引得圈里的白鹅跟着叫了起来，给沉寂的村庄带来了生气。冬至一过，寒潮就来了。早上起床后，妈妈就给我们生一只火炉子。炉子一般是用黄铜制作的，传热效果特别好。先在铜炉的底部放一层干牛粪，然后在牛粪上面放上一层阴燃的草灰。翻动草灰与牛粪，渐渐地牛粪也阴燃起来。我们捧着铜炉子取暖，在炉灰上依次放上蚕豆。只一会儿便听到"噼啪"一声，蚕豆炸开了。大家连忙捡起熟蚕豆，放在手里，烫得一边跳脚，一边不停地对着豆子哈气。等蚕豆温度降下来连忙剥去皮放进嘴里，"格崩，格崩"地嚼起来。手上的灰粘在脸上，黑乎乎的，远远看上去就像一个个小鬼。

过去家家户户都养猪，孩子们放学后要打猪草、烫猪食，猪几乎就是家庭的一员。年关到了，猪长大，肥了。大人们惦念的是花花绿绿的钞票，小孩儿期盼的则是家长卖猪后带回来的油条和烧饼。杀年猪是隔壁人家孩子的节日，自家孩子却很伤心。凌晨三四点，天还没亮，大人就从左邻右舍借来几盏煤油灯点着，堂屋里亮堂堂的。几个壮汉把五花大绑的猪死死地按住。屠夫用一把明晃晃的尖刀直插猪的咽喉，将喷涌而出鲜血，引到早已准备好的木盆里。猪开始还能凄厉地哀号，后来只能粗粗地出气，渐渐地变成呻吟，再后来连出气的力气也没有了。四周慢慢地静下来。小孩子在睡梦中迷迷糊糊的，似乎听见猪的叫喊声，翻个身子又睡着了。早晨醒来发现猪寮已空，只见门口留下一盆鲜血，孩子忍着哀痛还要帮母亲煮熟猪血。把猪血倒进锅里，加入料酒、生姜、葱等，用小火慢慢烧。待猪血凝固后，用刀切成豆腐块一般大小，盛在水桶里，然后挑着从村头走到村尾，分发给各户人家。

……

现在回想起来，我一个人跌跌撞撞地走进这片异乡的天地，得到了一些，失去的也不少。华灯初上，穿梭在高大的楼宇间，经常想起乡村的岁月：暮色降临，寒风凛冽，小小的我就站在村口对着远方的灯火默默地眺望。孤单的我久久地站着，全然不知手指已经冻僵，一任北风吹疼了脸颊，其实我只是为了等待晚归的父亲。一见父亲，连忙亲热地叫一声："爸爸！"然后被一双粗糙而宽厚、温暖的大手牵着回家。多少个凄冷无助的夜晚，每当我想起故乡，生命便有了一种被拥抱的温暖和酸疼，那瞬间的感觉是寂寞而无奈的，如同一个在深山荒野中饥寒交迫的跋涉者，明明看到不远处袅袅升起的炊烟，却知道那不是自家的。

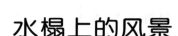

水榻上的风景

老家就在扬州城外,原来是一个风景秀丽的村庄。这里处于苏北平原的两大水系之间,北面是淮河,南面有长江。由于淮河没有入河口,最终注入洪泽湖,一旦上游雨水过多就会造成湖水猛涨。洪灾时水流冲垮湖岸,漫过里下河地区,夺长江而入黄海。为防水患,老家的先民就把房子建在高处,从地面下到水榻都建有一条透迤的栈道。

老家村东头的这条河叫三阳河,流向由北向南,流过祖宅的这一段先向西拐了一个弯,后才汇入京杭大运河。这两条河成"丫"字形,村庄就濒临"丫"字的节点处。相传清朝乾隆年间有位苏州举子乘船进京赶考,途中身染重病,后到村上求医,被一位郎中治愈了。书生摘桂后,为了报答这家人,特地送来许多银两,但郎中只肯收下四钱银子算作药费。书生见村上人担水、浣洗不便,就出资在登岸处建了一个水埠。水埠用五块长条形的花岗岩搁在四只石墩上,挑出河岸约六尺,台面足有十多平方米。水埠一直沿用到民国,不仅用作浣洗,还是乡亲们外出上船的地方。

抗战时,老家南面的宜陵镇被日伪军占据,北面的丁沟镇由新四军控制,这一带就成了敌我双方拉锯的战场。鬼子进村扫荡,抢得粮食、牲口就从水埠运上汽船。后来村上实在没有东西可抢了,鬼子就把水埠上的花岗岩搬到宜陵镇上修筑碉堡。到上世纪六十年代学大寨时,栈道台阶上的石头也被拆掉用作电灌站房的地基了,每一级台阶只用不规则的石头铺设。原来的水埠就变成了水榻。水榻用两只石磙和一块石磨盘搭成。石磨盘由垂直的石磙支撑着,总共不到三个平方。就在这方寸之地上,可以欣赏到水乡如画般的风景,能够看到水乡劳动者的丰姿。

天刚亮,最早上水榻的是村上的小媳妇儿。她们要打水到自家茅厕刷马子。或许她们长得不算很美,但肯定都如河水一般清秀。只见一个女子扭着浑圆的屁股,拎着一只小木桶下到水榻上,弯身先用木桶轻轻荡开水面上的浮萍,再用力按住桶把子舀起水来,水面上激起的涟漪惊得附近的水鸟"噌"地飞了。弯下身的她,后腰露出的肌肤有如白雪一般,看得岸上放牛的小伙子眼睛都发直了。女子转过身来,提水上岸,对上他迷离的眼神,本能地把上衣的下摆往下拉了拉,赧然地低下头,急急地走开了。

接着就有大婶为准备早饭到水榻来淘米。只见她把装米的淘箩先浸在水里,然后提出水面,另一只手轻轻地揉米,再沉下淘箩漂去米糠。有时动作慢了,惹得后面等着浣洗的女人一阵抱怨:"有什么好揉的? 又不是你男人的那玩意儿! 一晚上还没揉够? 上水榻还这摸屁揉屄的样!"淘米的女人不甘示弱,笑骂道:"怕是你家男人那玩意儿软皮耷耷了,你想揉也没劲吧? 一大早就出来放骚!"说着,站起身来,让出位置。等浣洗女人弯下身,她就提起淘箩,泷下凉水,对准浣洗女人的后颈直滴,惊得她一趔趄,差点落到水里。浣洗女人连忙用木盆舀水向淘米女人泼去。淘米女人一躬身,让过泼水,倏地逃上岸去了。

浣洗女人蹲在水榻上,先用肥皂将湿衣涂抹一遍,然后就挥舞棒槌使劲敲打。河水映出她矫健的身躯,一对胖大乳房,随棒槌上下抖动，如同胸前藏有活兔。棒槌声声，时缓时急，回声就像打击乐响彻在村庄的上空。不管是提水的媳妇，还是浣洗的婶子，只要生产队出工的哨子一响，她们就赶忙上岸回家，有的挑着畚箕去担草塘里的绿肥，有的手拿铁锹去田间除草。水榻上顿时安静了下来，偶尔传来不远处鲤鱼戏水打挺的声音。

记忆中老家的河水清澈得不管晴天还是晦日都能照出人影。即使坐在水榻上什么事不做，就静静地看着水面，便可享受到生活的闲趣儿。天气热了，中午烈日炎炎，大人在屋里午休，有位女孩拎一只小马扎在水榻上坐下，赤脚浸在水里纳凉。她静静地盯着水面，只见有一队小鱼在游动。它们一会儿往东，一会儿不知何故又猛然折回头往西游去。它们一会儿潜下水，一会儿又游上来争食从树上落下来的毛毛虫。一会儿它们又躲在芡实叶子下踪迹全无。女孩托腮若有所思看着水面，一副似喜微嗔的模样，多半在想心上人了。

水榻的宁静很快就被另一帮孩子的嬉闹声打破了。他们有的提着淘箩，有的端着脸盆一路笑着、闹着从岸上下来。有的干脆往栈道旁边的斜坡上一躺，直接滑下来。有的女孩就蹲在水榻上用淘米箩捕捉旁皮鱼。她把盛有米粒儿的竹箩隐匿在水下，一看到有鱼游进来觅食就迅速提起淘箩。鱼儿离开水在淘箩里蹦跳，多得如同雪片飞舞。女孩身后的小猫见状也上了水榻，喵喵地叫着，在女孩的腿上蹭来蹭去乞食。女孩向岸上扔去一条，猫像一支离弦的箭就蹿了上去，一把按住鱼津津有味地吃起来。

男孩子脱得只留一条短裤，上衣搁在水榻附近的芦苇上，滑下水里摸虾。河虾简直就是精灵，平常在水里游动得很慢，一觉到危险马上一扫尾巴，搅起一股浑水就逃走了。摸虾时，孩子们站在水里，弯下身子，双手浸入水中，慢慢地向前移动，不让虾觉察到危险，等双手离虾还有十来公分时,猛然向前一合,连同河泥、水草和虾一起捏在手里。掐住虾在水中荡一荡、洗净后放进脸盆,任它们活蹦乱跳一番,沿着水岸继续向前摸去。

临近黄昏,有个青年男子提着钓竿在水榻上钓鱼。只见他紧盯着浮标,不时提起钓竿,看看钓钩上的蚯蚓是否完好。当他看到浮标先是一颠,然后猛然向下一沉,接着有一节节浮出水面时,立即提起钓竿。鱼上钩了!碰到大鱼,钓竿弯得像弓,钓线颤得如弦。等鱼挣扎劲头过了,慢慢拖其至岸边,用抄网对着鱼从水下往上一兜就大功告成了。学大寨时所有河面都属集体所有。生产队看鱼员见状并不好意思责备,毕竟垂钓者是一位新上门的女婿。执行规则的铁面一碰人情顿时就软化了。看鱼人下到水榻,又向前凑了凑,搭讪道:"收获不小啊,一下子钓了这么多!"他刚想提醒年轻人,这是集体的鱼,不能私自钓,不料小伙子不仅嘴甜而且慷慨:"多谢大叔夸奖!这儿的鱼真多,半小时就上钩七八条了。您拿两条回去,红烧了晚上下酒。"看鱼人期期艾艾,只得背着手、心痛着走了。当天晚上,村上几乎所有人家的灶间都飘逸久违的鱼香味儿。

太阳落了,月亮还没有升起,村上的汉子收工后就下水榻往自家水缸里挑水,以供家人做饭、洗刷、洗浴用。他们卷着高高的裤管,肩挑两只大木桶走上水榻,一侧身先将一只水桶朝水里一削,待水注满了桶再猛然提起来,然后转过半个身子,另一只手扣住桶绳重复先前的动作,一颠一拉顺着水的浮力就直起身来,正好肩,一步一个脚印挑上岸去。有时台阶上的石头松动了,挑水的汉子踩在上面颤颤巍巍的,很像表演杂技。这时高亢的号子就会响起,胆怯立即消解了。"小娘子呀,歪歪在哪?歪过来呀,快使劲哟!使劲上呀,挑水到家。"虽然号子有点儿黄,但就像《诗经·小雅》里的句子,都是劳动者从心底发出的声音,听得人热血沸腾,荡气回肠!

如今生活富裕了,村上家家户户都通上了自来水,每家都安装了抽水马桶,每户都有洗面池子,还用上了洗衣机。大家再不用上水榻。三阳河的水面被厚厚的水花生覆盖了,水下寸草不生,鱼虾绝迹,原来清澈的河流变成了"死水"。曾经那清新优美的乡村环境,那自然朴实的乡民,还有那水榻上的风景都一去不复返了。

扬州的夏日

近读朱自清先生的《扬州的夏日》这篇曾被选作中学语文教材的散文名作,觉得该文的题目与内容有些脱节。先生对扬州的瘦西湖、小金山、法海寺、五亭桥、平山堂等名胜介绍很多,而对扬州夏日的景象留墨很少。朱先生是扬州城里的人,到了夏天也就只能在茶馆里喝喝茶,或者乘坐小船在瘦西湖上纳纳凉,哪能感受到扬州水乡夏日的野趣呢?

扬州,因"州界多水,水波扬也"而得名,境内河网纵横交错,湖荡星罗棋布,属于典型的江南水乡。这里是长江冲积平原,地势平坦,水流舒缓,水质清澈,更有一分有如水乡女子般的清丽与温柔。

故乡就在扬州城外,唐宋以来便以烧窑闻名于世。烧砖取土形成的水塘,与密匝的水系构成了独特的水乡风貌,素有"一村一座窑,三步两档桥"之说。老家四面环水,过去人们主要靠乘船进出。弯弯的小河便成了乡下人通往外界的路。有船娘精心操控,再窄的水路,小船也能通行。两条小船迎面交汇,眼看要碰擦了,只要船娘用力摇一下橹,缝隙之间,船就过去了。

这里的桥接着桥。船驶过一座小桥,才转了一个弯,一抬头,又是一座桥!到了夏天,村上的男孩就在桥上跳水。他们一个个光着身子,皮肤晒得黝黑,兴奋地高叫着,然后摆出各种造型,依次跃入水中。有直跳的,有空踩的,有侧扑的,还有前翻的。水性好的小子在水里能潜泳五十多米,最后居然攀上一条行驶中的机帆船,还偷了人家一只西瓜,船主愣神,正嘻嘻哈哈观看孩子们玩水呢。

老家的村子,被一道道水围在中央,最养眼的是一塘又一塘的荷花。村头走过的一个个女子,如清荷一样,脸蛋儿都红扑扑的,眉宇间透出一股秀气。你可以说她们不很美,但都是妩媚动人的。她们身穿白色的府绸上衣,绿色的裙裾,缀以些许黄色的小花儿。风吹起裙子就如同翻了荷盖,露出小腿就像粉嫩的白藕。最是她们如水一般的眸子,亮晶晶的,清澈得一眼便可看透她们的心思。如果迎面碰到她们其中的一位,你刚问完路,她马上往回走,热情地带你一直走进一座农家小院,莺歌般的道:"三婶,你家来客人啦!"

盛夏午后天空聚集起了乌云,黑压压的,不一会儿就雷电交加了。一场豪雨过后,村上的沟塘蓄满了水,漫过堤坝顺流而下流进大河。水乡的河流之间有涵洞相通,这是鱼的迁徙通道。暴雨过后,涵洞水位上涨,此时是捉下水鱼的最好时机。男孩将竹篓埋在涵洞的出水处,旁边用黄泥镶好,让水流只能从篓子里流过。因为竹篓入口处装有倒刺,鱼被水流冲进竹篓,只能进不能出。雨后,提起竹篓,在水里来回荡荡,去除淤泥,背起篓子往家走。有时鱼实在太多,一个人背不动,还得请人帮着抬呢。

临近傍晚,去镇上卖鱼回来,雨已经停了。只见几个女孩身披彩霞沿着河岸在水里摸虾,霞光洒在河面泛起一道道金光。虾很有灵性,平常在水里游动得很慢,一觉到危险马上就一扫尾巴,搅起一股浑水逃之夭夭了。摸虾时,要选择相对平坦的河床,最好还长有少量的水草。人站在水里,弯下身子,双手浸入水中,慢慢地向前移动,让虾感觉不到危险,等双手离虾还有二十公分时,朝虾猛然一合,连同河泥、水草和虾一起捏在手里。掐住虾在水中荡一荡、洗净后装入虾篓,然后沿着河床继续向前摸去。回家路上在菜地里割半垄韭菜,晚餐就做一道韭菜炒河虾。

晚上家家户户把长条桌子搬到室外,先作餐桌,后作凉床。桌上放一碟花生米、一只咸鸭蛋、一盆凉拌黄瓜、一碗油炸鱼干、一盘韭菜炒虾,色香味俱全。用筷子顶住啤酒瓶盖,用力一拨,只听得"噗"的一声,盖子打开了。一家子围着长条桌子吃晚饭。男人们边喝边聊,且聊且笑,有说夏季收成的,有聊稻秧长势的。女人们一边吃饭,一边摇着芭蕉扇给孩子们驱赶蚊子。偶尔飞来一只萤火虫,惹得孩子放下碗筷一阵乱追,一不小心摔得四仰八叉。摸摸肿胀的屁股,不敢哭出声来,生怕招来母亲一阵臭骂。

月亮升上林梢,乡亲们就聚在村口小桥上纳凉。村上每晚都有人讲故事,有讲薛仁贵征东、薛丁山征西的大唐故事的,有讲韩世忠、梁红玉在本地抗金传说的,最令人兴奋的是八位新四军战士在附近芦苇荡里设伏,消灭了一个日本鬼子运输船队的壮举。有时村上人家红白喜事,就请镇上的文艺宣传队在桥头搭台唱戏。一锣一鼓、一琴一箫、一把二胡、一支长笛就组成了一个小剧团,演出的是一些经典扬剧。扬州人喜爱戏曲,不用唱本,无须乐谱,《游园惊梦》《柳毅传书》《珍珠塔》《双推磨》等剧目开口能唱。许多经典名段就这样在每个水乡孩子的脑海里扎下了根。长大后不管他离家多久,无论走得多远,都还能哼上几句。

过去扬州水乡的夏日就是一幅活色生香的美图。现在生活富裕了,城镇化水平大大提高,同时也带来了不少环境问题。为了防洪修建了一道道水闸,造成水流不畅;工业污染、生活污染、农业污染造成水质恶化,严重的地方成了黑臭水体;随意倾倒建筑垃圾、装潢垃圾,侵占了大量的水体,造成水环境容量减少,严重影响了村民的生产与生活。

乡村是城镇生态的腹地，不仅吸纳、消解了城镇排放的污染物，还为居民提供了必需的食品。城镇和乡村，是永远不可分割的自然统一体，都承载了人们对美好生活的向往。实施城镇化，就是为了让更多的人享受到现代文明的发展成果，但我们不能只顾"城"而忘却了"乡"。留住乡村的"命脉"，保护农耕文化的传承，还原人与自然和谐相处的风格与韵味，才使城镇化具有乡土的个性。

我们的城镇化应该崇尚天人合一的理念，只有让城镇融入自然，才能让居民望得见山、看得见水、记得住乡愁。我们要防止政绩冲动，杜绝长官意志，不只着眼于城乡面貌的日新月异，更要关心村民生产生活环境的改善，努力营造让人们感觉得到的文化精神和情感世界。

水花生

水花生，又叫空心莲子草，是一种外来植物，原产地在南美的巴西。其叶对生，茎中空、表面光滑，呈匍匐状生长。又因其茎叶很像花生，且多长在水里，老家人称之"水花生"。

一

过去在扬州老家，孩子放学回家，一放下书包便拿起小铁锹，背着竹篮子去田埂上打猪草了。说是打猪草，也不全是给猪吃的，也是给牛、羊，甚至兔子准备的青饲料。学大寨那会儿，为了积绿肥，老家的田埂、河坎、坝头上的草都被村民铲得精光，孩子们只能到河里捞水花生。

阳春三月，万物生长，水花生就像一块块绿色的大垫子漂浮在水上。这时河水冰凉，孩子们只得站在河岸上捞水花生。捞水花生是一种巧活，工具制作得好才会省力。割断水花生一般用镰刀。按住镰刀弯背先在磨刀石上用力干磨，然后在青砖上轻轻地蘸水湿磨，这样镰刀看着明晃晃的，刀刃才锋利。选一根韧性好的青竹，在竹梢用土麻搓成的细绳紧紧绑住镰刀。竹竿要足够长，以便站在岸上就能勾住水花生。

水花生盘根错节，一般很难扯开。捞水花生要从大块水花生的

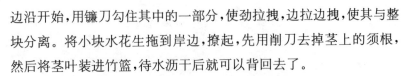

边沿开始，用镰刀勾住其中的一部分，使劲拉拽，边拉边拽，使其与整块分离。将小块水花生拖到岸边，撩起，先用削刀去掉茎上的须根，然后将茎叶装进竹篮，待水沥干后就可以背回去了。

水花生一般用作猪的辅助饲料，要将之切成一段一段的与稻糠混在一起，用水调制成糊状，猪才爱吃。如果直接将水花生铺设在圈里，猪拱来拱去，只吃些细嫩的茎叶，大部分就糟蹋了。

水花生用作羊饲料必须阴干了才行。羊吃了湿漉的水花生会导致消化不良，严重时还闹肚子，弄得羊圈里臭气烘烘的，更易滋生蚊蝇。干涩的水花生根茎是羊过冬上好的饲料。羊粪与剩余的水花生混合能起到保暖的作用，羊躺在上面很舒适。

二

盛夏时节，水花生长势更旺，层层叠叠，簇拥在一起，致密得小孩子都可以在上面行走。

中午有的孩子就用荷叶盖住脸，躺在水花生上纳凉、午睡，很悠闲。几个顽童正在岸上玩耍，见此情景，其中一个就赤膊潜入水中，游至水花生下，用柳枝对着睡着的孩子的屁股猛地向上一顶，痛得他一激灵站了起来，脚下的水花生很快被撑裂开了。歇午的孩子落下水，还被呛了几口黄水，很狼狈。岸上的坏小子们见状顿时迸发一阵哄笑。气得他连忙钻出水，要找这帮人算账，顾不上系好裤子，湿漉漉、歪七扭八攀爬上岸，抬头看，哪里还有那帮坏小子的影子？

午后，天空渐渐暗了下来，雷雨大概就要来了。这时水中缺氧，鲢鱼浮到水面。有的孩子干脆就匍匐在一块水花生上，对准鱼群单手猛地将鱼叉掷过去。只听得"哗"的一声，鱼群惊跑了。拖起鱼叉一看，白鲢如雪，正在叉刺上扭动、挣扎呢。摘下鱼，用柳枝儿由鱼嘴穿入再从腮口拉出来，依次将每一条鱼都穿起来，挂在鱼叉竿上，往肩上一扛,一蹦一跳,欢天喜地回家了。

一场暴雨过后,河水猛涨,水花生被顶裂开来,成片地顺着入江水流方向漂移。下午放学后,几个顺路的小子就滑入水里,爬上一块水花生,一路嬉闹着回家。有时碰到运瓜的船翻了,河面漂满了西瓜、香瓜、黄瓜,还有西红柿。他们把瓜蔬捞上来,就放在水花生上。有时瓜实在太多,水花生承载不了,他们就下到水里,扯着水花生根茎,顺流而下,一直到自家的水埠才上岸。

明月高悬,萤火点点,村民都到户外纳凉。每户人家的凉床上几乎都摆着切开的西瓜。孩子们一边呼哧呼哧啃着瓜,一边叙说捞瓜的"壮举"。虽然过去了很多年,依稀还记得他们闪烁狡黠的眼神。

三

过了中秋,水花生长得更密匝了,根茎也更扎实,不仅孩子,成人都可以在上面活动。学大寨后期,到处"割资本主义尾巴",河塘全归集体所有,想吃鱼只能偷偷地去捕。孩子们通常选择在月明星稀的晚上,悄悄地爬上水花生,先在水花生的边缘散下丝网,然后坐等鱼儿着网。这种网用塑料线编织而成,长有五六米,宽只一米左右,网眼大到鱼头穿得进,鱼身过不了。鱼着了网,还只管朝前游,越挣扎被网卡得越紧。因装有浮头,丝网基本上就悬挂在水里。

等待的过程总让人觉得无聊,有人干脆就躺在水花生上,仰望夜空,一边背诵郭沫若的《天上的街市》,一边盘算这一网能逮几条鱼。突然就感到身下的水花生一阵抖动,这是大鱼上网了!连忙用手捺住水花生,肚皮向上一挺,身子一拗爬起来收网。有时网上挂的鱼实在太多,当场摘鱼很费时,又害怕被生产队的看管员发现,就连鱼带网一起抱回家了。

丝网张鱼以鲢鱼最多,鳊鱼、鲤鱼也有,青鱼最少,这大概与不同鱼种的生活习性有关。鲢鱼一般在水的上层游动,多以浮游生物为生,而青鱼以螺蛳为食,大多在水的底层活动。鲢鱼很腥气,一般留着自家吃,通常与水咸菜一起红烧了。鲤鱼用作礼品,送到舅舅、阿姨家去,算作孝敬。逮到鳊鱼、青鱼,自己一般舍不得吃,第二天一大早就拎到镇上卖了。

寒露过后,河塘里鱼更肥美了,看管员盯得更紧。下午大人收工后,孩子们就上罱泥船,齐用力,踩得船体左右摇晃。只见河水波涛起伏,向两岸哗哗涌去。不一会儿,水中的鲢鱼就惊慌得四处乱窜,有的还跃出水面,直接落到船舱里的鱼只得束手就擒,掉在水花生上的挣扎一会也就不动了。看管员看到有孩子玩船就提着鱼叉凶神恶煞地奔过来,不由分说把船舱里鱼全部没收了,然后就轰大家下船。孩子们装得很委屈,赖在地上不肯走。等看管员骂骂咧咧走远了,连忙爬上水花生,悉数把鱼捡起来,一溜烟地抱回家,当场平分了。

四

入冬以后,水花生的叶片渐渐泛黄,再经几场寒霜,便与岸边的野草同色了。随着天气越来越冷,水花生的叶子慢慢地耷拉下来,浸在水里时间一长,被水浪扑打就脱落了沉入水底,露出光秃的根茎。它们在瑟瑟寒风中,在冰冷的河水里紧紧地缠绕在一起,共同迎接严冬的挑战。

水花生的生命力很强。它们不怕严寒,即使草茎的有机组织因冰冻而膨胀,融化后再收缩,也不影响它们来年的生长。经过整个严冬,水花生看似全部枯死了,然而到了春天,一旦气温升到 8.5℃,其根茎就开始萌芽;当气温升至 10.5℃ 时,它们便普遍出苗了。水花生的幼苗有 2 至 4 对的嫩叶,呈紫红色。随着气温逐渐升高,叶片生长速度剧增。当平均气温到 21℃ 时,水花生的叶面积急剧扩大,很快就在水面上铺设一张宽大的草垫子。

水花生是外来物种,老家大面积引种是在学大寨运动的高潮时,与水浮莲、水葫芦一起引种的,目的用作猪饲料或与猪粪、河泥一起沤肥。让人始料未及的是,这种水草特别强势,老家的地理气候条件又很适应它们,以至于它们一落水便疯长起来,其藤蔓能一直蔓延出十几米。

学大寨那会儿,粮食单产低,人都吃不饱,猪饲料主要靠草料。水花生大多被村民割了回去喂猪了。那时候几个县才合一家化肥厂,种好庄稼主要靠农家肥。最好的农家肥当然是人畜粪便,其次才是用水花生、水浮莲、水葫芦等与河泥一起沤制的绿肥。

老家农村联产承包后,粮食产量猛然增长了,养猪的饲料也多了,加上化肥的大量使用,捞水花生养猪、沤肥的人越来越少,于是水花生突飞猛进,不可遏制地疯长。

现在老家的河面被水花生全部覆盖了,水下连一丝阳光都透不进,河水就成了死水。现在人们生活水平提高了,村民普遍采用了抽水马桶,大量的粪便被冲入河道,造成水中营养物质升高,水花生的长势更猛了。大量腐烂的水花生沉入水底造成河道淤积,水环境容量降低,河道日渐趋于沼泽化,生态状况令人担忧。

小暑黄鳝赛人参

　　周末发小祥子打来电话，以一副不容商量的口气，约我周日晚上到扬州西园大酒店吃饭。临挂电话又再三关照，再忙也要抽出时间到场。

　　祥子，大名叫殷永祥，是我儿时最好的玩伴。祥子从小就心灵手巧，是我们村里的孩子王。春天他带我们到竹林里掏鸟窝，获得的鸟蛋大家均分；黄梅天他与我们一起捉上水鱼，每次每人都能分到几条；盛夏他引我们在水埠下面摸草虾，半个时辰就能摸上一海碗；深秋我们就用土麻结网出去钓螃蟹，一下午就能钓五六斤；隆冬我们在芦苇荡里撒网捕黄雀，一网下去竟然能抓到十几只。天上飞的，地上跑的，水里游的，几乎没有我们抓不到的。在那特殊年代贫穷的日子里，因为祥子，我的童年不仅富有趣味，而且还不缺营养。

　　西园大酒店是扬州一家老牌饭店，所制作的淮扬菜最地道，前国家主席江泽民曾在此设宴招待过法国总统希拉克。这次祥子请我吃饭为什么选择这么一家豪华酒店？又为什么选择在这个热得人几乎浑身冒油的暑天？在驱车去扬州的路上，我满腹狐疑。

　　祥子似乎很兴奋，不断打电话询问我所处的方位。一到目的地，我停好车就快步走进饭店的包厢。见祥子已经坐在主人位置上，便连声抱歉说:"对不起呀,今天气温高,地面热烫,因为害怕汽车爆胎,我一路开得慢,所以来迟了。"我四顾无人,又庆幸道,"还好,人还没到齐,总算没有耽误大家。"

祥子拍了拍巴掌,"呼啦"一声,从隔壁休息室里一下子涌出了许多人,都是祥子的家人,有他的儿子、儿媳、女儿、女婿及孙子、外孙女。他们有叫我叔叔的,有叫我爷爷的,一时间很热闹。一位白皙、微胖的女士走在最后面。我好像在哪儿见过她,但一时想不起来。

落座,祥子为我斟满酒,先对坐在他对面的那位女士笑了笑,然后很认真地对大家说:"今天我们举行家宴,你叔不算外人,大家尽情地吃,畅快地饮,后面我还有重要事情要宣布。现在就请上菜!"

两个长得像水葱儿似的女服务员,立即忙碌起来。

第一道菜是韭菜炒鳝丝。这是我儿时常吃的一道家常菜。先将鳝鱼用开水烫熟,将鱼头固定在案板上,拉住鳝鱼,用竹片从腮部沿脊背向尾部划去,剥开鳝丝盛在碗里。将鳝丝倒入油锅爆炒三分钟后,加入料酒和少许胡椒粉,然后将切成小段的韭菜倒进锅中,加盐快炒数分钟即可。这道菜对鳝鱼大小没什么要求,但须偏咸一点才有味儿,所以很下饭。

第二道菜是蒜焖鳝筒。将黄鳝剁去头,沿腹部划开,去除内脏,切成数段,倒入油锅里爆炒片刻,再置于砂锅中,加入适量的水、料酒、食盐、酱油和蒜头,待水开后再文火焖制十五分钟。这道菜要求黄鳝要足够大,费时又费料,小时候一般在酒席上才能吃上。

接下来依次是黄鳝炖肉、虾爆鳝片、咸肉蒸黄鳝、香油鳝糊儿、红烧笔杆鳝,最后是鳝筒山药汤。整个就是一桌黄鳝宴!这在我儿时别说品尝了,连想都不敢想啊。

看着祥子乐呵呵地给孙子、外孙女夹菜，我不禁想起过去与他一起捉黄鳝的场景。

黄鳝，扬州人又叫长鱼。老家河塘、沟渠、稻田里都有。根据季节不同，捉黄鳝采用钓、照、踩、张等不同的方法。

钓黄鳝一般选择在谷雨到芒种的这段日子里。谷雨一到，老家人便育种秧苗。引水灌溉，沟渠里就有了积水。黄鳝属冷血动物，经过冬眠，随着气温逐步升高，便从地下钻出来觅食。这时在沟渠的土圩上就会见到一个个洞穴。用手指在洞口一探，如果感觉滑溜溜的，多半里面有一条黄鳝，再根据洞口的大小便可以判断洞里的黄鳝有多大了。

钓黄鳝的钩子一般是用母亲缝被子的针制作的。先把铁针的针尖部分架在煤油灯上一直烧得红红的，趁热用铁钳弯成钩子状，然后再次把钩子烧红，立即放入冷水里，"嗤"的一声就完成了淬火。这样的钩子有硬度，不容易被黄鳝拉直而脱钩。钩子用一根约四十公分长的细麻绳系得牢牢的。钓黄鳝时在钩头穿一条三到四厘米长的蚯蚓，用一根具有弹性的细毛竹条一直插到钩头做支撑，这样诱饵就制成了。将诱饵探入黄鳝洞，模仿蚯蚓的爬行动作，慢慢地向前伸，一感觉毛竹条被黄鳝咬住马上拉紧钩上的麻绳，只听得"咯吱"一声，钓钩已经扎上黄鳝的上颚。抽出毛竹条，挽起袖管，将麻绳在手上绕上两圈，使劲向外拉，待整条黄鳝离开了洞穴，另一只手死死地掐住它，立即装进竹篓里。

黄鳝越大进食次数越少，多以泥鳅、小鱼小虾等为食，对蚯蚓似乎不感兴趣，因此钓大黄鳝须有足够的耐心。记得有一次放学回家路上，天阴沉沉的，我和祥子走过一个过水的涵洞，看见一条黄鳝在水面上探出头来，像莲蓬一样随着水流不停晃动。这是因为气压低，水中缺氧，黄鳝只得浮出水面呼吸空气。等我们走到近前，只听到

"哗"的一声，它打了一个涟漪就缩回洞了。接下来的日子，我们分别用蚯蚓、泥鳅、小河鳗为诱饵，每天放学后都去探探钩，但一直无功而返。后来祥子用猪肝做诱饵，这才将这条黄鳝钓上来，回去一秤，竟有一斤四两重！

小满以后，老家就要插秧了。插秧之前，被平整好的水田俗称"白田"。晚上我和祥子就到白田里照黄鳝。一般由我手提方灯在前面照，祥子拿着竹夹在后面捉。方灯是自制的，一只四面固定玻璃的盒子，中间放一盏煤油灯。夹子是用带锯齿的毛竹片做的，长约四十公分，两手并用可以更好地把握力度。

天黑以后，老家的田野上灯火点点，这是水乡孩子们忙碌的季节。在这此起彼伏的蛙声中，照黄鳝的孩子三三两两沿田埂来回移动，颇有鲁迅先生在《故乡》里所描写的味道。我们拎着方灯深一脚浅一脚往前走，把田埂两边的水田滤了一遍又一遍。由于黄鳝出洞觅食不同步，前面的人已经照过了，后面的人照样有收获。

一般情况下由我提着方灯在前面走，一看到黄鳝扯长身子斜躺在水里，便轻咳一声。祥子立即心领神会，三步并两步跟上来，张开竹夹伸过去，对着黄鳝的上半段一把夹住它。夹黄鳝是一门技术活，夹得太紧容易使黄鳝受伤，回去养不活；夹得太松常常会让黄鳝逃脱了。夹黄鳝时双手要配合好，力度要均匀。运气好时，一个晚上可以捉到十多斤黄鳝。整个竹篓子都装满了，这才想到回家去。有时也会遇到一条长蛇盘踞在田埂上，挡住我们的去路。我高举方灯，让祥子对准蛇，把竹夹子扔过去。被砸痛的蛇就急急地游走了。

大暑过后黄鳝开始产卵。此时黄鳝有护巢的习性，会咬人。虽然黄鳝没啥毒性，但被它咬了，人也感觉痛的，所以这时捕捉黄鳝要特别小心。黄鳝在发育过程中，具有雌雄同体的特性，最后才由雌性转为雄性。黄鳝从胚胎期到初次性成熟这段时间里都是雌性，一旦产卵，其卵巢逐渐就变成了精巢。两年生的黄鳝一般为雌性；五年以上的黄鳝才是雄性，其腹部渐渐由乳白变为黄色，这才名副其实为"黄鳝"呢。

黄鳝产卵大多在其穴居的洞口附近。产卵前，黄鳝口吐泡沫堆成巢，受精卵被泡沫的浮力托住，这样就能在水面上发育。产卵后，黄鳝一般留有两个洞口，在一个洞口孵卵，从另一个洞口出来觅食。这时我和祥子就在田埂边上的秧田里寻找泡沫，发现泡沫后再探明前后洞口，然后赤脚对着泡沫的洞口踩水。一般由我在前洞踩水，祥子就在后洞捕捉黄鳝。经过我"呼哧，呼哧"地一阵猛踩，浑浊的水流不停地向另一只洞口涌去。黄鳝耐不住，只得从后洞逃生。只见祥子手上抓着一把秧苗，对着逃生的黄鳝一把按住，连同裹住黄鳝的秧苗一起放进竹篓里。

处暑以后，秧苗拔节了，田埂上更是杂草丛生，这时就很难发现黄鳝的踪迹了。我们就开始张黄鳝，老家人又叫"张囫子"。囫子是一种捕捉黄鳝的竹制器具，由两个长三十公分左右、直径约十公分的圆柱形竹篾筒合编而成，呈L形状，一端有盖子，交叉处留有一个只进不出的倒须。张囫子之前需要做好准备工作，打开囫子盖，将一根插着蚯蚓的小竹片放入其中，引诱黄鳝钻进去。一般选择傍晚把囫子埋伏在田埂两边茂密秧苗的根部，每隔十来米放置一只囫子。张囫子深浅要适度，埋得太深太浅都不行，其中一端要刚好露出水面，否则时间一长，钻入囫子的黄鳝容易被闷死。第二天早上我们就踏着露水，背着竹篓去倒囫子。打开囫子盖，摘下倒须，把黄鳝倒入篓子里。有时从一只囫子里能倒出好几条黄鳝来。有时还会倒出水蛇、火赤练等，吓得人不免惊叫一声。

在我读五年级的那个秋天，有一天早上我和祥子张了满满一篓子的黄鳝,当天就到附近小镇上卖了,一共卖得八块六角钱。我俩正喜滋滋地往回走,在街尾处就看见隔壁班上的小芹坐在桥头石阶上哭泣。小芹的阿姨刚生了孩子,妈妈让她给阿姨送一只老母鸡去,却一不小心给弄跑了。祥子问明原委,立即拉着小芹去集市上用卖黄鳝的钱又买了一只鸡。看到小芹破涕为笑,祥子也站在一旁傻笑。

祥子的父亲去世早,母亲拉扯他们兄妹四个不易,初一下学期祥子就辍学了。每年从春到夏,由夏至秋,祥子在干好农活的同时就以捕捉黄鳝贴补家用。后来老家人变着花样使用除草剂、杀虫剂,粮食一直保持高产、稳产,但黄鳝越来越少,最后踪迹难觅。

祥子不甘心,就把自家的责任田改造成黄鳝养殖场。祥子熟知黄鳝的自然习性。他先用猪粪养殖蚯蚓,再用作庄稼肥料,蚯蚓用来喂黄鳝,实现了农业——渔业——畜牧业的生态大循环。"永祥"牌农产品成了当地名牌,摆上了各家餐桌,也走进了各大超市。再后来产业越做越大,祥子就带领乡亲们成立了生态农业合作社,还自任总经理。

祥子中年丧偶,独自把两个孩子拉扯大。儿子大学毕业后回乡一直在合作社担任技术员。女儿、女婿都在附近小学当老师。现在孩子们都结了婚,也有了孩子,而他还一直单身,是当地出了名的"钻石王老五"。

这次祥子在西园大酒店举办的晚宴很丰盛。大家边吃边聊,且聊且笑。最后祥子端起酒杯站起来很郑重地对我说:"你是文化人,今天请你来就是要你见证两件事。第一,小芹的老伴乘坐的马航MH370失踪已经多年,肯定不在人世了。今后我和小芹就做一对老来伴吧。"

我一拍脑袋,噢,原来她是小芹!我连忙叫嫂子。孩子们也都欢

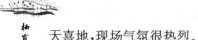

天喜地,现场气氛很热烈。

"下面,我宣布第二项决定,由佟欣担任生态农业合作社社长。以后经营上的事由欣儿说了算。我从今天起正式退休了。"

祥子的话音刚落,儿子殷勤"嚯"地就站了起来,满脸涨得通红说:"我不服你这个安排!我一个水产大学的本科生,要技术有技术,要能力有能力。回乡这么多年一心扑在工作上,你凭什么不让我这个科班出身的儿子接班,偏偏让他这个不懂养殖技术的女婿当社长?"

儿媳妇自然帮着丈夫说话,就连妹妹也为哥哥说情,女婿也在推让。孙子、外孙女见大人们吵闹起来,吓得直哭。一时间,包厢里乱套了。

我对祥子的决定也很不解,便说道:"大家先别闹,自家的事情好商量。还是听听老社长的理由吧。"

祥子并没有理睬我,只是转过头来问儿子道:"你知道什么时候的黄鳝最好吃吗?"

"小暑黄鳝赛人参。这个谁都知道。"殷勤一副成竹在胸的样子。

"你能说出其中的奥秘吗?"

"当然可以!黄鳝经过春天的觅食摄生,到了夏季体壮而肥,肉嫩鲜美,营养丰富,滋补力强。根据传统,冬病要夏治,黄鳝能起到补中益气、补肝脾、除风湿、强筋骨的作用……"

祥子立即打断了殷勤的话:"你是只知其一,不知其二。只有在自然环境下生长的黄鳝才有滋补效果,而你为了让黄鳝快速变性、长膘,在饲料里添加各种化学制剂,一年生的黄鳝都成了雄性,产量是上去了,品质实在不敢恭维。这样的黄鳝还有什么滋补效果?不吃坏人就谢天谢地啦!"

祥子的一席话说得殷勤低下了头,但他仍不甘心,嘟囔道:"谁像你这么古板,先进的技术不肯用。品质,品质,品质值几个钱?”

"无论黄鳝,还是生猪、稻米,包括所有的农产品,生态的才是最好的。不树立这样的理念就不是一个合格的社长!"祥子以一副不容置疑的口气,既像对儿子殷勤,又像是对女婿佟欣说道。

我不由得站起身来,热烈鼓掌,为祥子有这样的农业生产理念由衷地叫好。

溧阳是个好地方

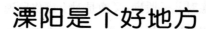

溧阳位于美丽的江南腹地、苏浙皖三省的交界处。江南美，美就美在江南的山和水。无论白居易的"日出江花红胜火，春来江水绿如蓝"，还是杜牧的"千里莺啼绿映红，水村山郭酒旗风。南朝四百八十寺，多少楼台烟雨中"都以山水作为诗词的意象。

溧阳北接太湖平原，南枕天目山余脉，山水兼具，境内"三山一水六分田"。溧阳的山不高，近水而秀；溧阳的山苍翠，如玉树临风。烟雨是溧阳飘在空中的水，藏诗涵画；河流是溧阳流动在大地上的水，成弦弹曲；湖泊是溧阳人储存的水，用以书写美丽、富饶的地域文章。这里山分五色，水流七彩。比起那些名山大川，溧阳的山水更显几分江南儿女的雅致与温柔。

勤劳、聪明的溧阳人在这片土地上描绘的是一幅人与自然和谐共处的生态画卷。

无论你是来自西北的大漠，还是来自南国的边陲，只要你在溧阳大地上走一走，便仿佛走进了一幅水墨画境。向往美好是人的天性，这或许是人们喜好旅游的原因。只要你到过溧阳，这一段经历就会像一只风帆在你的记忆的长河中流淌，并款款地流向你心情深处那最柔软的地方。溧阳是全国首批全域旅游示范县级市，每年接待中外游客 1 600 多万人次。这里的空气是新鲜的，而透出的气息又是历史的,饱含吴越先民的聪明、才智。无论人类技术多么高明,不管我们征服自然的本领有多大,历史永远和我们连在一起,谁都无法改变它。

然而,历史又是相对于人而言的,如果没有人类,地球的演变只是一部自然进化史。溧阳上黄镇的水母山是 4 500 万年前灵长类动物的发祥地,生活在这里的中华曙猿被中外古生物学家确认为"人类共同的祖先"。人类在漫长的历史进程中,通过劳动创造了生活,创造出财富,也创造了美。一代又一代智慧的溧阳先民,用他们勤劳的双手在改造世界的同时,也创造出具有浓郁地方特色的人文景观。两千多年的历史孕育了溧阳灿烂的文明,多少文人墨客、英雄豪杰在这里留下了动人的故事和不朽的诗篇。"史贞女义救伍子胥"发生在这里,"蔡邕读书台"坐落于斯,张旭在此草书李白的《猛虎行》已经成为中华书法之瑰宝,孟郊写于此的《游子吟》被人们千古传唱……这些历史文化遗产都被溧阳人精心保护。

尊重历史,才会善待当下。改革开放以来,太湖流域的城市似气球一般膨胀,而这种快速扩张的城市化是以牺牲文物为代价的。推土机过后,留下一大片古老的废墟。人们在建设城市的同时,也破坏了许多。溧阳人则不同,不仅注意保护好物质文化遗存,同时还保存先人留下的非物质文化遗产。溧阳社渚镇的傩文化是溧阳最具特色的民间文化艺术,也是苏南地区为数不多的活态傩文化遗存。傩,即假面跳神,是原始狩猎、自然崇拜、部落战争和原始宗教祭祀的产物,已有 3 000 年的历史。傩文化主要包含傩坛、傩仪、傩舞、傩戏、傩面具和傩俗等内容,是古代人与神灵的对话方式,后来逐渐成为人们表达美好愿望、自娱自乐的民间艺术形式。跳幡神集傩文化之大成,溧阳尤以社渚镇嵩里村幡神声势最盛,整个舞蹈节奏欢腾红火、引人入胜,内容驱邪避魔、降福纳祥,舞姿兼有巫舞和中国汉族古典舞的韵味,充满浓厚的原始民俗风情。

人是自然的一部分,有科学研究表明,自然条件对地域文化和人的性格有着深刻的影响。在溧阳这片日照充足的地方,太阳对人的心理影响是温暖、安全的。在万物生长靠太阳的农耕文明,每年2 000多小时的日照影响这里社会的方方面面,在当地人的性格里注入的是一种温和的气质。所以在溧阳,历史上就民风优雅,重学尚文。从隋唐开科取士起,这里共出过173名进士,以元代状元普颜不花,清代状元马世俊,三朝元老史贻直,农学家马一龙,榜眼探花父子任兰枝、任端书等为个中翘楚。后代溧阳学子都以他们为楷模,勤学苦读,为国效力。

如果你春天到溧阳来,就请你到南山竹海里走一走。南山竹海旅游区是一个集资源综合利用、生态保护和旅游观光于一体的世外桃源。这里生态环境宜人,山水相映成趣,方圆几十里无一丝一毫的污染,如同天然氧吧。当你漫步于竹海中举目远眺,一望无边的毛竹依山抱石、千姿百态:老竹墨绿,傲然挺立,如同身强体壮的武士,列队在栈道的两边站岗;新竹含箨,雨洗娟娟,像柔情少女笑靥如花,拍手欢迎来宾。漫步蜿蜒山间的小路,竹叶轻轻拂面,尽显温柔、宁静而幽雅。最触动人心的还是那竹海涛声,忽狂风大作,把竹子吹簇在一起,发出隆隆的轰鸣,似排山倒海一般,让人陡增一份对自然的敬畏。渐渐地,风平了,竹涛慢慢地平息,有如美妙的琴声时远时近,令人心旷神怡。

南山竹海里古松高耸挺拔,像一群睿智的老者注视着溧阳的沧桑巨变;松涛阵阵似赞美新时代美好生活的合唱。这里是苏南有名的长寿之乡,百岁人瑞数冠江浙,"福如东海,寿比南山"不只是普通人的期盼,如今已经成为盛世之景。高山镜湖中的竹筏、山涧间的潺潺溪流和临溪而建的形态各异的竹木小屋,给游客以乡土、古朴、原始、自然的意境之感。民间传说中的仙山头、金牛岭以及古官道、古代军事遗址，更增加了南山竹海的神秘。南山竹海深蕴着青山绿水的诗意和神韵，是一处风景如画的风雅之地，故有"天堂南山，梦幻竹海"之美誉。

如果你夏天到溧阳来，就请你在天目湖畔坐一坐。天目湖是溧阳上世纪七十年代修建的水库，由沙溪水库和大溪水库组成。在空中俯瞰两座水库就像少女一双泛动温情的明眸，这里是国家5A级旅游景区。当太阳在天空收起夏日最后一道霞光，月亮悄悄地从山后升起。你坐在湖畔的杨柳树下，观察倒映在水中的夜空。湖面上点点繁星，如散落在紫罗兰绒布上的钻石，发出柔和的光芒。林间跃动的萤火虫，似添香的红袖美女，提着灯笼萦回在你身边。淡淡的栀子花香，直沁心扉，仿佛是从美女发髻飘来的味道。在这清新如水的夜色里，独享这一份自然的寂静。突然你会产生一种要倾听的冲动，渴望有一种声音飘入耳中，譬如有一管洞箫呜咽，有一把提琴低吟，或者有一个女人在很远的地方唱一支听不清词的歌。然而什么也没有，只有风声在林间忽隐忽现。但仔细地听，依稀还能感觉它们撞上了树叶、轻轻划过了如镜一般的水面；依稀还感觉到它们撞开了心中那尘封的往事……你静静地听，静静地想，忽而风在你的耳中化成了美妙的音乐，时而是轻柔的小夜曲，时而是雄浑的交响乐，时而是奇妙的无伴奏合唱。你会感觉十分奇怪，为什么这旋律这么熟悉？噢！作曲的不是别人，原来正是你自己！在这样一种美妙的环境里，你的心中必有些禁闭会悄悄地开启，你的眼前必会有一些顽固在缓缓地融化，你会感觉神清气爽。

如果你秋天到溧阳来，就请你到长荡湖上游一游。长荡湖是一个天然湖泊，与武进的滆湖一样都是太湖的分化湖。当你站在长荡湖南岸驻足北眺，水面上无数的鸟儿，踏着浪花翩翩而至，似乎欢迎远道而来的嘉宾。登上一叶渔舟，只见湖上渔帆点点，苇叶萧萧，芳草萋萋，于萧瑟中独显一份亮丽。这时长荡湖的螃蟹熟了。长荡湖大闸蟹属长江水系中华绒螯蟹的名贵品种，背青肚白，脚毛金黄，蟹体肥满，蟹黄厚实，蟹膏肥糯。这里的蟹生长于无污染、水草品种多、水质清纯的环境中，味觉与口感鲜美独特，远胜于其他地域的淡水湖蟹。金秋十月，菊花盛开，执黄酒一壶，边赏菊啖蟹，边观湖上风景，以文会友，确是生活的一大乐事。用这里蟹产品还可烹饪出蟹黄豆腐、蟹粉蹄筋、蟹粉狮子头、蟹黄汤包、芙蓉蟹粉，味道都很不错。

如果你冬天到溧阳来，就请你到曹山脚下的后村住一住。溧阳上兴镇后村紧邻宁杭高速公路，在发展乡村旅游改造基础设施过程中，当地人根据本地的建筑特点进行了村容改造。在夕阳的余晖中，乌瓦白墙的长廊下，老人们悠闲自得，孩子们嬉笑玩耍，妇女仍用古老的方法浣洗衣物。你不必惊奇于这种原生态的生活方式，这是溧阳人与自然和谐相处的生活印记。你在这里还可以吃上正宗的溧阳的家常菜。这些菜肴经过祖祖辈辈的品尝、筛选，不仅形成了独特的风味，而且还契合当地地理、地质、气象条件，有益人体健康，是名副其实的生态食品。溧阳的家常菜可贵就在一个"土"字上，比如微辣红烧土鸡、雪里蕻爆炒竹鸡、红煨扎肝、豆腐炖燕南荨、炒豆腐渣、老菜烧土豆、白菜梗煨鸭、神仙蛋、长生鸡等上百道招牌家常土菜，都是取自当地原料加工的，或腌，或风，或凉，或渍，或酱，或醉。最是天目湖鱼头汤，简直化腐朽为神奇，把一种腥味十足的低档鲢鱼头，制成名闻遐迩的水产美味，足见溧阳人的聪明与勤奋。

多年来溧阳人一直重视生态环境保护，境内生态红线保护区面积就占国土面积的26％。正是因为有了良好的生态环境，溧阳才走出了一条现代农业发展之路，现已形成南部山区以经济林茶果，西北部山区以食草畜禽、中草药、苗木，中东部圩区以优质粮油、特种水产、瓜果蔬菜,县城周边以设施农业、花卉苗木为特色的四大农业板块。依托江苏溧阳现代农业产业园、曹山现代农业产业园和前马荡现代渔业产业园,溧阳初步实现了高效农业的规模化。作为江苏省唯一的"全国丘陵山区农业综合开发示范县(市)"、"中国名茶之乡"、"全国粮食生产先进县",溧阳名不虚传!

溧阳是个好地方。这里的山好,水好,人与自然相处得好,正如一首民谣所唱:

溧阳是个好地方

自然禀赋优越,人文风气激昂

青山耸立,绿水流长

山栖白鹭,水戏鸳鸯

交通便利,有发达路网

每一条阡陌直通心灵的典藏

每一条马路伸向成功的远方

城市商品经济繁荣,乡村生态产品优良

这里的男人义重,这里的女人情长

一张张笑脸洋溢着幸福,生活的快意于心头荡漾

游人至此,总把他乡当故乡!

绿水青山就是金山银山。溧阳是江南大地上的一幅水墨丹青,溧阳是世人向往的宜居乐园,溧阳更是人与自然和谐相处的经典案例。溧阳是个好地方,欢迎你来!

生态之光

遥观江南,壮美常州

　　常州东南,古运河畔,坐落着一座美丽的江南古镇,与灿烂历史遥相辉映,现代文明蔚为大观。这就是遥观!

　　这是一个历史悠久、古风幽韵的福地。宋时为村,高宗赐名"窑光里";元代成集,以盛产青砖薄瓦而声名鹊起,素有"砖瓦之乡"之称,至今南京明长城遗址上还有遥观出产的"青城砖"。圩墩遗址公园,怀璧于东南一隅,是常州地区最早的原始社会村落遗址,距今已有6000多年的历史。新石器时代古老而灿烂的马家浜文化的出土,让现代人有了与拙朴厚重、神秘幽远历史的对话机会。

　　这是一个人文荟萃、风物清嘉的宝地。千百年来,延陵季子"冢树挂剑"的诚信美德、吴氏一族"一门三进士,父子两翰林"的美谈佳话、"临津书院"的翰墨书香,浸润了遥观厚重质朴的民风,更孕育了毗陵后七子吴颋鸿、民国元老吴介璋、现代经济学家吴敬琏、著名画家蒋风白等名人雅士。

　　这又是一个自然清新、钟灵毓秀的园地。地,因水而灵;人,因水而秀;物,因水而华。遥观境内的宋剑湖,恰似天上洒落人间的碧玉,与滆湖、阳湖、白荡湖并称为"延陵四大湖泊",就像四位纤巧浪漫的江南美女尽显水乡风情。据《毗陵志》记载,东晋南北朝时,宋文帝巡狩至此,见这里水清怡人,不忍离去,故名"宋见(剑)湖"。如今走进遥观，只见宋剑湖水波粼粼，芦影摇曳，禽鸣鱼翔，藕肥菱鲜；近岸沟浜纵横，桑麻成片，湖周堤埂，柳笼烟霞，好一派江南风光。遥观镇党委、政府通过对宋剑湖进行综合治理、保护性开发，营造区域生态宜居环境。这里生态、乡土、文化有机融合，尤其宋剑湖周边亭台楼阁，高低错落；池石林泉，别具匠心；园林小品，静谧优美。多重景点串珠成链，恰似天宫一角飞落人间。

遥观地理区位优势明显，社会事业发达，富有经济活力。京杭大运河、232省道穿镇而过，境内设有沿江高速道口。花香蝶不归，景美客自来，面积仅45平方公里的遥观，常住人口竟有15万人之多。环境好的地方总有新经济，遥观荣获"全国环境优美乡镇"、"国家生态镇"、"全国千强镇"等殊荣绝非偶然。

新型工业化吹响了遥观新型城镇化的集结号，遥观人以自身的勇气和智慧，勇立潮头，追逐梦想，推动遥观经济版块强势崛起，成为常州地区乃至苏南镇域经济发展的领头羊。

近年来，遥观转型升级加速推进，经济结构日益优化，规模优势不断壮大，工业产销逐年攀升，形成了轨道交通装备、集装箱、新材料、电机电器、钢管、焊接材料、展览用品、优势产业等特色产业。轨道交通装备产业，已成为遥观经济的靓丽名片，集聚了今创集团、新誉集团、奥通车辆、国丰机械等100多家企业，产能几乎涵盖了轨道交通产业的所有相关领域。毫不夸张地说，遥观的轨道交通装备产业，见证了中国轨道交通产业的发展历程。每一次产业升级，都凝聚着遥观人的智慧和汗水；每一次技术革新，都折射出遥观人的探索和拼搏。遥观，作为"全国轨道交通产业集群名镇"、"江苏省创新型乡镇"、"江苏省特色产业基地"、"江苏省新型工业化产业示范基地"，名不虚传。

事事勇于创新，是遥观经济生生不息的动力源泉，政府主导，企业主体,产学研联姻,一大批研发平台相继成立,一大批科技成果在遥观落地生根,一大批高新技术企业、创新型企业、科技领航企业发展壮大。创新,为遥观经济插上腾飞的翅膀。

行行争当一流,已经成为遥观企业家们的共同追求。华山论剑,谁与争锋。全镇 1 000 多家工业企业,50 多家亿元企业,竞相逐鹿,决战决胜,诞生了多个"全国第一"和"世界前列"。庞巴迪、阿尔斯通等 10 多家世界 500 强企业相继入驻,长海股份成功上市,多家上市后备企业蓄势待发,"灵通""KTK"等成为中国驰名商标。遥观人,正以高瞻远瞩的眼光、运筹帷幄的睿智、超越常人的气魄、海纳百川的胸怀,支撑起常州经济的"遥观制造"。

一流的基础设施、靓丽的城镇面貌、全新的管理理念,托起了现代化的新遥观。

秉承"生态和谐、面向未来"的发展理念,以"一核两圈"为目标,小城镇建设加速推进,繁华兴旺的时尚街区初具规模,现代宜居的高档住宅彰显品位,从整体到细节全方位优化,从布局到形态多角度提升。遥观,这个古老而又现代的工业重镇,既处处体现出小巧玲珑、精致典雅的江南园林风格,又时时让人感受到水乡的灵动和秀美。

驱车至此,游历遥观,沿着四通八达、绿树夹道的路网,可以目睹这座江南重镇优化了的区域空间。极目仙湖公园,粉墙黛瓦,古朴雅致,碧树红花,处处透出特有的内涵和神韵,唤醒了遥观人悠远的历史记忆。文体广场,是运动休闲、健身锻炼的好去处,更是展示鹞灯、龙灯、舞狮、锡剧等传统文化的最佳平台。

基础教育、人文教育,相得益彰,让遥观这个原本透露古镇文化气息的江南福地更添一分笔墨书卷之气;社会事业的全面发展、社保体系的不断完善,更是提升了遥观群众的生活品质和幸福指数。生态型、花园式的农村环境,扑面而来的现代化气息,每一个遥观人都感受到了新农村建设带来的真实变化；走在遥观的大街上，处处可以感受到遥观商贸繁荣、科教发达、宜居的城镇印象。

> 龙腾虎跃，舞不尽的英姿勃发、热情奔放；
> 吴韵悠扬，唱不够的安定祥和、和谐乐章；
> 翰墨飘香，画不完的文采风流，卓然风骨。

把理想化为现实，需要一种勇气；从平凡走向辉煌，需要一种锐气；打造"创业乐园、宜居家园"是遥观人的新目标，更是一种豪气。俯瞰江南，遥观这颗江南大地上的璀璨明珠，正以开放、包容、大气的姿态，在历史与未来的融合中，实现新的跨越、崛起，壮美现代化的常州！

美丽太湖

　　江南不仅是一个地理所在，更是中国文化的一个意象。不同历史时期，江南的区划不尽相同。唐朝时江南并不以长江为界，而是把长江中下游地区统称为江南，如扬州虽然在江北，但还称作江南。明清以后人们习惯把长江下游的太湖流域地区称作江南。

　　江南给人的第一印象是这里美丽、富饶的水乡景色。

　　水是生命之源，江南正是因为有发达水系才孕育出如此丰富的物产，才有如此美丽的水乡景色。在农耕文明，也因为水才把国家南北方的政治、经济连接起来。江南的丝绸、大米通过运河北上，北方的君主则通过运河坐船来江南巡视，以巩固中央集权。

　　水，飘在江南的上空就成了烟雨，让人感受的是朦胧，是清新；水，流在江南的大地上形成了河流，河流纵横交错，如同一张巨网，网住了水乡的四季景色。太湖就是江南贮蓄的水，用以书写繁荣、富庶的锦绣文章。

　　太湖是我国第三大淡水湖，两千三百多平方公里的水面，烟波浩渺，四十八个岛屿，七十二座山峰，影影绰绰，宛如一幅朦胧的水墨画。山临水则秀；水绕山则活。

　　"身披彩绸吃白米，鱼虾成群螃蟹肥。"江南有湿润的气候、稠密的水网、肥沃的土壤，是我国重要的商品粮和桑蚕基地，素以"鱼米之乡"而闻名。太湖流域以不到全国 0.5％的国土创造了占全国 20％的国民生产总值。江南城镇化率已达 65％，是中国最具竞争力的区域之一。

太湖沿岸旅游资源很丰富。观人文胜景，这里有苏州园林、永慧寺、罗汉寺、邓尉山、禹王庙、白马庙等景点；看自然风光，这里有太湖十八弯、鼋头渚、马山旅游风景区、太湖仙岛等好去处；喜爱娱乐游艺的客人，可以到常州太湖湾旅游度假区、环球动漫嬉戏谷、中华孝道园、竺山湖小镇等地。

美丽的太滆村就坐落在太湖西北岸的竺山湖畔，东邻无锡马山旅游风景区，西接宜兴生态农业观光园。这个村是目前江苏省少数几个成建制的捕捞村，每户渔民都有捕捞证。他们常年在太湖和上游的滆湖捕鱼。在船上他们是"太滆渔业队"，上岸后的居住地就是"太滆村"。

新中国成立前，太滆村渔民大部分时间都生活在船上，有"船化子"之称，日子过得很艰辛。正如太湖渔歌所唱："小小舢舨湖上晃，朝朝夜宿芦苇荡。起更撒下鱼虾网，舱里呒不充饥粮。"渔民风餐露宿，整日劳作，往往不能解决基本温饱。如果碰上湖匪渔霸，不仅鱼被抢，船被扣，连渔民的生命都得不到保障，有太湖渔歌为证："湖上渔霸像豺狼，渔民贫困苦难挡。勿交铜钱命来偿，算盘一响网上梁。"

新中国成立后当地政府清剿了湖匪渔霸，这里的渔民再不用担惊受怕了。渔民生产资料所有制则从渔业社到合作社，再到人民公社。但由于极"左"思潮的影响，特别是绝对平均的分配方式，极大地挫伤了渔民的生产积极性。渔民的生活在二十多年里几乎没有什么变化，随处可见这样的场景："夫妻捕捞苦凄凄，船像浮萍漂东西。日背鲜鱼沿街卖，夜里还得捉蟛蜞。"

改革开放以后，政府给渔民合理分配了渔具，科学划分了捕捞区

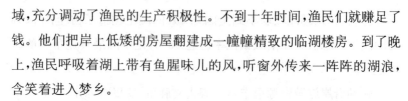

域,充分调动了渔民的生产积极性。不到十年时间,渔民们就赚足了钱。他们把岸上低矮的房屋翻建成一幢幢精致的临湖楼房。到了晚上,渔民呼吸着湖上带有鱼腥味儿的风,听窗外传来一阵阵的湖浪,含笑着进入梦乡。

然而,好景不长。由于渔民过度捕捞,加上富营养化程度加重,太湖生态环境持续恶化,当地渔业产量和鱼类的生物学品质不断下降,到太湖蓝藻大爆发的那一年,渔民的平均收入比原先降低了一大半。许多家庭就连供孩子上学,经济上都觉得吃力。

穷则思变。太滆村渔民在党总支书记单小兵的带领下首先向污染宣战。他们集资 600 多万元,在湖边建设了一套 400 吨/日规模的污水处理站,村上排放到太湖里的尾水达到国家一级 A 排放标准。在太湖的入湖河口,又投资 800 多万元建设一个 2 000 亩芦苇湿地,有效地消解了上游带来的氮磷营养物,降低了太湖的污染负荷。在单小兵书记的主持下,村委还科学制订渔网编织规范,要求网眼足够大到不影响渔业生态系统的稳定。随着互联网技术的普及,以单小兵为书记的村委一班人引导渔民根据市场需求确定捕捞量。物以稀为贵,渔民可以通过控制捕捞量,提高渔产品的销售价格,实现经济增长和生态保护的双赢。

污染削减了,生态环境得到显著改善,渔业产量和品质大大提高,引得沪宁一带的客商纷至沓来。如今在太湖上,渔民成了商品流通的主宰。每位鱼贩子要想收购到更多更名贵的鱼,每天还必须带上美味佳肴,送给湖上捕捞的渔民作为午餐。买得鱼品不仅取决于收购价,还要看收购者的态度。谁对渔民态度好、服务周到,谁的收益就高。

现在按照国家有关规定,太湖每年有九个月的禁捕期。太滆村适时拓展了传统的产业链,在原来捕捞、养殖的基础上大力发展旅游业。在禁捕期内,渔民用养殖的鱼类招待四方来客。他们不仅是养鱼能手,更是烹饪高手,由渔民亲手制作的湖鲜味道更加纯正。村上还与附近著名的旅游景点,如太湖十八弯、灵山大佛、环球嬉戏谷、中华孝道园、竺山湖小镇等,实行互利合作,即凡在太滆村里饭店用餐的游客,可以享受这些景点的一半门票价格。

在征得当地国土资源部门的同意后,太滆村单小兵书记带人在附近竺山上开垦荒地,种植茶叶、水蜜桃、杨梅、鸭梨、葡萄、蜜桔等经济作物,总投资近 2 000 万元。每年三月下旬这里举办"桃花观赏节",五月中旬有"水蜜桃下果节",六月上旬是"杨梅采摘节",八月下旬有"葡萄上市节",九月上旬是"渔业开湖节",十月还有"蜜桔品尝节"呢。季季有水果,天天有鱼虾,名不虚传!

马克思说:"劳动创造美。"劳动使人在自然界脱颖而出。人类在劳动过程中逐步形成睿智的思想、广博的智慧、浪漫的情感、高尚的道德和健全的人格。勤劳智慧的江南人民,无论是历史名人还是现在的普通百姓,他们通过劳动实现了自己的人生价值,在改造客观世界的同时,也改造了自己。他们吃苦耐劳、与时俱进,在江南大地上书写一篇又一篇科学发展、和谐发展的新篇章。

劳动不仅创造美,而且劳动本身就显示美。太滆村的渔民拂晓起航、日间撒网、渔歌唱晚的场景,分明就是一幅幅优美的图画,让人感受到舒畅的运律节奏,体验到收获的喜悦和劳动的快乐。我们要向他们学习,通过平凡的劳动,用自己的双手创造一个属于我们的明天!

荷兰花海

　　第一次听说"荷兰花海"这个旅游景点，我还以为是遥远欧洲的一处胜地，后来与江苏大丰的一户人家结亲，这才知道原来是离我们很近的一个休闲好去处。清明节刚过，亲家就拍了很多张花海的照片发过来，惹得我们坐不住，恨不能插翅飞去一饱眼福。然而，人在江湖，身不由己，手上的工作似乎总是忙不完，一直到五一小长假，这才与太太一起动身前往。

　　到了大丰才知道，花海确实与荷兰有点关系呢。上个世纪初，民族实业家张謇在大丰围海造田，但苦于不懂水体力学，往往事倍功半，于是聘请荷兰专家前来指导。荷兰是一个围海技术很发达的国家，专家的到来不仅给当地带来了围海造田技术，还丰富了在盐碱地实施农田水利工程的经验，这里普遍建立了区、匡、排、条四级排灌体系。"万物生长靠太阳，雨露滋润禾苗状。"适宜的气候条件，独特的地理位置，加上勤劳朴素的民众，使这里的新丰镇经济蓬勃发展，一度曾被誉为"民国第一镇"。

　　花海不事雕琢艺术，依据原有地形，以田园、河网、风车、花卉和精致的木质建筑为设计元素，又以荷兰名花郁金香为特色，打造成集观光、娱乐、餐饮、种植于一体颇具特色的旅游品牌。央视中文国际频道曾以《寻找最美花园——绽放在盐碱地上的郁金香》《走遍中国——百年盐田变花海》为题作了专题报道,令新丰这个地处黄海之滨的小镇誉满神州。

通向花海景区入口必须经过荷兰风情街。街头建筑以北欧风格为基调,突出塔顶、山墙、弧窗、高柱的设计元素,围绕"情感、文化、体验"的消费理念,尽显异域风情。婚纱摄影基地、爱情广场、滨水休闲区、骑士广场、百花广场,由郁金香大街与风车大道间隔开来,与花海美景相互衬托,互为背景。人在景中,女人就如同花儿一样,不知道她们是在观景,还是就要成为一道流动的风景。

走进花海景区,映入眼帘的是一架巨大的风车。涂抹了赤橙黄绿青蓝紫的七彩风叶,在春风里缓缓翻转,在和煦的阳光下变换着不同的颜色。邂逅风车下,情定花海中,多半是一对浪漫的情侣。假如一对已定终身的男女,拾级而上,登上风车车轴连接的阁楼,先在楼下吧台小酌两杯,然后再到楼上客房休息,该是多么怡情的经历!

向景区深处走去,路过荷兰花市,建筑幕墙上的显示屏不时变换各种花卉图案,每一种花儿就像一个个娇娘向人招手,由不得游人不进去一探究竟。走进花棚,如同置身花海,红色的玫瑰、白色的百合花、紫色的蝴蝶兰、黄色的郁金香,应有尽有,每一种花都似在诉说一段春天里的故事。有人拖着一台平板车,从花架搬下十多盆不同样的花,几乎不看系在花枝上的价格标牌,就去收银台结账,其爱花性情溢于言表。

走在景区的花海大道上,两边是成片的郁金香花圃。据说郁金香原产于古代西域以及我国西藏、新疆一带。李白有诗曰:"兰陵美酒郁金香,玉碗盛来琥珀光。"郁金香后经丝绸之路传至中亚,又经中亚流入欧洲,荷兰、新西兰、伊朗、土耳其、土库曼斯坦等更是将之誉为国花。现在世界各地都种植郁金香,并称之为世界花后,成为代表时尚和国际化的一个符号。

踏青、赏花，自古就是人们春天与自然接触的一个重要选项。古人总结出"花历"，自小寒至谷雨，每五日为一花信，每一个节气有三信，即有三种花儿开放。以春分的三信为例，正逢海棠花、梨花、木兰花盛开。《诗经》就曾多次提到桃花、梅花、荷花、兰花。有些花经过两千多年的繁衍，到现在都没有改变它们原来的颜色和形状。比如周朝时便有"黄菊花"之说，现在看来菊花原本是黄色的，而多彩的品种是由园艺师培育的结果。据说北京植物园曾将古墓葬出土的莲子培育成今天的荷花，所结的莲子也有繁殖后代的能力。

随着生活水平的提高，现在越来越多的人喜欢栽培花卉。人们越来越喜欢用送花的方式表达情感。情人节以赠送一支红玫瑰来表达情人之间的感情。将一支半开的红玫瑰衬上一片形色漂亮的绿叶，然后装在一只透明的单支花的胶袋中，在花柄的下半部用彩带系上一个好看的蝴蝶结，形成一个精美秀丽的小型花束，这是情人节的最佳礼物。用石竹花作为母亲节的用花。粉色是女性的颜色，香石竹的层层花瓣代表母亲对子女绵绵不断的感情。送花给母亲时既可送单支，也可送数支组成的花束，或制作成造型优美别致的插花。红色康乃馨用来祝愿母亲健康长寿；黄色康乃馨代表对母亲的感激之情；粉色康乃馨祈祝母亲美丽年轻；白色康乃馨还可寄托对已故母亲的哀悼思念。有朋友生病可选择香石竹、水仙花、兰花等，配以文竹、满天星或石松，祝愿他早日康复。探望产妇，宜选用大红、粉红色的香石竹，配以文竹、满天星，祝福她快乐、健康。

荷兰花海四季有花，"春有桃花夏有莲，傲霜秋菊比腊梅"。春天让人伤感，桃花般的爱情开放得热烈，凋谢得也迅速，才有崔护的感叹："去年今日此门中，人面桃花相映红。人面不知何处去，桃花依旧笑春风。"夏天是荷花的天堂。"泉眼无声惜细流，树阴照水爱晴柔。小荷才露尖尖角，早有蜻蜓立上头。"杨万里一首《小池》把荷花写得形神兼备。"出淤泥而不染,濯清涟而不妖"道出了荷花坚贞纯洁、无邪清正的品质。秋天是菊花盛开的季节,诗人白居易《咏菊》诗:"一夜新霜著瓦轻,芭蕉新折败荷倾。耐寒唯有东篱菊,金粟初开晓更清。"表现了菊花在寒冷的秋晨,凌霜怒放的清新美丽。王安石歌颂了静守在一隅,不畏严寒的冬日精灵:"墙角数枝梅,凌寒独自开。遥知不是雪,为有暗香来。"诗人借梅言志,以梅喻己,以梅的坚强来暗喻自己不畏强权,勇于抗争,展现的是一种高尚的人格。

荷兰花海,不仅为人们提供了一个踏青、赏花的好去处,而且满足了生活富裕后的人们对情感生活的需求。劳动光荣,一分耕耘必有一分收获,但愿神州大地,每一位劳动者的幸福都像花儿一样!

也谈黛玉之死

"文革"以后，作家王蒙曾在一次红学研讨会上说，红学很特殊，我们既不能用归纳、演绎等逻辑分析方法，也不能用数理统计、生化实验的自然科学方法研究《红楼梦》。红学研究成果以大多数人觉得有道理，乐于接受，且因广泛传播而被更多的学者引用。从王蒙对红学的描述不难看出，红学本质上属于"趣学"。所谓"趣学"，就是研究者更多地因为研究对象的趣味性而乐在其中，不见得一定有多大的社会功用。如今散见于网络、报刊的"凡话红楼"、"读红偶得"等，甚至《红楼梦学刊》上的不少文章都属于文化随笔一类，而不具严格的学术意义。

《红楼梦》以宝黛爱情发展为主线，通过生活在十八世纪我国清朝中期贵族家庭一对青年男女的叛逆，反映了当时社会的政治、经济和文化生活，深刻揭示了一个家族由盛转衰的内因与外因，可以说是一部皇权统治下的社会百科全书，尤以宝黛的爱情悲剧令人唏嘘。在原始文明的石器时代，人的命运主要取决于自然环境，大自然能够提供食物的多少决定了原始人的生存与繁衍，从而决定一个部落的兴衰。在农耕社会，一个人的命运不仅与社会的经济、政治与文化息息相关，而且与其所处的自然环境有很大的关系。林黛玉就是一个例证。

林黛玉进入荣府除了有一段时间与贾母居住在一起，其他时间都住在大观园的潇湘馆里。潇湘馆究竟有一个什么样的自然环境呢？对林黛玉的人生命运又有哪些影响呢？

《红楼梦》对潇湘馆的环境描写在第十七回"大观园试才题对额，荣国府归省庆元宵"里写得很详细：

> 贾政听了，点头微笑。众人又称赞了一番。于是出亭过池，一山一石，一花一木，莫不着意观览。忽抬头看见前面一带粉垣，数楹修舍，有千百竿翠竹遮映。众人都道："好个所在！"于是大家进入，只见入门便是曲折游廊，阶下石子漫成甬路。上面小小两三间房舍，两明一暗，里面都是合着地步打的床几椅案。从里间房内里，又得一小门，出去却是后院，有大株梨花，阔叶芭蕉。又有两间小小退步。后院墙下忽开一隙，得泉一派，开沟仅尺许，灌入墙内，绕阶缘屋至前院，盘旋竹下而出。
>
> 面对如此景色，贾政赞不绝口说："这一处倒还好，若能月夜至此窗下读书，也不枉虚生一世。"

然而，这个住所适合喜爱读书的雅士，但不适合身患肺结核病的林黛玉。当初她刚进贾府，贾宝玉见她"态生两靥之愁，娇袭一身之病。泪光点点，娇喘微微"，可能只是因为长途劳顿，偶遇风寒，身患病毒性感冒。此时的她即使肺部已经感染结核病菌，但还处于早期，书中这样写道：

众人见黛玉年纪虽小，其举止言谈不俗，身体面貌虽弱不胜衣，却有一段风流态度，便知她有不足之症，因问："常服何药？为何不治好？"黛玉道："我自来如此，从会吃饭时便吃药，经过多少名医，总未见效。"

现代医学表明，肺结核是一种慢性疾病，其护理需要特定的环境，阳光尤其要充足，另外通风条件也要好，房间里的湿度不能大。这是因为阳光里的紫外线有杀菌作用；良好的通风有利于病菌的扩散；湿度小可以减缓病菌的繁殖。遗憾的是潇湘馆内及周边环境恰恰不利于结核病人的护理。

第二十六回叙说黛玉"潇湘馆春困发幽情"，这正是她和宝玉的恋爱时期。宝玉大病之后出门闲逛，习惯成自然地顺脚来到潇湘馆，首先映入他眼里的便是"凤尾森森，龙吟细细"的翠竹。那茂密的竹叶有着美的形态，风吹竹叶发出的沙沙声响。此时此景富含诗意，却独缺阳光。

第三十五回宝玉挨打之后，黛玉在潇湘馆外的花荫下，看见贾母等人成群结队去看望宝玉，不禁想起有父母的人的好处来，因而伤感不已，泪珠满面。她走回潇湘馆院内，便只见满地竹影参差，不觉又想起《西厢记》中所云："幽僻处可有人行，点苍苔白露泠泠"两句来，感叹自己命薄。满怀无以排遣的愁思走进屋内，坐在月洞窗下，只见窗外竹影映入纱来，满屋内阴阴翠润，几覃生凉。竹影好像如影随形，无时无刻不在追随着黛玉，给她带来满屋阴凉的感觉。

第四十回刘姥姥二进荣国府游赏潇湘馆时，作者再给园中的青竹一个特写："一进门只见两边翠竹夹路，土地下苍苔布满，中间羊肠一条石子墁的甬路。"茂密的竹林既使黛玉的闺房终日缺少阳光，还影响室内通风,加之园内泉水潺潺:先由墙外引入,从屋后蜿蜒至房前,沿着石阶再经过竹林而出,造成这里室内空气湿度比其他地方要大,所有这些都对黛玉的健康产生不利的影响。

比林黛玉晚出生一百年的茜茜公主,与黛玉的性格很相似,也敏感、任性,浪漫而又忧郁。作为一般贵族的女儿,她不能适应皇宫的生活,与林黛玉寄人篱下有相似的感受。茜茜嫁给奥地利皇帝弗朗西斯·约瑟夫的七年时间里,生了三个孩子。孩子一出生便被苏菲太后收养,她一直承受母子分离的痛苦,加上难于融入宫廷生活,家庭关系恶化,于是茜茜在越来越多的歌舞晚会中消磨时光。由于生活没有规律,茜茜最终得了奔马痨,一种恶化极快的肺结核,差点就要了她的性命。后来茜茜到了直布罗陀西面的马德拉岛,一个阳光明媚、风景如画的美丽岛屿,经过两年休养,终于从死神手里逃了出来。

我们有理由相信,如果林黛玉能够得到茜茜一样的护理,她或许就不会早夭,宝黛的爱情结局也得重写。

其实,大观园有一处是适合林黛玉居住的,这就是稻香村。《红楼梦》书中这样描写稻香村:"一面走,一面说,倏尔青山斜阻。转过山怀中,隐隐露出一带黄泥筑就矮墙,墙头皆用稻茎掩护。有几百株杏花,如喷火蒸霞一般。里面数楹茅屋。外面却是桑、榆、槿、柘、各色树稚新条,随其曲折,编就两溜青篱。篱外山坡之下,有一土井,旁有桔槔辘轳之属。下面分畦列亩,佳蔬菜花,漫然无际。"这里视野开阔,长着很多蔬菜与庄稼,"一畦春韭绿,十里稻花香"。万物生长靠太阳,可见稻香村是一个阳光充足的地方,与茜茜疗养的马德拉岛的自然环境很相似。只可惜由于林黛玉的性格特点,她自己选择居住潇湘馆,而贾府的长辈们,包括将她当作心肝宝贝儿疼爱的贾母,都严重缺乏肺结核病的护理知识而造成这位秀外慧中的女子早逝的悲剧。

　　不同的环境固然影响人物的情绪，这是作家在小说创作着墨较多的地方。环境更会影响人的身体健康，这一点以往的红学家未作研究。林黛玉与茜茜公主所处的时代，都还没有发明抗生素，但因为选择不同的居住环境，造成人物命运迥异。这充分说明，保护环境、建设美丽家园，不仅可以愉悦我们的身心，更可以增进我们身体健康。

我的旧鞋与谁穿

这个"双十一"，张颖上班迟到了。她一进办公室便连声抱歉说："主任，我在网上订购了六双皮鞋，鞋柜实在装不下，必须处理掉旧鞋。"她边说边在我的茶杯里续上热水，"究竟淘汰哪几双呢？这让我很纠结，需要试脚、比较才能决定。这就误了上班时间"。

对这样一位漂亮、殷勤、嘴甜的下属，任何一位上司都不会因为她上班迟到半小时而生气，但我还是说出了心底的困惑："你又不缺鞋穿，更不缺钱，何必凑双十一这个热闹？"

张颖是衔着金钥匙出生的独生女，父亲是一家药业公司的董事长。她高中毕业后就去法国巴黎大学读书，后又读了硕士。她读博士时，父亲想抱外孙，就催她回来与她儿时的伙伴、本地一位房地产老板的儿子结了婚。她父亲只要她有一份稳定的工作就行了，并不在乎她的收入多少。后来她到我们下属的设计院，现在借调在我这里工作。

"谁说我不缺鞋了？女人永远都缺一双鞋。"张颖扮了一个鬼脸，一副调皮的样子，"女人，不同的心情要穿不同的衣服，不同的衣服要配不同式样的鞋。'双十一'网店上鞋的品种多嘛，此时不买更待何时？"

"鞋对女人就这么重要？"话一出口，我就后悔了。我与张颖属两代人，消费理念差别很大，况且我对时尚是门外汉。

"从实际效果看，再窈窕的女人也要高跟鞋支撑起来，即使风情万种的女人也要踩着高跟鞋行走。"

"这只是表象，其实女人穿高跟鞋走路与旧时小脚女人异曲同工，要保持身体平衡就得摆动双胯，让人从背后看上去更性感。"我心想，但没好意思跟张颖说。

张颖刚到我这里工作时，曾请我与太太到她家吃过饭。她家别墅不用"金碧辉煌"简直不足以形容。餐桌、座椅都很奢华。精致的餐具、酒杯简直就是一件件艺术品，我以前见都没有见过。饭后，我与她先生闲谈，太太随张颖去了衣帽间。后来太太说，张颖的衣帽间就是一座时尚展厅，仅鞋柜里少说就有上百双各种品牌的鞋子。

"你看这一双鞋。"张颖指着手机上的截图洋洋得意地对我说，"这双香奈儿软牛皮鞋，今天打三折，只要三千二，旗舰店的，绝对正品。"

"这也太奢侈了！"我很吃惊，"一双鞋打折后还要三千多，这个价钱普通人能买多少双鞋哪！"

"奢侈是相对的，主要取决于个人的财富多少。同样一件商品，对普通工薪阶层的人来说可能是奢侈品，对企业主就不算什么了。"张颖的嘴角似有一丝不屑。

"富人钟情奢侈品，还不是钱烧得慌！"

"主任，您这就片面了。您穿一件售价一百元的夹克与两千元夹克的感觉会一样吗？同样是夹克衫，价格高的在衣料、做工，包括企业文化、品牌价值方面肯定比价格低的强。"

我认可张颖这句话，但嘴上不肯认输，便转移话题："你是如何处理那六双旧鞋的？"

"扔啦，不穿了就扔。旧的不去，新的不来。按照亚当斯的理论，消费促进生产嘛。"

　　看着张颖一副洒脱的样子，我想起太太几乎每次都把家里淘汰的衣服洗干净了用塑料袋装好，放在垃圾桶旁边，等着有人捡回去，真想对她说："钱是你的，但资源属于大家的。任何人都没有权利浪费！"

　　如今"双十一"已经演变为网购廉价商品的狂欢节。不可否认，这种网购方式免去了仓储和实体店的费用，无疑是一种先进的销售模式。但这种销售模式将生产——消费链抹得光秃秃的，从生产端直接到达消费端，原本技术升级、产品更新、企业文化、品牌价值等等全部省略了，消费者只看到低廉的价格。

　　电商提供给消费者的应该是快捷和便利，而不只是在牺牲信誉和避税条件下的低价，甚至是低质。目前消费者投诉最多的就是假冒伪劣商品泛滥。由于电商的恶意竞价，使实体经济受损，对于生产优质商品的企业造成了巨大的冲击。同时在这些粗制滥造的商品生产过程中消耗了大量的自然资源，产生了严重的环境污染，却没有创造出应有的附加值。

　　当前我们推进生态文明建设，倡导资源节约的生产方式、环境友好的消费方式，就是要物尽其材、物尽其用。一个贪图个人小利的民族难以屹立于世界民族之林；一个热衷粗制滥造的国家是不可能真正强大的。

　　这个"双十一"我也没能免俗，也网购了一双皮鞋，秒杀价一百八十元。晚上回家，我学太太，把淘汰的旧皮鞋用液体鞋油涂得亮亮的，置于原装的纸盒里，放在楼下的垃圾桶边。我的旧鞋与谁穿？期待有人来取。

生态之光

偷得浮生半日闲

忙碌已经成为现代人生活的常态，以至于总感觉时间不够用，无奈之下只得挤占休闲与娱乐时间。技术发明原本要把人们从繁重的劳动中解放出来，为社会成员提供更多的闲暇。然而，如果不改变生活态度，不学会偷闲，再先进的技术也帮助不了我们。

我以为，偷闲的关键是要学会"偷"。三国时，诸葛亮能力如何？当然强。司马徽曾向先主推荐："卧龙、凤雏者，得其一便可安天下。"卧龙，即诸葛亮。后来的事实证明，水镜先生预测错了，刘备得诸葛亮和庞统两人，三分天下也只安其一。人才的使用远非一加一等于二这么简单，还涉及统筹协调的问题，用得好相互促进，用不好互为牵制。诸葛亮与庞统的政治主张并不一致，前者主张以荆州为根据地，实施战略进攻，而后者主张以西川为根据地，进行战略防御。由于卧龙和凤雏之间的分歧较大，这就使得当家人刘备在战略的十字路口不知该如何抉择，最终蜀汉政权既没有占得荆州，也没能在西川站稳脚跟。除了战略选择有误，诸葛亮事必躬亲，操劳过度，致使英年早逝，对西川是毁灭性的打击。

话说孔明兵至五丈原，不停令人搦战，魏兵就是不出。于是，孔明取巾帼和妇人缟素之服，盛于一大盒之内，修书一封，派人送到魏营，意欲激将魏帅。司马懿拆开信看，大意为"仲达既为大将，统领中原之众,不思披坚执锐,以决雌雄,乃甘窟守土巢,谨避刀箭,与妇人简直没有两样!今遣人送巾帼素衣至,如不出战,可再拜而受之。倘耻心未泯,犹有男子胸襟,早与批回,依期赴敌"。司马懿看毕,心中大怒,表面上却佯笑说:"孔明视我为妇人啦!"当场欣然接受物件与书信,接着问使者:"孔明寝食及事之烦简若何?"使者说:"丞相夙兴夜寐,罚二十以上皆亲览焉。所啖之食,日不过数升。"在听完蜀兵说完诸葛亮处理事务、日常生活起居后,司马懿乐了:"孔明不久人世矣。"诸葛亮事无巨细,不懂偷闲,过分劳累透支了生命。他没能活到六十岁,按现在的人事制度,还没到退休年龄呢,这对蜀国,对他本人来说都是悲剧。

历史名流况且如此,普通如我者,若事事都抓,更是做不完。睁一只眼,闭一只眼,事情也就过去了。所以,科学地偷闲,倒是生活的一门艺术呢。

不久前曾去武进前黄镇运村一乡村调研,见到一儒雅的史伟烈书记。他原为某大型民企集团董事长,年仅五十五便退出商界,回村担任书记。书记自掏腰包,五年内累计投入1 000余万元,清河塘,石驳岸,种睡莲,引鸳鸯。到村里一走,展现在我们面前的是一条条水清、岸绿、景美的乡村河道。他还集资铺设了自来水管网,让全体村民都喝上了洁净的长江水,至于修乡道,种绿化,建健身广场,造运河桥梁,忙得不亦乐乎。书记回顾职业生涯不禁感慨:"前三十年,我是为自己忙,积攒私产。最近五年,我是为乡亲们忙,为大家营造优美宜居环境。"他说不久就要退下来了,而且一退到底,趁身体尚健,游历祖国大好河山,观赏世界民族风情。到那时,能偷闲就偷闲,再不为俗事烦心。

无独有偶,晚上看央视财经频道,有位财经人士谈行业发展,其主题是从"偷闲"中寻求商机。众所周知,人类发明技术就是要把复

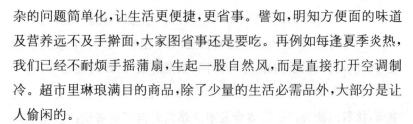

杂的问题简单化,让生活更便捷,更省事。譬如,明知方便面的味道及营养远不及手擀面,大家图省事还是要吃。再例如每逢夏季炎热,我们已经不耐烦手摇蒲扇,生起一股自然风,而是直接打开空调制冷。超市里琳琅满目的商品,除了少量的生活必需品外,大部分是让人偷闲的。

人的天性或许是想偷闲的。技术进步让我们的生活越来越方便,却给地球环境带来越来越大的污染压力。如何处理好追求舒适快乐的生活与减少自然资源消耗之间的关系,是摆在人类面前的首要问题。学会偷闲,从防止贪婪,控制欲望开始。

人的欲望如潘多拉的盒子,一旦打开便肆意妄为。有的人有了一套房,还想要有第二套,甚至还想买别墅。其实,房间再多,也只用一张床。尼采说,人,无法同时在两条河里游泳。房屋再大,房间再多,人也不可能同时睡两张床吧。更何况别墅里睡在同一张床上的夫妻,做的不一定都是同样的梦。

我喜欢偷闲,一贯秉承"多勤不如少用"的生活理念。虽然事业上毫无建树,却活得悠闲自得,轻松自如。那些所谓成功者,可谓"千金难买片刻闲"。唐人李涉有诗云:"因过竹院逢僧话,又得浮生半日闲。"终日奔走忙碌的人,在茫茫人海中浮沉,受各种利益困扰,偶尔抽空闲散心,实为难得。其实,人生就是这么几十年,你拼搏也好,努力也罢,从什么地方来,最终还要到那里去。居再高的官位也得复为平民,挣再多的财富也只得留与别人,积再渊博的知识也将化为一缕青烟随风而去,何苦为了那暂时的功名利禄而奋不顾身?不如像我这样该偷闲时偷偷闲,可做可不做的事尽量不做,不能做的事情坚决不做,过一种"闲敲棋子落灯花"一般的闲适生活。

闲适是一种生活情趣,一种人生境界,也是一门生活艺术。闲适是人生这篇美文中的一个顿号,如同窗前女子静思的含情脉脉,好像河畔美女摇曳闲行的美学风姿，都是人们从平淡日子中活出闲情逸致的韵味。当然，闲适是建立在生活基本得到保障的基础上的。可以想象，如果陶渊明基本生活还没有着落，采菊东篱下，就不能"悠然"见南山。科技不断进步，生产力大幅提高，为现代人提供越来越多的闲适。毫无疑问，追求一个洒脱、欣然、浪漫的人生，寻找一种安乐、悠然、闲适的生活，是现在不少人的内心需求。无论地位高低，无论财富多少，人们都不满足简单的生存，还要追求高品质的精神生活。

然而，闲适又是有层次的。首先，闲适的物质载体有层次性。同样是休息，采取的方法不同，休息的质量就不一样。有些人只会闲时睡大觉，有些人却热衷艺术欣赏或创作。其次，人的心理层次不同。不同的休闲方式心理感受是不一样的，同一种休闲方式心理体验也不尽相同。同样是赏花，观鸟，诗圣"感时花溅泪，恨别鸟惊心"，而一般人只有赏心与悦目的快感。

闲适是浪漫生命必需的一种状态，具有丰富的审美价值。对于性情中人，其生存原则既不是科学的原则，也不是道德的原则，而是审美的原则。审美原则并不意味着他们天性的奢侈，而是向往生命之美。当一个人基本生存得到满足后，自身的自由与审美的需求就成为他生命的最高要求。从这个意义来说，审美能给人愉悦、光明和希望。懂得审美的人，才是真正意义上的自由人。

学会偷闲，珍惜生命。生命的价值不仅在于创造，更在于要有空闲去欣赏由这种创造而产生的各色各样的美！

技术并非万能

看长征七号火箭在海南文昌发射场腾空而起,在习习海风中直入苍穹,再听央视主持人与航天专家讨论发展航天事业、探索外层空间的重大意义,更让人对未来世界产生无数美好的遐想。

突然,妻的一声尖叫,一下子把我拉回到了现实。

"你看,刚洗的床单又弄脏了!"妻一副哭腔。

我快步走上阳台,看着妻手里的床单,如同少女脸上长的雀斑。

向南望去,不远处,一只烟囱正在冒烟。

"这条床单已经洗了三遍,什么时候才是个头呀。"妻一脸无奈。

"政府已经下令对这台锅炉限期治理了,慢慢地会好起来的。"我只好宽慰她。

回头坐在沙发上,我的心情一下子沉重起来。锅炉曾是人类的一大技术发明,但它在为我们提供热量的同时,也使我们遭受烟尘的危害。

人类的文明史,归根结底是人类不断追求丰裕的物质生活和愉悦的精神生活的历史,也就是不断地发明和使用技术、改造自然的历史。迄今为止,人类在改造自然的许多方面取得了辉煌的成果,宇宙探险,基因解码,物种克隆,还有使世界变"小"了的互联网。

然而,正如恩格斯所告诫的:"我们不要过分地陶醉于对自然界的胜利,对于每一次这样的胜利,自然界都报复了我们。每一次胜利在第一步都取得了我们预期的结果,但在第二步、第三步都有了完全不同的、出乎我们意料的影响,常常把第一步的成果又取消了。"对自然界的每一次胜利都使我们自身付出了代价,那就是我们赖以生存的自然环境受到了破坏。

我们生活的地球,是一个由大气圈、水圈、土壤圈、岩石圈和生物圈组成的封闭系统,生物圈对其他各圈起着主导作用。这是一种自然规律,而非技术在起作用。

人类诞生以前,地球就是一个生机勃勃的世界,鸟语花香,禽飞兽走,有茂密的植被、广袤的沃土和丰富的矿藏。对今天的人类来说,那时的地球是一个自然资源极为丰富的世界,各种生物在自然法则下,有条不紊地生活,生老病死各得其所。

人类诞生之初,在采集—狩猎型的社会里,几乎不需要发明什么技术,仅仅靠个体的本能就能得以生存。只是到了后来,人类征服自然的本领增大了,导致人口不断增加,这时仅靠采集、狩猎已不能满足自身的营养需要,人类才不得不由采集—狩猎生产方式转为种植、养殖生产方式,技术也就应运而生了。

人口进一步增加,使人类不得不砍伐森林,开垦出更多的耕地,以满足粮食需求。现代人类不断追求舒适和丰裕的物质文化生活,发明出各种各样的技术,创造了高度的物质文明,同时造成了各种形态的环境污染。

现代文明已经证明,技术作为一种手段,本身并不能创造出资源、能源。技术只会增加人类征服自然界的本领,使资源总的消耗速度加快,其结果必将导致地球上包括生物圈在内的各个子系统的损坏。

"世间万物,生命之网。"不管现代工艺技术多么高明,人类的活

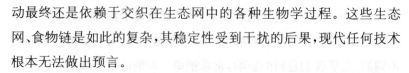

动最终还是依赖于交织在生态网中的各种生物学过程。这些生态网、食物链是如此的复杂，其稳定性受到干扰的后果，现代任何技术根本无法做出预言。

大多数农民都能认识，即使有温和的气候和充足的阳光，也不可能在同一块土地上年复一年无休止地种出同样数量和质量的作物来。某一时候长出的一棵麦苗，都意味着将来在同样的这块地方会少出一棵麦穗，这是因为土壤的肥力是有限的。如果这块土地的所有权"共有"，每一位理性的农民从自利考虑做出的合理的经济决策是，只要有一个满意的收成就会尽量少给土地施肥，其结果必将导致土壤退化。采用农业技术，如通过改良作物品种或实施田间间作，可以提高土地的生产力，但不能阻止土壤的退化。假如从管理入手使这块土地的所有权发生变化，即划归某位农民所有，这位农民就会尽量多给土地施肥，确保土地持续稳产高产。

环境资源就是一种典型的"共有资源"，我们无法做到不让别人与自己同时享受明媚的阳光、洁净的空气和洁净的水源。环境作为资源属性，其产权是不清晰的，这就导致人们盲目开发、滥用。因此，解决环境问题，与保护上述土地一样，不能单纯依靠技术，必须强化制度管理。

写到这里，手机响了，我又一次享受了人类的技术成果。手机在给我们带来通讯便捷的同时，也使我们遭受到电磁辐射的侵害。想起妻那张很无奈的脸，我不禁要问，技术真的那么管用吗？

要解决环境问题，与其殚精竭虑发明各种技术，不如老老实实尊重自然规律，这才是生态文明。

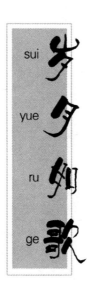

sui
yue
ru
ge

岁月如歌

我的启蒙老师

  我的启蒙老师名叫陈友兰，是一位回乡女知青。初中毕业那一年，她因为家庭成分不好，上高中政审过不了，只得回乡务农。村支书见我们这个水套里的三个生产队的孩子去中心小学上学太远，且要经过一条狭长的圩坝，雷雨天很不安全，就与乡里的教育督导商量，在我们这个村的东头，一间废弃的水车棚里开办了这所学校。学校只有一间教室，一年级和二年级的同学在一起上课。任课教师只她一位，语文、算术、美术、音乐、体育都由她一个人教。一年级的学生坐在前二排，二年级的坐在后面，大家交替上课，这就是所谓的复式班。

  老家就在扬州城外，四面环水。一到夏天，孩子们喜欢去河里玩耍，有踩河蚌的，有摸虾的，有抠螃蟹的，有采菱角、鸡头米的，有挖塘藕的，几乎每年都有小孩溺水而亡。我小时候很顽皮，特别喜欢玩水，六岁不到就被淹过多次，有两次差一点都救不活了。我六岁那年，端午节一过，天气渐渐热了起来，母亲怕我再被水淹，连拖带拉把我揪到水车棚里，央求陈老师说："老师啊，眼看就要发大水了，孩他爸马上要去抗排站出工，队里要麦收，把小龙放在家里，我实在不放心，能不能让他提早上学啊？"陈老师看了我一眼，面带难色地对母亲说："素英姐，不是我不肯帮你，我这里有三十几个孩子，我要对他们负责。小龙太顽皮，一眼不见就下河玩水。你家就这么一个男孩，出了事情，我可担待不起啊！"母亲对着我的屁股狠狠地就是一巴掌："这个讨债鬼，看你还淘不淘？一天到晚尽闯祸！"我"哇"的一声哭了起来，一半因为屁股疼，一半因为害怕上学被关在水车棚里憋得难受。老师见母亲一副无奈的样子，我又在一旁眼泪鼻涕地哭泣，只好勉强答应让我插班入学。

母亲离开后，陈老师为我在第一排最里面靠墙处腾出一个位置，这样我就难逃出去了。接下来的一堂课是一年级算术。陈老师在黑板上先画了几只桃子，留出一段空白，又画上几只，然后在空白处填上"＋"号，让大家数一数，问总共有多少只桃子？老师的桃子画得太逼真，一下子唤醒了我肚子里的馋虫，想起学校隔壁有户人家树上结满了桃子，心里痒痒的。我慢慢地萎下身子，趁老师背对黑板写字，就从课桌底下爬了出来，一溜烟跑了。

自由的感觉真好，我径直向河边的一棵桃树奔去。这棵桃树斜着生长，根在岸上，树冠临水，结的桃子又白又大。我手攀枝条，脚踩树干，"噌噌"就像长臂猿似的很快爬到树顶，摘下桃子就啃，不小心掉落下的桃子，砸在水面上发出"咕咚、咕咚"的声响。我正吃得香，就听树下有人说话，朝下一看，陈老师和几个年纪大一点的同学正对着我指指点点。"小龙，当心点，别掉河里呀，慢点下来！"老师故作镇静地张开双手，摆出一副要怀抱我的样子。上树容易，下树难。我双手紧抱着树干，两只脚不时朝下探，一步一挪慢慢地下到地面。老师快步上前，一把将我揽在怀里说："你这孩子，就这一会儿，怎么就逃了出来？这多危险啊，要是掉到河里可怎么办哪！"

陈老师领我回到教室门口，蹲下身对我说："小孩吃别人家的东西要经大人同意，你这样做可不好。假如大家都像你，人家不是白种桃树了吗？"老师循循教导我，整个过程没说一个"偷"字。这是我人生的第一课,让我懂得做人要守规矩。

我是插班生,没有课本,放学后陈老师就去供销社买回来几张白纸,裁成长条,再折叠起来,形成一个个方块,用毛笔在上面写上大字,内容几乎都是那个时代的标语、口号,譬如"毛主席万岁"、"共产党万岁"、"只有社会主义才能救中国"、"谁是我们的敌人? 谁是我们的朋友? 这是革命的首要问题",等等,给我作认字簿。我上课心不在焉,还乱搞小动作,不时像演奏手风琴似的,一会儿把方块字拉开,一会儿又合上。有一回还趁邻座女孩不注意用草绳把她的长辫子扎在凳子上,看到她站起来回答老师的提问时痛得龇牙咧嘴的,我就摆出一副幸灾乐祸的样子。下课后,老师给我打开方块簿,指着上面的"朋友"两个字耐心地解释给我听,告诫我说:"小男孩淘气不要紧,但不可做坏事。大家在一起读书,就是朋友,要互相爱护,互相帮助。"后来我读书读到"同师曰朋,同志曰友"这段话,便想起老师当时教导我的模样。

陈老师的祖父是附近有名的私塾先生,父亲是一位农民画家,家学较深。她见我认字很快,接受知识能力强,空闲时就给我讲历史典故,有"孟母三迁"、"孔融让梨"、"司马光砸缸"、"曹娥救父",等等。后来老师还专门用自来水笔给我手抄了一部《三字经》,让我在认字的过程中,接受传统文化的熏陶。当时这些都属于"四旧"内容,公开场合不能教,老师就晚上到我家里来讲给我听。每次老师都装作串门子来我家。母亲把她让到里屋,点上煤油灯。她就在昏暗的灯光下给我授课。陈老师开启了我的心智,慢慢地我变安静了,再没有过去那样的调皮。母亲看了很高兴。再后来,晚上不见老师来家里,我就感觉空落落的,一听到"素英姐,我来了"的说话声,便欢天喜地上前开门。

我读二年级的那一年,"文革"蔓延到了乡下,经常见到各式各样的批斗会。在打谷场上,用门板搭起一个高台。被斗的对象头戴纸糊的高帽子,帽子的前面写着"老老实实交代",背后写着"不许乱说乱动",跪在高台的前面。台上主持人高呼:"不吃二茬苦,不受二茬罪!打倒地主!打倒反动派!"下面群情激愤跟着高喊,众人都用力高举拳头,一副群情激愤的样子。我有一位叫王玲的女同学,祖母是个地主婆。有一天下午放学后,王玲在回家的路上就被几个男生欺负,他们跟在她的后面起哄,一路高喊:"打倒地主小崽子!踏上一只脚,让你永世不得翻身!"王玲气得直哭,但毫无办法。老师走过来,先批评在场的男生,再俯下身来安慰王玲说:"人不能选择自己的出身,但可以改造自己的思想。只要改造得好,照样能够成为共产主义的接班人。""文革"闹得最凶的那一段时间,王玲每天放学都由老师一路护送回家,即使雷雨天也一样。多年以后,已经成为华为集团高级工程师的她,每次回忆起那段经历都感动得泪光点点,是老师给她在那些黑暗的日子送来了温暖。

到我要升三年级的那个暑假,有一天傍晚陈老师到我家来跟母亲商量说:"你家小龙虚岁才八岁,比一般孩子入学早,这么小,每天去中心小学要赶四华里的路,来回太辛苦,碰到雨天都没法回来吃午饭,不如继续在这里上学吧,还上二年级。"我一开始不同意。老师苦口婆心劝导我:"你这不是因为学习不好才留级,没什么不光彩的。想学习,老师鼓励。以后我给你加小灶,不会耽误你。"就这样我在老师这里一连上了三年的二年级,以至于课本上的知识都被我背得滚瓜烂熟了。老师让我读小说,记得有一篇的书名为《一个苦女努力记》,还是民国时期的版本,说的是一位聪明的女佣奋发读书,最终学有所成,还获得了少东家爱情的故事。这部自传体的小说文学性并不高,但让我从中明白了学习使人进步的道理。老师还送我一本发黄的《千家诗》,每一页上半页是一幅插图,下半页是诗句,主要是唐宋时期的诗作,也有元明清的大家作品。老师先让我自己看,再定期给我辅导。我很庆幸,因为老师,我在那个特殊时期比同龄孩子接受了更多的文化滋养。

在我第二个二年级的下学期,班上有位女生的父亲在淮南煤矿出事了,她的母亲要去奔丧,留下三个孩子,生活没了着落。老师自告奋勇,主动提出照应他们,一日三餐都由她做。她还把家里的鸡杀了,带到这家来烧,为孩子们增加营养。晚上等这家孩子全部入睡后,她才摸着黑路回家。一连二十天,天天如此。农妇处理完丈夫后事回来,看到家里收拾得顺顺当当的,孩子们脸上白白胖胖的、身上的衣服干干净净的,而老师原本白皙、润泽的脸庞暗淡了许多,感动得热泪盈眶,一把拉着老师的手说:"大妹子呀,这让我如何感谢你才好?你就是我们家的大恩人哪!"老师安慰她说:"谁家都会有个难遭个灾的,大姐要挺住,把这三个孩子培养好,才能让孩子爸在地下安心。"

到我升入三年级的那一年,老师出嫁了。她嫁到县郊的一个乡,与一位乡村医生喜结连理。夫妻俩一个给人治病,一个为社会育人,造福桑梓,相得益彰。我读五年级的那一年,有一回老师回娘家,在田埂上遇见我,一再嘱咐我说:"现在流行开卷有益,但开卷不等于抄书,一定要弄懂弄通课文,这样考出的成绩才真正反映学习情况。国家要实现四个现代化,需要有知识、懂文化的人才。白卷先生只是特例。学习不能松劲呢。"正因为有老师的提醒,在那一片"读书无用论"喧闹声中,我一直没有耽误文化课的学习。即使在评《水浒传》的那一年,我因为熟读这本书,就在"接受贫下中农再教育"干农活的间隙,把梁山好汉的故事讲得有声有色。说到"智取生辰纲"悬念迭起;讲到"武松打虎"能把书里的每一个动词比划得准确无误。后来县里举办说《水浒传》比赛,我还获得了一等奖。县文化馆有一位老师是扬州城里下放来的评话演员，说我的评书有著名评话家王少堂的味道。他还曾想收我为徒呢。

正是因为老师的教导，又因我小学留级两年，恢复高考的那一年，恰巧我高中毕业，几乎没费什么劲就顺利走进了大学的课堂。

老师有两个儿子，后来都学有所成。老大在中科院海洋研究所工作，是我国知名的海藻研究专家，二儿子在美国读完博士后，现在新加坡南洋理工大学执教。老师在她的长子考入大学的那一年，通过国家考试，正式由民办转为公办教师，还多次荣获"江苏省优秀初中语文教师"的称号。老师退休后做起了公益，在学校附近租了两间房子，免费办了一个作文辅导班，每季只收十几位学生，都是一些家境不好但肯学上进的孩子。

"六一"儿童节就要到了，这让我想起自己调皮的童年。我们在季节的变换中长大，在岁月的交替中成熟、变老，是陈老师教会了我如何学习，怎样做人，我特别感激她，也很想念她。谨以此文向我的启蒙老师表示崇高的敬意！

表　嫂

　　老家有一句村俚:表溯百年。腊梅是我表伯家的儿媳,我还叫她表嫂。表嫂比我大十二岁。记得六岁那年,中秋节刚过没几天,我才第一次见到腊梅嫂子。腊梅与表哥如松于八月十八这一天举行了婚礼。

　　如松表哥婚礼那天,白天我与几个小伙伴在野地里疯玩,弄得全身都是土,就像一只泥猴子。到了晚上,当腊梅坐着如松的自行车进门时,我已经在屋后的草堆旁睡着了。婚礼,在那特殊的年代,贫穷落后的乡村,不仅是一种仪式,还成了一种文化活动。乡亲们变着法子、翻出各种花样闹洞房。等到闹完洞房,妈妈这才想起我来。据说那天我是闭着眼睛由妈妈洗的澡,洗完就直接放在表伯母的床上继续睡了,我连新娘子长什么样都不知道。

　　第二天早上,我正在表哥家的天井里挖蚯蚓,用作钓鱼的诱饵。这时从堂屋走出一位苗条女子,白白净净的,头发梳成一个髻,如画的眉宇略带羞涩。她静静地站在我的身后,看着我翻开一块块小方砖,寻找下面的蚯蚓。她身上散发着淡淡的体香,让我闻着很舒服。等我挖完蚯蚓站起来,就见她浅浅一笑对我说:"你就是河西表叔家的小龙吧?"我点点头,又凑到她的身旁好奇地嗅了嗅,然后转着圈子打量她。我感觉在哪儿见过她,却一时想不起来。她跟着我转动身

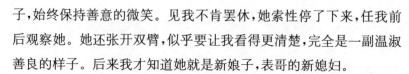

子,始终保持善意的微笑。见我不肯罢休,她索性停了下来,任我前后观察她。她还张开双臂,似乎要让我看得更清楚,完全是一副温淑善良的样子。后来我才知道她就是新娘子,表哥的新媳妇。

当时表哥已经快三十了,由于家庭成分是地主,所以结婚很晚。在那极"左"时期,地主的后代很难找上对象,表哥能娶到腊梅完全托祖上的德福。

表哥的祖上曾是晚清扬州城里的盐商,积攒了大量的财富,不仅城里有商铺,而且在老家紧靠三阳河的东侧,还置了四百多亩上好的水田,全由当地村民租用。三阳河是一条南北向的河流,现在已成国家南水北调东线工程的骨干河流。奇怪的是它流过表哥家老宅附近却拐了一个弯,先向西流,与京杭大运河形成了一个"丫"字,然后再向北流去。

据说表哥的曾祖就是看中这里的风水才买下田地的。晚年他把城里的店铺给二儿子打理,自己回到故里,与大房儿子一起生活。回乡后老人家做了很多善事,还出钱在三阳河与大运河的交汇处造了两座桥。行人走不了几步就能穿过两条大河,因此当地人称作"三步两档桥"。至于出钱修路,接济乡邻,捐助寺庙,每年都有不小的开销。

有一年腊月二十五,久雪天晴,表哥的曾祖坐轿子出去收账,到了三阳河桥的西侧,就见一位衣着粗布的老婆婆瘫坐在桥头哭泣。他赶紧让轿夫放下轿子,走过去,欠了欠身子和蔼地问道:"快过年了,你这位老姐有什么难事? 说与我听听,或许我能帮上你的忙。"老太婆一只手指着摔在地上的油瓶子和一摊油污,另一只手拍着泥地,大哭道:"不晓得是什么人家造的这座桥,这么陡呀,还让不让人过哪! 家里还指望这瓶豆油过年呢,一个跟头就全跌翻了,让我回去如何与儿媳妇说呀!"

老曾祖当初为了让过往的帆船方便收落桅杆，特意让人把桥洞设计得很高。由于引桥偏短，桥面就很陡峭。见此情景，老曾祖连忙让伙计抓一把雪放在砚台上，很快磨好墨汁。他又从账本上撕下一张纸，提笔在上面写了一行字，递给老婆婆说："老姐姐，你拿这个纸条，提瓶子再去油坊找那里的伙计，他们会给你装满油的。"说完，便令轿夫搀扶她过了桥去。

　　老婆婆将信将疑，颤巍巍地拿着纸条来到油坊。店里的小伙计一看，又传给另外一个伙计说："这不是老太爷的字吗？要我们给这位老婆婆打满油，送她过桥去呢。"

　　第二年开春，老曾祖就命人重新设计，在原址上建了一座新桥，把引桥建得长长的，平坦多了。桥，用一块块小方砖垒成，砖与砖之间用糯米汁和草木灰浆粘结，很结实，一直保留到1960年代。如果保留到现在兴许算作历史文物了，可惜在"农业学大寨"时被拆了。后来公社在河上砌的一座水闸，用的就是原来桥上的砖。

　　老曾祖有三个儿子。老大就是我的姑祖父，一直在乡村管理田产。另外两个儿子，一个在扬州城里经营店铺，另一个在南京城里教书。过去乡村习俗特别重视长房。老人临终留下遗言，嘱咐乡下良田由老大管理。

　　姑祖父得子早，十八岁就有了第一个儿子。两位表伯父先后从中央大学毕业，都在国民政府财政部谋到了职位。1949年人民解放军攻占南京，二伯父去了台湾，大伯父便回到了老家。

　　大表伯颇有祖父遗风，也乐善好施。回乡不久，当地实施土改，他家被划为地主，所有土地分给了村民。庄园则被用作村里的学堂，一家子就迁至三阳河边的水车棚里居住。好在这家人一向行善，村民们并不十分为难他们。可是好景不长，"三反五反"运动一起，他们立即受到冲击。其时，姑祖父已经过世，由表伯当家，灾难也就落在

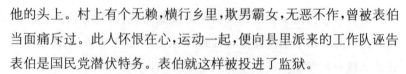

他的头上。村上有个无赖，横行乡里，欺男霸女，无恶不作，曾被表伯当面痛斥过。此人怀恨在心，运动一起，便向县里派来的工作队诬告表伯是国民党潜伏特务。表伯就这样被投进了监狱。

在扬州中级人民法院的法庭上，表伯为自己作了无罪辩护。凭其出众的口才，详细叙述了他在国民政府里的岗位特点。按照党的政策，作为旧政府的一名文员，从来没有参与过反革命活动，不该获罪。回乡这几年，安心务农，从没有走出过乡里，一切都有村民作证，如何能从事特务活动？经过数次法庭辩论，最后法官确认表伯无罪。第四次开庭审理后，表伯被当庭释放了。

表伯从法庭回家数天后，从扬州城里来了一位公安。此人原是高邮一带的湖匪，后被新四军劝说加入了抗日武装，算是参加了革命。新中国成立后，原先钢铁一般的队伍出现了形形色色的道德锈斑，换妻便是其中的一块污点。这家伙一进扬州城，就直奔过去经常光顾的那条烟花柳巷，并与一位姿色不错的妓女打得火热。后来所有妓女都被集中改造，急得这厮抓耳挠腮，一时不得法子。在道德教育和法制威慑下，妓女大都被改造成自食其力的人，国家政策也允许她们嫁人。这位公安急忙回乡休了原配，要与这位从妓院出来的女人结婚。表伯被押时，他是看守。在了解表伯的家境后，此人又生出一股打家劫舍的匪气。他找表伯说是借钱，实为勒索。

"求亲无恶语，借钱笑脸生。"这家伙拿腔拿调，一副公事公办的样子，完全是"你借也得借，不借也得借"的口气。表伯一身正气，熟悉党的政策和国家法律，如何甘受这等无赖欺负？当场一口拒绝。

碰巧那天伯母正要临产，无法起床与此人周旋。悲剧就此发生。这是伯母一辈子最后悔的一件事！如果那天伯母在现场绝不会像表伯这样认死理儿，花一两根金条定能消灾。到了午后，那小子见硬磨不行，又改为软泡，但任他口吐莲花，表伯就是不肯借钱。到了傍晚，那家伙谎说要表伯跟他去城里核实在原国民政府工作的有关情况。表伯觉得自己刚被法庭审理释放，又是守法公民，相信政府不会为难他，便同意跟他走了。

第二天，天刚麻麻亮，一阵嘈杂声把全家人吵醒了。孩子们起床才发现表伯被人用担架抬了回来，放在了大门口。只见他浑身是血，雪白的衬衫被血染成了红色，一眼便可看出是被荆条抽打的，已经体无完肤。表伯母还躺在床上待产，无法下地，孩子们只晓得围着父亲哭，哪里知道赶快去请郎中？就这样刚过晌午，表伯就咽下了最后一口气，最终连他最小的女儿都没能看上一眼。

伯母中年守寡，带着四个孩子，日子过得十分艰难。苦难是人生最好的老师，教会孩子们独立。大女儿咏荷高小毕业，成绩名列全校第一，却不得升入初中，只好回乡务农，与母亲一起操持家务。如松表哥排行第二，读完初小便辍学了，年仅十二岁的他就在农村初级合作社参加田间劳动，单薄的肩膀早早担起了生活的重任。

后来政策越来越"左"，地主子弟被剥夺了入学资格。每天看着别人家的孩子高高兴兴地到自家的老宅里上学，而自己的孩子只能在教室外面偷听，伯母心如刀绞。伯母出生于大户人家，做姑娘时曾进过洋学堂，于是她既当母亲，又当老师。无论农活多么忙，哪怕被公社揪去批斗回来很晚，她还要教孩子们认字读书。孩子们通过自学都能读书写信，其中二表哥如虎更是聪明过人，一天学堂没上却能通读四大古典名著，评论《三国演义》很有几分易中天的味道。

孩子们渐渐长大，住在水车棚里并不是长久之计，但是孤儿寡母能有什么办法呢？在他们最艰难的日子里，我的父亲站了出来。父亲四处告贷，还拆掉自家东厢房，把所拆木料、砖瓦都运了过去，不久就帮表伯母在老宅的北面，紧靠小学校的一块空地上新砌了三间瓦房。后来房子不断扩建，最后竟成前后两进共六间房子。每一次建房父亲出力最大。

我父亲年少丧母,七岁那年我的祖母就去世了。那时伯母刚嫁过来,待我父亲就如同自己儿子一般,长袍、短衣、布鞋等针线活,都是伯母亲手做。这一做就是十五年,一直到我父亲结婚。每年春节后,她与表伯来给舅舅,也就是我的祖父拜年,都给父亲带来很多好吃的零食。拜完年,还把我父亲带回去住上十天半月的。后来父亲回忆这段经历,语气全是温馨。表嫂就如母亲,让父亲感受到浓浓的母爱。

父亲是一位知恩图报的人。那时他在老家镇上一家汽车修理厂上班。伯母家砌房子由他去找领导批发钢材、批木头。他还出面到附近的窑厂,与人家讨价还价砖瓦的价格。我们经常听父亲对母亲说:"表嫂待我如子,我要把她当作母亲来孝敬。"我的母亲很支持父亲,从未有过一句怨言。

到"文革"时,地主婆的日子越发艰难。伯母经常被人戴上白色的纸帽子游街示众。帽子前后各竖写着四个字:老实交代;认真改造。各种批斗会一个接着一个,伯母都是被斗争的对象。每次批斗会结束,父亲就与如松一起把他们家的门板抬回去。这些门板是用作批斗会搭台用的。

如松表哥身材魁梧,仪表堂堂,温文尔雅,但由于家里成分不好,年近三十还未结婚。父亲看在眼里,急在心头,只得向他的私塾老师、腊梅的父亲求救。

腊梅的祖上是表哥家的佃户。有一年扬州城外发生了一场瘟疫,接连夺去了腊梅祖父、祖母的生命,留下腊梅的父亲成了孤儿。如松的祖父看他可怜,就以每年三担大米的代价将他寄养在一庄户人家,后来看他伶俐,又出钱让他进入村上私塾读书。腊梅的父亲读书很用功,后来还上了洋学堂,回乡后接替了老私塾先生,就成了我父亲的老师。

那一年腊梅才十七岁。她看到我父亲上门，先甜甜地叫了一声叔，连忙去灶间端一碗水来，递给我父亲喝，紧接着就去地里喊他父亲回来。这对师生在房间里商量好一会儿，这才把腊梅叫进去。只听她父亲叹了一口气，有些不舍地问道："腊梅呀，你觉得你如松哥这个人怎样？"

"蛮好的呀。如松哥懂孝道，有礼貌，人也勤快。背后姑娘、嫂子们都说他好。"

"你如松哥今年都快三十了，一直未中对象。家庭成分不好，难哪。"腊梅父亲怜爱地看着女儿说，"腊梅你也长大了，我与你叔刚才商量了，想把你嫁过去。你看——"腊梅父亲拉长了音，有些担心地看着女儿，就怕女儿不同意。

腊梅站在一旁，斜侧着身子，羞涩地用手捻着胸前的辫子，低头在想。

腊梅父亲继续道："女儿呀，我们从祖上起就受人家恩惠。没有如松他爷爷的眷顾，哪有你爸爸的今天？又怎么会有你呀！"

"爸，您别说了！"腊梅赧然道，"我听爸和叔的话。"

第二年秋天，腊梅就嫁给了如松表哥，成了我的表嫂子。

"文革"结束的前一年，公社实行土地整理，要求表哥家搬到临近国道旁边的大村子里，集体还给补贴，交通出行也方便。如松跃跃欲试，伯母却很紧张。她死活不肯搬，还对如松说，除非她死了，否则别想搬家。

如松是孝子，并不想悖逆母亲，但搬家的诱惑实在太大了。他请来我父亲，以为母亲一向对表叔言听计从，这次也不例外。

傍晚下班途中，父亲弯到如松家，与伯母在房间里只商谈了小一会儿，就把如松叫进去，很认真地对他说："你这个家不能搬，这事儿必须听表叔的,表叔还让你吃亏?"

如松表哥将信将疑,又不能同时得罪两位长辈,只好暂时不提搬家这事。

不久,"文革"结束了,党中央拨乱反正,工作重心从阶级斗争转移到经济建设上来。到了刘少奇同志平反的那一年中秋节,伯母把外嫁的女儿都叫回来,还把我父亲叫了过去。一家子吃完团圆饭,伯母就让如松哥把她卧室里的大立柜挪开,然后在地下挖出了一只陶缸和一只瓷坛子,里面装满了银圆和金条!原来伯母不肯搬家就是因为地下埋着金银。伯母把金条、银圆分成了七份,吩咐如松、如虎各拿两份,两个表姐得一份,还有一份给我父亲,说是感谢他多年来对这家子的照应。

我父亲含着热泪,拉着伯母的手说:"大嫂子啊,您待我就如母亲一般,我妈去世以后承蒙您照顾,冻不着,饿不着,委屈不着,还不多亏嫂子您哪!我做的一切都是应该的,怎么能收您这份大礼啊!"

任凭伯母如何劝说,父亲就是不肯接受。伯母无奈地对在场的儿女们说:"河西小爷的这一份先寄存在我这儿,等我哪天不在了,你们若是孝顺孩子,就请移交给他。"

又过了几年,伯母因哮喘病发作,驾鹤西去。父亲就像孝子一样,忙了整整一周。有人来吊唁,他逢人便说:"我嫂子这辈子真不容易,最后得以善终,多亏邓小平落实政策啊!"

我上高中时,妈妈身体不好,父亲工资低,妹妹和我正处于发育阶段,饭量特别大。腊梅嫂子家屋后有一块荒地。腊梅开垦荒地在上面种了山芋和花生。到了秋天,她就挑着担子来给我们送吃的。以至于我后来再不愿吃山芋,因为那时吃山芋太多,简直吃厌了。

改革开放后,如松就用金条去银行换了钱,开办了一家农药厂,后来做得很大,如今还在创业板上市了。

到我上大学时，如松表哥的厂子开张不久，资金很缺，即使在这种情况下，每逢节日，我都还收到腊梅嫂子寄来的慰问金，三十、五十不等。现在这点钱不算什么，在改革开放之初，可不是小数目呢。

我结婚的头天晚上，腊梅嫂子来了。老家风俗结婚要暖房，即头天晚上让童男童女在新床上滚一滚，然后在床单下藏钱，讨一个多子多福、兴旺发财的吉兆。

那天腊梅嫂子诚恳地对我说："我妈（指她婆婆）说好的，家产有小爷一份，但小爷始终不肯接受。这三根金条只占其中很少的一部分，你就拿着给媳妇打一根项链，做一枚戒指，将来再给孩子熔一副金锁，也算是了却你伯母的心愿，让她在地下安心。"

我抬头看着父亲，只见他轻微地点了点头，算是默许，便同意腊梅嫂子把金条藏在床垫下了。

后来我被单位外派出国学习，就用省下的津贴给妻买回了项链和戒指。新时代小孩子再不佩戴金锁了，所以那三根金条一直存放在父母那里，我就再没过问。

大学毕业后，我一度爱上了集邮，还"人小心大"，恨不能一口气就集全新中国发行的全部邮票，一度开支很大。有一次去如松表哥家玩，看到他家银桌上放着三大本邮册，我惊奇地问："腊梅嫂子，你家谁集邮啊？这么稀缺的票，从哪儿弄来的？"腊梅笑着说："哪条规定只能大学生集邮，普通老百姓就不能集邮？"

我笑笑说："谁说嫂子不能集邮了？我不就是随便问问嘛。"

"你看，这个老头是谁呀？"她指着由元朝戏剧作家关汉卿制作的邮票小型张问我。

我给她介绍了关汉卿的生平和他的主要作品，其中《窦娥冤》和《望江亭》曾被改为扬剧在老家演出过，腊梅嫂子一听就懂。

那天下午，我给腊梅嫂子讲解了很多邮票上的故事和知识，她听

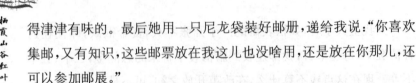

得津津有味的。最后她用一只尼龙袋装好邮册,递给我说:"你喜欢集邮,又有知识,这些邮票放在我这儿也没啥用,还是放在你那儿,还可以参加邮展。"

　　我实在喜欢这些邮票,便答应了她。哪知道我犯了一个大错!这些邮票,本来就是腊梅嫂子特地为我买的。我再还她,她如何肯要?拉扯到最后,嫂子都快翻脸了,很不高兴地对我说:"这点邮票算什么,你不要觉得过意不去。妈对小爷,那是什么心?我与她老人家比,还差得远呢!"

　　在那特殊的年代,父亲还有报答表嫂的机会。现在政策好了,腊梅嫂子一家很富有,产业甚至比祖上的还要大,我又如何报答她对我的恩情呢?狭义的报恩,就是直接报答恩人。广义的报恩,则是把恩人的善意,经过自己的手传递给他人,最后一传十,十传百,让全社会都充满爱心。我要严格要求自己,努力工作,多做益事善事,也算报答我那朴素、善良的腊梅嫂子。

雪，如你

北风像脱了缰绳的野马，在原野上狂奔，撞在树上发出一阵阵嘶鸣。灰暗的天空，浓云密布。云被狂风挟裹着，变换着不同的姿势，上下翻滚。渐渐地，风小了，云也静了，天空变得光亮。一朵朵白色棱形的花，翩翩落下。林木素裹，草地银妆，清亮了河流，掩藏了村庄。雪，正演绎冬的童话。

这是冬天的第一场雪，似乎比往年来得晚了一些。不知道被什么羁绊，或牵挂着什么，矜持地，款款而至，像寒风里的一段温馨往事，如孤灯下的一段尘封回忆，令人怀念，让人欢欣！

对雪，我从小便有一份喜爱。幼时一觉醒来，只要发现屋子里比平常明亮了许多，就会开心地问母亲是不是下雪了。有时甚至冒着严寒走到窗口，踮着脚向天井里张望。看到屋顶与地面被雪光耀得一片白亮，顿时兴奋得手舞足蹈。屋外的确寒冷，然而面对这白色的精灵，又岂是几分寒意所能阻挡我的？

记得有一年冬天，大雪过后，我与伙伴们在天井里堆雪人，打雪仗，嘴里哈着热气，有的还拖着清水鼻涕，相互追逐、嬉闹着，那真是不识愁的少年！一双手冻得红红的，却一点也不感觉冷。突然，一阵大风把门楼的门猛地吹开了，不知是谁叫了一声："看！那是谁呀？"走出门楼一看，白茫茫的原野上有一个红点慢慢地移动，渐渐地看得清楚了,原来是卖花姑娘。我们都认识她,是河西张老五家的姑娘,一位比我高两届的女生。张家有祖传的扎花手艺,传到老五这一代已经衰微。老婆去世早,他与女儿相依为命。

张姑娘不仅人贤惠,长得美,手也巧,只是学艺上学晚了些。她制作的绒花,色彩艳丽,姿态优美,村上的大姑娘、小媳妇儿、大婶们都喜欢,争着买。冬天故乡的女人们,头上戴着张姑娘精制的花儿,走在路上便成了一道流动的风景。

张姑娘模样儿美,极富青春活力。从背影看,娉娉袅袅、细细楚腰、亭亭玉立的她如早春的翠柳在暖阳下蹁跹起舞,又如盛夏出水的芙蓉在晨风里微微颤动。一头秀发如瀑布倾洒在后背,似水墨山水图中那最洒脱的一笔。

张姑娘美,美得我几乎不敢从正面观察她。我担心自己世俗的目光灼伤她如玉一般的形象。每次我只能装着漫不经心,从她身边走过,偷听她与女伴交谈的声音。张姑娘的声音很温柔,就如同飞雪落地。有时,我从侧面用余光偷窥她,觉得她简直就是钗黛合体,既有宝钗的丰满,又有黛玉的婀娜。她让我第一次有了探索女孩的念想。

我曾做过无数个梦,拉着张姑娘的手在大地上飞奔,与她躲进扁豆架下看七月初七的巧云;她与我厮打在花丛,粘一身的花瓣,透出红扑扑的脸;她跟在我的身后,拿一把散边的芭蕉扇,在月光下扑那些萦回的萤火虫……我与她一起欢乐,她与我一同开心。

这里的雪越下越大。这是异乡的雪,一片片的,在空中飘舞,缓缓而下,落在地上,又似落在心上。如此纯洁的一种白,带着一股灵秀,一丝怀旧渗入心田。

渐渐地,地上的积雪越来越厚了。雪地的温柔,让人不忍心走上去,与其说害怕踩上一串世俗的脚印,不如说担心坏了雪景中那久远的情思。只想静静地立着,感受她的美丽,感受她的轻灵。

伫立雪中,神思早已化为雪花。忽然有一种冲动,伸出手去抓一抓雪花。面对这活泼的精灵,好不容易才握住一片。有一种清凉的感觉,张开手掌一看,只有一小块若有似无的水印。雪花早已逃逸得无踪无影。

仰头再细看雪花,雪花竟幻化出一张粉面。不知是雪花化成了张家姑娘,还是那张家姑娘原本就是雪花的精灵!

雪花飞舞,依旧如前,活泼可爱,纯洁秀气。雪花,在我的面前飘舞,飘向远方,飞向故乡的田野,飞向老宅的天井……

松鼠鳜鱼

鳜鱼与鮰鱼、刀鱼、鲥鱼同为我国东部四大食用名鱼。刀鱼、鲥鱼属长江洄游鱼类，曾与河豚并称为长江三鲜。现在由于环境污染，鲥鱼已经绝迹，刀鱼踪影难觅，野生鮰鱼也日渐稀少，只有鳜鱼还遍布长江下游流域水体。鳜鱼以浙江湖州境内的西苕溪所产的最好。西苕溪南邻莫干山，北通太湖，沿岸景色优美。唐代诗人张志和曾作《渔歌子》："西塞山前白鹭飞，桃花流水鳜鱼肥。青箬笠，绿蓑衣，斜风细雨不须归。"这首词不仅道出了春汛来时鳜鱼的肥美，更描绘了太湖水乡的美丽风景。

鳜鱼烹饪法有多种，红烧、清蒸、大汤、火烤皆可，尤以松鼠鳜鱼名扬天下，为中华美食园里的一朵奇葩，具有酸、香、甜味兼收；鲜、嫩、脆口感并蓄的特点。烹饪松鼠鳜鱼不仅需要对食材、辅料、制作工艺烂熟于心，更要有一流的刀工。松鼠鳜鱼在江苏扬州和苏州都很有名，其烹饪方法基本相同，只是扬州的稍微酸一点，苏州的略偏甜一些。这两个地方制作松鼠鳜鱼传说都与皇帝巡幸有关。当年隋炀帝游幸扬州观赏琼花，曾到万松山、金钱墩、象牙林、葵花岗四地观光，因叹服这四大名景，回到行宫便要求御膳房厨师以四景为题制作菜肴，这就有了松鼠鳜鱼、金钱虾饼、象牙鸡条和葵花斩肉（扬州俗称狮子头）四道名菜。相传乾隆帝下江南曾微服至苏州松鹤楼菜馆用膳,因打扮粗鄙而受店家奚落、怠慢,正欲发作之时,一筷子松鼠鳜鱼入口,顿感脆嫩酥软、酸甜可口,立即消了气。从此松鼠鳜鱼也成了苏州的一道名菜。

我第一次吃松鼠鳜鱼是在上小学三年级那一年。过了中秋,我家自留地高岗上的玉米饱浆了。有一天下午我放学回家感觉太饿,经过自留地时,扳开一只苞米就吃。当时并不觉有什么不适,只感觉甜甜的,后来就得了一场怪病,每天拉稀,全身无力。妈妈驮着我走遍了东西南北的医院,最后还徒步背着我去了一趟扬州市区的苏北人民医院,医生就是检查不出病因。我每天只能吃些面糊糊,时间一长,营养不良,人瘦得都脱了形。最后还是吃了慧琴亲手做的松鼠鳜鱼,这才渐渐痊愈。

慧琴是从上海来的插队知青。她爷爷原来就住在我家隔壁,后来在上海发达了。慧琴家境好,到我们生产队并不计较挣工分,平时就做一些除草、施肥的轻活。这一年夏天,她与房东的儿子,一个叫永祥的小伙子偷偷地谈起了恋爱。在那个特殊年代,乡下人很保守,对自由恋爱的男女喜欢在背后指指点点,乱嚼舌头。我在得病之前就做他们的哨兵。每次他们在慧琴房间里幽会,我就端来一张长凳,坐在门前翻看连环画。一看见永祥的妈妈从大路上走回家,我就咳嗽几声。不一会儿,永祥就从屋里跑了出来,整理好衣衫,装着一副若无其事的样子。有我放哨,他们这段地下恋情硬是没有被乡邻们发现。

很快稻子灌浆了,农艺上进入搁田期,这时直通邵伯湖的自灌总渠的水位变得很浅。这天清晨永祥正在总渠大堤上放牛,周围秋雾弥漫,突然传来一阵"哗哗"的划水声,直觉告诉他渠里有鱼。永祥立即挽起裤管,赤脚滑入渠底,定睛一看,果然有一条大鱼在浅水区弓着身子、打着挺儿不停地挣扎。永祥踩着淤泥,蹒跚上前用力按住鱼头,脸上、身上竟被扫得全是泥浆,简直就像一尊泥塑。永祥抓住鱼来一看,竟是一条足有三斤重的鳜鱼!他将一根臭槐枝条从鱼嘴里穿进,再从鱼鳃口拖出,把鱼拴好拎着便直接牵牛回家了。

永祥拎着鱼刚跨进家门,迎头碰见准备下地的母亲。永祥妈很高兴:"好大的一条季花鱼!还不快拿到镇上卖了?家里正缺少油盐呢,快去,快去!"因鳜鱼身子上有灰黄间隔的斑点,扬州人都把它叫作"季花鱼"。

慧琴听得声响,从里屋出来弯腰拨弄了一下鱼身,不禁也惊叹道:"这条鳜鱼好大啊!哪里来的?"她把欣赏的目光从永祥脸上收回来,还没等永祥回答,又转过身来对永祥妈微笑道:"婶婶,这么大的鳜鱼味道老好了,你们家都好长时间没有吃肉了,还是留着自己吃吧。"

"姑娘,俗话说饱汉不知饿汉饥,你哪知我们的难处呀,我家都快有两个月没找到一分钱了。这次正好卖了鱼,换些盐巴、洋火和煤油回来。没有洋火就不能生火做饭;没有煤油晚上就点不了灯哪。"

永祥听着这一老一少的对话,站在一旁"嘿嘿"憨笑。他理解守寡的母亲拖着他们四个兄妹日子过得不容易,平时连饭都吃不饱,吃鱼未免奢侈了。但他也馋鱼,更愿意让心上人尝尝鲜。所以,任凭母亲再怎么催促去卖鱼,永祥立在门前就是不动。

"这样好吧?"还是慧琴主动打破僵局说,"婶婶,这条鱼我买了,您要多少钱我都出,就别让永祥哥去卖了。"

"五块钱?你这是抢钱吗!"永祥听了他妈开出的价惊得只瞪眼睛。

"五块就五块,难得抓到这么大的鳜鱼。我们就用它改善一下伙食吧!"说完,慧琴转身就去里屋取钱递给永祥妈。

永祥妈仔细点点钞票,脸上挂着满足的笑容上工去了。

说干就干。只见慧琴系上围裙，拿起厨刀将鱼鳞刮尽，把鱼鳃抠出，在井台上洗了三遍，切下鱼头，再用刀面将鱼身轻轻拍平，然后很麻利地用刀沿着鱼脊两侧平削至鱼尾。剁掉鱼脊骨和胸刺，翻出鱼肉，在上面用力划出菱形的刀纹，深至鱼皮而不破。调匀酒、盐涂抹于鱼头、鱼肉上，蘸上干粉。待锅里热油回旋，冒出菜籽油的芳香，就将鱼肉翻卷，翘起鱼尾成松鼠形，然后弯身一手提着鱼尾，一手用筷子夹着鱼身的另一端放入油锅。油炸了一会儿鱼形就像松鼠了。等到锅里油沸腾了，将鱼脱手放入油锅中，鱼头同时也放入。锅里发出"吱吱"的声音，散发一股鱼香。一直把鱼体炸到呈金黄色才捞起，盛入一只大盘之中，然后再装上鱼头。同时慧琴还在另一只小炒锅上生火放油，加入葱白一炸，一股葱香扑鼻而来，加入蒜末，放入番茄糊、盐、糖、醋烧沸，再用山芋粉勾芡，最后将锅料全部浇在盘子里的鱼身上。前后耗时不到二十分钟，这道可口的松鼠鳜鱼便制成了。

　　慧琴用一只小盘子盛鱼送到我家。我吃在嘴里，感觉酸酸的、甜甜的，既脆又酥，味道很好。鳜鱼富含蛋白质、脂肪，肉质细嫩，很容易消化，对我这样体弱、脾胃消化功能紊乱的人既能补虚，又不必担心消化困难。说来奇怪，我这拉稀的毛病，吃了慧琴做的松鼠鳜鱼竟渐渐地止住。后来她见我适应吃鳜鱼，又几次出钱让永祥专门去集市上买鱼回来做给我吃。一个月后，刚入初冬，我的病就全好了。

　　后来慧琴在乡下的韭菜地干活不幸感染上"粪毒"，最后转移至肾脏，造成肾功能衰竭，去世时年仅二十三岁。如今每当我在宾馆饭店吃松鼠鳜鱼，都会想起那一段虽然贫困但生态良好的日子，想起永祥抓鱼时那快乐的样子，想起那位热情、善良的叫作慧琴的女知青。

栖霞山谷红叶飞

　　我翻了翻日历，寒露已过多日，距离霜降也没几天了，此时南京栖霞山上的枫叶大概快红了。

　　细数金陵胜景，大致可分为三类。一曰钟山印象。虎踞龙盘，凸显的是一种阳刚的美。凭吊完吴王墓、明孝陵、中山陵，顿生天地之大、个人渺小之感。历史洪流席卷大众向前，个人的命运与民族、国家的命运紧密相连。天下事，顺德者昌，逆德者亡。二曰秦淮芳踪。十里珠帘，展现的是一种婉约的美。咏絮才女，秦淮八艳，金陵粉钗，无不以美动人，以情感人。如花美眷，才子佳人，在此演绎多少摄人心魄的爱情故事！三曰古刹名山。晨钟暮鼓，传递的是阵阵的禅意。"千里莺啼绿映红，水村山郭酒旗风。南朝四百八十寺，多少楼台烟雨中。"

　　金陵名胜凡四十余处，我对栖霞胜境情有独钟。

　　走进栖霞景区，远远望去，一座古寺隐约在似黄非黄、似红非红的树林丛中。这就是南朝隐士明僧绍舍宅为寺、至今已有1500年历史的栖霞寺。明僧绍是当时一位很有文化修养的人，最初隐居山东崂山，曾在那里聚众讲学，后到摄山。皇帝曾几次下诏命他为官，而他始终不肯出仕。他这种甘于淡泊、不图富贵的高士气度可与东汉的严光媲美，故有"征君"之誉。南齐永明二年明僧绍去世，曾留下遗言,捐出他在摄山的住宅作为寺院,人称"栖霞精舍",即栖霞寺前身。摄山也因此更名为栖霞山。唐时在此基础上又增殿扩宇,一度香火很盛,与山东长清的灵岩寺、湖北荆山的玉泉寺、浙江天台的国清寺并称为天下四大丛林。清咸丰年间寺庙毁于火灾,光绪年间得以重建。

沿栖霞寺南侧围墙外山路向东行不远处,便可见一座塔。这是一座舍利塔,用乳白色的石块砌成,高有五层,侧有八面。塔外壁上刻有浮雕,人物形象生动。最是塔基上镌刻释迦牟尼出家修道的故事。此塔始建于隋朝,初为木塔,南唐时改建为石塔。无论是造型,还是浮雕,该塔都代表了我国江南佛教艺术的巅峰。

踏上石板铺设的通道继续向前,面前现出一段石岭。岭上岭下,依石壁造像。所有佛像或五六尊一龛,或七八尊一室。石窟开凿于南齐至明朝年间,前后竟达八百多年。佛像最初有五百一十五尊,分凿于二百九十四个佛龛中。唐、宋、元、明各代相继在纱帽峰继续开凿,连南朝在内,共有七百尊,号称千佛岩。

千佛岩现存石窟二百五十个,造像五百二十余尊。千禧年,在编号一○二的佛龛中发现"东飞天"。这个石窟非常小,洞顶的两组飞天为橙色,线条清晰可辨,中间佛像头顶的火焰隐约可见。

在栖霞寺与栖霞山之间躺着一个湖,净如明镜,人称明镜湖。每到深秋,近看残荷点点,远眺湖光山色,与红绿相间的山峦相映成趣,构成一幅唯美的江南油彩画。湖中建有湖心亭,与九曲桥连接。游客走累了便在上面休息。

栖霞山与苏州的天平山、北京的香山和长沙的岳麓山并称中国四大赏枫胜地。到了深秋,栖霞山上的枫树,几经寒霜,遇冷变红,再夹杂欲红未红的黄色,五彩斑斓,成了一幅秋季红叶美景图。这里的红叶主要以槭树科的红枫、三角枫、鸡爪槭、五角枫,金缕梅科的枫香,漆树科的盐肤木、黄连木,榆科的榉树为主,还有卫茅、椴木、银杏、紫薇等珍稀色叶树种。因为品种丰富,栖霞山的红叶观赏时期跨度较长,整个十一月都可欣赏。

我第一次游栖霞山是在一九八一年的深秋。那时人们刚从"文革"的惊悸中恢复过来,青年男女交往还很保守。我们六位同学一起游览修缮一新的栖霞景区。那天恰逢女排世界杯在日本福冈举行,由中国队对阵美国队。我们一边游玩一边用收音机收听赛事进程。著名体育解说员宋世雄以他特有的语速将比赛解说得高潮迭起。中国队主攻手郎平、美国队黑人选手海曼常常一锤定音,为本队主动得分。每到关键比分,我们就停下来围在收音机旁,敛声屏息,静听结果。同行的有位名叫叶志红的女生是我们化学系的运动健将,田赛径赛成绩突出,篮球排球都很在行。在收听赛事转播过程中,她不时蹲下身来,用树枝划出一个小"球场"作沙盘推演,深思一会儿,便仰起头来闪动明亮的眸子对我们说应该上谁、换谁。每次当她的设想与主教练袁伟民排兵布阵一致时,她都激动得两腮绯红,拍手叫好,快乐得像林中的小鸟,咯咯地笑个不停。

那时的叶志红如同盛夏的山林,郁郁葱葱,阳光下每一片叶子都闪闪发亮。每当中国队得分,她都举起拳头似为女排姑娘们鼓劲。大家被她感染,几乎不关注眼前的美景,注意力全放在比赛上了。整个比赛跌宕起伏,悬念不断。你来我往,不时交换发球权,要得一分都要经过一番激烈的争夺。不知不觉我们走进深山,只听得瀑布轰鸣,噪声淹没了实况解说。大家只得聚在一起,头几乎碰着头收听广播。叶志红就站在我的右侧,若要听清楚广播我就得伸出头去,或者手搭在她的肩上。

这个姿势让我有一种似曾相识的感觉。记得有一年夏天,那是上午第四节课后,大雨如注。我从教学楼走出来,直奔南园宿舍。叶

100

志红见我没带雨伞,便主动招呼我与她共用一把伞。然而,我在她的伞下,由于要与她保持一定的距离,感觉就很不自在,尤其两只手简直无处摆。雨水顺着伞边滴落,钻进我的脖子。若要避雨,我就得搂着她的腰向前走。这显然不合适。我感觉左右为难,最后只得向她道谢一声,一头扎进雨中,飞奔而去。

在栖霞山收听女排世界杯直播,我再一次与叶志红离得很近,感受到她的青春气息。她的口气呼在我的脸上,似有一缕芬芳,让我心生悸动。这是我埋藏在心底的秘密,虽然时间过去了很多年,每次想起来心中还有一丝甜美。

我与叶志红的故事没有开头,当然就不会有结果。我只知道她大学毕业被分配到上海铁道医学院,后来自费去美国留学,一直定居海外。

二〇一一年深秋,得知栖霞山凤翔峰西南边的山腰处新辟了一个叫作"红叶谷"的景点,我曾独自前往。沿着栈道下到谷中,越走越深,头上是蓝蓝的天空,身边是陡峭的岩石,还能看到裸露的树根。深秋时节的红叶谷,层林尽染,灿若烟霞。猩红、墨绿、鹅黄、檀紫,五颜六色,层次分明。枫树与柏树交相辉映,五彩缤纷。阵阵秋风吹过,漫山遍野的红叶如彩蝶翻飞,让人置身于童话之中。

不知谁用手机播放卡朋特兄妹的"Yesterday Once More",我不禁低吟自己的《昨日重现》:

> 想起大学那四年难忘的经历,
> 每一个你在记忆旷野里挺立。
> 端坐在阶梯教室第一排的你,
> 每一次回眸都传递善意气息。
> 图书馆解题后一脸轻松的你,

微分把所有情的函数都剖析。
解数理方程难不倒聪慧的你，
每一个参数都标出爱的等级。
滴定分析终点发出惊呼的你，
酚酞与品红显示情爱的机理。
小提琴声悠扬整栋宿舍的你，
无数遍演绎梁祝的爱情传奇。
在学校大礼堂翩翩起舞的你，
像一只蝴蝶在花丛尽情嬉戏。
田径场一百米总是冠军的你，
离弦的箭挟裹了青春与活力。
为女排首夺世界杯欢呼的你，
振兴中华的口号在云霄飘逸。
紫金山陪我俯瞰金陵城的你，
曾萌发一股舍我其谁的豪气。
栖霞山上捡起片片红叶的你，
全部情感都已浓缩在经典里。
昨日重现，是我青春的记忆，
你在哪里？我再次把你想起！

　　又到深秋，估计栖霞山的叶子红了。我们班上那位叫叶志红的女生，已经到了"叶子红"的年纪，衷心祝她在异国他乡过得好。

1980 年代的爱情

爱情是天地间最美的花朵，是人生最好的礼物。

——题记

读野夫先生《1980 年代的爱情》这部自传体小说，如同追忆灿烂在废墟上的一段美好时光。这部小说里的"我"与王小波《黄金时代》里的"我"好像就是生活在不同时代的哥俩。

《黄金时代》以"文革"为背景，忠实记录了上个世纪六七十年代中国知识分子所遭受的各种不公正的待遇。小说中的"我"以性爱作为对抗外部世界的最后据点，既将性欲表现得放浪形骸，又描绘得纯洁无邪。"我"非但不觉得做爱羞耻，而且把性欲的释放过程表现得淋漓尽致，以此挑战传统的陈规与民族的陋习，蔑视各式各样的政治偏见。"我"一次又一次被斗、挨整，但始终坦然处之，保持乐观心态，最后居然在价值境界上大获全胜。

在野夫这部小说里，"我"生活在 1980 年代。这既是一个纯情的年代，同时又是一个尚未开化的年代。夕阳下在湖滨散步，于月光下拉手，是爱情的典型模式。蔑视权贵与金钱，崇尚才华与艺术，则是检验爱情的一种标准参数。不像现在的人，一切包括爱情都要用货币量化。"宁可坐在宝马车里哭,也不愿坐在自行车上笑"则成了某些人择偶的趋向。

1980年代,人们追求纯真的爱情。柳下梦游的杜丽娘、化蝶双飞的祝英台、水漫金山的白素贞、哭倒长城的孟姜女、泪光闪闪的林黛玉、当垆卖酒的卓文君……可歌可泣的爱情故事广为流传。"问世间情为何物,只叫人生死相许。"人们或许不知道骁勇善战的李尔王,对手系红线的月下老人却妇孺皆知;人们或许没有欣赏过贝多芬的命运交响曲,对十里相送的民歌曲调却耳熟能详。

1980年代的爱情是神圣的,神圣得追求爱情都要冒很大的风险。有人曾经因为表白爱情不当,因言获罪,被当作流氓投入监狱。在今天的年轻人看来,这一切简直匪夷所思,而在那个特殊时期,一切都显得顺理成章。

从1983年开始为期三年的"严厉打击严重刑事犯罪"(简称"严打")行动,被时任公安部部长刘复之定义为"继1950至1952年镇压反革命运动之后,坚持人民民主专政的又一个具有历史意义的里程碑"。于是"严打"号令一下,全国风声鹤唳,一些因为追求个性解放、行为叛逆的年轻人或被关进了本地监狱,或被流放至青海、新疆。

我和野夫一样也当过教师。有一天晚饭后,我任教的这所学校有几个男生正在校园里散步,见迎面走来一位漂亮女生,他们便私下与其中一位男生打赌。赌注是学校食堂的饭菜票,即如果他胆敢去拉一拉这位女生的手,他下个月的伙食费就由他们全包了。这本是一句玩笑话,偏偏这位家境不好的同学认真了。他心仪这位女生已久,便幻想乘此机会,来一个精神与物质双丰收。只见他径直走过去,不打任何招呼,一把拉起女生的手。这个冒失的举动吓得这位女生花容失色,顿时大叫起来,扭头哭着跑回了宿舍。她觉得被人欺负了,很丢脸,寻死觅活,一时间闹得满城风雨。学校保卫处很快派人找上门来控制住了这位男生,任由同学们如何哀求,无论班主任如何疏通都无济于事。后来连当事女生都表示原谅了那位男生,可怜的他还是被开除了学籍,还因流氓罪被判有期徒刑 10 年。美好的青春年华啊,被"严打"得面目全非。

我大学一毕业就进入这所学校,那时青春年少,独身未娶。即使我很欣赏校园里的一位美女,也不敢贸然行事。其实我有情,她也有意,但双方都不敢造次。当我借给她几本邮册参加邮展后,表示不用她还了,她并没有客气,只是说了一句"总有一天我会全部还给你的",语气特别加重了"全部"两个字。这就是那个时代一种含蓄的爱情表白方式。

野夫先生就没有我这么幸运了。他暗恋上了一位女生,就偷偷地给她写了一张求爱的纸条。女生收到纸条后一时不知所措,只得报告老师。这本来是一对男女之间的美事,在那段特殊的时期,却被人看作流氓行为。野夫因此遭到严厉的批斗。虽然后来勉强保住了学籍,但他还是被整得灰头土脸。这个阴影一直笼罩野夫的人生。他曾这样写道:"我想纪念 20 世纪——唯一一个美好的年代。那段时光留在每个过来人心底里的,是久禁复苏的浪漫人性和绝美的纯情。我们那时在初开禁的阳光下,去学着真诚善良地相爱,去激情燃烧地争夺我们渴望的生活……最后,那一切在成长的某个黎明,被碾为尘泥!"

爱情是天地间最美的花朵,是人生最好的礼物,却一度被"严打"折断了茎,在"专政"下蒙了尘。"文革"是特殊时期的一种专政,是一

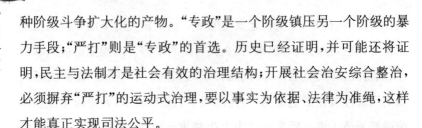

种阶级斗争扩大化的产物。"专政"是一个阶级镇压另一个阶级的暴力手段;"严打"则是"专政"的首选。历史已经证明,并可能还将证明,民主与法制才是社会有效的治理结构;开展社会治安综合整治,必须摒弃"严打"的运动式治理,要以事实为依据、法律为准绳,这样才能真正实现司法公平。

我们好不容易远离了灭绝人性的"专政"炮火,本该好好享受美好的爱情。然而在"自由"、"开放"的名义下,我们却又一步堕入兽性的泥潭。如今爱情,还有谁信?

合欢树

近来江南雨多,路滑。前天早上上班经过一个交叉路口,为了避让一辆左拐的电动车,我驾驶的汽车被另外一辆车撞了。对方的车头和我车的尾翼都被撞得面目全非。后来交警认定我负全责,主要因为我让了电动车却又占了别人的道。好在没人受伤,算是万幸。全责我认了。

车送4S店修了,这两天我只得乘公交车上班,虽然麻烦点,但让我得以欣赏平时留意不到的风景,最是本地龙游路两侧灿灿开放的合欢花。

合欢是江南绿化常用的行道树种,叶纤似羽,花形如扇,夏天可以遮阳避暑。合欢对氯化氢、二氧化硫、二氧化氮等有害气体有一定的抗性,是优良的环保树种。合欢花与树皮相拌还可以入药,有开胃通气、安神解郁之功效。合欢板材坚实,纹理通直,结构细密,制作物件经久耐用,还是一种优质的经济树种。合欢花从花冠至花茎颜色由粉红渐渐转为乳白,如同在树冠上架着无数个小小的彩虹。走在人行道板上,看着满地的落花,弯腰捡起一朵放在手心,不由想起一段凄美的传说。

相传舜帝当年南巡至长江边,见江南物产丰富、民风淳厚,流连忘返,在如今常州武进的郑陆镇境内一住就是十年。他深居过的山,现称为"舜山"。后来舜帝继续南巡，最后在广东韶关得病而亡。舜的两个妃子，即娥皇和女英闻此噩耗，沿江遍寻。行至湘江，二妃终日恸哭，泪洒湘竹，竹生斑点，后世叫作"湘妃竹"。最后二女泪尽滴血，血尽而亡。后来人们发现她们的精灵与虞舜的精灵"合二为一"变成了一棵树，就称之为合欢树。

仰望合欢枝头被微风吹颤的花，忽而幻化成一张笑脸，那是一位女孩热情洋溢的面容。她是我的学生，一位湘妹子。

我刚工作那会儿曾在一所学校教书，教授有机化学课。我所教的这个班属于定向委培班，学生来自全国各地，入学时与当地政府签有协议，毕业后都回老家工作。这位女生来自湖南，名叫罗碧霞，是一个带有土家族血统的女孩。

罗碧霞来自湘西山区，大自然赋予她一副健康的体魄。虽然体形娇小，但做事干净利索，说话从来不拖泥带水，走起路来仿佛脚下装了两只轮子，风风火火的。她在家里的九个兄弟姐妹中最小，从小就被哥哥姐姐们宠着，还有点任性儿。而在沉静时，她像一个朴实的邻家小妹，具有影视演员周迅那样的气质。

我关注她是从她的作业开始的。第一次批阅学生作业，在一本作业簿的封面上看到"罗碧霞"三个字感到很奇怪，这应该是一位女孩子，如何写得如此刚劲有力的字？翻开首页，只见每一道化学题用文字表达的部分都是工整的新魏体，每个字一笔一画都很认真，字与字之间空隙一样大小，行与行之间都是等距的。我对她立即生出几分好感。

有时为了启发大家，我在讲解完某一个化学反应机理后，布置思考题时就故意留下破绽，以考验同学们对所学知识的熟练掌握程度。

有一天我正在设在教学楼后面的一排读报栏看报纸，只听到几个女生在报栏另一面，一边看报一边闲聊。其中一位说道："我们这位有机化学任课老师说起来还是名牌大学毕业的,简单概念都没有弄清楚就乱出题,活该到这样的学校来教书!"

我一听这略带沙哑的女中音就知道是罗碧霞在背后议论我。等我装着若无其事转到报栏对面去,几位女生惊得石化了。罗碧霞更是像丰硕的莲蓬低着头,羞得一言不发。我对她们笑着说:"老师出题方式多样,目的在于巩固大家课堂所学。你们能看出我出题的概念有问题,说明已经完全掌握了,值得庆贺,何必都像做错事似的?"

还是罗碧霞先回过神来,抬头抱歉地对我说:"我们没有理解老师您的苦心,只当是您弄错了。"她好像对我检讨似的,又好像对其他在场的女生说,"以后对老师的教学有看法就当面说,背后议论确实不好。"

我被她这么一说反而觉得不好意思:"也怪我故弄玄虚的,出题就应该好好出。"临别不忘尽一下老师的责:"不要认为你们就读的这所学校条件差,再牛的学校也有差生,再差的学校也会出人才。俗话说师傅引进门,修身在个人嘛。"

后来我出思考题、练习题都是从英文版的教科书上翻译过来的,算是对通用教材的一个补充。那时全社会铆足了劲学习科学知识,这几位女生读书都很认真,还经常到办公室来找我解答课题。渐渐地,我与她们熟悉了。

学期结束,暑假在即。有一天在回单身宿舍途中迎面遇见罗碧霞,我问道:"这个暑假如何安排呀?不要光想着玩,有空把下学期的《化工原理》课先预习预习。"罗碧霞汇报似的说:"这个暑假我准备与江西的几位同学坐船回老家,顺便去庐山玩玩。"

"去庐山?"我一脸羡慕,"看过张瑜主演的《庐山恋》,有多少人想去哪!"

"老师也想去?何必不与我们同行?有江西的同学导游,机不可

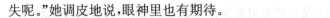

失呢。"她调皮地说,眼神里也有期待。

那年从元旦起,我们涨了工资,放暑假时学校才补发,加上提前发的八月份工资,我身上居然有了两百多块钱。兜里有钱,出去转转,有学生跟着,放假了还能继续过教师瘾,这是一个不错的选择。我当场应允了她。

我们从南京下关码头乘船溯江而上,经铜陵,过芜湖,直达九江。为了节省费用,我们买的船票都是散席。所谓散席,就是轮船给每个人发一张草席,旅客没有固定的舱位,见踏板上哪里空就在哪里铺设席子休息。我们一行三男两女,虽然我比他们年长四五岁,但都洋溢着青春热情,所以毫无师生拘束,一路说笑,一路开心。

在庐山,我们在牯岭镇看电影,登五老峰,观三叠泉,在仙人洞前合影,看秀峰日出,赏如琴湖晚霞倒影,游石钟山听江涛阵阵,去白鹿书院闻千年古墨馨香,一连十二天好不惬意!

暑假后新学期开学了,有一天晚上我正在办公室备课,只听得一阵有些犹豫的敲门声,"咚咚,咚,咚咚……咚",打开门一看,原来是罗碧霞。

我邀请她进来,端来一把椅子,让她就坐在我的对面,一边递过一杯清茶,一边客气地微笑说:"今天晚上不自习? 有事吗?"

"这个……"罗碧霞两只手合着,轻轻地搓。我感觉她有点拘谨,便笑话她说:"平常的泼辣劲哪去了? 有事说事,我最看不得女生这个样子!"

"是这样,他们(指与我一起游庐山的学生)要我做代表,把去庐山的费用跟你结算一下。我们算过了,这是应该还给你的一百二十四元钱。"说着,她把装钱的信封递到我的面前。

说实话,这笔钱在八十年代中期还是一笔不小的数目。这几位同学的家境都不是很好,所以才选择委托培养的。我本来就没有想过收他们的钱,于是立即推开信封说:"我是老师嘛,带自己的学生出去玩,还要收费? 拿着吧,留着买菜票,改善改善伙食吧。"

罗碧霞不肯收回,我们推来搡去,谁也不肯让步。后来我与她的手居然碰了一下。我顿时有一种触电感觉,一股麻麻的、酥酥的感觉在心头涌起。

我"腾"地脸红了,赶快缩回手,立即插进裤袋,尴尬地笑着。

罗碧霞意识到了我的窘促,也收住了手。她把信封又往我面前一推,转身就走。"这点钱就算我资助你们的。如果还认我这个老师就请把钱拿走,否则咱们就没有了师生情!"我有点发急了。

罗碧霞听我这么一说,站在门口进退两难。趁她犹豫不决时,我走过去把信封塞在她的手里,笑着说:"如果实在过意不去,就当我借给你们的,将来发达了还我也不迟嘛。"

这学期我已经不授这个委培班的课了,但罗碧霞晚上还常到我的办公室来。她讲小时候在湘西山区跟着哥哥们狩猎的趣事;我说在江南水乡带妹妹抓鱼摸虾的经历。她给我介绍众多哥哥姐姐对她的宠爱,我谈唯一的一个妹妹的勤劳。我们一起谈父母,聊师长,空荡的办公室不时回荡起我们开心的笑声。

转眼快到新年,学校组织邮展。罗碧霞就来找我,要借一套一九六一年发行的《菊花》十八张全票参展。我把装有那套邮票的邮册递给她说:"谈什么借啊,喜欢,全拿去!"她也不客气,高高兴兴地拿着我的邮票离开了。

邮展结束,罗碧霞给我送还邮票。冬天室外气温很低,她一走进我的办公室,就一边搓手一边跺脚说:"还是这里暖和啊。"不一会儿,她的脸蛋就红扑扑的了,像熟透了的苹果。

"这次邮展,我获得了二等奖,多亏你这套菊花邮票,才使我的花卉专题邮展有了稀缺性的品位。"罗碧霞一脸真诚地说,"这个奖品应该属于你。"说着,她就拿出一张《红楼梦》邮票的"共读西厢"小型张。这是邮展的奖品。

我拿起邮册和奖品递给她说:"喜欢邮票就拿去玩吧。我只有一个要求,千万不要像我这样半途而废,要集邮就要一直集下去。"

"这怎么好意思,太贵重了!"罗碧霞不肯收。

"再好的东西也只是相对于需要的人而言的,我已经不集邮,也就不重要了。不就是一本花纸头嘛,放在你那里或许还能派用场。"

经不住我再三相劝,她最后说:"好吧,就先放在我这里,但总有一天,我会全部还给你的。"她把"全部"两个字说得很重。

过了很多年,我才理解这"全部"的真实含义。扪心自问,我不是一个古板的人,但对师生恋一直很反感,觉得老师找学生做配偶,就如同现在的官员以权谋私,很不道德。尽管我对罗碧霞有好感,却根本就没有往婚姻方面想。

过了二十二年,罗碧霞回母校参加毕业纪念活动,其时她已经是湖南常德一家塑料公司的老总。活动结束后,她提出请去庐山的驴友再一起吃顿午饭,说好的由她做东。人到中年,该经历的已经经历了,男女朋友少了几分拘谨,多出了几分坦然,说话就没什么顾虑。

酒过三巡,有位男生以一副惋惜的口气说道:"我们班上很多同学原以为老师与碧霞,郎才女貌,肯定会成为一对,在背后还祝福过你俩。后来你们没有成为夫妻,真是太可惜了!"

我笑着说:"别抬举我啊,凭我这貌不惊人的模样,如何配得上碧霞这样的美女?"

"老师,你又说笑了,我一个山沟里走出来的女孩,哪能配得上风流倜傥、名牌大学的高材生啊!"

说归说,笑归笑,我心里确有几分遗憾。

午饭后,我和罗碧霞漫步在这座城市的龙游路上。道路两旁的合欢树正开着扇形的花,如同一个个活泼开朗的女孩子在枝头曼舞。

罗碧霞在前面走,我就在后面跟着,一时无语,心中怀念过去的时光。

见她不吱声,我安慰她说:"人生就是一个不断选择的过程。既然是自己选定的,就要为选择的边际成本买单。"

罗碧霞有些嗔怪道:"老师,你就是个书呆子,不懂女人心。"说完,又低着头,径直往前走。

我进一步开导她说:"你知道合欢树的来历吗?比起虞舜、娥皇、女英,我们够幸福了。至少我们不必化成树,就可以会面,亲切交谈。人生没有后悔,再说后悔也没用。活在当下,还是善待眼前人吧。"

罗碧霞抬起头来,闪动明亮的眸子对我说:"老师,我可以拥抱你一次吗?也算对过去那段时光的一个交代。"

在街头拐角处,一棵高大的合欢树下,我张开双臂,热情地拥抱了她。夏天衣着单薄,我几乎感觉到她激烈的心跳。

拥抱足足三分钟,无声无息,彼此感受心中的那份美好。

后来我们成为无话不谈的朋友,每逢节日都会收到对方的祝福与礼物。礼物或是一本我读完的十分有趣的书,或是她寄给我的最新款式的手机。

婚外的男女关系就如同分别在一条大河两边同方向行走的路人。因为是异性朋友,所以我们之间相隔一条河流。我们珍视这份友谊,彼此站成了两岸。我们相互注视,沿着两岸行走。

我们爱绿遍两岸的杨柳,爱碧绿如蓝的河水,爱河中漂游的浮萍,更爱河中的云影天光。我们曾各折一条青枝,唱和那脍炙人口的《竹枝词》:"东边日出西边雨,道是无晴却有晴。"

因为世上有这样的河流,所以就存在两岸。我们坚守这条河流,岁岁年年相向而绿,任天荒地老。我们全神贯注这条河流,竭力呵护那千里烟波。

两岸有相同的风、相同的雨。蓦然发现，我们原来同属一块大地。杜鹃映出两岸一样的红，鸟翼点缀两岸相同的白，而秋来露落，给我们以相似的苍凉。纵然我们被河流分开，并没有真正分离！

合欢树叶，昼开夜合，相亲相爱。人们通常以合欢喻指忠贞不渝的爱情，但也有例外。作家史铁生曾经写过一篇美文，题目就是《合欢树》，是怀念母爱的。我用合欢树表达一段刻骨铭心的友情吧。

与兰为友

立冬以后，阳台上的花卉陆续枯萎、凋零了，唯独这盆兰草还绿油油的，就像刚睡醒的少女鬓着头发四面散开。晨风吹动兰叶，似要拂起她的刘海，让人看见她的蛾眉。透过摆动的绿叶，隐约可见青花瓷盆上镌刻"芳芷香蕙"四个字，让人有一种与君子相伴的感觉。

这盆兰草是一位名叫秀兰的女士前年送我的。

我与秀兰相识于上世纪八十年代末，那时她刚从上海师范大学中文系毕业，被分配到市民政局。由于市里成立污染源联合调查组，从各个部委办局抽调人员，我有幸与她在一起工作过两年。我们被分在同一个小组，负责印染行业污染物排放调查。我俩合用一辆自行车，她就像邻家小妹坐在后座上。有的印染厂建在郊外，一路骑过去很费力，她提出由她换着骑。看她那瘦弱的身躯，哪能骑得动这二十八吋的男式自行车？每当我骑车累了，就下来推着车子走。我走在马路的外侧像兄长呵护小妹一样与她并排前行。

我在大学读的是有机化学专业，与她在化学方面谈不来。学中文的她，诗词歌赋熟稔于心，随口能诵。听她解说《古文观止》，每次都让我受益匪浅。与她相处的日子里，我学到了许多传统文化知识。与其说秀兰曾是我的同事，倒不如说是我文学的启蒙者、古文化的引路人。

说起各自姓名，我觉得自己叫业龙这个名字很俗。"笋因落箨方成竹，鱼为奔波始化龙。"人要经过历练、奋发才能成材，而我兴趣广泛却不肯钻研；对学问只一知半解便夸夸其谈，注定不能实现父母"望子成龙"的期许。相反，秀兰的名字清新脱俗。兰，一般生长在山涧、溪边，远离俗世。兰叶虽经风霜而常绿，姿态高雅别致，气味幽香绵长。她不与群芳争艳，即使无人欣赏，也缓缓静放。所谓"秀"便是"超出"的意思，因此秀兰，比兰更清新、更脱俗！

在秀兰的影响下，我在调查印染企业污染状况的过程中，沉下了心，勤跑腿。负责数据采集的我，把直接、活性、分散、酸性、硫化染料分门别类；将废水、废气、废渣、废热一一登记造册。秀兰负责撰写污染源调查报告，能耗、水耗、物耗，分析得清清楚楚；成本、利润、税款，说起来头头是道。我们这一组提前三个月完成了上级交办的任务，受到同行们的交口称赞。

污染源调查结束后，我们各自回到原来的单位。半年后评选这项工作的先进个人，我和秀兰都榜上无名。我气不忿，在电话里喋喋不休，抱怨评定部门做事不公。秀兰静静地听我大发牢骚，等我情绪平复了才说："先进不先进，并没那么重要，重要的是自己觉得履职就OK了。另外，或许因为先进名额有限，加上领导还得考虑部门之间的平衡，尽管暂时没评上先进，但在人们心里，你早就是先进了。"秀兰就如同她的名字一样，有君子的风范。她高洁、隐逸、与世无争的品性，让人敬佩。

后来听说秀兰离开了民政局，被组织部门安排过多岗位锻炼。也真是机缘巧合，2008 年，在全市百名处长大轮岗活动中，秀兰竟然轮岗到我们局，任局纪检组副组长、监察室主任，从事纪律检查与效能监察工作。尽管我们是故交，但秀兰并不因此放松对我的要求。她相隔一两个月就请我去她办公室喝茶，把她所经办完的案件解说给我听,对我也算敲响了警钟。她有一句中肯之言:"只有劳动才能创造价值。一个公职人员只有通过规范、有效的服务,为市民解决实际问题,才能体现自己的价值,除此之外,不应该有任何非分之想。"

《孔子家语》有:"与善人居,如入芝兰之室,久而不闻其香,即与之化矣;与不善人居,如入鲍鱼之肆,久而不闻其臭,亦与之化矣。丹之所藏者赤,漆之所藏者黑。是以君子必慎其所处者焉。"意思说和品德高尚的人交往,就好像进入了散发芳香的兰花的房间,久而久之就闻不到兰花的香味了,这是因为自己已与兰香融为一体;和品行低劣的人交往,就像进入了卖臭咸鱼的店铺,久而久之就闻不到咸鱼的臭味了,这也是因为自己与鱼臭融为一体。藏朱砂的地方就是红色的,有油漆的地方就是黑色的,因此有道德修养的人必须谨慎选择相处的朋友和环境。

秀兰送我的这盆兰草长势茂盛,每年春天我都做了分株。一手托住兰苗,一手将花盆倒过来轻叩盆沿,使盆与盆土松开。再用右手拎住盆底的透气孔倒出植株。轻拍土坨,除去旧土,最后从较大丛的植株中找出兰茎相距较宽的小植株,用剪刀剪开,再分别植入盆里。这样原本一盆兰花就可以分成数盆了。好花与人分享,把兰的气息更大范围传播。我把培育的兰分送给朋友,只留一盆自己观赏。

兰,是国人感物喻志的象征,与梅、竹、菊并称为"四君子"。兰的文化通性在于,她体现了一种"人不知而不愠"的君子风格,具有一种不沽名钓誉的坦荡胸襟,象征不断修炼自我人格的精神追求。与秀兰为友,让我如入芝兰之室,得益良多。我谢谢她!

岁月如歌

117

火晶柿子

　　从机场大厅接到太太,我连忙接过她的拉杆箱,边询问她旅途情况边带她走向停车场。我见太太手上还提着一只纸盒子,便要她将之放在拉杆上,由我一并拉着走。太太说起旅途见闻,如同一匹彩绸,顺畅得连一个褶都没有,内容很精彩。我再三提醒她把纸盒子放上来,她就是不肯。看这架势,纸盒里一定装着很贵重的物品。

　　然而,这么一只很普通的纸盒里又能装什么贵重品呢?

　　上了汽车,太太坐在副驾驶座上,轻捧纸盒子平放在腿上,一见坑洼的路面总要提醒我降低车速。她说:"我从深圳上地铁到机场起,包括在飞机上都这样捧着,现在快到家了,若再弄坏了就太可惜了。"我揣摩纸盒子里装的是瓷器,也可能是鸟蛋,反正是细碎物品。

　　回到家里,太太小心翼翼地把纸盒子平放在茶几上。我连忙解开塑料绳,拨开纸盖,里面装的竟是软软的、呈鸡蛋大小的红色的柿子! 太太解释说:"熟了的柿子经不起碰撞,必须防止它们滚动。这是临潼火晶柿子,说起来这盒柿子来之不易呢。"

　　太太这次去深圳看望她的二妹妹,由二妹夫开车把珠三角玩遍了。她不仅领略了岭南的自然风光,更见识了广东人锐意进取、埋头实干的创业精神。她说起这些来滔滔不绝,感慨万端。我则笑话她,从发达地方走了一大圈回来,还是没有改掉小气鬼的毛病,一盒柿子值得这样吗?

说起柿子,太太一脸认真相。原来在她去深圳的这段时间里,二妹夫曾接到西安来的电话,说他母亲病重。妹夫急忙赶回老家照看母亲,等他母亲病情稳定后再回来招待我太太。他记得我喜欢吃柿子,就从西北带回了五箱,准备让太太回家时带给我。无奈深圳天气热,柿子保不住,连襟一家只能挑最软的快烂的吃,到太太临走时,只剩下这一盒了。

我对柿子的偏爱心理源于儿时的一次经历。上世纪七十年代初,苏北老家很穷。那时我家后岗上有一排柿子树,属集体所有,有护林员整天看着。我们这些嘴馋孩子饿得像野狼,整天在外面寻找食物,如果不派严厉的人看管,不等柿子发黄早就被我们偷吃光了。看管员是一个皮肤黝黑的大汉,豹头环眼,胡子拉碴,平时手里拿着一把铁叉子在附近巡视,让人看了害怕。

人,在饥饿面前,恐惧简直就不是对手。是年深秋的某一天,我们几个小伙伴放学回来,恰逢看管员不在,便像猴子一样迅速攀爬上树,用力扳弯树枝,把发黄的柿子摘下往口袋里塞。有性急的一边摘一边吃,最后涩得舌头都发硬,话也说不清了。我听大人说过生柿子有毒,就想把柿子摘下来拿回去埋在米糠里焐熟了再吃。

突然,就听到一声猛喝:"哪来的小毛贼? 敢偷公家的柿子!"此声若洪钟,我往下一看,只见管理员手拿铁叉凶神恶煞地急奔过来。"我的妈呀!"我吓得本能地大叫一声,赶忙滑下树,扔下柿子急忙逃跑了。当晚我发起了高烧,还不时说胡话:"柿子,柿子,我喜欢吃柿子。"第二天早上醒来,我的床头果然放着两只红红的柿子。妈妈对我说是看管员送来的。妈妈见我无故发烧便迷信我丢了魂,夜里去柿子林烧钱化纸。看管员觉得十分过意不去,便选了两只相对熟些

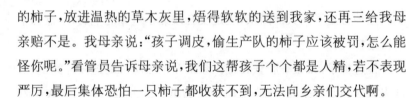

的柿子,放进温热的草木灰里,焐得软软的送到我家,还再三给我母亲赔不是。我母亲说:"孩子调皮,偷生产队的柿子应该被罚,怎么能怪你呢。"看管员告诉母亲说,我们这帮孩子个个都是人精,若不表现严厉,最后集体恐怕一只柿子都收获不到,无法向乡亲们交代啊。

有一次我陪太太回西安探亲,在酒桌上说过这段往事。"说者无意,听者有心。"后来岳父岳母每次到我们这里来都不忘带柿子。若不是在柿子下果季节来,他们就捎来柿子饼。最让我感动的是,有一回太太的三妹有同学霜降后要到这个城市出差,她就请她给我带来一大箱柿子,还对她的同学说:"我姐夫可喜欢吃柿子了,这箱柿子可供他一直吃到元旦节的。"她的同学见到我提起这事都笑弯了腰:"你这做姐夫的够嘴馋的,还让小姨子为你操心。箱子太沉,拎得我手上都勒出了泡!"

我家一年到头不缺鲜柿子、柿子饼吃。我抱怨太太说:"现在商品流通便捷了,想吃柿子可以从网上购买,何必这么远带回来?太麻烦了。"太太认真地说:"俗话说,千里送鹅毛,礼轻情意重。做人不要太功利,妹夫这次让我带给你的岂只是柿子? 这是一种深厚的情意!"

据说从前长安临潼骊山半山坡并无柿子树,四周尽是荒草乱石,只有几棵软枣野果树,果实很小,肉劣多核。后来由于山脚下有个后生救活了一只受伤的火鸟,火鸟报答救命之恩,化作一位美丽的姑娘,帮助当地人在野果树上嫁接树枝。到了深秋满山长着火红火红的柿子树,结的柿子被称为火晶柿子。虽然这是一个童话故事,但告诉我们,收获要靠友情、善意浇灌呢。

火晶柿子小而甜,红而不艳。我剥开一只,轻吮甜汁,感觉一丝甜美先在舌蕾堆积,然后慢慢地荡漾在心头。是的,情义无价。我们接受别人的礼物,如果礼物高价,而且与情义无关,那就可能是受贿;即使礼物很普通,礼轻情意重,也应该好好珍惜。

大气才能包容

周末儿子回来，太太备置了一桌菜，几乎都是他爱吃的。我也跟着沾光，开了一瓶酒，一边品尝美酒佳肴，一边与他谈论他在学校的情况。与其说是谈论，不如说一问一答更恰当。问起他膝关节恢复情况，他立即气不打一处来，嘴里还蹦出了一句粗话。我反感他语言粗鲁，告诫他就事论事，不必谩骂肇事者。儿子不服气，反驳我说："只许他肇事逃逸，还不让我骂几句？"一个说肇事者该骂，一个说事情已经过去了，再骂无益，只会污染自己的心情。一时你来我往，双方语调不断升高，最后不欢而散。

去年十一月中旬的一个深夜，儿子从学校实验室回宿舍的路上被一辆逆行的电动车撞到腿。肇事者连头都没有回，径直跑了。后来他被同学送到医院拍片检查，发现膝关节骨裂，只得打上石膏板。医生嘱咐要卧床休息三个月。当时离他去澳洲参加一项交流活动的日期还剩不到一个月的时间，痊愈无望。后来他只得坐着轮椅前去。且不说医药费自理，难得一次观光异国的机会也没能抓住。一想起这次事故他就忍不住骂娘。

我一再劝告他放下这段不愉快，既然事情已经过去了，咱以后注意避让，杜绝类似情况的发生。他虽然口头答应，但一到阴天感觉腿痛，或是情绪不好时提起这事，便愤愤的，有时不免言辞过激。这时我还端着父亲的架子、以一副家长教训的口气与他说话，最后非但得不到预期的效果，还注定要引发一场冲突。

不可否认，父亲与儿子之间存在代沟，这主要源于双方的经历不同，文化背景有异，而尤以我与儿子这两代人为甚。说到底，我与他的争执是传统的农耕文化与新型的现代文化的冲突。

我们这代人经历了中国历史上最伟大的变革。从我记事时起，一直到"文革"后恢复高考、我上大学离开家乡时，我所经历的乡村生活，基本上还是自给自足的田园生活方式；我所目睹的农业生产方式，除了生产队有几只电动水泵和一台脱粒机外，所用的生产工具几乎与清军入关时一样。因此，在我身上或多或少打上了封建思想的烙印。

人是自然的一部分。虽然人类早已从地球上其他动物中独立出来，但是，多元的人类文化与当地的自然、地理条件密切相关，比如日照时间、雨量大小、气温高低等，对人的生理、心理和生产方式都会产生重大影响。随着历史的变迁，在我国北方寒冷地区形成的是游牧文化，在气候温和的广大中原以及东南沿海地区形成了农耕文化，而在广东沿海地区由于口岸开放得早，近代逐渐形成的是以契约为基础的商业文化。游牧文化具有掠夺的特点，农耕文化表现为自给自足，商业文化则要求公平交易。

从某种意义上看，中国历史就是一部农耕文化与游牧文化的冲突、融合史。在冷兵器时代，无论匈奴、契丹，还是瓦剌、蒙古、女真，都以他们的骏马弯刀与以农耕文化为特色的中原王朝的铁制兵器相对抗，或割据塞外，或称霸中原，元朝、清朝更是统一南方。从中古直到近代，农耕文化一直是中华民族的主流文化，具有强大的生命力，诞生过西汉的文景之治、初唐的贞观之治、开元盛世，以及赵宋的庆历之政。即使元朝、清朝国家统一，蒙古人、满人也以中原文化作为治国之道。与其说我们被异族征服，不如说他们被中原文化融合了。

中国农耕文化的主流就是儒家思想，而三纲五常则是儒家伦理文化中的重要组成。三纲，即君为臣纲，父为子纲，夫为妻纲；五常为仁、义、礼、智、信。历代统治者通过三纲五常的教化来维护社会伦理和管理。基于农耕文化的管理模式就是家长制。首先是权力集中。在家长制管理下，大到国家，小到州府，乃至家庭，组织的重大决策和大部分问题的裁决权，都集中于最高领导者手中。其二是管理随意。由于权力集中于个人，因此，组织管理主要依靠最高领导者的个人直觉、经验和个性，没有一定的程序和规则，办事无章可循，无法可依。第三是任人唯亲。在家长制管理下的社会组织中，选择管理人员，以具有人身依附性的初级社会关系为标准，视与最高领导者的私人关系和感情亲疏而定。最后，任职终身制。由于社会关系具有不可置换性，因而在家长制下，最高领导者一般实行终身制，体制本身也缺乏正常的更换最高领导者的机制。客观地看，虽然基于农耕文化的家长制管理模式存在不少弊端，但优点同样存在，比如决策果断、效率高、执行力强等。

到了近代，西洋的坚船利炮轰开了我们闭关锁国的藩篱，我们的农耕文化融合了西洋文化的元素，逐渐形成了新型的农耕文化模式。改革开放以后，我们在引进西方科学技术的同时，也不断吸收了西方的管理方法，逐步形成以中国传统文化为基础，西方文化精髓并蓄的新型现代文化，这才有了我们这代人所经历的这场波澜壮阔的社会变革，才有了社会生产力的极大提高，也才有了人民生活的日益富足。

然而，作为社会的个体成员总或多或少地打上文化的烙印。如今，国人身上兼有游牧文化、农耕文化和商业文化的要素。比如投机取巧、不守规矩等行为便是游牧文化思想作祟，因循守旧、不思进取则是受农耕文化的影响,而契约精神、公平交易等是商业文化的基础。像我这样幼时深受传统农耕文化浸染的人,在家庭生活中不可避免地表现出封建体制的家长作风,这就容易与接受了新型现代文化教育的儿子产生冲突。比如,我一度奉行"棒打出孝子"的陈腐教育理念,不仅造成父子关系紧张,还影响了孩子的成长;再比如,我要孩子尊重长辈,孩子则说这要看长辈值不值得尊重;又比如,我要孩子学会谦让,孩子说要追求公平,等等。

文化是多元的,不同文化自有其产生的土壤,且各有其优势。作为社会的每一位成员,文化背景各有不同,都必须与时俱进。大气才能包容,不断吸收世界上所有先进的思想,才能做一个合格的公民,也才能成为一位合格的父亲。

岁月如歌

歌，是感恩在激荡；歌，是浪漫在萦回；歌，是温情在流淌。歌，唱出生命的亮色；歌，唱出岁月的况味。所有的歌词已经镶嵌在我的生命里。

——题记

当我降临这个世界，妈妈给我一个吻。妈妈的吻，甜蜜的吻，教我思念到如今。在我刚会说话时，妈妈教我一首歌：没有共产党就没有新中国！这支歌飞进幼小心田，这支歌从我的心上飞过，这支歌鼓励我营造新生活；这支歌从妈妈心头飞出，这支歌伴随她走遍故乡的山河。

童年，没有人知道为什么太阳总下到山的那一边，没有人能够告诉我山里面有没有住着神仙。多少的日子里总是一个人面对着天空发呆，就这么好奇，就这么幻想，这么孤单的童年。一天又一天，一年又一年，盼望长大的童年。

后来，我上山坡采一束野花。同桌的你可知道她为谁开又为谁败？她静静地等待是否能有人采摘。不要让我在不安中试探徘徊，我要为你改变多少才能让你留下来？我在希望中焦急等待，你就没有看出来？如果这欲望它真的存在，你就别再等待。

岁月如歌

125

长大了，我坐在村头望着那弯弯的月亮。弯弯的月亮下面是那弯弯的小桥。小桥的旁边有一条弯弯的小船。弯弯的小船悠悠是那童年的阿娇。阿娇摇着船，唱着那古老的歌谣。歌声随风飘，飘到我的脸上。脸上淌着泪，像那条弯弯的河水。

我对阿娇唱《月亮代表我的心》："你问我爱你有多深，我爱你有几分？我的情不移，我的爱不变，月亮代表我的心。"阿娇的脸上挂着泪对我说："谢谢你爱过我，真的不想放开手，因为曾经爱过。没有别的乞求，只要你过得快乐。现在不想说什么。如果重新来过，我依然会选择深爱着。曾经的承诺，只是随便说一说，过去的快乐，再也不回头。"最后，我们只得忍痛分手。

再后来，总算遇见我的知心爱人，一个在风起的时候让人感受什么是暖，一生之中最难得的一个知心爱人。她孝敬我的父亲，那位人间的甘甜有十分，他只尝了三分；生活的苦涩有三分，他却尝了十分，这辈子做他的儿女，我没有做够的老父亲。她尊重我的母亲，这个人给了我生命，给我一个家；不管你多富有，不论你官多大，到什么时候也不能忘的妈。她还关心、帮助我很多的父老乡亲，那些胡子里长满故事，憨笑中埋着乡音，一声声喊我乳名，多少亲昵，多少疼爱，多少开心，我勤劳善良的父老乡亲。来自北方的她，与我组成南北一家亲。

我们过着自己的日子，爱情像风雨。正如一首歌唱的"人人话情爱，最多牵累，会累得你又笑又啼，未尽那乐趣痛苦开始，以后你就心牵一世。人人话情爱，等于幽梦，会令得你又醉又迷，就是有乐趣却多苦。情爱像那风雨季，美梦过，难似后继，会难免风凄雨厉。情爱又似潮水浪，有时系有高低"。

即使不是节日，我也和她领着孩子，带上笑容，带上祝愿，常回家看看。妈妈准备了一些唠叨，爸爸张罗了一桌好饭。生活的烦恼跟妈妈说说,工作的事情向爸爸谈谈。常回家看看,哪怕给妈妈刷刷筷子洗洗碗,老人不图儿女为家做多大贡献,一辈子不容易就图个团团圆圆。哪怕给爸爸捶捶后背揉揉肩,老人不图儿女为家做多大贡献,一辈子总操心就问个平平安安。

每次我回到快乐老家,感觉它近在心灵,却远在天涯。我所有一切都只为找到它,哪怕付出忧伤代价。我生命的一切都只为拥有它,让我来真心对待它吧。在村旁那棵小白杨下,我总有一股伤逝的感觉,对父母有报答不完的恩情。每年重阳节,我送父亲一坛九月九的酒,与亲人和朋友举起杯,倒满酒,饮尽这乡愁,醉倒在家门口。家乡的烈酒里溶解了太多的祈祷:"让宇宙关不了天窗,叫太阳不西冲;让欢喜代替了哀愁呀,微笑不会再害羞;让贫穷开始去逃亡啊,快乐健康留四方;让世间找不到黑暗哟,幸福像花儿开放。"

在老家我牵妈妈的手走在希望的田野上。只见炊烟在新建的住房上飘荡,小河在美丽的村庄旁流淌。一片冬麦一片高粱;十里荷塘,十里果香。我们世世代代在这田野上生活,为她富裕,为她兴旺。春天杨柳青,一卜滩杨柳青一片一片青。一群小伙子呆就数上情哥哥。一片一片油菜花满山的开,妹妹的那个心思呀,呆哥哥哪能猜出来?夏夜看荷塘月色,我想起曾经的她:"我像只鱼儿在你的荷塘,只为和你守候那皎白月光。游过了四季,荷花依然香,等你宛在水中央。"秋天,我目送鸿雁去南方。在天空鸿雁排成行,江水长,秋草黄,它们飞过芦苇荡。天苍茫,雁何往,心中是北方家乡。大约在冬季,我踩着街头的落叶,迎着呼啸的寒风,撑着一把她送我的雨伞,给她打电话说:"我在风雨之中念着你。没有你的日子里,我会更加珍惜自己。没有我的岁月里,你要保重你自己。"

我们在四季交替中成熟,在岁月风霜里变老。生活如同绿岛小夜曲,带给我太多的温情,让我享受很多甜蜜蜜的日子。爱要大声说

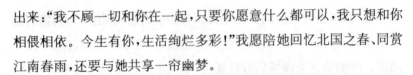

出来："我不顾一切和你在一起，只要你愿意什么都可以，我只想和你相偎相依。今生有你，生活绚烂多彩！"我愿陪她回忆北国之春、同赏江南春雨，还要与她共享一帘幽梦。

岁月如歌，去讲心中理想，不会俗气，犹如看得见晨曦，才能欢天喜地。生命如同大浪淘沙——九万里长江穿过千重山，轻舟已飞过，猿声还是那样暖，大浪里淘尽所有的往事，可是我会永远珍藏，那张不老的风帆。人过中年，涛声依旧，但不见了当初的夜晚："尘封的日子，始终不会是一片云烟，久违的你，一定保存着那张笑脸，许多年以后，能不能接受彼此的改变？"也许这些担心都是多余，别再雾里看花，山不转水转，好人一生平安！

寻乐仙林

　　转眼入冬了，一年又到尾季。想想自己，已到人生的深秋，离冬也不远了。我就像一个吝啬鬼，把每一个小小的日子掰开来过，不肯让一丝快乐从手指间溜走，又像一个饥饿的孩子，满屋子乱翻，期望找到一小撮快乐的"馅饼屑"。

　　最近太太去深圳探亲，留下我守着这空荡荡的屋子，生活很无趣。工作日一日三餐就在机关食堂将就着。现在狠抓机关作风建设，一时饭局全无。即使有人做东，也不敢饮酒，谁能保证酒桌上不言工作之事？若是因为违背"工作接待不准饮酒"这一规定，被通报批评，弄得臭气烘烘的，就太不值得了。请客吃饭不喝酒，有点像同女人谈恋爱不结婚，肯定没有高潮，呆呆傻傻地吃着，聊一些不咸不淡的话题，很乏味，要吃还不如在自家吃自由自在呢。然而，由于我平时不下厨房，一直饭来张口，衣来伸手。太太这次去南方，于我周末吃饭竟成了问题。

　　太太在家时，我嫌她啰嗦。好像我就是一个不听话的顽童，一件事情她总要重复好多遍，听得人很不耐烦。已经老夫老妻了，得顾及太太的面子。我每次都装作一副聆听的样子。有时她讲完一件事，问我有什么看法，我一脸懵懂："你说到哪里了？"太太哭笑不得，只好重说一遍。女人上了年纪便啰嗦；男人上了年纪怕啰嗦，这恐怕就是老夫妻的主要矛盾吧。平时下班后我总是找出各种理由,比如要接待上级来人,要在办公室写材料,要参加某个沙龙,实际上是在外面掼蛋、搓麻将。挨到午夜时分,估计太太也入睡了,便轻手慢脚进得家门,洗漱完毕,往床上一躺,感叹一声:"眼不看为净,耳不听不烦。清净无为,是也!"

周末晚上有南京同学在微信群里发起掼蛋倡议,我想这是一个寻找乐子的好机会,既可愉悦身心,又能填饱肚子,一举两得,马上应允。本来约好四个人一桌,后来又加入另一位同学,这样必有人要作壁上观。君子成人之美,我便申请退出。

留言一发出,女同学马莎即刻发来语音留言:"业龙老弟,大学毕业三十多年,我们还没有见过一面。你原来什么样儿,我都不记得了。为你这次来宁,我准备好了最时兴的大闸蟹。你说不来就不来,岂不辜负老姐的一番好意?"我回说:"你们四个人一桌,正好,我何必驱车大老远赶过去在一旁观战呢?"

"你来了,你们四位男生正好一桌。我就给你们准备美食,让大家享受一下你马姐的厨艺。吃得好,下次一掼蛋就能想起南京的马莎了!"

我毕业的南京大学化学系一个年级有五个班,分别是无机化学、有机化学、分析化学、物理化学和高分子化学。马莎就读分析化学班,与我不在一个班级,况且当时女生全部住在南园八舍,而男生住在新甲楼,除了上基础课,大家在阶梯教室才能见面,平时并不熟悉。我对马莎唯一的印象还是她的名字,有俄罗斯小说家笔下娜塔莎的影子。

马莎大学毕业后被分配到林业部南京林产化学研究所,在《林产化工》杂志社从事科技论文编辑工作。马莎是南京人,毕业于著名的人民中学,中学时就喜欢文字,但在那个"学好数理化,走遍天下都不怕"的特殊年代，最终还是进了南大化学系。好在她后来一直从事文字工作。一个人的职业与爱好一致，便是快乐的人生。我打心眼里羡慕马姐，把职业当作事业来做，不仅快乐了自己，而且能为社会做出更大的贡献。

我没有马莎幸运，大学毕业后就在机关里做一个小小的公务员，几乎每天同文字打交道，多为领导写一些讲话稿。如今有些领导干部讲话存在问题，主要是他们不亲自撰写稿子，几乎都由秘书代劳。表面看好像是他们能力问题，实际是作风问题。领导干部讲话不离稿子、不动脑子，既是文山会海之源，也易使公众失去对政府的信任。还有的干部并非完全没有能力，只是缺乏担当精神。在他们心目中，位子高于一切，信奉"言多必失"，于是照本宣科，甘愿平庸，不愿表达观点。更有的干部思想懒惰，对分管的工作缺乏研究，再加上官气、傲气滋生，情况不明决心大，心中无数点子多，万语千言而难穷事物本质，一言九鼎而见之霸道。做这些人的秘书，为他们写稿子，还有什么乐趣可言？

是日驱车一百二十公里，去了南京仙林大学城。开始约定在南大和园旁边的蓝湾咖啡馆掼蛋，后因有位叫王杰的男同学临时有事，只能让原本给我们准备午饭的马莎替补上了。

南京简直就是我的福地，不仅给我留下许多美好的青春记忆，还让我在此保持掼蛋全胜纪录。"水满则溢，月盈则亏。"我深知，纪录是用来打破的，全胜保持时间越长，离败局也就越来越近了，所以赴约去南京的头一天晚上，便想好了退路，要求与一位叫周克瑜的同学搭档，与王杰和另一位叫罗治刚的同学组合对垒。牌局胜了固然好，败了也不丢面子。你想，我的搭档都能"克"周瑜了，还拿不下牌局，只能说明对方实力超强，况且对手里面有一位比"王"更杰出的人，另外还有一位专门治"刚"的家伙在场，虽败犹荣嘛。

为了这次活动，马莎特地准备了许多大闸蟹，这是我食谱里的最爱。每一只蟹都是背青腹白的中华绒毛蟹，个大，饱满，味美。后来因为王杰同学不来，三缺一，我们只得把牌局设置在马莎家里，以便她烹饪、打牌两不误。

上午十点半牌局开始，吃完午饭接着再战，至傍晚时分，战绩3：0，我方大胜。胜负已定，本该打道回府，马莎又盛情相邀我们留下来晚餐，便重新组合再战一局。晚餐后的这一局，我们率先"扛旗"，然而三次不过，按照规则只得从"A"直接落到"2"，从头开始。我揣度搭档心思，他也是一片善意，即马莎热情招待，好歹让她赢上一局，便故意放水。最后，马莎他们一次"扛旗"而过，牌局结束，皆大欢喜。

虽然这次在南京掼蛋我被破了不败金身，但驱车回家的路上，想起马莎忙碌的身影，想起她的先生，那位清癯书生模样的中年男子，像一位侍应生忙前忙后招呼我们每一个人，虽然他端菜、抹桌的动作不很熟练，但认真、热情的样子通过肢体语言已表达得淋漓尽致，再看到马莎赢牌后那灿烂的笑容，顿时一扫心头的阴云。玩嘛，本来就是找乐子。借用一句耳熟能详的广告词："大家乐，才是真正的乐。"

人生就是一个追求幸福、享受快乐的过程。分享快乐，则快乐加倍；独担痛苦，则痛苦受限，这是男人应有的担当。人人都有享受快乐的权利。想到马莎那快乐的样子，我不禁想起太太平时操持家务的辛苦。于是暗下决心，等这次太太回来，一定要帮她分担家务，用实际行动帮助她、关心她，与她一起分享快乐，共度余生。

我在江山这一年

　　我翻了翻日历,发现注册江山文学网快一年了。虽然我不是签约作者,也不兼职任何一家社团,就如闲云一朵,飘到那里就在那里洒几滴墨水,又像一只野鹤,落到那里就在那里阅读觅食,但由于江山网,我的生活不仅变得丰富,而且更有趣了。

　　我每天早上上班路上都要在上高速路的左拐弯处吃上三个红灯,这时我就打开手机浏览江山网上"诗词古韵"栏目,阅读最新发表的古体诗词。读到好作品就情不自禁地摇头晃脑吟诵起来,从来没有过等待绿灯放行的焦躁。中午在机关食堂用餐,排队的人就像多米诺骨牌一样层层叠叠,向前移动得很慢,这时我就在江山网上读一些短小精悍的文章。这些精神食粮丰富了我的精神世界,一时间竟让我忘了饥饿。下午参加某个会议,若是听厌了报告人的喋喋不休,我就到江山网上"短篇精品"一栏阅读诗情画意的美妙文章,顿时完全屏蔽了会场的噪音。夜深人静,我在孤灯下欣赏"江山绝品",为每一篇美文的巧妙构思、文笔才情折服,就像中学生虔诚地阅读老师推荐的范文一样,每一次都有不小的收获。

　　我为江山也写过一些文字。由于职业的特殊性,我的本意是想在江山网建立一个小小的阵地,唤醒普通读者的环境保护意识,提高公民的环境道德水平,但经过一段时间摸索发现,这件事做起来并不容

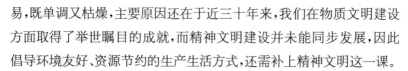

易,既单调又枯燥,主要原因还在于近三十年来,我们在物质文明建设方面取得了举世瞩目的成就,而精神文明建设并未能同步发展,因此倡导环境友好、资源节约的生产生活方式,还需补上精神文明这一课。

精神文明不是靠空洞说教就能建设的,要在全社会广植爱心,培养良善公民。智慧、善良是精神文明的重要元素。所谓智者,圆润通融,审时度势;慧者,境界递进,参禅悟佛;善者,同情弱者,爱惜同类;良者,不逾规则,守法有度。做智者不易,成慧者更难。保留一颗善心,懂情谊、守伦理是应知应会的。所以我的文字几乎都围绕一个"善"字展开,即与人为善、对自然友善。

我投给江山的第一篇稿子是《班花沈俊》。这篇稿子是我某年秋天与一位阔别了三十年的中学同学重逢后写的。我在文中深情回忆了这位女同学的优雅、热情与友善,还列举了几个有代表性的事例。系统散文主编欣雨文萃先生写的按语很热情:"这里既没有离奇曲折的故事,也没有华丽夸张的辞藻;既没有故作高深的妙语,也没有震撼人心的煽情。所追求者唯历史的真实,回眸那个已经远去的'激情燃烧的岁月'的风采,于平实中见丰腴,于淡泊中蕴至味,内容厚重、感情真切,足可令人深长思之。"后来这篇文章还被评为精品。

我在系统发表的第二篇稿子就是《躺在水上的故乡》。这是一篇旧作,在投给江山前又作了扩充,即借故乡小镇上一位老者一天的生活安排,说明居住在那里的人是悠闲、惬意的,同时又与我现在生活的常州作了对比。故乡虽然经济不算发达,但由于环境质量优良,比经济发达的苏南更适合居住。文末不禁感慨道:"绿水青山就是金山银山。所幸,故乡的小镇还沉睡在水上。那张床很柔软,有时轻微地晃荡两下,她也只是变换一下睡姿,继续做着她的香梦。请别用现代化的嘈杂声打扰她的美梦,让她多睡些,再睡些。"湖北武戈老师编辑了这篇稿子,编者按写得诗情画意一般。后来这篇稿子被推荐为江山绝品文章,评议组老师推荐道:"躺在水上的故乡流淌着古文化的渊源；躺在水上的故乡从早晨到夜晚，远景与近景相溶在闲情逸致的惬意里；躺在水上的故乡每一组镜头都有极致的美。灵动的文笔勾勒出故乡在水一方的神韵，令人神往的'世外桃源'，推荐阅读！"

后来我就把旧作、新作一股脑儿投给江山。系统里除了欣雨文萃、湖北武戈，还有春雨阳光、铁血胡杨、冰煌雪舞、婉溪清扬编辑过我的散文随笔。他们对我的文字作了中肯的评价，对我提高写作兴趣帮助很大。大约到江山半个月后，我结识了系统编辑秋天的风。这位女性嫉恶如仇，很有侠女风范。出身于东北的她直爽、热忱，眼睛里容不得一粒沙子，一言不合便反唇相讥。我欣赏她这种快人快语的风格，就互加了 QQ 成了要好的朋友。她为我编辑了二十多篇文稿，每一篇按语里都有她对我的期待和鼓励，让我一直感恩于心。

又过不久，有社团编辑邀请我给他们投稿。我把这个情况向秋天的风老师做了报告。老师说可以参加他们的征文，最后还提示我山水神韵办刊宗旨与我写作的本意一致。于是我就在系统与山水社团同时投稿。

我给山水投的第一篇稿子是《美腿》。这篇稿子先被系统退稿，其理由是"江山是纯文学网站，不研究女人的大腿"。为此，我向系统编辑提出了疑问："本文从历史人文角度，分析了美腿的社会价值与审美价值，并揭示了美腿与社会经济和个人生活的密切关系。若是排斥这样的文字，雅俗共赏一词是不是可以休矣？"系统编辑当然不会给我回信，但是山水社团接纳了我的观点。

我把关于人与自然友好相处的文稿投给山水社团，其中有一篇《蝉声如歌》还是旧作，曾在本地日报和《故乡网》上登载过，还被《精英教育网》选做高中阶段的阅读理解补充教材。山水社团总编孤漠一尘写下这样的按语："作者有着一腔悲悯的情怀，捉蝉玩，再放飞，只是为了一种生活的乐趣，但决不去伤害蝉、吃掉蝉，蝉声——赋予我一种生活快乐的象征，赋予一种人与自然和谐相处的田园诗意的美丽。末尾一段,意味深长,蝉声如歌——却不再属于我,是什么,让属于我的蝉声离我远去? 令人感喟和思考,丰富了文章的意蕴,较好地深化了主题。"凑巧的是,他的按语与《精英教育网》上所出阅读题的答案几乎相同,让我很佩服总编的洞察力和认真审稿的态度。

后来我投稿渐渐向山水社团倾斜,而真正促使我一度不给系统投稿的原因是我的一篇回忆散文《怀念匡亚明先生》在系统遭受冷遇。我写这篇文章时恰逢母校南京大学建校一百一十周年,就在此之前不久,梁由之先生主编了一套"梦想与路径"的丛书。这是一部百年文萃,按照时间顺序,每年收录了数篇文章,忠实记录了100年来中国思想文化的演变历程。有一段时间我在晚上睡觉前就拿起这套书来翻翻,每一次就读其中某一年的文章。这一天我读完1942年的几篇文章,觉得篇篇都是经典,其中有丁玲女士的《风雨中忆萧红》和丰子恺先生的《怀李叔同先生》。丁玲是小说家,刻画人物功力深厚,不足为奇,但作为漫画家、散文家的丰子恺将弘一法师写得栩栩如生,让人意外。他写弘一法师,写其"认真":由旧家翩翩公子一变为留学生,二变为音乐教师,再变为道人,最后变为和尚,每做一种人,做得都很像,这都源于他做人的"认真"。弘一法师是丰先生的老师,匡亚明则是我们的校长,于是我就以"宽厚"为特点,模仿丰先生写了这篇稿子投给了系统。系统的退稿信说,这是一篇人物回忆,建议投稿人物杂志。经我修改后的这篇稿子,再投到山水神韵社团很快发表了,而且编者按写得很棒。我一直抱有一个疑问,难道怀念先人的文字就不能算作散文? 如果答案是肯定的,那么鲁迅先生的名作《纪念刘和珍君》就算不着散文。这与实际情况不符。经此一事,我投稿系统的热情大为下降了。

接下来的一段时间,我就专心给山水投稿,每篇稿子都承蒙山水的编辑认真修改、仔细校对,让我觉得就是这个社团的一员。直到我以一篇《故乡的冬季》应征春花秋月社团"冬天的记忆"后,情况才有了变化。我被春花秋月社团编辑的热情和认真负责的精神打动，一度就"出轨"春花秋月了。我与春花秋月社团社长三微花、副社长北极主人、执行社长娇娇，结下了深厚的友谊，特别是散文主编寻君老师对我写作的提携，更让我终身难忘。

我有一篇杂文题目是《美臀》，一看就是以女性的躯体为例抨击社会不良现象的。我觉得写得还算幽默风趣，就试着再次投给系统，但很快被拒了。这时春花秋月社团表现出应有的担当，及时发了这篇稿子。寻君老师比较客观地写下按语："文章看似触及一个不便论述的话题。作者由一个城市的品位与人的品位的相关性谈起，在画家的笔下女性的躯体是一种艺术，欣赏者观赏绘画作品获得的也应是美的享受，而对于世俗中低品位的人来说，他们以一种庸俗甚至污滥的态度对待这种美，于是社会的品位、城市的品位也因此降低。我们能体会到作者的创作意图是呼唤一种真正的审美眼光和追求，不回避不低俗去看待美，欣赏美。小到一个人，大到一个城市乃至一个社会都需要健康的审美情趣。"这样的按语不但中肯，而且还有一种为我文字平反昭雪的味道。

时间到了今年四月，江南春暖花开，处处涌动着春意，萌发勃勃生机，我的心中也萌发一个想法，就是把发表在江山网上的文稿结集成书，交由母校出版社出版。寻君老师得悉后，不顾教学任务繁重，自告奋勇为这本书校对。她校对很仔细，以至于在今年八月八日《躺在水上的故乡》一书的首发式上，出版社编辑、校对几次给我敬酒，说我的稿子几乎是直接排版的。岂不知这花费了寻君老师多少心血啊！

再后来，我因为参加江南春雨社团的"江南故事"征文，与江南春雨的杨花、河南雪儿、樱水寒、随风逐梦、颜溪夕等编辑有了文字交往，得到他们很多鼓励和指点。梦海晴空老师编辑我的《婚姻稳定少不了"性"》还有一段小插曲。这是一篇对影星王宝强婚变所做的反思。文稿发表两天后又被撤下，最后还是因为鬼无影社长干预才又发了出来。

文字犹如作者的人格，被人低看的感觉很不好受。我对社长心存感激，曾回复他的留言道："感谢鬼无影社长把这篇撤下的稿子又发了出来。扪心自问，我的随笔发散性思维多，这让一些传统的卫道士看了很难受。他们一本正经的，就像盼望出嫁的姑娘，明明急切得如猫儿抓心，还偏摆出一副纯情的样子，说什么'文章要有文学性'。在某些'纯文学'先生看来，文学就只能写'风花雪月'、'怀旧童年'之类的文字，连鲁迅先生的杂文随笔都上不得台面的，也不能归类他们所谓的'纯文学'。我以为，没有思想、无病呻吟、毫无担当的文字，文采再好，与文字游戏又有何异？文学，首先是人学，如果无视社会的阴暗面，只会躲进小楼，写一些连自己都骗不了的东西，又有什么意义？人，确实要感恩，要有感动美好的能力。但是我们所处的世界，还有这样或那样的不如意，美好与丑陋就如同一枚硬币的两面同时存在。歌颂美好，也要揭露丑陋。揭露丑陋，不是为了嗅腐烂而散发的甲硫醇、硫化氢、三甲胺等恶臭气体，而是唤醒民众，去掉病灶，早日康复。网站编辑受大环境制约，为了生存，发一些风花雪月的文字，都可以理解。但过于偏向甜得发腻的文章，便误入歧途了。仔细阅读某些文章，文采斐然，诗意汩汩，但缺少思想，就像我小时候经常喝的糖精水，味道很甜却没有营养。"

最近我因为参加"自然"征文，再次给山水社团投稿，受到这里编辑老师的热情礼遇，恍惚有一种回家的感觉。人生就是这样，寻寻觅觅，兜兜转转，停下来一看，又回到了原点。然而，正如毛阿敏在一首歌里唱的"千金难买是朋友，朋友多了路好走。结识新朋友，勿忘老朋友"。尽管文字与文学之间还有很长的一段距离，但我会努力接近她。在我写字的路上，站在江山又一年的新起点，我对所有关心、帮助过我的人，不管是系统编辑，还是山水神韵、春花秋月、江南烟雨社团的老师、文友，都表示衷心的感谢。我爱你们！

ren

sheng

bai

wei

人生百味

年味儿

　　作家毕飞宇是江苏兴化人,我的老家在兴化的邻县江都,我与他算得上是半个老乡。我与毕飞宇同属上世纪六十年代生的人,读他回忆儿时过年的经历《年味》一文很亲切。在作家的笔下,过去的年味在厨房,有灶膛里熊熊的火苗,有呼哧呼哧的风箱,有年饭菜肴的香味,有母亲忙碌的身影。过去乡下人做饭用的是灶,烧的是草,他们的厨房必须大。再穷酸的人家也有一间阔气的大厨房,有的人家干脆就设在正屋。到了大年三十,每一个庄户人家的烟囱都昂扬着,款款地冒着喜庆的烟气。灶膛里的火是蓬勃的,那是稻草的火,又大又亮,它随风箱拉风的节奏,明暗交替映红了厨房。锅里有油,是地道的菜油,在回旋,在翻卷,腾起浓烈的烟有一股呛人的香味儿。往沸腾的油锅里倒入蔬菜,立即响起一阵欢快的吟唱,与锅碗瓢盆的撞击声、母亲对烧灶火候的嘱咐声,汇成了庄户人家厨房里最动听的音乐。

　　过去乡下人一过中秋节就为过年做准备了。到了秋后,散养在稻田里的鸡肥了,种麦前必须收拾它们。那时人都吃不饱,一旦圈养,哪有余粮给鸡吃?趁着鸡肥就把它们宰了。在老家几乎每位主妇都会制作封鸡。她们把鸡杀了,剖膛,取出肫肝、心、肠等,鸡身不用拔毛,趁其温热,在腹腔壁上涂抹一层盐,倒入半两白酒,然后迅速用草绳捆好,然后悬挂在堂屋横梁下保持通风。这种方法可以确保鸡一个秋冬不腐。忙年时主妇们纷纷从屋梁下取下封鸡,不用开水烫,直接撕下毛,稍作清理就可以烹饪了。母亲制作的封鸡既香又嫩,与活鸡的风味完全不同,让人百吃不厌。

以前每个庄户人家都养猪,粮食加工出的麦麸、稻糠给猪吃,饲料不够就由孩子打猪草填补。小时候到了秋后,我每天放学回家就拿着镰刀,背着挂篮,在乡村野地里割一种名为"巴根"的草。这种草含糖量高,粉碎后用水调制成糊状,猪最爱吃。看着猪吃饱了,安静地躺在圈里长膘,心里有说不出的高兴。可是到了腊月的某一天凌晨,天还没亮,我们兄妹正沉浸在梦里,父亲就请来屠夫把猪杀了。隐约听得猪声嘶力竭的哀号声,可一翻身就又睡实了。早上起来,发现猪寮已空,只见竹篮里盛有猪血,屋檐下挂上肉,这才知道猪被杀了,顿时一阵难过。临近中午,父亲从附近集镇上卖肉回来,数着花花绿绿的票子,还给我和妹妹带回了做新衣的布料,我却高兴不起来。

那时候布料按计划供应,买布得凭票。有的人家实在穷,买不起布,就到黑市上用一部分布票换成钱,剩下的再买布。小孩多的人家会按孩子的个头大小预备冬衣。老大穿过的再给老二穿;老二也因身体发育穿不上了就留给老三。新一年,旧一年,缝缝补补又一年,这是穷人家孩子穿衣的真实写照。有什么办法呢?他们的父母一年忙到头不但没有任何结余,还欠着生产队的口粮钱,被称为"倒挂户"。我家的条件略好,父亲有工资,但也不是每年都做新衣的。每件衣服都要穿上几年,一般做得较大,以满足我们不断发育的体形。为了节约起见,母亲会在腊月请裁缝上门来做衣服。技艺好的裁缝过年前生意特别红火,往往要预约。这时农活闲了,母亲也帮着做针线活;年猪也杀了,也有荤菜招待人家。有时为了省下工钱,母亲就夹着布料，领我到裁缝家里，请他裁好布，自己回去缝。记得有一位复姓上官的裁缝老师傅手艺好。他戴着一副眼镜，斯斯文文的，很和气。他家女儿与我是小学同学，长得跟水葱似的，学习成绩比我好。有一回上官师傅量完我的裤长、腰围，笑着对母亲说："孩子又长高了，用不了几年就要准备给他娶麻麻了。"听了他这话，我就胡思乱想起来，将来娶麻麻就娶上官师傅的女儿！那时候我很顽皮，平时穿着母亲织的土布衣服很随便，一旦穿上买布回来做的新衣反倒觉得不自在。随着年岁的增长，爱美意识不断增强，过年穿新衣就成了一种内心的需要。

天气越来越冷，眼看就到腊八了。这一天早上母亲就像变戏法似的从柜子里拿出一只只小口袋，里面分别装着扁豆蛋、黄豆粒、花生仁、鸡头米、白莲子、老菱角，还有红枣、桂圆等。母亲把这些食材一一倒在小簸箕里，仔细检查是否有被虫咬的或霉变的，每检查完一种就一掀簸箕，食材便准确地落在盛有温水的木盆里。临近中午将这些泡开了的食材洗净了，与淘好的米一起倒进铁锅里，放入切碎的青菜，加适量的盐，先用大火烧，薪材一般选用豆萁，燃值大、活力猛，等锅里的水沸腾了再用稻草烧。防止粥稠粘锅，掌握火候是关键，灶膛里的火只确保粥保持沸腾状态，又不致水分蒸发太多。不时从锅里传出听似人的叹息声，那是粘稠的粥沸腾产生的气泡破裂的声响。煮粥大约需要两个小时，起锅后灶间飘逸出诱人的粥香，我们雀跃着："喝粥了，喝腊八粥了！"大家端起碗，用筷子在热粥上先向左一刮，再向右扒拉，然后对着粥堆吹吹气，降降温，再拨入嘴里轻嚼慢咽起来。不一会儿，每个孩子身上都吃得热乎乎的，小脸蛋儿红扑扑的。

过了腊八，年味渐渐浓了。家家户户都在打扫卫生，俗称"掸尘"。"尘"与"陈"同音，掸尘表面上是打扫卫生、收拾屋子，实际上还有除旧迎新的意思。我家掸尘全由父亲承包了。掸尘时他用围裙布抱住头，看上去就像蒙面大侠。父亲手拿梢头绑着鸡毛掸子的竹竿，依次掸去屋梁上的灰尘和结在椽子和网砖之间的蜘蛛网。母亲烧上一锅热水，用纱布把大床上的浮雕以及踏板、卧室里的银桌，还有衣柜都擦拭一遍，然后把堂屋里的香案、八仙桌以及所有的椅子、凳子都擦得干干净净。所有农具都收拾停当，屋子里的物件摆放得整整齐齐。妹妹在天井里采下腊梅花朵，用铜丝线穿起来挂在床头，满屋子的清香。我手提鞭子在门外呼哧呼哧地用力抽打"老牛"（一种木制的陀螺），扬起的灰尘随风吹进家中，惹得母亲在一旁抱怨："你这个讨债鬼，忙不帮，还净搞破坏！"

过年，所有庄户人家的餐桌上都有一碗红烧鱼，寓意连年有余。年关就在眼前，乡亲们开始起塘捞鱼。屋后的电水泵不知疲倦地欢叫着，河水渐渐落去。孩子们只嫌抽水太慢，不时到河湾处闲逛，一看到水榻下面的石墩露出水面，心中一阵高兴。天色已近黄昏，河底只剩下几处深塘，还有积水，鱼全集中在那儿了。记得有一年，那天天色已晚，圩塘上站着一圈人，人们在观看几个壮汉捕一条鲤鱼。我在塘底帮父亲收拾渔具，只见河床上那条鲤鱼的鳍像风帆一样划来划去。看到那条鱼离我大约还有两米远时，我一把拿起箩筐，连人带筐扑向鱼去。本来那条鱼已被赶得晕头转向，更因我的运气好，竟一下子被罩住了。我闭着眼睛，狠狠地压住箩筐，任鱼尾掀起的冷水直钻颈根。只听到人群里发出一阵欢呼，我激动得全然不知棉裤已经湿透。记得那时村东头三阳桥下终年停靠一只破船，住着一对逃婚出来的夫妻，他们带着三个孩子，是黑户，日子过得很艰难。晚上生产队分了鱼，母亲同情他们，就让我送去一条。

过了腊月十五，大人忙着磨豆腐。母亲把秋天收获的黄豆倒进大匾，把半粒儿、霉变的豆子，还有沙粒、秸秆分拣出来，然后放在清水里泡，一直到豆子藏满了水、用手一捏便开就可以拿去豆腐坊磨了。村上只有一家豆腐坊，大家都在排队，等待的时间似乎总很漫长。走进豆腐坊，只见有一对石磨由驴拉着转。驴的眼睛被蒙上了黑布，一刻不停地绕圈走。豆倌跟在驴子后面，一边用舀子从水桶里舀出豆子，放在磨眼上，一边往磨眼里舀水。两个磨盘之间的豆泥像瀑布一样流进磨槽，顺着磨槽最后流进一只大木桶里。等豆子全部磨完了，提起桶将豆泥倒进布筛里。布筛悬挂在屋梁下，筛柄可以自由活动。上下扳动筛柄，豆泥在布筛里来回滚动，淡黄色的豆浆就泷了下来，在桶里还形成一层白色的泡沫。把豆浆全部倒进一口大铁锅，先大火烧，然后慢慢煮。只见豆浆沫儿先在液面上慢慢旋转，然后渐渐变少。再后来锅上的蒸汽越来越多，浓得都看不见人影，就听得豆倌高喊一声："来浆了！"立即加入卤水，豆浆很快就变成了豆腐脑。最后把豆腐脑盛进一个木制的模具里，用纱布包着，上面压上一块石头。过上一个时辰，豆腐脑就变成豆腐了。有时都到深夜了，孩子们为了喝上一碗新鲜的豆浆还不肯回家，就在豆腐坊的柴禾堆上睡着了。豆浆出锅了，孩子被大人叫醒，迷迷糊糊喝了几口便倒头又睡。第二天问他豆浆什么味儿，他多半答不上来。

过了腊月二十，家家户户忙着蒸馒头，都讨一个蒸蒸日上的吉兆。头一天晚上母亲先把小麦面用温水和好，然后由父亲调入酵母浆，再用劲搓揉面团，使酵母分散均匀。调制面团是一门技术活，加入酵母浆要适量，过多，则来不及上蒸笼就发了；过少，等到要蒸馒头了，还是死面，就不能上笼蒸。第二天早上，母亲在锅沿上垫上一圈稻草，以便蒸笼稳稳地安放在上面，然后烧水。父亲把调入了酵母浆的面团从陶缸里扒了出来，用力摔在面板上，加入碱水用力揉匀，最后撕开一块用鼻子嗅嗅，感觉酸碱度差不多了，就做成不同的形状。圆圆的带馅的叫作馒头；长条形的像棒子状的就叫作"棒子糕"。父亲制作的馒头酸碱度掌握得好，就像少妇的乳房，圆圆的，挺挺的，很好吃。棒子糕冷却后，被切成一片片的，放在室外晒干，可以一直储藏到来年三夏大忙时都不会变质。三春天里，家里来了客人，母亲就做两只水铺蛋，加盐或酱油，放三五片棒子糕，泡开了盛进碗里，挑上一坨猪油，洒一把蒜叶屑于其上，一碗佳肴就可端上桌了。

老家腊月二十三日晚上送灶。据说灶君菩萨是上天派到凡间来监视人家的，还每家都住一位，就像现在的巡视组去各处查处问题。灶君菩萨一年工作并不轻松，每年只休假一周，即腊月二十三夜里上天，大年夜回来。灶君菩萨每天蹲在人家的灶头上，监视这个人家的火烛，一旦发现灶膛里的柴禾翻侧出来，便连忙托梦给主家，以保家家户户不失火。因此老家人每逢初一、月半，都要点起香烛来拜他。廿三这一天晚上，每家更是煮鱼烧肉敬供灶君。好酒好菜摆上桌，过了一会儿，估计灶君吃完了，父亲就掸去身上的尘土，整理好衣冠，一副庄重的样子，对着灶跪拜下去，接着要我们跟着他一起拜。拜过之后，将灶君菩萨像从灶上请下来，放进一顶灶轿里。注意这里用"请"，不能说"撕"，可见庄户人家对灶君菩萨的尊敬。灶轿是下午刚从附近小镇上买回来的，用纸糊成，是一件很精美的工艺品。灶轿两侧还贴有一副对联，上联是"升天奏善事"，下联是"落地保平安"，横批是"尊神端方"。父亲拿些龙柏、冬青枝儿插在灶轿两旁，把一串锡纸做的金元宝挂在轿上，又在灶君菩萨的嘴上抹上一层糖泥。这样灶君上天见了玉皇大帝，说出来的话都是香甜的，绝不会把人间的恶事和盘托出。最后父亲煞有其事地捧了灶轿到门外去烧了。烧灶轿时必定要从火堆里抢出一只元宝，拿回家供奉在堂屋的香案上，祈祷来年真有金元宝进门。送灶君上天之后，一家人才坐下来吃饭。父亲喝了几口烧酒，脸色泛红，干咳了一会，指着我笑说："你小子今晚就睡在灶膛，代替灶君监视火烛，养了你一年，也该派点用场吧？"我一拍胸脯,很豪气地说:"您尽管放心,等我长大了就做一名消防员,保证不让你为火烛整天操心。"父亲听完笑了,笑容很灿烂。

临近除夕的那几日,气温升高了,屋檐下的冰凌已经脱落,天井里的腊梅金灿灿地耀成了一片。几只鸭子在河里刨食,不时在水面上扑打翅膀,透着春来的气息。上午浓雾似乎总散不尽,到处影影绰绰的。中午雾才散了,就见有人提着篮子向村庄走来。走近一看原来是卖花姑娘。卖花姑娘姓张,是另外一个村子的,眉清目秀,长得就跟花儿一样。她家祖传扎花工艺,制作的花形神兼备,有喜鹊闹春,有鲤鱼飞跳,有梅花朵朵,有牡丹盛开。大姑娘、小媳妇叽叽喳喳围着张姑娘选花。有的人购买了直接就插在头上,一路走回去就成了一道流动的风景。一位老先生戴着老花眼镜,套着护袖,伏在天井中央的八仙桌上给人家写对联。农家的春联大多是"喜居宝地千年旺;福照家门万事兴"、"春满人间百花吐艳;福临小院四季常安"等一类吉庆语。不知谁家放了鞭炮,把树枝上的残雪簌簌震落下来,一小撮儿刚好就落进了老先生的后颈。只见他打了一个寒颤,手一软,原本很有力度的一笔,就像蚯蚓成了败笔。

我家在每年的年三十中午举行祭祖祈福仪式。这算是最具年味的一项活动了。母亲先把饭菜摆上了桌,放好筷子,点上灯。就在我们垂涎之际,父亲在香案上点上香,对着菩萨塑像又是鞠躬又是作揖,然后就烧钱化纸。他一边烧一边还念念有词:"爷爷奶奶、父亲母亲请拿钱。你们在阴间不要节省噢,我们会经常给你们烧钱的,只要你们保佑一家老小健康平安就行。"一时间堂屋里青烟袅袅,纸灰翩翩。接着父亲领着我们对着虚设的八仙桌依次鞠躬,以示孝敬。这种习惯一直延续到今天,一代做给一代看,农家孩子从小便受到孝道的熏陶。年三十祭祖后,父亲开始贴春联和挂落。春联贴着门框的两边,挂落则贴在门楣上。春风吹起挂落发出梭梭声,似乎告诉人们，就要过年了，不能乱说话，言语该有所禁忌。堂屋的板壁上贴有"童言无忌"的红纸条，即使孩子说了一句不吉利的话，有了这个条子也能自我安慰一番。除夕是全家大团圆的日子，因而最闹忙了。父亲从厂里借了一只五百瓦的大灯泡回来吊在屋顶，堂屋亮得如同白昼一般。父亲带领一家人先敬过菩萨，然后围坐在摆满各式菜肴的八仙桌旁，尽情地享用妈妈烹制的美食，把亏待多时的肠胃痛痛快快大补一下。一家老小亲情浓浓，其乐融融。

过年家家户户都要放鞭炮，"爆竹声中辞旧岁，春风送暖入屠苏"，用这种方式宣告辞旧迎新。相传古时有种叫作"年"的怪兽，平时隐匿在海底，一到大年三十就出来害人。后来人们发现年害怕爆竹，一听到爆竹声就吓得浑身发抖，形如筛糠，于是大家就在除夕晚上和大年初一早上燃放鞭炮。除夕晚上放炮仗每次都燃放八只。老家人视"八"为吉利数字。记得每回放鞭炮，妹妹都躲到旁边，捂着耳朵，眯着眼睛，看着父亲走到空旷处，将竖放在地上的炮仗一一点燃。"嘣"地一声，炮仗向上穿越；"啪"地一响，就在空中炸了。我用一根竹竿挑起鞭炮，以阴燃着的香烟头为火种。"噼啪，噼啪"一阵，放完鞭炮，我和妹妹雀跃着，欢呼着："过年啦，过年啦!"这时，邻居们也在自家门口燃放鞭炮。乡村的宁静瞬间就被打破了，到处都是爆竹声，密得简直像粥锅似的，散发开来的硫黄含有喜庆的味儿。

年初一早上，男人每打开一扇门都要放一只小鞭炮，说是为了辟邪。放完鞭炮，他在灶上热上枣茶和馒头，将年前从集市上买回来的芝麻糖、桃酥、云片糕，还有大金果、小金果等副食品摆上八仙桌，耐心地等孩子和女人起来用餐。早餐吃的几乎都是甜品，讨一个新年生活甜蜜的吉兆。女人年初一不用做家务，都爱美美地睡一场懒觉，以图解除忙年的辛劳。这一天她们享受起男人的殷勤，心安理得。毕竟她们忙了一整年，也该休息一下。孩子们听到鞭炮声响，赶忙从热乎乎的被窝里爬起来。这时不能说"起床"，要说"高身"，因为"起"让人容易想起生疖子、起脓包的情景，很不吉利，而"高身"与"高升"发音相近，听起来喜庆。孩子们高身后，穿戴好，顾不上吃早点就到隔壁人家去拜年了。

　　老家风俗，年初一不作兴出远门，这一天只给左邻右舍拜年。到了年初二，乡村路上熙熙攘攘，大人小孩成群结队外出了。有新媳妇回娘家的，有老女婿上岳父门的，还有小学徒给师傅拜年的。小时候每年初二，我都给舅舅拜年；初三、初四、初五，分别给姑妈、阿姨和干妈妈拜年。我们最愿意去舅舅家拜年，到那里可以收到许多压岁钱。外公有弟兄五个，妈妈的堂兄弟多，我们都管他们叫舅舅。嫡亲舅舅住在村子东头，我们拜年就从西头一路逶迤过去。每一位堂舅母见到我们都眯着笑眼将崭新的钞票塞进我们手里。压岁钱不多，一毛、两毛不等，但都是长辈们的一片心意。外公膝下无子，舅舅是上门女婿，实际是姨夫。他是公社的干部，给我的压岁钱最多。每次从舅舅家回来，我就躲在被窝里数钱，还计划买这买那的。可是一开春压岁钱就都被母亲没收了，用做购买雏鸡、小鸭。端午节后舅舅领我们去他家吃饭，我们就带着鸡鸭过去，算是对舅舅过年给我们爱意的一种回报。

　　过去老家人过年，忙年就是为孩子们准备过年吃的美食和穿的新衣；拜年就是把头一年的收成拿出来与长辈们分享。年味儿既有各种美食的香味，更有人世间闪烁的烟火以及浓浓的人情味儿。小时候过年的趣事还有很多，比如正月里闹花灯、打钱堆、跳方格，还有推着铁环在乡村小路上胡跑，等等。如今乡村的风俗被现代科技挤压得完全变了形，过年的感觉被各种打折商品四面围剿。现在过年，孩子们整天坐在电脑前，打各种网络游戏，虽然有趣，但终归是虚拟的，远不如我们那会儿有年味儿。

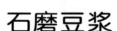

石磨豆浆

在国人常用的饮品中,除了茶可能就要算豆浆最古老了。早在两千多年前的西汉,淮南王刘安在发明豆腐之前就已经发现豆浆的食疗效果。刘安是一位孝子,有一段时间他见母亲消化不良就每天泡黄豆,磨成豆浆给她喝,其母很快康复了。相传刘安在八公山炼丹时,不小心将石膏掉入豆浆里,豆浆很快絮凝,这才有了豆腐。豆浆老少皆宜,四季可用。中医认为豆浆性平、味甘,有生津润燥的功效。人饮豆浆,春秋可以滋阴润燥;盛夏可以消热防暑;隆冬还能祛寒暖胃。

小时候家里穷,我每年只能喝一次豆浆,那是地道的石磨豆浆。过了腊月十五,庄稼人忙着磨豆腐过年。那时候到处"割资本主义的尾巴",农民没有生产自主权,磨豆腐的豆子还是母亲在"八边地"上偷偷种的。记得村子的西头有一家豆腐坊,豆倌姓张,有祖传的做豆腐工艺,所做的豆腐产量高,味道好,储藏期还长,过年前七里八乡的村民赶来他家磨豆腐。整个天井里放满了盛着泡开了的黄豆的木桶,大家都在排队。走进豆腐坊,只见张豆倌身着单衣,弓着身子,撅起屁股推着石磨绕着走,头上冒出热气如同蒸笼一般。豆倌的媳妇跟在后面,手提水桶,一边用舀子从桶里舀出豆子,放在磨眼上,一边往磨眼里舀水。磨盘之间的豆泥像瀑布一样流进磨槽,顺着磨槽最后流进一只大木桶里。等豆子全部磨完了，张豆倌提起桶将豆泥倒进布筛里。布筛悬挂在屋梁下，筛柄可以自由活动。上下扳动筛柄，豆泥在布筛里来回滚动，淡黄色的豆浆就沥了下来，在桶里还形成一层白色的泡沫。把豆浆全部倒进一口大铁锅，先大火烧，然后慢慢煮。只见豆浆沫儿先在液面慢慢旋转，然后渐渐变少。锅上的蒸汽越来越多，最后浓得都看不见人影，就听得豆倌高喊一声："来浆了！"孩子们都踊跃上前递上碗，在灶台上排成一字长蛇阵。张豆倌一边说："大家都别急，都有，都有……"一边用毛竹制成的舀子，从锅里舀出豆浆，一滴不落倒进碗里。孩子们还没等豆浆凉下来就端起碗津津有味地喝了起来，有的还被烫得龇牙咧嘴的。

分田到户后，祖屋后面一块旱地全种上了大豆，每到秋天母亲就变着花样做给我们吃，有韭菜炒毛豆、五香煮毛豆、雪里蕻炒毛豆、土豆烧毛豆、榨菜炒毛豆，还有毛豆丝瓜汤。等到毛豆老了，母亲就连根带荚拔回来放在门口的空地上，用连枷扑打，"噼啪，噼啪"一阵，毛豆就脱荚了，再去屑扬灰，黄橙色的豆子便可以装入麻袋了。我曾一度比同龄孩子发育慢，人长得像细麻秆儿。入冬农闲后，母亲为给我增加营养就用小石磨磨豆浆让我喝。头一天晚上母亲把黄豆倒进簸箕，把残粒儿、沙粒子、豆秸秆分拣出来，然后放在清水里泡，第二天早上豆子藏满了水，用手一捏便开。大冷天，孩子们都习惯赖床，听到堂屋里"呼噜、呼噜"的磨盘声，我就知道母亲在磨豆浆。我起床穿戴好，就见八仙桌上放着一碗冒着热气的豆浆。喝完豆浆，身上感觉热乎乎的，上学路上一点都不觉冷。

后来我到南京读书，学校食堂每天都供应豆浆，那是正宗的石磨豆浆。那时我最喜爱的早点就是两根油条加一碗豆浆，还喜欢把油条放在豆浆里泡开了吃。油条放"老"了，咬起来很费劲，放在热烫的豆浆里，只需小一会儿便酥软了。油条里面注满了浆汁，狼吞虎咽，一不小心就会从嘴里冒出豆浆来。有一次夏天吃早点,邻座恰巧是我们校花。我正与同班的伙伴边吃早点边神侃,一抿油条,鬼使神差似的,嘴里竟然冒出了豆浆,洒在她胸前"的确良"衬衫上,洇成了一个"@",像是哺乳期的女子溢乳。女生顿时脸红了。在场的男生都哄笑起来。我一时手足无措,语无伦次地说:"对不起,我,我不是故意的。你把衣服脱了,我来帮你洗。"有个坏小子立即断章取义起哄:"弄脏人家衣服不算,还要脱人家衣服,有这样对不起的吗?"女生更局促了,干脆端起饭盒,低着头急切地跑开了。事后大家就拿我寻开心,"污蔑"我想脱漂亮女生的衣服。任凭我怎么解释,还是不能洗刷"吃人家豆腐"的"恶名"。后来实在没办法,我只好给这帮家伙洗了一周的碗,这才勉强过关。多年以后,一次同学聚会,有人唱起林俊杰的歌——《豆浆油条》:

> 喝纯白的豆浆　是纯白的浪漫
>
> 望着你可爱脸庞　和你纯真的模样
>
> 我傻傻对你笑　是你忧愁解药
>
> 你说我就像油条　很简单却很美好
>
> 我知道你和我就像是豆浆油条
>
> 要一起吃下去味道才会是最好
>
> ……

　　我不禁想起那位腼腆的校花,不知她的爱情是否像油条与豆浆一样不离不弃?

　　工作以后,随着生活水平不断提高,我倒渐渐远离豆浆了,取而代之的是"麦乳精",一种以牛奶(或奶粉、炼乳)、奶油、麦精为主要成分制成的速溶性饮品。妻生下孩子,奶水不足,只得以鲜牛奶补充。

本地"红梅乳业"公司在我家门前安装了一只箱子，每天送牛奶上门，一月一结算。儿子"断奶"以后，牛奶并没有断供，只是常为究竟生喝还是煮熟了再喝而犯愁。从化学特性看，显然生喝牛奶不损坏其中的活性成分，但又担心厂家杀菌不过关。每天取奶，儿子不喝由我喝；我不喝时妻子喝。中年以后，妻说是人要补钙，每天早餐都为我准备一杯鲜牛奶，这一习惯一直延续到现在。最近妻又说人上了年纪要防止富营养，我家早餐的饮品就由牛奶改作豆浆了。

妻制作豆浆都是每天现磨。为此，她还特地从网上购买了一只"美的"牌豆浆机。这种豆浆机装有一只涡旋状的刀片，高速转动即能快速粉碎食材。晚上收拾完厨房，抓一把黄豆泡在玻璃缸里，第二天早上沥去水倒入豆浆机里，加入纯净水若干，启动电源，就听得"吱——吱——"的几声响，豆浆便磨好了。把浆料渗过滤布，除去渣倒入不锈钢罐子里煮沸一会儿，整个制作过程前后不到十分钟。这种制备豆浆方法，省时、方便，但再也喝不出石磨豆浆所特有的味道。

传统的石磨豆浆工艺由于磨齿均匀运转，速度慢，能让黄豆充分释放蛋白质，所磨制的豆浆充分保留了豆类的本色及香味，不仅豆制品含量高、营养成分多，而且粉质细腻，豆香浓郁。同时石磨含有铁、钙、磷、镁等人体必需的多种微量元素，又避免了机械高速运转过程造成的营养成分破坏，石磨豆浆素有"植物髓液"的美称。

其实，生活与石磨豆浆相似，慢生活才能享受悠闲，才能"磨"出感情，也才有兴致感受浪漫。

母亲的雪里蕻

立冬过后,故乡的空气中流动着些许风寒,到了夜间,雾气凝结便成了霜,草木渐渐稀疏,露出萧瑟的黄。稻田已被翻耕,种上了麦子。只是麦苗还很细小,隐匿在泥土下,远远望去,到处是褐色的土地。走进村子,在村舍朝阳的一面,偶尔可见到小块的绿地,那是待收的雪里蕻。

记得儿时,到了初冬,黄昏时刻母亲从生产队收工回来,先在灶上煮上粥,待到锅开三遍,就在灶膛里添一撮草灰,任其阴燃着,然后就拿起铁锹、背着竹筐,下地收割雪里蕻了。母亲蹲在地里,左手板住雪里蕻的茎叶侧向一边,从右侧铲断根茎,提起雪里蕻再奋力抖动几下,去掉泥屑,放进筐里。雪里蕻,经过腌制可以作为全家一个冬天的配菜。肩负一家子膳食重任的母亲,此时收割的不仅是雪里蕻,同时收获了一个家庭的部分生计。劳动中的母亲最美,只见她的额头上的汗水被晚霞映照如同涂抹了一层油彩,稍微憔悴的面庞一下子便红润起来。

父亲从水榻上挑来河水,把天井里的陶缸盛得满满的。晚饭后,母亲借着月色,用小木桶从缸里舀出水,先将一棵棵雪里蕻浸在水里,上下扑动几下,然后提起来,劈开茎叶,挂在屋檐下的铅丝绳上沥水。忙累了的母亲有时也会抱怨几声:"小龙,你这个讨债鬼,吃起来一个顶俩，忙起来就不见人了！装模作样做什么作业？还不出来搭搭手。"听到母亲呼唤，我立即吹灭煤油灯，从里屋一溜烟儿跑出来："妈，我这就来了嘛。您看我能帮什么忙？"母亲很是满意："这还差不多。你就把雪里蕻劈挂在绳子上吧，这样可以快些弄。"母子分工很明确，一个负责洗，一个负责挂。腌制雪里蕻，仅仅洗净、晾晒就要忙碌一个晚上。天井里既有我和母亲忙碌的身影，同时雪里蕻的清香萦徊了整个院子。

第二天晚上，母亲卸下一扇门板，把雪里蕻全部堆在上面。母亲右手提着厨刀，左手按住雪里蕻，"咯吱，咯吱"地将之切成细屑。细屑积攒多了，母亲便用厨刀反手一刮，雪里蕻就一屑不拉全部落在地上的竹匾里。等到把雪里蕻全部切碎，母亲就端来一只托盘，上面放着几只瓦罐子，里面分别盛有盐、味精、花椒、八角、辣椒屑等调料。将雪里蕻置于陶缸，一层细屑上洒一些调料，然后用拳头使劲地压，确保所有雪里蕻都能入味儿。最后在缸口放上一层稻草，稻草上面用黏土糊得严严实实的。第二天，看见母亲右手包上一块旧手绢，就知道她的手上磨出了血泡。

装满雪里蕻的陶缸就放在天井里的葡萄架下，这时葡萄藤已经全部落了叶子，阳光充足，气温才高，才能让缸里的雪里蕻发酵完全。我们在葡萄架下玩耍累了，常常去摸陶缸，憧憬起那雪里蕻炒蚕豆瓣的香味儿。看到母亲走过，就拉住她的衣襟问："这雪里蕻放在这里已经好多天了，什么时候才能吃呀？"母亲刮了刮我的鼻子说："你这个小馋鬼，干活尽偷懒，整日里就想着吃。"要知道，我们在那物质极度匮乏的年代，就着雪里蕻咸菜，喝着那清汤光水的元麦粥，撑起圆鼓鼓的肚皮，便是冬日里最大的快意了。

一个月后，临近冬至，雪里蕻终于开坛了。那墨绿色的咸菜藏满了我们这些小馋虫的心思，母亲刚把雪里蕻炒豆瓣端上桌子，我和妹妹的筷子就如古战场上的棍棒立即挥舞起来。母亲为了不让妹妹受委屈,还特地在盘子上划出一条线,指定我的捡菜区域。我狼吞虎咽一气,盘子很快就见了底。雪里蕻的叶丝在粥汤里像小蝌蚪一样游动,食欲立即被勾起,我连忙仰头痛饮,有时还被呛得流泪,只得眼巴巴地看着妹妹在一旁轻嚼慢咽,一副很享受的样子。妹妹很懂事,经常用筷子挑出一撮放进我的碗里。顿时,泪水迷糊了我的双眼,我抬头感激地望着她,心里想,长大了,我要多赚钱,让全家人每天都能吃上雪里蕻,而且想吃多少就吃多少。

整个冬天母亲给我们做得最多的一道家常菜就是雪里蕻炒蚕豆瓣。蚕豆易于储藏,一年四季都能吃上。通常剥蚕豆由我承包:在一条长凳上锯出一根凹槽,将厨刀插进去固定好,一手扶住豆子,一手举起木棍,对准蚕豆用力一敲,只听"劈拍"一声,蚕豆就被劈开了;将豆瓣放在温水里泡一会儿,剥去皮,沥去水,即可做菜了。母亲做菜用的是大灶,灶膛里的火苗又大又亮,那是稻草的火;锅里的油是地道的菜仔油,回旋、翻卷一阵后,腾起一股诱人的香味儿。往沸腾的油锅里倒入雪里蕻,轻拨、翻动,加入蚕豆瓣爆炒,最后放点水闷煮几分钟。一开锅,雪里蕻特有的咸菜香味立即弥漫灶间,引得我们垂涎欲滴。

舅舅来家做客,母亲就让我去供销社用鸡蛋换回豆腐,做雪里蕻烧豆腐。一路上我都小心翼翼的,去时担心打破了鸡蛋;回来时害怕打翻了豆腐,哪怕绕很远的路,也不敢在小路上走。回到家里,只见母亲把豆腐捧在手里,用厨刀横一切、竖一劈,整块豆腐便成了小豆腐块了。先将豆腐块用开水潋一下,去除其中的水分,这样才不易破损。将菜油烧沸,倒入豆腐块,不等锅里油水乱溅,立即倒入雪里蕻,加盐、水,盖锅煮沸五分钟,一碗雪里蕻烧豆腐就可以上桌了。母亲看我吃豆腐被烫得龇牙咧嘴的,就在一旁笑骂我说:"看你这副馋样,就像饿死鬼变的！就不能慢点吃?"舅舅在一旁笑而不语。

　　只有过年时,母亲才会做雪里蕻炒肉丝给我们吃。年前生产队杀猪了,每家可以分到三斤肉,大家都抢着要肥肉。用豆荚杆烧火,锅更烫。把肥肉切得细细的,成条状,倒入热锅里煎,不一会肥肉就吐出了白色的油沫儿。用铜勺将猪油舀进陶罐里,冷却成冻留着以后慢慢吃。油炸过的肥肉也熟了,这时倒入雪里蕻,只需炒一会儿就可以出锅了。雪里蕻炒肉丝不仅闻起来香,而且吃在嘴里会感觉油水足。平时我们吃的都是素食,肚子里严重缺少油水,只有在过年时才能把亏空多时的肠胃补偿一下。通常盘子里的菜都被我们吃完了,我们还在盘子上铺设一层饭粒,直到把盘子擦得干干净净时才肯罢休。

　　后来,我外出上学,毕业后就留在了城里。每次回老家,临走时,母亲都给我带走一坛子雪里蕻。现在生活水平提高了,雪里蕻不只用作家常菜,高档酒宴上也常使用,用做清炒山笋、芦荟、红烧甲鱼、昂公、大烧野鸡、野兔……妻来自北方,善做面食,到了冬天,就用母亲的雪里蕻拌肉,做包子给我作早餐主食。妻子做的包子很香。我一咬包子,便想起母亲腌制雪里蕻忙碌的身影,想起她用雪里蕻制作的那些美味佳肴。

　　雪里蕻,在我家的菜谱上一直不用作主菜,就像母亲在家里从来不做主一样。母亲的雪里蕻,有母亲默默的奉献。

戒　烟

　　最近外甥结婚，妻与我商量如何随礼。我有些不以为然地说："一分钱不用出。"妻嗔怪道："俗话说舅舅礼，就是指舅舅在外甥心目中，地位高得无可替代。现在外甥结婚，你一毛不拔，有这样做舅舅的吗？"我思忖，外甥和儿子相隔一年结婚，没必要你来我往地随礼。但妻坚持要随，我拗不过她，最后只好同意。接着商量随多大的礼，我说："都是自家人，你今年出多少，明年还收这么多，随礼也就是个意思。依我看要么随六千六，象征他们小夫妻俩六六大顺，要么就随八千八，象征他们新生活兴旺发达。"妻说好事成双，坚持要随两万，还一如既往地数落我说："你抽烟污染别人不说，每天还要多开销，给外甥结婚随礼倒这么小气，你就不能不抽烟？"

　　我刚开始戒烟，就像孩子调皮犯了错，每次都信誓旦旦再不犯，过不多久就又抽了，直到最后痛下决心才真正戒掉。

　　我第一次抽烟还不到七岁。那年夏天，天气特别炎热。晚饭后，我们在户外纳凉，父亲就给我们讲故事，有唐朝薛仁贵征东的，有南宋梁红玉抗金的，还有明末史可法守扬州城的。这一天父亲讲故事正在兴头上，一摸口袋，发现忘记带烟了，立即指派我去后屋里间取烟。我在黑暗里摸索到香烟就学父亲样子，抽出一支叼在嘴上，划着一根火柴，对着明亮的火苗吸了几口，香烟就着了。然后，我就捏住燃着的香烟从里间出来，过堂屋，穿天井，一蹦一跳跨过前屋的门槛，爬到凉床上，递到父亲嘴边。父亲刮了刮我的鼻子，还夸我能干，然后悠闲地抽了起来。故事里的人物形象也随着他吞云吐雾，在我们心中慢慢地扩散开来。父亲很享受这种被人伺候的感觉，时常主动让我给他把香烟点着了递给他。每次我就偷偷地多吸几口。

我上小学三年级春夏之交的一天，放学回家路过一条直通长江的断头支浜，只见水面上一团乌黑，再仔细一瞧，原来是一条虾阵冲到这里。前方再无水路，虾子只得拥在一起，无奈地蹦跳，有的就落在岸边的草丛里。我赶快滑下河坎，赤脚下水，双手如同在自家水缸里捞虾一般容易。我连忙脱了裤子，折一根刺槐，撕下树皮，扎紧裤管用作装虾的口袋，直到裤管里装满虾，才把裤腰管也扎好，往肩上一扛，一路唱着歌回家。虾子实在太多，家里人根本就吃不完，第二天一早我就遵从父亲的吩咐，到镇上去卖了。我卖虾得了四块五角钱，先在工农饭店要了一碗小馄饨，就着烧饼吃，后去书店买了几本连环画，剩下的钱就买了十二包"勇士"牌香烟，整条的给了父亲，零包的被我偷偷地藏了起来。这是我第一次自己买烟抽。

我那时抽烟没有瘾，完全是闹着玩儿，一旦被母亲发现，还是要挨骂的。母亲虽然不很讨厌父亲抽烟，但害怕小孩子抽烟不慎引发火灾。我只得躲在茅厕里抽烟，平时就把香烟藏在猪圈土墙的缝隙里，想抽烟就抽出一支，偷偷塞进裤腰里。打开茅厕柴门，先得将烟卷夹在耳朵上，才能解开裤带子。然后蹲下来，在茅厕的坑沿探好一个平衡姿势，再点燃香烟，一边抽烟，一边如厕。那时候乡村环境真好，野生水产品随处可见。香烟一抽完，我就去水田里捉黄鳝，或到河里网鱼，或在芦苇荡里捕黄雀、抠螃蟹，背到集市上换钱买烟，不增加父母额外的经济负担。

上高中，我到了镇上。有位同学，他的父亲是新四军老干部，家

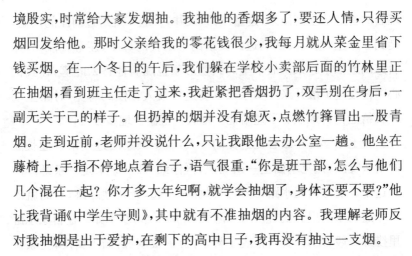

境殷实，时常给大家发烟抽。我抽他的香烟多了，要还人情，只得买烟回发给他。那时父亲给我的零花钱很少，我每月就从菜金里省下钱买烟。在一个冬日的午后，我们躲在学校小卖部后面的竹林里正在抽烟，看到班主任走了过来，我赶紧把香烟扔了，双手别在身后，一副无关于己的样子。但扔掉的烟并没有熄灭，点燃竹箨冒出一股青烟。走到近前，老师并没说什么，只让我跟他去办公室一趟。他坐在藤椅上，手指不停地点着台子，语气很重："你是班干部，怎么与他们几个混在一起？你才多大年纪啊，就学会抽烟了，身体还要不要？"他让我背诵《中学生守则》，其中就有不准抽烟的内容。我理解老师反对我抽烟是出于爱护，在剩下的高中日子，我再没有抽过一支烟。

读大学时，我有几位同学是"文革"时期"老三届"高中生，上大学之前就已经工作，属于带薪上学。其中的一位原是机械厂的六级钳工，每月工资将近六十块钱，这在当时算是高工资了。这位同学抽烟很豪爽，晚自修回到寝室经常发烟给大家抽。我平时不买烟，到五一、国庆、元旦等节日，学校发了香烟供应券才去买。一张券可买六包烟，一包红牡丹、两包大前门、三包雪峰烟。如果不及时购买，过期烟券就作废。在那特殊的年代，商品极度匮乏，浪费了供应券实在可惜。我每次在烟券过期之前就用零花钱把烟买了。那时一包烟要抽将近一周，一天平均也只抽三支烟，一般在午饭后、晚餐前和晚自习回宿舍的路上才抽烟，这时心情最放松，抽烟感觉更悠闲。

工作后，自己有了收入，烟量慢慢大了。开始三天一包，后来戒了一次烟，再抽就变成两天一包了。记得一次国庆节回老家，母亲对我说："你也老大不小了，找对象就得花钱。家里就这点钱。你工作了五年，算起来不但没给家里什么钱，还欠着账呢。你就不能把烟戒了？这样可以攒下钱嘛。"我那时爱面子，抽烟还要抽好烟，良友、万宝路、三五牌等外国烟常抽；牡丹、上海、前门等名牌烟不断，一个月的工资一半多花在买烟上了。后来我就尝试戒烟，一年就省下六百多元；三年不到，到我结婚时，居然有了三千多元的存款！

结婚后，有一段时间感觉工作压力大，我又开始抽烟，这时每天要抽一包。妻倒不十分反对我抽烟，但有了孩子后，坚决反对我在室内抽烟。那时住的是单位分配的公房，房间很小，尤其冬夏两季开着空调不透风，一支烟就熏得妻儿咳声此起彼伏。无奈之下，我只得到厨房忙活，捡菜、洗碗、擦地样样都干。每有客访，夸我勤劳肯干，妻都不屑一顾。听厨房脱排油烟机嗡嗡作响，再看我的手指端一缕青烟袅袅缭绕，客人笑而不语。冬天，我的手冻得像萝卜；夏天，人热得如泥鳅，也不觉得委屈。可厨房的活一忙完，马上觉得很无聊，特别是两只手，简直没处摆，只得走上阳台，或迎寒风而立，或如蒸桑拿，非得猛吸几口烟才肯罢休。春、秋两季气候宜人，房间的门窗大开，抽烟就不需顾忌。妻下楼去买菜、散步，让我远离了絮叨。通常我就沏一壶香茗，躺在阳台的藤椅上，任微风拂脸，阳光抚面，叼上一支香烟，一边看着闲书，一边悠然遐想，真如神仙的日子啊。

有一年，市里成立了行政服务中心，实行审批、许可、备案等行政行为一条龙服务，我们单位指派我担任窗口负责人。这里不准抽烟，若要抽烟需走一条很长的过道，如同去西天取经似的很不方便，我就下定决心戒烟。此时我的烟瘾很大，每天几乎要抽两包，戒烟难度很大。我不能肯定自己就一定能戒得掉，只是私下偷偷地戒，不让人知道。戒烟就是自己与自己意志力的较量。我就从第一个小时戒起：第一个小时没抽，第二个小时还没抽，……一天下来都没抽；第二天没抽，第三天没抽，……整个一周都没抽；第二周没抽，第三周没抽，……第一个月都没抽；第二个月没抽，第三个月没抽……全年都没有抽。几年下来，我终于戒烟成功！再后来碰到别人给我敬烟，我只象征性地点着，偶尔吸几口，也只是吸在嘴里，一丝都没入肺里，就直接吐出来了。别人看我身体发胖,都以为我工作轻松所致,哪里知道我偷偷地戒烟呢?

如今,出门请人办事,话未出口,先递烟、再点火,很快缩短了与对方的距离,不会有手没处放的感觉。三朋四友在一起,你敬我一支烟,我回敬你一支,礼尚往来。别人敬烟,也可以不马上点着,只是一种友善的认可。抽烟可使文人思维敏捷,落笔成章。少妇偶尔抽支烟,青春的妩媚中会透出些许优雅。老汉抽烟,岁月的风霜中闪烁着睿智。无论是靠在沙发上的绅士,还是站在马路边的修路工人,一叼上烟,就会觉得自由自在。所以法律只在公共场所禁止吸烟,并不干预烟民在私人空间的行为。

我现在抽泡泡烟,入口不入肺,既可以陪朋友一天抽两包,也可以几天不抽一支烟。每当在外面聚会、打牌回来,妻都抱怨我衣服上烟味重,又很奇怪我为何长假在家一连几天不抽一支烟。我告诉她说,什么是境界?这就是境界:手中有烟,心里没烟。我在外面抽烟,纯属习惯,一种方便社交的习惯。妻笑话我说:"别自我标榜了! 你这是断了奶,每天还抱着奶瓶子。"不过,因为我抽烟,倒让妻平时消费豁达了不少。她常把一句话挂在嘴边:"花这点钱算什么,比你抽烟总有意义吧?"

不管怎么说,抽烟是一种陋习,与现代文明格格不入。香烟是要戒的,不管多么"资深"的烟民,只要痛下决心总能戒得掉。当然,如果一时意志力不够,也不能太勉强,否则戒烟影响内分泌紊乱,生出怪病,反而得不偿失了。

有话好好说

有文友读完我在江山文学网上山水神韵社团发表的《淘书小记》，留言道：这原本是一篇严谨、有趣的文章，偏偏最后这句"书不在乎售价多少，如同女人这如花似玉的身子，一定要托付给真正喜爱自己的人"显得轻佻，无疑把主题冲淡了。我感谢文友的好意，但不以为然。我们面临的客观世界，假的东西太多，有造假数据充当政绩的，有卖假药坑人骗钱的，有巧舌如簧通过电信诈骗的……咱改变不了别人，只能从自己做起，具体就从写作做起，力图讲真话，至于轻佻与否便不去多想了。

今读香港作家董桥的随笔《中年是下午茶》，颠覆了我原来的想法。作家写中年男人的生理、心理特点，很到位，比如中年很尴尬，睡眠少了，难以感动、不会愤怒了，就连吻女人也只吻她的额头而不吻她的唇了。这些文字无疑是深刻而风趣的。然而说起中年是男人危险的年龄，作家笔锋一转："（中年）不是脑子太忙、精子太闲；就是精子太忙、脑子太闲。"就是这么一句略带江湖痞气的话，让人对这篇文章的美感大打折扣。

季羡林先生曾有一句名言：假话全不说，真话不全说。作为一位经历"文革"那段颠倒黑白时代的学者，假话全不说，不仅要有高尚的人格操守，更需要有同各种假大空言论的斗争艺术；真话不全说，既是他做人的一种智慧，同时又是他对别人的一种怜悯，不忍伤害对方。我有一同事癌症已是晚期，医生对家属说，无法医治了，回去病人想吃什么就给他吃吧。病人回到家里，家人还强作欢颜说，不碍事，医生说手术后回家静养，过了不多久就会痊愈。病人直到去世都没有弄清病情。这是真话不能说。

人活一辈子，不说假话很难，真话不全说也不易。相传明朝时江南四大才子应邀参加某员外的孙子的周岁喜宴。酒足饭饱后，主人抱出小儿请才子们送一句祝福话，还要求一定要实话实说。唐伯虎说："这孩子天庭饱满，一副聪明相，将来一定能进士及第。"主人听后欢天喜地。文徵明接着说："这孩子嘴大吃四方，将来肯定做官。"主人连声道谢。徐祯卿说："这孩子耳朵大而厚，是个有福之人，将来必定子孙满堂。"主人听了满脸含笑。临到祝枝山了，只见他用手刮了刮小儿的鼻子，吓得孩子大哭起来，他慌忙说："这孩子将来肯定要死的。"此话一出，惹得主人怒气冲天，连呼家丁，乱棍将祝枝山打出。

人固有一死，祝秀才讲的是真话，却因为真话讲的不合时宜，不唯让主家下不了台，自己也沦为笑话。

前不久与一位文友谈论女性到了中年的感受，她回忆说——

　　最近，北方冷空气突然南下。我毫无准备，上班时还与往常一样穿着裙子，下班回去的路上，直冻得哆哆嗦嗦。冷风吹在脸上，寒意沁入骨髓。小巷深处，一个小女子都已经穿上长裤子了，还要那个小男人搂着走，让人感觉好暖和。昏暗的街灯下，青石板反射着冰冷的光。我倒不奢望先生此时也来搂着我，但如果他能够站在楼梯口拿一件两用衫等着，我肯定会感动得热泪盈眶。我会打内心里发誓，这一辈子一定死心塌地爱他。回到家里，先生正悠闲地坐在沙发上看着《扬子晚报》。茶水热气袅袅,我却不感觉温馨。

我把在路上的想法与先生一讲,他一脸不屑地说道:"你是发神经吧! 还以为自己是一个十八岁的小姑娘,没事就往风口里一站,还说什么要考验爱情。"

这位丈夫道出了大多数中年男人的真实感受,但因为不关注太太的感受,简单的一句话便伤害了最亲近的人。

许多年前看过张艺谋导演,姜文、李保田、瞿颖主演的电影《有话好好说》。这部轻喜剧告诫人们,人在社会上难免有矛盾冲突,与人相处,以和为贵,冲突总会带来伤害。这部影片的两个当事人的初始动机和行为很单纯,结果却推向了荒诞不经的境地。影片采用动感摄影手法,试图用凌乱和荒诞来解释现代城市的特性,人与人之间充满了"理性和非理性的冲突"。城市的底层青年处理感情的非理性方式与知识分子处理事情的繁琐的理性方式,形成了喜剧上的冲突效果,从而引发了荒诞的结局。影片喜剧包袱一个接着一个,高潮迭起,让人笑得肚子疼,而结尾颇具人文色彩:"良言一句三春暖,恶语一言三冬寒。"

大千世界,芸芸众生,人人都有自尊心,大家需要互相尊重,其中很重要的一点就是有话好好说。领导对下属,老板对员工,老师对学生,父母对孩子,评委对选手,所有处于居高临下态势的人,更要注意平等待人,说话和气。

人生在世,谁都有不顺心、磕磕碰碰的时候,关键是要学会调整自己,遇人遇事和风细雨,笑脸相迎;无论平常事还是紧急情况,都要以平常心对待。我们要用一颗爱心、一颗宽容之心对待同事和亲朋好友,有话心平气和地说。俗话说,有理不在言高。即使我们占理,讲的是真话,说的是实话,也要注意方式方法好好说。

真话不全说

中午吃完饭,上楼掏钥匙正准备打开办公室的门,只见我们信息处的处长黎发走过来,见我对他微笑点头示意,便跟我走了进来。

黎发给我递来一支名烟。我接过烟调侃他说:"最近又腐败了?当心被纪委发现了请你去喝茶呢。"

黎发笑笑说:"哪里呀,这还是儿子十一结婚剩下来的喜烟,退回烟店不值钱,还不如自己抽呢。"

我俩各自点着烟。我在自己的位置上坐下,见他也在我的对面沙发上落座,便问道:"你现在是做阿公的人,家里添了新成员,感觉不错吧?"

黎发若有所思地说:"唉,家家都有一本难念的经。你看我每天乐呵呵的,其实也有烦恼。"

我略做夸张地对他说:"老弟,你可不能饱汉不知饿汉饥呀。你年纪比我小三岁,你家公子与我犬子年龄一样大。你们都如愿以偿了,儿子娶了媳妇,老子等着抱孙子,而我还不知哪天才能请大家喝喜酒呢。"

"你真会开玩笑。你儿子对象已经谈好,想请我们喝喜酒,还不是举手之劳,不就花钱嘛。"黎发变换了一下坐姿对我说。

"究竟你家会有什么苦恼? 有苦恼估计也是甜蜜的苦恼,说出来让我也享受享受。"

"儿子媳妇小夫妻俩现在到巴黎了,用婚假去欧洲旅游的。早上他妈从微信群里看到他们在埃菲尔铁塔下面的合影,对儿媳妇说,怎么给小黎买这么一件衣服,土里土气的,全市难道就找不到一件像样的衣服?"黎发无可奈何地说,"你说这不是给孩子添堵吗。过去儿子跟我们出去,人家只会说,这是黎发的儿子。我们对他的着装可以提出看法,毕竟要与我们的身份相符。现在儿子跟儿媳妇一起出去旅游,他是这个女人的丈夫,穿衣服得体与否应该由他妻子说,你一个老太婆插什么嘴?"

我完全赞同黎发的看法:"本来嘛,孩子结婚了,要放手让他们经营自己的生活。我们做长辈的可以提出个人看法,但不能把自己的意愿强加给孩子。"

"我们家那位就像老母鸡孵小鸡,一刻不肯放手。上周我陪她去儿子房间里看看,她一边收拾一边抱怨说,家里这么乱,也不知道收拾收拾,简直糟蹋了这么好的居室。"黎发扶了扶眼镜,又摊开手说,"孩子刚结婚,开始新的生活,你看到他家里乱就帮着收拾,以后习惯了就等着你去收拾。你若不去,他们就互相推诿,反而容易产生矛盾。"

"你太太就是劳碌命,孩子的事应该让孩子自己做,都这么大的人了,应该让他们独立。退一步说,善于收拾房间的人,要么闲的无事,要么心态已经老了。人老了,才整天收拾房间呢。你看哪个年轻人的房间不乱糟糟的。我们读大学时,男生宿舍几乎都像猪圈一样。工作后住集体宿舍也不认真打扫嘛。年轻人有他们要忙的事,哪有心思打扫房间?"我开导黎发说,"等到有一天,你儿子突然注意室内卫生了,你倒要怀疑孩子的心态是不是变老了。那不值得赞扬,反而有些担忧了。"

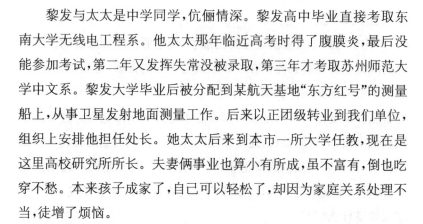

黎发与太太是中学同学，伉俪情深。黎发高中毕业直接考取东南大学无线电工程系。他太太那年临近高考时得了腹膜炎，最后没能参加考试，第二年又发挥失常没被录取，第三年才考取苏州师范大学中文系。黎发大学毕业后被分配到某航天基地"东方红号"的测量船上，从事卫星发射地面测量工作。后来以正团级转业到我们单位，组织上安排他担任处长。她太太后来到本市一所大学任教，现在是这里高校研究所所长。夫妻俩事业也算小有所成，虽不富有，倒也吃穿不愁。本来孩子成家了，自己可以轻松了，却因为家庭关系处理不当，徒增了烦恼。

"最近请亲家两口子吃饭，席间她对亲家母说：'我离退休还有八年，因为在领导岗位上，职务津贴比较多，若是提前退休，收入减少太多。将来有了第三代，你是纺织女工退休，一年在外给别人帮忙也挣不了几个钱，你就多费些心。到时候我们请一个保姆，所有费用都由我来。'你说有这样说话的吗？"黎发简直恨铁不成钢了，"她真是好心说不出好话。保姆费用由我们出倒没什么，只是保姆也有不同类型，月嫂算不算保姆？若是，月嫂的支出就是大数目了，一个月没有一万元肯定不行。再说，保姆要请多长时间？是一年？两年？还是五年？十年？你现在答应请保姆了，话又没说清楚，将来不能满足要求，亲家母就不高兴了。若是我们花了大价钱，弄得大家不开心，这又何苦呢？"

这让我想起季羡林先生的一句名言："说话就要说真话，不说假话。假话全不说，真话不全说。就是不一定把所有的话都说出来，但说出来的话一定是真话。"

对照先生所言，我们都要反思。如今世风日下，在功利主义盛行的今天，物质和金钱、权力和地位，成了许多人毕生所求。为了达到目的，有些人不是"假话全不说"，而是"假话天天说"。不法商人把劣质说成精品,教授把糟粕说成精华,有的公职人员用假话骗取组织信任,还谎报管理政绩。说假话的人多了,愿意听假话的人也就多,因为假话往往比真话好听,让人听了感觉舒服。"巧言令色,鲜矣仁。"假话带来的直接后果就是社会缺失诚信。原来喜欢讲真话的人不敢讲了,说实话反而吃亏,以至于在社会生活中讲真话、说实话,人家还说你幼稚、愚蠢;在单位里讲真话、说实话,常会被人瞧不起,难有提拔重用的机会。然而,面对社会诚信缺失,我们更应该向季羡林先生学习,不说假话,多说真话,多做实事。

当然,说真话也要讲究场合和时机,不是任何时候、任何情况下都能说真话,这正是季羡林先生的"真话不全说"的用意所在。真话什么时候说,说多少,很有讲究,这就涉及做人的智慧问题。说话要看效果,否则说真话也会惹事。黎发太太觉得与孩子、亲家母都是自家人,没有必要说假话,一切都实话实说,不分场合,不看时机,想说就说。这其实是一种话语任性,严重时还是语言暴力,不但起不到效果,还会伤害别人。

最近我有位同事回老家探亲,回来时带了一些新鲜的红薯,分给大家吃。我们感到这些红薯很新鲜,是健康食品,对他说了一些感谢的话。这位同事却很认真地说:"别客气,这种东西在我的老家很多,都用来喂猪。"大家听了面面相觑,心里不太舒服。估计这位同事说的"红薯喂猪"是一句真话,可是大家听了不禁自问:"难道我们都是猪吗?"

真话不全说,不只是做人的智慧,还是个人素养。俗话说,一句话可以让人听了笑起来;一句话也能让人听了跳起来。这与说话的时机和场合有关。我们在日常生活中有话要好好说,真话注意场合说、看准时机说,尽量不讨人嫌,不招人烦,这为构建和谐社会也算尽了一份力。

"我要"与"要我"

今年单位处室调整,我有幸同老徐在一起工作。老徐是军转干部,在部队当过营长,曾带过几百位战士,是一位很懂管理艺术的人。虽然过去我与他接触不多,但现在我们已经成为要好的朋友。我对他的好感最初在于这位同志每天七点刚过就到办公室拖地、抹桌、泡开水,把室内收拾得井井有条,等待同事上班。一个人做一次好事并不难,难的是几个月来一直做好事。

老徐每天早上打扫卫生,不是我要他干,而是他自己要做的。他说,每天做点体力劳动,对上了年纪的人是一种身体锻炼,表面上看起来为同事服务,实际上也是为了自己。大家开心,他自己也养生了。老徐的原配夫人因病去世早,后来娶了现在这位太太,他对她特别关心,家里几乎所有的活都由他做,生怕让续弦夫人受累而影响了身体。太太跟着他过着轻松愉快的生活,让不少女士羡慕不已。

我们做事,自己想要做,肯定比别人要求我们去做感觉舒心,因为自己想做,才有主观能动性与创造性,才有做事的乐趣,也才能把事情做好。以瑞士一名优秀的钟表匠为例,就可以很好地说明其中原委。上世纪六十年代,瑞士有位著名的钟表匠,因为忘记交税,被政府执法部门处理而失去了自由。当他被限制自由后,看守人员对他说,你在这里好好做手表,就会得到优待。他们买来了手表零件,提供精致的工具,但这位钟表匠再不能组装出自由时那么精确的手表。原因在于,过去他做手表是为自己而做的,很快乐;失去自由后,做手表是为别人而做,还在逼迫的状态下干事,心情不好。

这个理念在家庭教育上同样适用。我们要培养孩子的学习兴趣,而不是填鸭式给孩子灌输知识,想方设法变要他们学为他们要学,这才是教育的出发点和落脚点。我的亲身经历就证明了这一点。我的孩子青春期逆反心理很重,若是我这个做父亲的指向东,他肯定向西,一度弄得我手足无措。那时我觉得很憋屈,我不是养了儿子,而是遇到生命里的一个对手,而且是苦手!后来我干脆放手,让孩子接触社会,慢慢地他自己醒悟了。后来他明确了学习目的,愿意与我交流内心想法,我们父子之间也消除了不必要的误会。再后来他读本科、读硕士都很用功,今年已经发表两篇有一定影响力的论文,都被 SCI A 区收录。这就是我要他学习变为他要学习的成果。

这件事对我的触动很大,让我在孩子转变学习理念的同时,我也转变了对做好家务活的看法。这次太太去深圳探亲,儿子又不在身边,我重新享受起自由的单身生活,一日三餐都在单位食堂用膳,家就成了住宿的地方。平时太太在家时,不用我做任何家务,可谓"油瓶倒了不用去扶"。但考虑到太太就要回来,为了避免她长途旅行后还要承受家务活的辛劳,我得赶紧用手把换下来的衣服洗干净。因为平时不用我洗衣服,我不会操作洗衣机,只得手洗。洗完衣服,再用汰洗衣服的清水把家具、洗面池擦干净,最后又把地板拖了一遍。第二天我感觉腰酸、背痛、腿疼,这是头一天做家务用力过猛所致。然而因祸得福,到了晚上我却睡了一个酣畅的觉,再不受失眠之苦。我以后要向老徐学习,把干家务活当作锻炼身体。树立这样的理念,再苦再累也不会有怨言,只会从劳动中获得乐趣。

当前我国环境保护正处于艰难的爬坡阶段,需要社会每一位成员的共同努力。是给各级政府压任务?或以严厉处罚为手段?环境管理,无论是政府推动,还是严格执法,都是要人做而不是让人自愿做。我们应该在全社会开展环境教育,告诉大家环境是公共的自然资源,具有不可替代的作用,一旦环境污染了,要恢复到起始状态很难。只有全社会环境道德水平提高了,公众才会自觉地参与到环保中来,才有主人翁意识。环境问题的根本解决要依赖于全社会生态文明意识的提高。我们必须牢固树立尊重自然、顺应自然、保护自然的理念,自觉走绿色发展、低碳发展、循环发展之路,倡导资源节约、环境友好的价值观和方法论。从我做起,从现在做起,从点滴小事做起,为改善环境质量做出个人应有的贡献。

现在我们生活水平提高了,有些土豪手里钱多了,从常理看,有钱人,特别是土豪应该担负起更大的社会责任。遗憾的是,我们还有不少企业主无视环境保护,通过偷排、漏排污染物,获取超额利润。对这些缺乏责任心、自私自利者,要坚决予以惩罚。同时我们要不断提高公众的环境意识,发挥大众的监督作用,让所有污染环境的人无处藏身。做事不忘初衷。什么是环境保护的初衷?这是一个仁者见仁、智者见智的问题,但有一点是可以肯定的,那就是在同一片蓝天下,让广大人民群众过上健康幸福的生活。金杯银杯不如群众的口碑;梦想遐想畅想难比市民的期望。为人民服务不觉得辛苦,把环境保护作为公益参与。

记得梁启超先生曾在一篇文章里说,如果用化学的手段把"梁启超"这个人分离出兴趣这个生活元素,那么他就不剩下什么了。兴趣是人生最好的老师。人的行为都受意识的支配,做任何事,不解决思想与意识问题,就不可能做得更用心,更精致。但愿世界上所有人,在工作、生活过程中,多一些"我要",少一些"要我",对客观世界永葆好奇心,对肩负的使命有责任心,对身边的人有一颗爱心,对自然界所有生物有怜悯心,以一种积极的心态面对各种人和事。

推己及人

　　最近去新北区一乡镇指导生态文明示范学校创建工作,乡镇环保助理开车先接我,然后再一起去接该区社会事业局的一位教育处长。为了表示对这位处长的尊重,同时也是礼仪的需要,我选择在副驾驶位置上就座。这是一辆日产"逍客"越野车,车内空间很窄,我尽量将座椅向前移,以便这位处长上车后乘坐舒适些。

　　到了区行政中心南大门,要接的人还没有下楼,驾驶员停好车,下车陪我在一块绿地上点燃一支烟,一边闲聊,一边等人。一支烟还没抽完,要接的人就到了。大家相互介绍、寒暄后就上车了。我把烟头扔进垃圾箱,一转身发现这位处长已经在副驾驶的位置落座了,我就在他的后座上坐了下来。

　　原本为他预留的空间,现在倒由我享用了!

　　生活中像这样与人方便、与自己方便的事例还有很多。我们设身处地为别人考虑,受益的不仅是对方,同时也能成就自己。

　　记得有一次我在老家时,谈及村党总支书记一职由一家祖孙三代连任了半个多世纪,我的一位小学同学感慨良多。

　　我这位同学从小就立志仕途,一直要求进步,组织能力很强,高中时便入了党。高考落榜后只得回乡务农,但很快就担任了村团支部书记。他比这家父辈书记年轻十岁,各方面都表现很优秀,很受乡

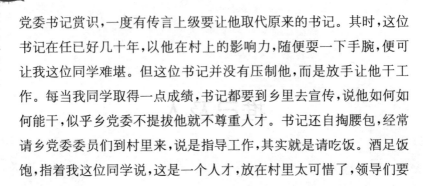

党委书记赏识，一度有传言上级要让他取代原来的书记。其时，这位书记在任已好几十年，以他在村上的影响力，随便耍一下手腕，便可让我这位同学难堪。但这位书记并没有压制他，而是放手让他干工作。每当我同学取得一点成绩，书记都要到乡里去宣传，说他如何如何能干，似乎乡党委不提拔他就不尊重人才。书记还自掏腰包，经常请乡党委委员们到村里来，说是指导工作，其实就是请吃饭。酒足饭饱，指着我这位同学说，这是一个人才，放在村里太可惜了，领导们要多照应他呀。

后来我这位同学被提拔为乡文化站副站长，以农代干，再经自己努力，一步一步做到扬州电视台副台长，现在已经是区委常委兼宣传部部长了。整个村上由这位书记力荐出去的青年不少于十人，这些人后来都走上了重要岗位。他们都是被书记力荐出去的，后来发展得都不错，所以都以师礼对待书记。书记一遇困难，请这些人帮忙，谁也不好意思推托。书记一直干到将近七十岁，最后由他的儿子接班了。

像这位书记采用力荐的方式对待有能力的下属，给别人拓展了晋升空间，同时也为自己预留了后路，比那些为一己私利压制、打击别人的人要高明得多。

我有一位同事，也是一位处长，由于处室职能部分交叉，在机关轮岗之前，每次遇到上级布置的任务，他都尽量往我这边推。领导都拿他没有办法。我想多干少干都是干，反正干得好干不好是能力问题，干不干是态度问题。最后习惯成自然，许多原本不属于我们这个处室职能的事情也由我们承担了。最近机关轮岗，处长岗位"推磨"，他竟到我原来的处室任职了。现在此君忙得像蜜蜂一样，整天"嗡嗡"地叫，苦不堪言。早知今日，何必当初呢？

成语"推己及人"就是告诫人们要多用自己的心去推想别人所

思,多站在别人的利益上分析问题,这样就容易处理好与别人的关系。下至黎民,上至君王,概莫能外。

据说宋朝仁宗皇帝有一天早上起床后,对近侍说:"昨晚睡不着,感觉饥肠辘辘的,当时特别想吃烧羊。"近侍听了便问道:"圣上您为何不吩咐小的们去取些来?"仁宗道:"你听说过在皇宫里只要什么事情索要,黎民百姓也会效仿的吗?下面的官员见皇宫里索要羊,哪怕仅仅一次,他们便以此为例,天天宰羊,以备我夜里享用。那么久而久之,要浪费多少时间和精力去宰杀畜生呀!为什么要因为我一时腹饥而作无止境的杀戮呢?"

赵祯当之无愧于"仁宗"称号,在位四十一年,期间良臣辈出,经济繁荣,文化发达。"仁"是我国传统儒家文化的核心,对中华民族的繁衍产生了重大影响。仁就指具有高尚的道德。孔子把仁作为儒家最高道德规范,提出以仁为核心的一整套学说。仁的核心是爱人,即人与人要互存、互助、互爱。推己及人则是通往"仁"的途径之一。

到了学校,我给全体师生上了一次环境教育课,重点阐述了我们不仅要尊重他人,爱护同伴,更要尊重自然、保护环境。"留一方净土,待予子孙耕。"这是对环境的"仁"。因此,加强环境保护,推进生态文明,就是仁政、德政。

其实,保护环境就是保护人类自己。

雨中漫步

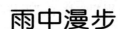

一

江南。雨渐止。小区,清风习习。街灯发出柔和的光芒,从婆娑的树枝间洒下来,在休闲长廊上好似铺设了一张纸。叶影就在这纸上驿动一幅幅形态各异的画。

近前有位活泼可爱的小女孩,踏着旱冰鞋来回滑行。她见我坐在长椅上摆弄手机,便滑到我的面前问:"老伯伯,您打的是什么游戏啊?看您这么聚精会神的。"

我笑着对她说:"老伯伯没有打游戏,是在与自己对话。"

"与自己对话?怎么听不到说话的声音啊?"

"傻丫头,对话不见得就要发出声音啊,我在与另外一个我交谈。"

"另外的你就住在手机里吗?"说着,她好奇地凑近我,"怎么看不到手机里有人呀?"

"手机里有我的灵魂……"话一出口,我就后悔了,不该与小孩讨论如此沉重的话题。我连忙拍拍她的肩:"好孩子,你还小,大人的事要等你长大了才懂呢。"

小女孩有点疑惑地走开了。

我的手机里有我写的文字，许多是与自己灵魂对话所产生的思想火花。虽然文字与文学之间还有一段很长的距离，但我写出了人生经历和对外部事物的看法。不管这些经历有没有经验和教训值得吸取，也不管我的感悟是不是值得借鉴。这只是给别人提供另外一种生活现场与情感认知。

　　毫无疑问，没有文学我们的国民经济不会受到影响，我们的工作岗位也不会被人取代，我们的家庭秩序也会一如既往，大家照样工作，照常生活。但文学可以让我们体验有别于我们正在经历的生活，能给我们提供多元化的情感体验，也就是为我们打开了认识客观世界的一扇窗户。透过这扇窗户我们可以看到人世间的美善与丑恶。

　　江南六月天，如孩童的脸，说变就变。雨又淅淅沥沥落下来了。你可以为了防止打湿衣衫，急匆匆往回赶，你也可以选择端坐在椅子上，回忆那段发生在雨中的温情往事，你还可以站起身来，在雨中漫步，感受大自然有如哲学般的清凉。

　　愿意领略不同的生活，便具有一颗文学的心。

二

　　早上上班走到一楼过道口，见一对父子正在拉扯。小男孩今年八岁，在本地最好的小学"局前街小学"上一年级。若按学区划分，这个孩子应该在附近小学就读，因为男孩的外公是局小的骨干教师，学校这才破了例。本市小学已经放暑假了，怎么还要送孩子出去？况且在这黄梅雨天，路上也不安全嘛，我心里想。

　　"今天是你外公的课，人家小朋友都赶去，我们怎么能不去呢？"年轻父亲试图劝说孩子。

　　"外公经常教我唐诗，我都会背一百五十首了。我不想去了。"男孩蹲下来，赖着不肯走。

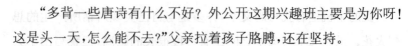

"多背一些唐诗有什么不好？外公开这期兴趣班主要是为你呀！这是头一天,怎么能不去?"父亲拉着孩子胳膊,还在坚持。

"平时功课忙,我要打游戏,你们总说到暑假再玩,现在放假了,怎么说话就不算数了。"男孩振振有词。

"一天到晚就知道打游戏,打游戏,我看你就少打!"做父亲的有点恼了,音调也高了几度。

"要去,你去。我不去!"男孩猛地挣脱父亲的手,转身往回跑。

父亲快步上前,一把揪住孩子的耳朵:"简直反了,你!"说着就用雨伞扑打孩子的屁股。

小男孩"哇"地一声哭了起来。

……

走进雨中,我不禁想,读唐诗还是要有一定生活积累的,而且还要有良好的心境,以目前这个孩子的状态,即使去了兴趣班,也难体会到唐诗的意境啊。

唐代诗人的生活是丰富多彩的,他们的诗歌能从不同的方面反映当时的生活。李白由蜀入楚,再到长安,后又游历江浙,可以说他一生都在游历。他的诗发轫于生活之中,创作在人生的旅途里。那首著名的《赠汪伦》,就是汪伦送李白时,李白即兴而写:"李白乘舟将欲行,忽闻岸上踏歌声。桃花潭水深千尺,不及汪伦送我情。"那首《黄鹤楼送孟浩然之广陵》:"故人西辞黄鹤楼,烟花三月下扬州。孤帆远影碧空尽,惟见长江天际流。"题目就点出这是一首送行诗。李白当时是有感而发,而后人如果没有经历过好友离别就很难读懂这些诗。

被世代传唱的唐诗三百首,很多就是诗人在生活现场里写出来的。陈子昂的《登幽州台歌》,是他登了那个幽州台,才发出"前不见古人,后不见来者。念天地之悠悠,独怆然而涕下"的感慨。因为有了那个实实在在的"登"，才有了这首诗的"生"。杜甫写过《登高》："无边落木萧萧下，不尽长江滚滚来。"还写过《登楼》："花近高楼伤客心，万方多难此登临。"他还有一首《登岳阳楼》："亲朋无一字，老病有孤舟。"这些诗都与诗人的生活息息相关。

唐诗几乎都不是在书斋里写的。诗人们一直在行走，同时在写诗。同样，你不让孩子在暑假期间接触社会、走进自然，只关在教室里似懂非懂、摇头晃脑地吟诵唐诗，又有什么意义呢？

三

上班冒雨走向我的停车位，途中只见几个壮汉正吆喝着把停在下沉式车库里的汽车往外拉。缆绳深深地勒进他们的肩胛，雨水与汗珠混在一起，在他们的每一道肌腱上滚动。费了很大的劲，他们才把车子从积水中拖出来，但怎么也点不着火。车主一脸苦笑，只得给4S店打电话，请人来维修。

当年鲁迅先生看到的旧社会就两个字：吃人。如今社会只一个字：假！假话连篇，假货遍地，假数据，假政绩，做假账的，卖假药的，什么都有。为了投机取巧，迷惑他人，有虚情假意的；害怕得罪权贵，有欲说还休、假语村言的。

我们已经为做假付出了惨重的代价。GDP已经是世界第二了，在国际上却没有什么竞争力。作为世界工厂的中国几乎每一个名牌的背后都有一个粗制滥造的冒牌的影子。这些低质商品在生产、流通过程中消耗了大量的自然资源，付出了惨重的环境代价。而假数据、假政绩，损坏了政府的形象，伤害了人民的感情，付出了沉重的政治代价和社会成本。

以城市排水为例，江西赣州有一处建于南宋时的系统，至今还发挥作用；青岛一百年前由德国人建设的下水道到现在还保持通畅。

讲真话、做实事真的就那么难吗？关键是有没有把人民利益放在首要位置。

最近从江汉到江淮，很多城市发了大水，许多地方成了泽国。我们的城市怎么了？固然有天降大雨的缘故，但我们的城市排水能力呢？现在我们城市的地上部分建设投入越来越多，也建设得越来越靓丽，我们能否更多地关注一下城市的地下呢？让城市受灾少一点，人员伤亡、财产损失少一点。

但愿别让政绩遮住良心，但愿造福百姓能够成为官员的共识。下水道确实是一个城市的良心，也许我们无法避免天灾，但我们一定可以控制人祸。

如今我们许多人正走在麻木、粗鄙的路上，有些作家也被这道洪流卷着走，其作品多为一时之利而写。无病呻吟，孤芳自赏，自我复制，这是中国作家的通病。如果作家没有了良心，没有了灵魂的不安，如果文学不再有感而发，不再对人世充满理解与同情，写作还有什么意义？

读诗经　论性情

　　无论散文、诗歌，还是小说、戏曲，男女关系都是艺术创作永恒的主题。《礼记》："饮食男女，人之大欲存焉。"饮食之于人是为了生存，而生存的原始目的是为了种群的繁衍。《诗经》里的民歌很大一部分就是写男女的。先秦时期，男人很直率，女人也大胆，所有情诗多为性欲的直接表白，少有后来人"发乎情，止乎礼"的矜持。

　　从《国风·周南·关雎》始，言情便意味着性。"窈窕淑女，君子好逑。"通过女性的形态美的描写，引出男子求欢的急迫心情。瓦西列夫认为，爱情的感知大多靠直感，开始的表现是迷醉。一个人如果没有体验到由于迷醉而产生的战栗，他就不会堕入情网。她的窈窕身姿甚至照进他的梦境。君子看上淑女，就要娶其为妻。举办婚礼则是明确性关系的一种宣示。这个风俗一直被沿用至今。

　　《国风·周南·桃夭》名句："桃之夭夭，灼灼其华。之子于归，宜其室家。"看到繁茂的桃树，花儿开得红灿灿的样子，便想起年轻貌美的新娘子。这位如桃花般的女子，美丽、娇妍，性如烈火，燃烧着相思，娶她回家一定能生下满堂的儿女！屠格涅夫曾借罗亭之口说："爱情啊！你时而突如其来，是那么确定无疑，犹如白昼一样使人快乐；你时而像蛇一样钻进心房，时而又逃得无影无踪；你时而又像灰烬下面的炭火在阴燃着，当一切都被烧毁时，你又在胸中燃起熊熊的火焰。"

《国风·召南·野有死麕》说得很直白。诗曰："野有死麕,白茅包之。有女怀春,吉士诱之。林有朴樕,野有死鹿。白茅纯束,有女如玉。舒而脱脱兮!无感我帨兮!无使尨也吠!"这是描写一对青年男女恋爱的诗。猎人吉士,在野外遇见一位怀春的如玉少女,就把猎来的小鹿、砍好的木柴用作礼物送给她,从而俘获了美人的芳心。这首诗既写出了男子对性的渴望,也写出了他对女子的爱慕,其性情是完全统一的。古人没有现代人的弯弯绕,分不清情与欲的区别,但他们能意识得到和给予的幸福内涵,也就是两性关系和谐的本质。

《诗经》里的情诗,写女性主动的居多,这与她们真率的性格密切相关。正是这种性格美,使她们呈现无穷的魅力。《国风·召南·草虫》表现的是女子求欢的急迫心情,抒发的是她难耐的离居思念。于是一有机会相遇,便行男欢女爱之事,愁苦才得以解脱。诗曰:"喓喓草虫,趯趯阜螽,未见君子,我心忡忡。亦既见止,亦既觏止,我心则降。"意思是说,听那蝈蝈螳螳叫,看那蚱蜢蹦蹦跳,见不到我的郎君,我忧思不断,焦躁不安。只有与你相会,我心中的愁怨才能消除。即使在今天这样开放的社会,听了她这一段表白,也不禁要竖起大拇指,夸赞一声:率性!而在当时完全是平常叙事而已。人们因爱欲而求欢,从不惺惺作态,说明大家不认为情欲可耻。情爱便意味着要让身体愉悦。

《国风·郑风·野有蔓草》写男女关系更直接。诗以男子的口吻,从写陌生男女邂逅,到彼此爱慕,直至野合同居的故事。诗人在一块生长茂密的绿草、草上沾着又圆又亮露水的地方,遇见一眉目清秀、妩媚动人的女子,尽管是碰巧遇见,由于双方情投意合,便直接野合了。诗曰:"野有蔓草,零露瀼瀼。有美一人,婉如清扬。邂逅相遇,与子偕臧。"诗人坚定地认为:我爱你,我就要你的身体;你爱我,你便负有给予的义务。肉体的结合才能让灵魂安妥,你我的结合才是人间的幸福。这与现代文人沈从文在情书里写的是一样的。有了张家三小姐的爱，沈从文那颗四处漂泊的心才安静下来。他在情书里曾这样写道："我先以为我是个受得了寂寞的人。现在方明白我们自从在一起后，我就变成一个不能够同你离开的人了。三三，想起你我就忍受不了目前的一切。我真像从前等你的回信、不得回信时生气。我想打东西，骂粗话，让冷气吹冻自己全身。我明白我同你离开越远反而越相近。但不成，我得同你在一起，这心才能安静，事也才能做好！"

多情自古伤离别。人若有情，身体距离是无法阻隔感情的。《国风·卫风·伯兮》以女子口吻道："伯兮朅兮，邦之桀兮。伯也执殳，为王前驱。自伯之东，首如飞蓬。岂无膏沐，谁适为容？其雨其雨，杲杲出日。愿言思伯，甘心首疾。焉得谖草，言树之背。愿言思伯，使我心痗。"诗人为情人自豪：他，英武伟岸，为国中之豪杰；他，勇往直前，为君王之先锋。情人出征，情侣分离，诗人感情更加坚贞，最后竟然连自身形象都不顾了，这与后来杜甫在《新婚别》写新娘对从军的丈夫表示"罗襦不复施"，还要"当君洗红妆"，好让他安心上战场是同样的表现；与温庭筠《菩萨蛮》里"懒起画蛾眉，弄妆梳洗迟"是一样的状态；与再后来柳永《定风波》里"暖酥消，腻云亸，终日厌厌倦梳裹"、李清照《凤凰台上忆吹箫》里"香冷金猊，被翻红浪，起来慵自梳头"是相近的心境。

《国风·郑风·萚兮》曰："萚兮萚兮，风其吹女。叔兮伯兮，倡予和女。萚兮萚兮，风其漂女。叔兮伯兮，倡予要女。"这是一首男子感叹似水流年，抒发望断天涯、美女不在的寂寞心情。这与王勃《山中》的"长江悲已滞，万里念将归。况属高风晚，山山黄叶飞"具有相同的艺术效果。但在朱熹看来这是一首"淫女之词"，殊不知欲望之火从内心燃起，又怎是理学家所能理解的？

社会越发达，人类应该越有自主性。然而越到后来人类越发不能实现性与情的统一。黄金时代的人们，情爱与肉欲是完全统一的；爱的渴望夹缠性的需求；感情的滋润促进性趣盎然；性的结合丰满感情的苍白。至于后来人，情性分离、灵肉相悖，全是秦观们惹的祸。什么"金风玉露一相逢，便胜却人间无数"，完全自欺欺人；什么"两情若是久长时，又岂在朝朝暮暮"，全都是自我安慰的鬼话。古人不带道德面具，热烈、狂野、直率的两性关系，让今人动容、羡慕、向往。

人闲桂花落

　　桂花家的院落由前后两进、各四间的青砖瓦房组成。西院墙曾经刷过石灰，现在斑驳了，看上去如同一张饱经沧桑的脸；墙头上盖着青灰小瓦，就像乡下老头戴的瓜皮帽子；院墙与后屋直交成一个角落，只见一株树身爆满黄灿灿花蕊的金桂，好像雍容华贵的妇人端坐在那里，花香似酒，嗅得人如醉如痴；东边有一条屋廊，连接起前屋与后屋。屋廊外侧是一堵花墙，开着四扇窗户，如同两双无精打采的眼睛。阳光穿过墙外的竹林，从屋廊窗口照进来，落在过道上，洒落一串碎影。整个天井就像是一张掉了牙的大嘴，口都不关风了，还要唠叨屋子主人的故事。

　　老妇人坐在屋廊内檐下的长凳上。长凳是固定的，由三根立柱间隔开来。她戴着老花镜，正襟危坐，双手捧着一本已经发了黄的书。看书看得累了，她就摘下眼镜，一手拿书，一手摸摸身边躺着的猫。这是一只灰黑色的竹节猫，肥胖的身躯昭示它只是主人的宠物，而非老鼠的天敌。这只猫躺在阳光下慵懒而惬意，任凭老人如何摸，它都一动不动，如果不是听到猫肚子里发出的"咕咕"声，还以为是一只标本呢。

　　老人的头发已经花白，秋风一吹，就像染过寒霜的茅草，瑟瑟抖动；有些风干但还算白皙的脸几乎成了一张四通八达的地图，每条纹路都沿着往事向前绵延；上唇微微翘起，静默中依稀还透出一丝往日的调皮；一双细长的手略显粗糙，但翻书的姿势还是优雅的。

大概因为坐得太久，老妇人换了一下坐姿，干脆倚着立柱，这样看书感觉要舒适些。就在她侧身的刹那，瞥见到对面那根立柱上隐约还残留一幅标语，只是原先的红纸已经泛白，黑色的字迹也模糊了，只勉强还辨认出"忠于"两个字。

"已经五十年了……"她喃喃自语道。

五十年前，桂花才十六岁，在小镇上读初三。眼看老师们被批斗的批斗、被遣返的被遣返，很多同学串联到了省城，有的还去了北京。学校虽然没有明说停课，但事实上已经三个多月没有人到校了。越来越多的学生涌向北京，大家都想瞻望领袖的丰采。没有经历过毛主席接见红卫兵的壮观场面，无疑是那代人最大的憾事。桂花是地主的女儿，即使是小老婆生的，也还是不被那些"根正苗红"的同学待见。要不是同班的徐玉同学护着，别说串联去京，针对她个人的批斗会恐怕已不止一次两次了。

徐玉的祖上是桂花家的佃户，就住在桂花家北面不远处临近运河的芦苇滩上。徐玉祖父平时靠打鱼为生，白天下河捕鱼，晚上上岸种田。他不但水性好，而且驾船技术也高。

有一年汛期，洪泽湖大堤突然崩塌，下游的里下河地区立时成了泽国。洪水就像一头发怒的雄狮，横冲直撞，徐玉家的茅草房瞬间就被冲走。庆幸的是，徐玉祖父把家人都装上了船，虽然一时还无法随心把控船舵，但家人生命无忧。

天黑不见五指，暴雨还是一如既往、不知疲倦、如注一般的倾泻下来。船舱里的水越积越多，徐玉祖父只得指挥家人向外舀水。一时间铁桶与瓷盆的撞击声、大人的号子声与孩子的哭闹声交汇在一起,似在向苍天呼救:"老天呀,睁开眼睛,救救我们这些苦命人吧!"

突然,就听到一声呼喊:"救命啊,快来救命啊!"徐玉祖父一听声音就知道是桂花的父亲在呼救。他立即让家人停止舀水,循着呼救声,艰难地把船靠在桂花父亲攀登的树下。桂花父亲见到救星了,立即从树上滑下来,"扑通"一声就落在舱里。

此时舱内积水已经到了船帮,再也禁不住桂花父亲落水的冲击。眼看船就要沉水了,徐玉祖父立即指挥大家舀水。一阵手忙脚乱后,总算排完了船舱里的积水,最后清点人数,发现少了一个人——徐玉的四叔失踪了!

洪水退去,桂花的祖父领着儿子到徐玉家的船上,一把拉着徐玉祖父的手,一脸感激,语带自责地说:"老弟啊,你把我儿子救了,让我家三代单传的香火得以延续,你自己却失去了一个儿子。"说完,他拿出三十五块大洋,算是补贴徐玉家修建房子用。

徐玉祖父死活不肯收这笔钱。他说:"救人一命,胜造七级浮屠。我救孩子是出于做人的本分,若是收了你家的钱,不就成了一桩用命换钱的交易了?那是作孽啊!"

最后,桂花祖父让儿子跪下来认徐玉祖父为干爹,从此这两家人表面上是东家与佃户的关系,实际上是亲戚。

桂花祖上三代单传,到了她这一代,总算有了两个男丁。男丁都出自大房。桂花大娘原来的相好是扬州城里的同学。太平洋战争爆发后,他被招募进了国民政府的飞行大队。后来有消息说他在一次与日寇的空战中为国捐躯。她经不住母亲以死相劝,最后才嫁给桂花父亲。

抗战胜利后,桂花大娘得知相好的死讯是误传,顿时如五雷轰顶。其时他已是国军上校团长,一位赫赫有名的抗日英雄。美女应该配英雄,桂花父亲只得忍痛割爱,成全了本该属于这对男女的爱情。不久国军就节节败退。桂花大娘最后一次回来还带了副官,他们身上都佩着手枪。在这种情形下,桂花父亲只得忍痛看着前妻把两个宝贝儿子带走。

桂花父亲后来娶了另外一位姑娘,当地私塾先生的女儿,后来就成了桂花的娘。桂花娘进门才十个月,就生下这么一个白嘟嘟、胖乎乎的丫头。后来不管夫妻俩再怎么努力,桂花娘的肚皮再也没有过动静。夫妻俩宝贝女儿,捧在手里怕摔着,含在嘴里怕化了。虽然家庭成分不好,但由于当地民风淳朴,从土改,到初级合作社,再到高级合作社,一直到人民公社,从来没有人为难他们。

时光荏苒,到了1967年,"文革"如同洪水一般漫过这个国家的每一个角落,地处苏北里下河偏僻的水乡也没能幸免。人们都被崇拜领袖的热情烧得忘记了人间的是非。从此,桂花家就厄运连连。

第一个厄运起始于桂花隔壁人家翻建祖屋。按照乡村的潜规则,翻建房屋只能与原来的房子等高,如果要高于旧屋必须征得隔壁人家的同意。有一天晚上,一位在这家做瓦工的村民饭后转到桂花家来,告诉桂花父亲,隔壁人家不仅翻建房屋,还要"涨高",可能会影响到桂花家的风水。贫穷落后地方的村民都很迷信。桂花父亲听到这个消息,立即就去隔壁人家提醒。

按照村规民约,桂花父亲并不违规,但隔壁人家男人自以为根红苗正,根本就不把桂花父亲放在眼里,居然当着众人的面对桂花父亲讥讽道:"你这个地主,已经张狂了好几代,到了新社会还想在我们头上作威作福吗?先得问问我们贫下中农答应不答应!"桂花父亲起初还循循诱导他说:"大家都是乡邻,抬头不见低头见,我这是来与你商量的。说得通,固然好,不行就按照你家的想法办。我有表达思想的自由。你又何必如此出口伤人?"那个男人觉得地主可欺,用一副趾高气扬的口气对桂花父亲说:"我们家造房子是托毛主席、共产党的福,现在是翻身农奴把歌唱,就是要气死你们这些剥削阶级!"

桂花父亲原本就是一位谦谦君子,从来没有受过这样的气。回到家里他越想越不是滋味,最后也没能想开,下半夜便悬梁自尽了。

桂花与娘顿时失去了依靠。这时徐玉站了出来。

徐玉不仅平时给桂花家担水、劈柴,而且每到事关桂花家族荣誉的冲突就挺身而出,每每给桂花娘挣得不小的面子。

桂花称呼徐玉为哥。他们经常在一起劳动,连外出打猪草都形影不离。春天,他们一起到竹林里掏鸟窝,所得鸟蛋就给桂花娘补身子;夏天,他们就在芦苇滩上并排坐在一起,看一轮明月从东方缓缓升起,萤火虫盘旋在他们左右,似给他们无尽的祝福;秋天,芦花白如雪飘,徐玉就去苇丛砍一根芦苇,除去箨叶在芦杆上挖几只小孔便成了一支芦笛,卖力地对着桂花吹奏,惹得桂花不由自主跟着轻唱;冬天,桂花就邀请徐玉到家里,在一只阴燃着牛粪的取暖炉子上炕蚕豆,一直吃到两张嘴粘上黑灰,就像一对小鬼。双方大人都以为他们会成为幸福的一对。

然而,人算不如天算。有一天徐玉代母亲到田里出工,见隔壁人家的儿子又出头欺负桂花娘,便一时不忿,找这家伙理论。这小子这天实在背运,与徐玉推搡一阵便突然口吐白沫,不省人事,最后倒地不起。桂花以为出了人命,喊着徐玉快跑。她一边跟在徐玉后面跑,一边哭着说:"徐玉哥,你放心去。等你逃过这一劫再回来,妹子一定嫁给你。你若不回,我就一直等你!"

谁知道桂花竟一语成谶。徐玉从此再没回来,也不知他去了哪里。桂花在家一直苦等,从学大寨,到包产到户,再到村上建成了现代农业园,生活越来越好,但徐玉还是没有消息。桂花从一个水葱似的姑娘,慢慢地风干了容颜,直到年近古稀还没有嫁人。一晃五十年过去了。

后来,村上的土地全部流转给了当地一家农业明星企业。年轻后生都外出打工了,他们赚了钱就把父母、老婆、孩子一起接过去。他们在城里安家,日子过得虽然忙碌,但比乡村更富有。老家的房子都空在那儿。再后来整个村庄就剩下桂花一个人,只有那只竹节猫陪伴她。她只能靠与徐玉在一起的快乐往事滋润生命。

又是一个秋天,院子里的桂花散发一缕缕芳香,随风飘散到老屋的每个角落。老屋粘上桂花的香味,一时也显露出生机。桂花每天空闲,便不时在桂树下把落在地上的花蕊一点一点地捡起。她要制作成桂花糕供奉在菩萨像前,保佑徐玉哥平安、幸福。

吃亏是福

周末有朋友相约,晚饭后到一家茶室打牌。等到人员到齐,商量如何玩法,我提议斗地主,但有人要打麻将。最后三比一,我只得顺了大家的意,同意玩麻将。

玩麻将悬念在后面,尽管起手是一把烂牌,如果后面不断上手好牌,结果照样能胡一副大牌。斗地主,则把牌先抓在手里,根据别人出牌情况,不断调整自己出牌次序。如果起手就是一把烂牌,任你牌艺多精,也难逃输钱的结局。从这个意义上说,玩麻将,就如同谈恋爱,开始没啥感觉,随着交往的深入,感觉越来越好,最后也能缔结美好的姻缘。斗地主,就像居家过日子,油盐酱醋茶,按部就班出牌,缺少玩麻将那样的悬念。

男人天生都是游戏专家,小赌怡情,带点彩头,玩起来刺激,倒不是真的在乎输赢。生活在当下,输个一千两千,穷不了;赢上三千四千也富不起来。表面上输赢的是人民币,其实只是一种纸质筹码。要把打牌看作游戏,对输赢不可过于认真。有时因为赢钱,导致在其他方面,比如仕途、股市,甚至恋爱等好运枯竭,后果反而堪忧。

所谓运气就是指能给我们带来好运或挫折的一种未知力量。以唯物主义观来看,好运降临或麻烦不断,在一定程度上取决于个人日

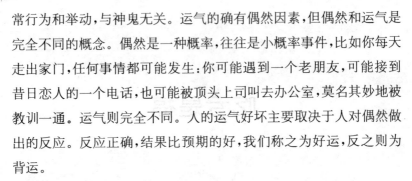

常行为和举动，与神鬼无关。运气的确有偶然因素，但偶然和运气是完全不同的概念。偶然是一种概率，往往是小概率事件，比如你每天走出家门，任何事情都可能发生：你可能遇到一个老朋友，可能接到昔日恋人的一个电话，也可能被顶头上司叫去办公室，莫名其妙地被教训一通。运气则完全不同。人的运气好坏主要取决于人对偶然做出的反应。反应正确，结果比预期的好，我们称之为好运，反之则为背运。

打牌，玩麻将，其实就是面对各种偶然因数不断分析、调整与抉择的过程。创造运气是一种技能，是你对待自己所掌控某一方面的一种态度。只需你在行为上做出特定的改变，你就能吸收更多的好运。生活有时像一场牌局，好运和背运循环交替。但是，那些幸运者有很多我们并不了解的内情，比如某人被提拔了，或许他的舅舅是一位高干，只是他一贯低调，我们不知道而已。生活中有些事情不是我们能掌控的，比如疾病，特别是由遗传基因决定的，但是也有很多事情是我们能够努力的，比如获得某一领域的知识，或者赢得某位姑娘的爱情。

俗话说，机会青睐有准备的人。人要努力，发挥自身优势，才能享受积极的、快乐的人生。根据概率理论，所有发生的事件，不管概率大小，都不是偶然的。不要认为你不配得到好运，或运气是神秘的、不可预知的，你完全无法控制。假如你想增加自己的好运，你就要努力。就比如赢钱，这是一种好运，就必须加强玩牌的技能提升，养成良好的出牌习惯，视具体牌情，具体问题具体分析，抓大放小，不冲动、不随意。如此，输钱就会成为一种偶然。不管怎么说，一切美好的东西，都需要自己努力，这样好运会伴你一生！

然而,每逢好运赢钱,必须注意自律,否则会受到另外一方面的惩罚。

　　记得有一次我打麻将狂赢,回家路上喜滋滋的,思维还沉浸在牌局里。当时夜已深,天下大雪,街灯显得格外昏暗。车子行至晋陵路项家花园附近,突然有人横穿马路。等我发现行人,已经来不及刹车,只好猛打转向,所幸没有正面撞上人,但反光镜还是把他刮倒了。坐在车里,我定了定神,既然车祸已经发生,只能冷静应对。就在这时,那个人走到我的车窗前,扑打车门,高声叫道:"你这车子是怎么开的? 快下车!"我紧张的心立即松弛了下来——受害人能爬起来说明伤得不重。我下了车,只见他满脸是血,与雪渣混合在一起,如同京剧的花脸。虽然是他横穿马路,违章在先,但我的车速确实不低。我连忙赔不是,连声道歉,又提出带他去就近的医院检查身体,消毒疗伤。出乎我的意料,此人竟然提出要求私了。我则希望通过正规渠道解决问题,所以坚持报警。

　　好说歹说了半个多小时,他还是坚持私了。我试探问他究竟要我赔多少。如果他想讹诈,绝不答应。当他提出要我付五百元即可私了时,我倒心存几分感激了,觉得此人不算贪婪,受此惊吓,且脸部受伤,只要求赔这么一点。从反光镜被撞断的情形看,那次车祸可以排除"碰瓷"。我连忙拿钱给他,还另外加了一百,让他打的回家,免得雪天再出意外。他拿了钱,不住地对我鞠躬,嘴里还不停地说谢谢,似乎撞了他倒像是我做了一件好事。这让我忍俊不禁。

　　第二天去换反光镜,我花了一千六百元。连赔带修,前一天晚上打牌所得竟花去了一半多。若是当时被撞者要求去医院检查、疗伤,几个回合下来,赢钱成果肯定不保。

　　郑板桥有言:难得糊涂;吃亏是福。打牌有一"徒弟胜师傅"现

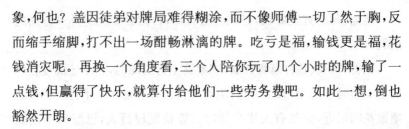

象，何也？盖因徒弟对牌局难得糊涂，而不像师傅一切了然于胸，反而缩手缩脚，打不出一场酣畅淋漓的牌。吃亏是福，输钱更是福，花钱消灾呢。再换一个角度看，三个人陪你玩了几个小时的牌，输了一点钱，但赢得了快乐，就算付给他们一些劳务费吧。如此一想，倒也豁然开朗。

人在得意的时候，应该小心谨慎。"春风得意马蹄疾"，也就多了马失前蹄的概率。有句俗话说得好，上帝要谁灭亡，必先让谁疯狂，不是不报，而是时候未到。

正　名

俗话说，老脸皮厚，百毒不侵。然而，就我这张老脸、这一身厚皮囊，偏偏出了问题。不知怎么回事，早上起来发现脸上出了许多小红点点，伴随阵阵针刺般的痛，摸着还有灼热感。身上也不消停，如同招了虱子，想抓挠却又不知从何处下手，真让人站也不是，坐也不是。

室外，黄梅雨还一如既往、不知疲倦地敲打着窗户，发出"噗噗"声响，听得人更加心烦。妻见我一副坐立不安的样子，问明原委便催促我赶紧去看医生，还再三叮嘱要看皮肤科。人，不怕痛，却耐不住痒。我本想拖拖再说，但实在坚持不住，只得冒着大雨赶到第一人民医院。

排队、挂号、候诊一切顺利，最后一位女医生接待了我。她戴一副金丝眼镜，目光柔和，嘴角挂着似有若无的笑意，于书卷气中给人一种亲切感。

听我诉完症状后，她笑着问："最近饮食上有什么特殊情况，比如吃了海鲜吗？"

我像小鸡啄米，连连点头说："是的，就是的。昨天中午与朋友在中华恐龙园旁边的维景酒店自助餐厅吃了海鲜火锅。由于贪食美味，晚上下班回去一点不觉饿，只胡乱吃了一小碗稀饭。夜里观看欧洲杯足球电视直播后,胡乱睡了一会儿,今早起床就成这副模样了。"

女医生听后,便抽出一张便签,纤手又把这张纸翻了过来,很窈窕地在上面写下"多喝黄瓜汁"几个字,然后递到我的面前便召唤下一位患者了。

我急忙提醒她说:"医生,您还没有给我开药呢。"

她抿嘴笑笑说:"你这是吃了海鲜皮肤过敏,不需要吃药。"这次她是真笑的。见我一脸不解,又进一步解释说:"黄梅天空气湿度大,人的汗腺不畅,吃了海鲜如果排毒不及时,淤结在皮肤角质层下就会有瘙痒感,抓破了就有针刺痛感。黄瓜汁原本就有排毒养颜功效,喝上两天,自然就好了,无须服药。"

我拿着医嘱轻快地从门诊室出来,迎面碰到一个熟人,是妻的一位同事,叫作马洪,在一所学校任物理老师,与我还在一起打过牌呢。

我热情地与他打招呼。只见他急忙把头一扭,好像根本没有看见我似的,转身就走。等我叫出他的名字时,他跑得更快了,很快就在楼道转弯处消失了。

我的心情立即从被确诊后的安然变得烦躁起来,明明是一位熟人,我主动打招呼,人家像碰见鬼似的,这算什么事啊?

回到家里我对妻抱怨说:"你们那个叫马洪的同事真没礼貌,咱大小也算个干部,主动跟他打招呼,他不理不睬。这还不算,一看见我就急急忙忙地跑开了,我又不是瘟神!"

妻一脸怀疑,为同事辩护说:"不可能吧,马洪这个人虽说内敛些,但还是很有教养的。也许人家没有看清你。"

"哪里会看不清!要知道第一人民医院可是三级甲等医院,过道敞亮着呢。"我立即辩解道。

妻听我这么说也觉得奇怪,一边帮我分析原因,一边苦思冥想。

突然,妻恍然大悟,一拍腿说:"难道他以为你得了那种病,怕你丢人,才装着没有看见你的。"

"这怎么会?"

妻在卫校任职,以一副见多识广的口气对我说:"要知道,在目前医疗就诊条件下,全国几乎各大医院,花柳病与皮肤病都在一个科室就诊。虽然你看的是皮肤病,但路过的马洪可不知道呀。契诃夫就曾经说,有教养不是吃饭不洒汤,而是别人洒汤的时候别去看他。人家原来是要照顾你的颜面,不得已而为之。这是好意,可别说他没有礼貌。"

临近午时,雨终于停了,我陪太太去菜场买菜,碰巧又迎面遇上马洪。见我们走过去,他立即侧过身子,装作选购西红柿。

妻有意大声招呼道:"咦,这不是马老师嘛,今天怎么不见马师母一起来买菜呀? 这西红柿真嫩呀,多少钱一斤啊?"

"这个……"马洪挠挠头,一副尴尬的样子,好像做错什么事地支吾道,"郑老师,我……我什么也没有看见。噢,对了,我是说没有看见你们。"他不敢看我的眼睛,低头踢一块小瓦片。

"哈哈,马老师,看你这拘谨的样子! 你究竟看到什么了?"妻爽朗地问。

马洪看看我,欲言又止。

妻做了一个眼色让我走开。我乐得去挑选黄瓜。只见他们用手比划着,不知低声说了什么。马洪脸上很快阴转多云,快步走到我的面前,对我赧然说:"误会,纯属误会啊!"

买菜回家,我越想越丧气,我招谁惹谁了? 去医院皮肤科就诊就被人误以为得了花柳病,这形象也太龌龊了!

喝着妻为我制作的黄瓜汁,我在想,医院应该专门设立科室医治性病,不能与皮肤病混在一处,这会让清白的人背黑锅,反而让生活不检点的人讨巧。同样,如今很多原本很好听的名词被异化了,比如

"小姐"、"少爷"、"公主",还有"同志"、"公仆",等等。

我们既要加强法制宣传,不断增进公民个人道德修养,更应该建立一套语言净化机制,及时正名这些被异化了的词汇,这样才能让人更准确地表达客观事物与主观感受,才能使所有消极腐败现象无处藏身,让所有守法公民再无须为自己正名,能够更自由、更敞亮地生活。

处暑有感

一

　　昨日处暑,晚上参加了一场本地知名企业家公子的婚礼,让我见识了什么才算是隆重。整个婚礼就是一场文艺晚会,主要演出人员除了新郎新娘及其父母外,全是市歌舞团演员。整台晚会分"天使降临人间""一同见证成长""执手临立茜窗"和"相挽步入婚房"四部分,集喜气、文化、祝福于一体,令人耳目一新。婚礼上,一千多位来宾同时就餐,把整个饭店的大厅、包厢全包了。我所处的位置距婚仪的舞台较远,以致都看不清新郎新娘的模样。

　　主持婚礼的是一位小伙子,口才好,既能煽情,又很风趣,大有专业主持的风范。只是他从麦克风里传出的声音不时被身边相互敬酒的碰杯声、来宾交谈声所扰。坐在我旁边的一位嘉宾略带困惑地对我说了一句话,但我没有听清楚。他见我一脸疑惑,便大声地说:"对于现代人来说,婚礼只是男女结合补办的一个仪式,何必如此兴师动众?"

　　我笑了笑,未置否可。其实,婚礼不只是仪式,还是一种补偿。我宁愿将之看作对新娘的一种补偿,许多人奉子成婚便是见证。对于大多数女人来说,走进婚姻的殿堂,意味从此与劳顿、担忧、烦恼,甚至伤心、悲痛为伍了。婚礼是女人人生的分水岭,在此之前每一个姑娘都是父母的掌上明珠,以后则是新家庭的重要成员。她需要承担必要的责任,同时也失去了少女的自由。明珠慢慢地褪色,直至最后失去所有的光泽。人类情感的复杂多变,造成女人很难一直得到丈夫的宠爱。也许在时光的某一段,丈夫的爱是真诚的,然而,再真诚的爱也经不住岁月的侵蚀。

婚礼上的祝福,每一句都是美好的,什么白头到老,什么永结同心。可是生活是复杂的,每一个家庭拥有短暂的幸福都是相同的;每一个家庭产生的烦恼各不相同。祝福如昨,夫妻已赌气分床而眠,有的甚至准备离婚了。每一个离异的婚姻都曾有过一个婚礼,都曾接受过来宾的祝福。许多维持下去的婚姻并不是在享受爱情,而是为了降低生活成本,在经营生活。身虽近,心已远,躺在一张床上,做的是完全不同的梦。来宾的祝福有时候就像是一种欺骗,把女人甜蜜地哄进洞房,从此就陷入各种各样的烦恼之中。

人类社会多少还有那么一丁点儿良知,不管有意还是无意,举办一场婚礼,给女人一个机会,让她们把一生的风光在这一天集中表现出来。婚礼这一天,所有女人都是公主。

以后呢? 谁知道!

二

婚礼,对于女人是一种补偿;对于男人,则是一份责任。在我老家有一种说法,那就是男人的年纪再大,哪怕远过了谈婚论嫁的年龄,只要还没有结婚都是孩子,还可以耍孩子脾气。鲁莽一点,任性一点,都可以原谅。少年不识愁滋味,一人吃饱,全家不饿,哪管别人的感受!

年少时读《水浒传》,被书中的英雄人物所感染。对没有家小、不近女色的几个莽汉没什么好感。黑旋风李逵、活阎罗阮小七,包括打虎英雄武松都是杀人不眨眼的家伙,虽然很讲江湖义气,但为人处事从不计后果,可以说是最不负责任的人。菜园子张青,小尉迟孙新,尽管一个娶的是母夜叉孙二娘,一个迎进门的是母大虫顾大嫂,在他们的身上还都能看到侠骨柔情,处事比他们的婆娘要负责得多。

鲁达则是另外一类男人,于鲁莽中见温情。施耐庵说他最听不得女人的哭泣。当他听说金氏父女投亲无着,金女被郑屠霸占,便火冒三丈,恨得咬牙切齿。在给了金氏父女一些盘缠后,拉一条凳坐在客栈门口,挡住店小二去报信,只等他们走远后,便到了郑屠肉案前,只三拳便打死了那厮。打死人肯定是犯法的,但打人的动机是温情的,所以鲁达值得同情。

最使人感动的是豹子头林冲,一个武艺高强的八十万禁军教头,真是一个有情有义敢负责任的男人。在他误入白虎堂,被高俅陷害后,面对长途流放,不知何时是归期,便忍痛写一纸休书,还心爱的娘子以自由。后来,得知娘子被逼死,他把对娘子的爱转化为对高俅一伙满腔的仇恨,誓死不肯被招安,表现出男人的铮铮铁骨。这与现代人牟其中,身陷囹圄,还自私地让前妻的妹子为他奔走,从三十一岁一直等到年近半百,逝去了韶华,形成了强烈的对比。

曾经的翩翩少年,走进婚姻的殿堂,就成了新家庭的最重要的成员,如同一棵大树,要为妻儿遮风挡雨。婚礼,不只是一种仪式,对于男人还是一种责任的洗礼。

三

处暑为农历二十四节气中反映气温变化的一个节气。"处"含有躲藏、终止的意思。处暑表示炎热的夏天即将过去,凉爽的秋天就要来了。

人生就是春生、夏种、秋收和冬隐的过程,内容不外乎饮食、男女和事业。

事业有高潮,也有低谷;"情到浓时情转薄",人"到断肠回首处,泪偷零"。男女感情犹如节气,始于双方好感的"惊蛰",交往在春光明媚的"清明",感情日趋"小满",再经"小暑"与"大暑",一直走进"处暑"婚礼的殿堂。婚礼以后,感情的热度渐渐降了下来,"公主"变成了主妇,"王子"蜕变成了丈夫。"黄花"一般的闺女渐渐枯萎,临风"玉树"也开始落叶。

或许柳下梦游的杜丽娘、化蝶双飞的祝英台、水漫金山的白素贞、泪光闪闪的林黛玉、当垆卖酒的卓文君们的爱情故事之所以感天动地,恒久流传,正是因为她们从未走进世俗婚礼的殿堂。如此看来"问世间情为何物,只叫人生死相许"只是不食人间烟火的神话。

婚姻就意味着责任,男人要挣钱养家,女人要哺育后代。《水浒传》里的杨雄娶潘巧云这么一个年轻貌美的女人为妻,就应该多陪伴她。千不该万不该,他不该为了一点加班补贴,把看守所的值班室当成自家卧室,冷落妻子守空房,给裴如海和尚以可乘之机。巧云出轨固然有错,但杨雄更应该反思。如果说爱情是天地间最美的花儿,那么婚姻就是这朵插花的花瓶。花一旦枯萎,花瓶也就失去了存在的价值。

现代人的婚礼多半是做给别人看的,几乎与爱情无关。中式婚礼,更是大操大办。大办是手段,大操才是目的。可怜见不少新郎昏天黑夜忙了许多天,进入洞房已经筋疲力尽,哪里还有多大的气力?如果说婚姻是爱情的坟墓,那么婚礼就是爱情的"处暑"。

不管王子还是百姓,无论公主还是平民,婚礼以后呢?谁知道!

做人应该有担当

央视播过一则公益广告,场景就设在一家酒店的包厢里。有一家人正在开开心心吃饭,突然身患老年痴呆的父亲一把按住盛着水饺的盘子不肯放手,还念念有词:我要留给儿子,这是他最喜欢吃的。镜头再转向那位已经不算年轻的儿子,只见他先是一愣,继而热泪盈眶。我们姑且不去考证老年痴呆患者究竟有没有挖掘生命记忆的可能,那是医学家们需要研究的事儿,但这个广告让我们看到了父爱,一种几乎出于本能的爱。

改革开放以来,特别是加入 WTO 以后,我们的经济日益与国际接轨,各种各样的以前听都没有听过的节日也纷至沓来。虽然背后有商家推波助澜的因素,但是只要这些节日有助于社会和谐就值得提倡。尤其母亲节、父亲节,为公众提供一个感恩父母、孝敬长辈的机会,这与中华民族传统的孝道文化是不谋而合的。

父亲节起源于美国。1909 年,有位叫杜德的女士,在参加完教会举办的母亲节后很有感触:"为什么就不能设一个纪念父亲的节日呢?"杜德的母亲在她十三岁那一年就过世了。其父在华盛顿州东部的一个乡下农场中,独自一人抚养六名子女长大成人。杜德是家里唯一的女孩,更能体会父亲的辛劳。她向教堂提出一个建议,想把她父亲的生日作为父亲节的纪念日。这个建议很快就被教堂接受了。

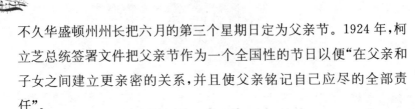

不久华盛顿州州长把六月的第三个星期日定为父亲节。1924 年,柯立芝总统签署文件把父亲节作为一个全国性的节日以便"在父亲和子女之间建立更亲密的关系,并且使父亲铭记自己应尽的全部责任"。

有人说男人一生最重要的工作是做好父亲。世界卫生组织研究发现,每天和父亲相处两个小时以上的孩子往往情商更高,男孩看上去更坚毅,女孩成人后更温柔。美国前总统奥巴马曾在 2013 年父亲节的一份声明里说:"身为两个女儿的父亲,我知道作为一名父亲是任何一个男人最重要的工作之一。"在他看来,做父亲的重要性丝毫不亚于做总统。

对于我们这一代人,可以用三个词临摹日常生活中父亲的形象。第一个词是"影子"。记得小时候我的父亲就像影子一样看得不真切。他每天晚上很晚回家,早上还没等我们起床,他就上班去了。第二个词是"钱包"。父亲常年在外面打拼,给我们提供经济来源,努力为我们营造安逸舒适的生活。最后一个词是"铁板"。严父慈母是中国家庭传统的角色分工,父亲往往扮演严厉的角色。父亲是一个坚毅的称谓,意味着责任与担当。

当年美国柯立芝总统签署的文件设立父亲节比杜德夫人当初的创意更具社会意义:父亲节不只是子女的感恩节,更是父亲的担当节。

什么是担当?易中天先生说,担当起初源于"士"的一种精神,是士人的一种操守。易先生认为,中国传统的士人大都是读书人,但士人与一般的读书人还是有所不同的。士人与一般读书人的区别之一在于前者有担当,后者得担待。担当是对天下的,担待是对上司的;担当是自觉的,担待是无奈的;担当是自己担责,担待是帮别人赖账。没有担当,就不会有气节。比如有些人"文革"中揣摩失误,站错了队,表错了态,就应该为自己的错误行为负责。但有的人想赖得一干二净,可是白纸黑字在哪儿写着,众目睽睽,当事人还活着,想赖是赖不掉的。退一万步,你可以不认错,但不能不认账。账都不肯认,哪里还有担当?这种人连担待都没有!

现如今,在政府机关里讲"气节"的少,讲"节气"的多,导致有担当的少,肯担待的也不多。到什么季节,就开什么花;刮什么风,就使什么舵。名为"与时俱进",实为"与势俱进"。哪边得势,或可能得势,就往哪边靠。哪里需要担责,赶快躲得远远的。人家韩国塌了一座桥梁,总理便引咎辞职,而我们发生了数百人死亡的突发事故,从上到下,没有一个人主动站出来担责,部门之间还相互推诿,太缺少担当了。

高校本是培养有担当后辈的地方,如今似乎也好不到哪里去。某些教授、博导,一见到当官的,就点头哈腰,满脸谄媚。说得文雅一点,是大气不敢出。早在清末,章太炎就在《代议然否论》中提出设想:"学校者,使人知识精明,道行坚厉,不当隶政府,惟小学与海陆军学校属之,其他学校皆独立。"其旨在于保证学术、教育的自由发展。民国后,这一理念得以伸张。1915年6月蔡元培发表《不肯再任北大校长的宣言》时即声称:"我绝不能再做政府任命的校长,半官僚的性质,便生出许多官僚的关系,天天有一大堆无聊的照例公文,常常派一些一知半解的官员来视察,我绝对不能再做不自由的校长,思想自由是世界大学的通例。"到1930年,蔡元培为《教育大辞书》编写"大学教育"词条称:"近代思想自由之公例,既被公认,能完全实现之者,却惟大学。大学教员所发表之思想,不但不受任何宗教或政党之拘束,亦不受任何著名学者之牵制。苟其确有所见,而言之成理,则虽在一校中,两相反对之学说,不妨同时并行,而一任学生之比较选择,此大学之所以为大也。"真正的大学应该有独立、自由精神;真正的学者,应该坚持学术的标准,坚守学者的良知与良心。

人活在世上要有风骨,有气节,有担当。"富贵不能淫,贫贱不能移,威武不能屈"是有风骨;"穷不失义,达不离道"是有气节;"仁以为己任,死而后已"是有担当。我们的传统原本对有风骨、有气节、有担当的名人是心存敬意的,就连李清照这样的弱女子都能发出"至今思项羽,不肯过江东"的感叹。项羽虽为一介武夫,但不失担当之肩膀。当他奋力冲出垓下之围,到了乌江边,面对仅剩下的几百个江东弟子,没有选择忍辱偷生,而是自刎谢罪。这既是一种气节,也是一种担当。

国学大师王国维在清朝被推翻后,立志遗老终身。眼看北伐军节节胜利,清王朝再无复辟的可能,就自沉昆明湖,用生命在自己的肉体与信仰之间作一个了断。先不说王国维愚忠清王朝是不是值得,就凭他为理想的献身精神,就是一种风骨,更是一种担当。另一位与清皇族有点血缘关系的作家老舍先生,"文革"中面对红卫兵的种种欺辱,明知道他们受蒙骗,为了唤醒他们的良知,自沉未名湖,用自己的生命作最后的抗争,这也是一种担当。

过去看古装电影,特别是金庸先生的武侠片,发现江湖上的侠士大都肝胆相照,意气相投。他们同声相应,同气相求。他们很在意自己的清誉,多以清高闻名于江湖。庙堂之上的士大夫的榜样也在于"清"。做官要清廉,做人要清白,性格要清纯,寡欲清淡,生活清静,作风清朗,格调清雅,等等。为此,他们甘于清贫。

官者,民之父母也。可是现在我们有些领导干部既没有过去侠士的清高,也没有士大夫的清廉,一切都以自身利益为中心,或只捞钱不干活,或边捞钱边干活,私欲膨胀,哪有一丁点儿父母官的风范?对社会哪有一丁点儿的担当?

现在的社会环境比封建社会开明了许多,不需要我们用生命来做出担当，只要说真话，为民办实事。然而，说真话，办实事，难道就真那么难吗？真话或许不入某些人的耳，但于国家、对人民有好处，我们就应该理直气壮地说；只要为人民做有益的事，人民就不会忘记，我们就应该义无反顾地去做。强调做人要有担当，目的在于提醒国人无论对家庭，还是对社会，还是对国家，都要有责任心，要有担当并勇于担当的豪气。

电视连续剧《康熙王朝》第四十四集有一段情节，康熙得知太子胤礽明知索额图要加害自己，还不据实奏报，伤心至极。但康熙并没有诛杀太子，而是将之圈禁。普天之下，只有儿子悖逆父亲，没有父亲肯加害儿子的。如果父亲对孩子严厉，也都是希望他们"青出于蓝而胜于蓝"，作为晚辈，可不能记恨他老人家啊！

君子爱财，取之有道

应一家文学网站举办的"冬天的记忆"征文活动，我把儿时很多发生在冬天的故事从记忆的沉淀里打捞了出来。尤其一些过年前后发生的事，如大年三十晚上的"爬门头"、"走大局"以及大年初一早上的"要糖"、"吃隔年陈"、"扫地聚财"等温馨场景，如风俗画儿在脑海里纷纷掠过。正月初五，则是老家抢财神的日子。

在古城扬州，接财神这一风俗最初是商家的行业习俗，后来才被普通百姓人家效仿。过去商家新年开门营业，店堂上都贴着"开张大吉"、"黄金万两"、"招财进宝"等吉利符。古俗原本到清晨才举行接财神仪式的，为了抢这个"早"，现在有些心急的人家故意犯规，就提前抢。最后到了"你抢早，我比你更早"的地步，以至于零点刚过，外面的鞭炮声便响个不停。原来的"接财神"就演变成了现在的"抢财神"。

在我老家抢财神的风俗很有趣。凌晨，室外还一片漆黑，作为一家之主的男人便拎一只桶到河边的水埠上打水回来，就放在正堂里，然后再去内室拿一条女人的裤子往水桶上一搭，赶紧去室外点燃鞭炮。炮仗一响，算把财神罩在里面了。这个风俗的由来，起源于一个颇具善心的传说。

相传古时候本地有一个穷书生，守着半亩薄地，一间草房，只有双目失明的母亲与他相依为命。虽说日子过得清贫，因为母慈子孝，倒也不缺家的温馨。隔壁人家是一财主，有万贯家财，但为人刻薄吝啬。有一年正月初四傍晚，财主家儿子出去赌博赢了钱回来，一路哼着小调，刚到门口，回头正准备关门，只见一位白胡子老人正挨家挨户乞讨。他立即紧闭大门，任凭老者如何敲门就是不开。后来白胡子老人辗转到了书生家，书生便把他们娘俩晚餐用的两只菜糠团子全都送给了老者。白胡子老人吃菜糠团子时不小心弄脏了书生瞎母亲的裤子，临走再三叮嘱书生第二天早上一定要去河边拎一桶水回来，给他妈妈洗洗裤子。

初五一大早，书生去河边拎水回来，正准备给母亲洗裤子，只听母亲大咳一阵，叫了一声："我儿快来！娘头疼……"书生慌忙把他母亲的裤子往桶上一搭，要去照应母亲。说时迟，那时快，只见屋里一道金光炫目一闪，书生的母亲眼睛复明了。等到书生去给母亲洗裤子，那桶里哪里还有水？分明是一桶的金元宝！后来的故事很简单。书生家道越来越兴旺，而财主子孙不肖，家道很快败落了。

扬州古时就是一座繁华的商业城市。唐代诗人杜牧曾有诗云："腰缠十万贯，骑鹤下扬州。"估计那时消费水平就很高。到了清代康乾年间，众多盐商聚居在此，这里更是富甲一方。此地已经很富足了，人们对财富的追求似乎无止境，还希望越多越好。新年伊始，人人祈盼新年财运亨通，财源滚滚。除夕之夜有的人家把大门用红纸条封上，谓之"封财门"。大年初一早上，家中的大门别人不能开，一定要等一家之主开。所以年初一首次开大门，又称"开财门"。正月初五，俗传是路头神的生日，乡人都要举行祭祀仪式迎接他的到来。

路头神，又叫"五路财神"或"路头财神"。路头神是民间俗信中诸多财神爷中的一员，其身份和由来有多种解释。有一种说法流传较广，认为"路头神"是主管行旅的神，又叫作"行神"。"行神"早在先秦时期就已列入国家祭祀仪典。后世认为路通向四面八方,处处有神灵,想象东、南、西、北、中五个方向都有路神管辖,路神又叫成了"五路神"。要发财,就得发展物流业,人流、物流都离不开道路,所以扬州人笃信路神既主商旅,又主财运。行神便由此衍化成了路神,路神又衍化成了财神。正月"初五"是新年的第一个"五",与"五路"财神的"五"在数字上吻合,人们便附会这一天是"五路财神"的生日,纷纷争抢迎接。

旧时,扬州人心目中除了"路头神"、赵公元帅和关云长外还有几位神灵,最富有地方特点的是位于黄金坝邗沟大王庙里的财神。邗沟大王庙里供奉的财神是两位吴王,一位就是春秋时的吴王夫差,另一位是西汉初的吴王刘濞。由于两位吴王对扬州建城做过重要的贡献,所以人们把他们当作财神来祭祀。《扬州览胜录》卷四有:"邗沟大王庙俗称邗沟财神庙,在便益门北官河旁,中为吴王夫差像,配以汉吴王濞。……至乾隆间,则有借元宝之风,香火不绝,谓之财神胜会。至今仍相沿成习,于正月五日烧香时,爆竹声喧,箫鼓竟夜,沿途士女往来,车如流水,有借元宝者,有还元宝者,人持纸钞,络绎于途,可谓新年胜景。"

我国有的地方把蔡京作为财神爷,似有不妥。少时读《水浒传》,即知蔡京为北宋末年四大奸臣之首,与高俅、童贯、杨戬狼狈为奸,逼得梁山好汉揭竿而起不算,还把好端端的一个政治开明、经济繁荣、文化发达的北宋王朝给葬送了。数其罪名有:设应奉局和造作局;大兴花石纲之役;建延福宫、艮岳,耗费巨万;设"西城括田所",大肆搜括民田;为弥补财政亏空,尽改盐法和茶法,铸当十大钱,币制混乱,民怨沸腾。

蔡京历北宋神宗、哲宗、徽宗、钦宗四朝,曾四次入相,四次被罢,皆因贪婪。据史载,晚年他被钦宗流放岭南,临行之前,他的金银珠宝就装了满满一大船，但沿途老百姓憎恨他，谁都不肯卖给他食物。从开封到长沙，三千里路上，蔡京买不到一点食物。到了长沙，更租不到住所，只能住在一座破庙里，最后"腹与背贴"，饿极而死。善有善报，恶有恶报，大快人心哪！

君子爱财，取之有道。为官者，当一把手就要学那吴王夫差、刘濞等，野心称霸倒在其次，毕竟"不想当元帅的士兵不是好士兵"，但为官一任，一定要造福一方；做副职的切莫学那蔡京，纵使你被入阁拜相，哪怕你自成书法名家，只要你贪腐，终落得深陷囹圄的下场。为民者，要学那侍奉瞎母的书生，孝（笑）迎四面财，贤得（德）八方宝。

在现代社会，忠义、诚信是商家的经营之道；勤奋、创新是创业者成功之道。有了这些，你，我，他，我们大家都是财神爷！

人是要有一点精神的

有的人刚过半百,就自嘲"五十而知天命",其实是为懈怠生命寻找托词,无论工作还是生活,都有"船到码头,车到站"的感觉。他们对事物再没有了先前的好奇,对生活也没有了过去的热情,更没有了以往的浪漫,成天无精打采的,暮气沉沉。

众所周知,在自然界,组成我们身体的各种化学元素,化合在一起而形成一个有思想、有感情的有机体,其概率是很小很小的。生命对于每一个人都只有一次,不管什么年龄段,活得精彩才是对大自然真正的尊重,也才是对自己最为负责。

有一次,无意中我看到一档电视访谈节目,由"性格色彩学"创始人乐嘉采访女作家六六。

乐嘉问道:"除了写作,奉献给读者更多更好的精神大餐,你还最想做什么事?"

六六沉思了一会儿说:"还想再学几年英文。"

在中国作家里,六六是为数不多的可以直接用英语与外国作家交流的人。现在六六还想继续进修英文,这让乐嘉觉得很奇怪。

六六进一步解释说:"虽然我可以阅读西方的文学作品,但要真正理解原作者的思想精髓必须养成用英语思维的习惯,因此还须大幅提高自己的英语水平!"

听此解释，乐嘉表示理解，又接着问道："英文学好后还想做什么？"

六六很肯定地说："我还想学习心理学。"

这又让乐嘉不解了。

六六分析道："我们只有掌握心理学的一般原理，才能理解、欣赏过往优秀文学作品，还原作者当时的创作心境。"

古人励志有言，活到老，学到老。据说，海尔总裁张瑞敏年近古稀，每天还坚持阅读，每周都要读完三本书。充足的阅读量保证了这位优秀企业家认识的敏锐性和思想的先进性，对许多跨学科、跨领域的问题都有独到的见解。

从六六得知丈夫出轨后的表现看，她不仅是一位感情丰富、思维缜密的女人，更是一个具有强大精神内涵的女性！很多人欣赏她的作品，更欣赏她浪漫、智慧、豁达而爽朗的性格。

毛主席曾经说，人是要有一点精神的。人，要活出生命的精彩，既要具备健康、财富和地位，更需要有独立、自由的精神。做到这一点，我们要向六六、向张瑞敏学习。

首先，要规划人生。不妨把寿命放到一百二十岁来规划，按照不同的阶段，规划做不同的事情，这叫"一次规划，分步实施"，至于能否活到那个年纪，则是另外一回事。其次，要不断学习，保持对新生事物的好奇心，通过吸取他人的经验教训，尽可能完善自己。第三，心态要豁达。不生闷气，少作闲气，不斗恶气，不用他人的过失惩罚自己。最后，保持头脑清醒。不为表面现象所迷惑，活得精彩的同时还要活得理智，做自己能做的事，享受自己可以享受的生活。

多年前我曾与儿子私下交流，我跟他说："以我和你妈现有的财产，如果你生活要求不高，养你一辈子并不成问题。但如果你选择那样的生活，就变成了一个只是为了活着而活着的生命，没有理想、没有追求、没有社会价值,恐怕也不会有什么乐趣,这样活着还有什么意义?"人的价值首先在于有独立生存的能力,底线是凭个人技能养活自己。有了这个基础,并不能就此满足,高于生存需求的精神追求才是人与动物的最大区别。精神追求未必能带来财富,但能让人变得生动、有趣。

生命不息,追求便无止境。要保持精神活力,应该永远保持对未知事物的兴趣。当然,现代社会,信息瞬息万变,新生事物层出不穷,我们只能在沧海中取其一粟,并专注地投入进去。若非精力过人、智慧超群,只求广度,不求深度,结果只能浮于表面,收益甚微。

再说六六,我曾关注她的微博,对她的乐观、豁达、积极的生活态度颇有好感。但我不喜欢她文字中透出的炫耀感,秀恩爱、秀优越感……这样的文字,若有心人前后联系,貌似坦诚的背后,实则是对真实生活的粉饰、虚拟。我一直觉得,真正自信的人是不会,也不需要大声告诉所有人:我很幸福! 风轻云淡、宠辱不惊的人才真正拥有强大的内心,因为他们的自信从来与外界的评价无关。

看过六六的照片,她的模样远比她的微博文字更让我喜欢。胖得有些走形的中年妇女,按世俗标准根本称不上美,但她脸上洋溢的发自内心的热情、善意让人喜欢,而刻薄、阴暗的人不会拥有那样的面容。

曾听一位朋友说过:人的容貌,三十五岁前是爹妈给的,三十五岁之后是自己的修行。所谓相由心生,心态决定了日常表情,也就决定了中年后的容貌。以貌取人常被人诟病,但如果按此标准选择朋友,基本上大差不差。

我比较在乎一个人长得好看不好看,愿意跟长得好看的人交往,尤其是年过四十的女人。道理很简单,一个人过了四十岁,必须对自己那张脸负责了。因为她的容貌就是她灵魂的外在表现形式。这里好看不是指美貌，而是在眉梢眼角，可见清风明月，于举手投足，让人赏心悦目，是看上去、心里头两下里都实实在在的舒坦。我不相信一个形容猥琐、囚首丧面的人会是一个胸怀坦荡、内心磊落的真君子。

"有一种女人很强势，或是你的某个上司，主管，同行，或者擦身而过的名媛。她们总是驾着一片乌云，黑压压掩杀而来。她们设定目标，搭建模型，势如破竹地推进，推土机般碾压过别人的生活和自己的心灵。她们是分秒必争的人，分毫必争的人，寸土必争的人。这个实惠是我的，这个荣耀是我的，这个位置是我的，这个男人是我的……她们是十里长街，不是通幽的曲径，她们的人生是一曲颂歌，磅礴却无法降下调门稍作辗转。她们行动起来快得就像离弦的箭，刻不容缓，弹无虚发。她们的觉知力往往特别强，聪明绝顶能量巨大。但是觉知力有多强，分别心就有多重。任何人在她们那儿，只分为两种：有用和无用。所以你要么被她无视空气般没有存在感，要么被她拣选砌入她的生活，成为她人生大厦的一砖一瓦。"

以上这段文字出自才女胡紫薇为《新世纪周刊》所作的专栏文章《你看她来势汹汹……》，主旨是分析、评价已与默多克结束婚姻关系的邓文迪。邓文迪失婚后是一张阴沉、苍老中带着凌厉的面孔。这还是在昂贵的化妆品遮盖下显现的效果，若是素颜，还不知会是什么样子呢。

把人生当战场，把周围的人都当作对手，恐怕难有美好结局。所以，人是要有一点精神，但又不能用力过猛。

快乐每一天

下午接到一位老同事的电话，我才知道，一位我在学校教书时的同事——王加龙老师去世了。一听到这个消息，我的心情就沉重起来，甚至有一种兔死狐悲的感觉。王老师身体一直很好，这次突发心脏病，说没就没了。生命是脆弱的，如同风中的芦苇。只有珍惜生命，热爱生活，才是我们活着的人，对逝去的人最好的悼念。

我与王老师是上世纪八十年代初同一年毕业的，是"文革"后的第二届毕业生。他比我整整年长十岁。我们同一年进入那所学校担任教职。他的母校是天津轻工学院，虽然不是一所名校，但对于一个已经毕业了十年的高中生，在江苏盐城一个偏远的农村劳动了许多年、学业几乎全部荒废了的人来说，能够进入这所全日制的高校，确实不容易。

王老师教授的是"塑料成型与工艺"，而我所教的是"有机化学"，我与他平时在业务上接触并不多，但我了解王老师是一个爱动脑筋、肯钻研的人。他在大学毕业两年后就独立发表论文了。他的论文发表在非常专业的期刊上，比如《注塑技术》《塑料科学》等杂志。这些杂志虽然读者不多，但所载文章很实用，特别是那时全社会还没有知识产权的意识，很多科研人员把自己的研究发现毫无保留地撰写在自己的论文中。我相信，在塑料行业，有不少人受到过王老师的启发。王老师是一个对社会做过贡献的人。

当时我所在的学校不具备实验条件供我进行科研,因此我很羡慕王老师取得成果。我读过他的论文,虽然特别专业的部分不熟悉,但一般的方法与原理我还是懂的。塑料这门学科属于材料学。塑料的理化性质与功能,是由组成的高分子材料及各类助剂决定的。与药物分子纯度越高、疗效越好不同,塑料添加的材料越多,最终的功能越多,使用范围越广。有一次我与王老师开起了玩笑,说他的实验像老中医抓药,按配方行事。他则笑话我的实验是西医打针,定点突破。由于学科不同,我与他的研究方法完全不同。塑料配方的研制更多是积累经验,要在实验室反复试验,从基体材料选择,到添加剂的使用,再到各种理化性质的测定,一整套下来,费时很长。经常夜已经很深了,还能看到他的实验室的灯亮着。王老师是一个勤奋的人。

王老师到学校来工作时,他的儿子已经八岁了。一想起那个扎着小辫子的男孩,依偎在王老师的身边,就羡慕他们父子情深。有时候,王老师正与我们下围棋,他的儿子在旁边把棋子堆在一起,不时地滑落在棋盘上,他也不气恼,轻轻地拍一下儿子的手,就算是对他的警告了。王老师的夫人是他家乡的妹子,在他没有上大学时就过门了。那时他们分居两地。王老师平时节省得几乎啬皮,他是在积攒路费回家看望妻儿。后来学校领导照顾他们一家,把他夫人安排在学校的幼儿园,他们全家终于团圆了。我有些同学,考上大学后,把农村的女朋友,甚至结发妻子都抛弃了。王老师始终不渝地爱着妻子,他是一个善良的人。

昨晚与几位朋友喝完酒去歌厅唱歌,现在想起来真不该。我应该寄托一份对王老师的哀思。"不知者,不为过。"我想王老师会原谅我的。我就把昨天所唱的"sailing"送给他,祝他离开这个世界,启航驶入一个更加平等、更加繁荣的快乐世界。王老师,安息吧!

晚上回来整理书橱,在旧报纸上,看到一则关于巴西球星苏格拉底去世的消息。苏格拉底是一九八六年世界杯巴西国家队的队长,球技精湛,与济科、法尔考组成球队梦幻般的中场,所奉献的艺术足球,虽然过了三十多年,仍然让我们这一代球迷津津乐道。古希腊哲学家苏格拉底用智慧告诉我们,人从哪里来,又往哪里去。巴西的苏格拉底用球艺告诉我们,球从哪儿接,球往哪儿踢。同样,我们要知道健康从什么地方来,如何生活才算是真正的精彩。我们要珍惜生命,保持健康的生活方式,善待生活中的每一个人,快乐过好每一天。

一九四四年毛泽东同志在一位普通的八路军战士的追悼会上作了《为人民服务》的讲话。他曾提议,今后我们的队伍里,只要有人故去,不管是炊事员、是战士,只要他是做过一些有益的工作的,我们都要开会纪念他。这要成为一个制度。这个方法也要介绍到老百姓那里去。用这样的方法,寄托我们的哀思,使整个人民团结起来。对故去的人如此,对逝去的一个时代,对过去的一年,在新年到来之际,我们是不是也该做一下追思?

在新年即将来临的日子,本该写一些喜庆的文字,我却写出这么一篇话题沉重的稿子,就算告诫自己吧。相对于那些逝去的人,活着的我们是幸运的。记得一次我去慰问一位抗战老兵,他在缅甸战场浴血奋战,从无人山里走了出来,最后拖着残肢回到大陆,但由于历史原因一直未能得到任何抚恤。我很为他不平,他却豁达地说:"比起那些牺牲在异国他乡的国军战友,我已经很幸运了。"生活总有一些不如意,比如忙乎一年,年终没有评上先进;又比如事情做得很多,年终奖却比别人拿得少;再比如组织部多次来单位考察,提拔总轮不到自己,等等。这时,我们要多想想革命先烈,多想想那些抗战老兵。

请记住毕淑敏女士在《提醒幸福》里的一句话："所以，当我们一无所有的时候，我们也能够说：我很幸福。因为我们还有健康的身体。当我们不再享有健康的时候，那些最勇敢的人可以依然微笑着说：我很幸福。因为我还有一颗健康的心。甚至当我们连心也不再存在的时候，那些人类最优秀的分子仍旧可以对宇宙大声说：我很幸福。因为我曾经生活过。"

生未必伟大，死须有尊严

　　入秋不久，有位女学生专程来看我。大学毕业刚入职场有一段时间，我曾在一所学校教书，班上有几位学生来自外省。她是其中之一，来自贵州山区。这位从大山深处走出来的女生，学习很用功，多次荣获江苏省"三好学生"称号。她还没有毕业时，我因工作调动就离开了那所学校。后来我只听说她被分配到贵州省轻工厅工作，但一直没有联系过她。这次她是经过多方打听才联系上我的。时间过去了二十八年，这份师生情如同珍藏在地窖里的美酒，越发芳香怡人。

　　我在市中心的上岛咖啡馆接待了她。我与她临窗对面而坐。我们一起聊陈年旧事，讲国际时事，论改革开放，说人生历程，整个过程很平缓，几乎没有轻重音。即使谈某个话题很开心，她还是像过去一样掩口而笑，一如既往的矜持。阳光透过人行道上广玉兰的枝叶，在她的脸上来回晃动，照得她原本就清澈如水的眸子，犹如热泪盈眶。

　　昨晚我接到一个电话，是她丈夫打来的，说她已经到肺腺癌的晚期。这时我才知道，她那天眼睛里饱含的是泪水。这个消息就如晴天霹雳，好好的一个人怎么就得了不治之症？我对她丈夫说：

"赶快联系大医院手术啊,不能再拖了!"他对我说,她其实早就知道自己的病情,但一直不肯手术,只想到四处走走,做一些健康时没空做的事。这次从常州回去后,她的病情激剧恶化,眼看时日无多。

在忍受悲痛的同时,还需理性地思考,除了力所能及给她提供一些资助外,我还能为她做些什么呢?空洞的安慰,无济于事;简单的同情,只会使她更加难过。唯一能做的恐怕只有想法子缓解她的病痛,帮助她完成未了的心愿,让她在最后的日子里还能保持生命的尊严。

上午我在办公室接待一位记者,谈到学生的病情,他的态度很坚决:"她这种情况根本没必要治疗。不如让她好好安排生活,不带遗憾地离开。"他还举例说,他认识两个人,一位是同事,另一位是同学。他们几乎同时得了鼻窦癌。同事积极治疗,同学放弃治疗,但存活期差不多。他的同事最后很后悔,将所有的时间都耗在治疗上,耗在了病床上,最后仍然没能延续生命。记者还认为,没有治愈的希望,不如好好享受最后的时光。这句话听起来很残酷,但不失理性。

目前中国中产阶级面对癌症,大多数人几乎走同样一条路。先手术,花掉十几万元;然后化疗,再花掉十几万元;不行再放疗,又花掉十几万元;最后,求治中医,甚至求救江湖郎中,再花掉数万元,最终落得家人疲惫,人财两空。直到亲人离去,很多人才发现,其实我们对癌症并不了解,对治疗表面上投入的是金钱,实际上更多是情感和期望,结果反而没来得及让逝者享受最后的亲情。

众所周知,美国是癌症治疗水平最高的国家。当美国医生自己面对癌症侵袭、生命临终时,他们又是如何面对和选择呢?据

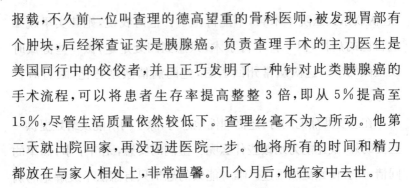

报载,不久前一位叫查理的德高望重的骨科医师,被发现胃部有个肿块,后经探查证实是胰腺癌。负责查理手术的主刀医生是美国同行中的佼佼者,并且正巧发明了一种针对此类胰腺癌的手术流程,可以将患者生存率提高整整 3 倍,即从 5％提高至 15％,尽管生活质量依然较低下。查理丝毫不为之所动。他第二天就出院回家,再没迈进医院一步。他将所有的时间和精力都放在与家人相处上,非常温馨。几个月后,他在家中去世。

在美国,有些医生身患重症还特地在脖子上挂一块"不要抢救"的小牌,提示其他医生在他奄奄一息时不要施救,甚至有人把这话文在身上。人们通常很少会想到这样一个事实,那就是医生也是人,也会面临绝症、死亡。但美国医生的临终似乎和普通人不同。不同之处主要在于和尽可能接受各种治疗相反,美国医生们几乎不选择被治疗。因为他们知道病情将会如何演变,有哪些治疗方案可选,尽管他们通常有接受任何治疗的机会及能力,但他们选择"不"。"不"的意思,并不是说医生们放弃生命。他们也想活着,但对现代医学的深刻了解,使他们很清楚医学的局限性。

几乎所有的医务人员在工作中都目睹过"无效治疗"。所谓无效治疗,是指在奄奄一息的病人身上采用一切最先进的技术来延续其生命。病人气管将被切开,插上导管,连接到机器上,并被不停地灌药。这样的情景几乎每天都在重症监护室(ICU)上演。这种折磨,是我们连在惩罚恐怖分子时都不会采取的手段。见此情景,很多美国医生会对同行说:"答应我,如果有一天我也变成这样,请你别救我。"为什么医生热心治疗晚期癌症病人,却不愿意将其施予自身?原因可以说很复杂,也可以说很简单,用三个词概括,那就是家属、医生和体制。

首先,病人家属不切实际的期望。假设某人失去意识后被送进了急诊室。通常情况下,在面对这类突发事件时,他的家属会面对一大堆突如其来的选择而变得无所适从。当医生询问"是否同意采取一切可行的抢救措施"时,他们往往会立马说:"是!"于是噩梦开始了。绝大多数家属所谓的"一切措施"的意思只是采取"一切合理的措施",但问题在于,他们并不了解什么是"合理",因为医生在抢救时,他们会尽力做"所有能做的事",无论它"合理"与否。不难看出,知识的不足、不切实际的期望是导致糟糕决定产生的主要原因。

其次,医生面临创收压力。中国医疗体制的产业化,医生逐渐蜕变为手拿手术刀的商人,他们需要通过为病人治疗,获取利润,分得奖金。即使医生本人并不想进行"无效治疗",却因为医院的规定,不得不要求病人检查、化验,直至病人家属无力承担为止。急诊室里站满了面露悲痛,甚或歇斯底里的家属,他们往往并不懂医学,此时想要建立医生和家属之间的相互信任是非常微妙且难以把握的。如果医生建议不采取积极的治疗,那些家属很可能会认为他们是出于省事、怕麻烦等原因才提出这样的建议。这是造成目前医疗纠纷不断的原因之一。

再者,现行法律不容许安乐死。记得上世纪八十年代,邓颖超大姐曾力推安乐死医疗制度的建立。这是她亲眼看见了周总理被癌症折磨全过程以后,对晚期生命产生的一种怜悯,但是由于种种原因,这一制度还不能在我国实行。我们倡导的是"救死扶伤,实行革命的人道主义"。岂不知,对于许多癌症晚期病人的"无效治疗"手段并不"人道",有的简直就是"革"患者的命。

临终关怀和过度医疗相比,更注重为病人提供舒适度和尊严感,让他们安然度过最后的日子。值得一提的是，有些研究发现，受到临终呵护的终末期病人比患有同样疾病而积极寻求治疗的病人活得更久些。

　　理智告诉我们，人终有一死，健康时要快乐生活。一旦患上不治之症，亲人要想法设法缓解病人的痛苦而不是给他们"过度治疗"；患者则力求不失尊严地离开。对于这个星球上绝大多数人来说，生，不见得伟大；死，必须有尊严。

静夜沉思

jing

ye

chen

si

登临燕子矶

　　自明万历朝始,古城金陵即有四十八景。历史长路逶迤至今,南京名胜更是数不胜数,星罗棋布于十大风景区。"大江风景区"只是其中的一个,蜿蜒于长江南岸,以秀山、幽洞、大江、古寺为特色。燕子矶则以地形奇特而闻名于世。

　　燕子矶坐落在南京城北郊长江边的直渎山上,因山峰突兀江上,三面悬壁,远看似石燕掠江而得名。燕子矶扼守大江,地势险要,自古就是通往金陵的江上重要渡口和军事重地。矶下惊涛拍石,浊浪滔天,气势恢宏,人称万里长江第一矶。

　　进入燕子矶公园的大门,抬头便见一行石阶委蛇而上,人称"南巡蹬道"。康熙、乾隆南巡抵达金陵曾多次在燕子矶弃舟登岸。为此,当地官员驱使民工靠锤敲凿击、手抬肩扛 ,硬是在山岩上开辟一条山路。拾阶而上,至半山腰,有一亭台翘立,只见曲折回廊掩映在一片苍翠之中,游人可在此稍作休息。继续上行,顺着蹬道,穿过连接屋宇的白墙拱门,再前行约百米便到山顶。

　　山顶有一块平坦的空地,四周树木枝繁叶茂,中间有一碑亭,上书"燕子矶"三个大字。这是乾隆首游燕子矶的亲笔御书。后人制作一块巨牌,造亭一座,屹立于山巅。亭的两侧立柱上刻有一副对联:白云悠悠,矶头月涌千年过;往事渺渺,江上风清一燕来。

站在山顶，透过树丛，极目眺望，只见大江东去，状如游龙，浩浩荡荡，奔流不息。空中江鸥盘旋，划出一条条优美的弧线。江上汽笛声声，轮船穿插而行。岸边高楼栉比鳞次，汽车川流不息。大好河山，真是风光无限！

然而，祖国山河总被外人觊觎。先是西洋人的铁船炮架于1842年8月驶抵燕子矶，迫使清廷签订丧权辱国的不平等条约，后被东洋人在1937年12月一天之内屠杀五万多位同胞。现有燕子矶江滩死难同胞纪念碑上文字为证："侵华日军陷城之初，南京难民如潮，相率出逃，内有三万余解除武装之士兵暨两万多贫民，避聚于燕子矶江滩，求渡北逃；讵遭日舰封锁所阻，旋受大队日军包围，继之于机枪横扫，悉被杀害，总数达五万余人。悲夫！其时，尸横荒滩，血染江流，罹难之众，情状之惨，乃世所罕见。"

在燕子矶临江的峭壁处，立有一块长方形的石碑，上面刻着"想一想，死不得"六个绿色的大字。这是现代教育家陶行知先生在此竖立的"劝诫碑"。陶先生是著名教育家，曾留学美国，一生致力于大众教育。1927年他辞去大学教职来到燕子矶附近的晓庄，创办晓庄试验乡村师范，为普及初等教育培养师资。当时军阀混战，百业凋敝，民不聊生，不少人走投无路，只得攀上燕子矶头，跳崖投江自尽。陶先生为挽救这些苦命人，在矶头跳崖处用木板立了两块劝诫牌。一块木牌上写着"想一想，死不得"六个字，另一块木牌上写了一段劝诫语："人生为一大事来，应当做一大事去，你年富力强，国当报，有民当爱，岂可轻死。"抗战胜利后，有人将木牌换成了石碑，还立在原处，以儆来者。如今"劝诫碑"已成为燕子矶重要的人文遗迹。

陶行知先生虽然受过西方教育，但其教育理念还是秉承传统儒家文化的。他说："教育就是教人做人，教人做好人，做好国民的意思。"又言："真教育是心心相印的活动,唯独从心里发出来的,才能打到心的深处。"由此可见,他的教育理念具有鲜明的中国哲学思维。

纵观中国哲学史,先秦诸子时期堪与古希腊时期媲美,宋明理学则与文艺复兴以后的欧洲拉开了距离。欧洲思想及其技术发展的一大特点就是认识和控制物质,而中国思想的特点在于反思和净化心灵。古希腊及现代欧洲人力求认识自然和征服自然,中国人则力求在心灵当中寻求永久的平和与幸福。在中国思想家们看来,哲学智慧的内容不只是理智的知识、智慧的功能,也不是增加物质财富,人类的幸福本质不在于寻求清楚、确实的知识和征服自然的力量,而在于完美的人生伦理。如此就完全忽视了科学的作用。

早在一九二一年冯友兰先生就在《中国为什么没有科学》一文中写道："中国没有科学,是因为在一切哲学中,中国哲学是最讲人伦日用的。"中国人不把哲学看作积累经验和知识的学问,而是突出道德践行和行为规范的重要性。从文明形态上看,东方文明是"精神文明"的文化,西方文明是"物质文明"的工具。中国近代百年屈辱史就是我们的"精神文明"不敌西方武装到牙齿的"物质文明"。纵观大清王朝的每个君主,他们道德鲜有瑕疵,勤政有目共睹,但就是不能带领国家走向富强,不尊重科学、不研习技术,是主要原因。日本从明治维新起,全盘接受了西方的哲学思想,大力发展科学技术,这才有了后来的强盛。

或许有朝一日,等人类足够豁达了,需要寻找内心的平和与幸福,他们才会转过身来重新审视中国人的智慧。我们几千年的心力也才没有白费。但这一天似乎离我们还很遥远。"天行健,君子以自强不息。"靠什么自强?不仅要有合乎人性的伦理形态,更要有先进的科学技术武装。

陶行知先生在燕子矶上竖碑劝解人们尊重生命，无疑是慈悲的。落后就要挨打，要使国家真正强大起来，还必须牢固树立尊重科学、尊重人才的理念。看到目前有些影星，一群给大众心灵提供服务的人，一部片酬动不动成千万、上亿元，而为国家做出重大贡献的众多科学家还过着朴素、勤俭的生活，真应该在燕子矶陶行知"劝诫碑"的旁边，再竖一块碑，上书"请尊重科学"五个大字！

烟雨莫愁湖

　　由于厄尔尼诺现象,今年江南的雨水特别多。到了深秋,南京还时有暴雨,从霜降以后,连续一周,雨一直下个不停。原本等天放晴了再游览莫愁湖的,因为行程安排,实在等不及了,只得冒雨前往。

　　我在南京读书四年,只去过莫愁湖一次。记得那时从南大南园出来,在广州路上坐车直达莫愁湖的公交只有4路车,经随家仓,过清凉山,在水西门下车,沿途要停靠十几个站点,远不及从北门出来走过鼓楼广场,在中央路上步行十五分钟去玄武湖方便。无论平时游玩,还是接待来访的外地同学,我都把游玄武湖当作首选。

　　我第一次游莫愁湖还是因为徐伯才去的。

　　徐伯是下放到我们村里的"右派"分子。老婆跟他离婚了,他带着女儿留在南京。他一个人就住在我们生产队集体养猪场的旁边。房子是用毛竹搭的,上面盖着大瓦,砌的砖墙呈空心陡状。现在看来太简陋了,但在上世纪七十年代末的苏北农村,绝大多数人家还是茅草房,他这座青砖瓦房算是鹤立鸡群了。

　　这三间房子是他被摘了"右派"分子的帽子后,用补发的工资砌的。

　　徐伯出身名门,是明朝开国功臣徐达第二十三代孙。他的曾祖是李鸿章的幕僚,祖父参加过倒袁运动,父亲为国共合作抗战四处奔波长达八年。

徐伯曾是热血青年。1947 年春天，面对人民解放军的强大攻势，国民党南京政府摇摇欲坠，社会经济面临崩溃，物价飞涨，民不聊生。中央大学很多学生在 5 月 20 日这一天，扛着"反饥饿，反内战"的标语，走上街头，要求改善生活条件，反对内战，保障言论自由。徐伯就是走在队伍最前面举标语的人。

南京解放那一年，徐伯从中央大学航空系毕业，先到解放军上海华东空军部工作。1952 年院系调整后，他回到南京，在新成立的南京航空学院担任讲师。1959 年庐山会议后，已是教学骨干、新晋升为副教授的徐伯在一次学习会上说彭德怀元帅忧国忧民，不该受到如此对待。徐伯此言一出，不久就被划为"右倾"分子，后又戴上漏网"右派"的帽子，于 1963 年下放到了农村。

我读初中时已是"文革"后期，初中两年基本上从事田间劳动，还美其名曰"向贫下中农学习"。在那荒唐年代，知识分子被贬称为"臭老九"，而无知、贫穷倒成了人生的资源。"读书无用论"一度甚嚣尘上，幸亏徐伯，我的少年才不至于完全荒芜。

那时我每天放学后都要背着大篮子，手提小铁锹在田埂上铲巴根草，天黑之前送到集体养猪场，供猪饲料用。每一百斤草折算成五个工分，这可为病弱的母亲减轻田间劳动的强度。徐伯是饲养员，负责称重，几乎每次都帮我虚报一二十斤。我很感激他，平时张到黄鳝、钓到鲫鱼、抠到螃蟹都不忘给他送去一些。时间长了，我与他就成了忘年交。

徐伯被停发了工资，但每个月还有三十五元的生活补贴，这在那时贫穷的乡村算是高收入了。每当他做了好吃的都要留我吃饭，一边吃一边还给我讲故事，我每次都听得如醉如痴。后来我才知道，那都是他以前看过的小说。

给我印象最深的是一个关于季交恕的故事。季交恕是长篇小说

《六十年的变迁》里的人物形象。故事围绕季交恕的人生经历，再现了清末戊戌变法到新中国成立这六十年的历史演变。许多重大的历史事件，如康梁保皇、孙黄革命、袁世凯称帝、张勋复辟、中共成立、第一次土地战争、抗日风云、三年解放战争等，就通过季交恕的活动得以串联起来，并通过季交恕在风起云涌的革命运动中，由一位普通的知识青年成长为革命战士的历程，反映了那个年代知识分子思想演变与成长历程。徐伯在讲这个故事时，把他祖辈经历的事情穿插其中，更增添了现场感。这部小说对我作了很好的中国近代史的启蒙。

我考取大学那一年"右派"分子还没摘帽，徐伯还在生产队养猪。我临行前去看他，他让我去水西门附近的他家老宅看看，还跟我讲了一段关于莫愁湖的故事。

徐伯的先祖徐达，长子叫徐辉祖，被封为魏国公。魏国公有个儿子叫徐澄，与一位温良贤惠、能诗会画叫作莫愁的丫鬟情投意合，私定终身。徐澄的祖母坚决不同意这门婚事，并胁迫徐澄迎娶当朝首辅的女儿。徐澄宁死不从，后与莫愁女双双投湖自尽。从此他们殉情的这个湖被称作莫愁湖。

我第一次游莫愁湖是在大一的第二个学期。南京的夏天来得早，五月刚过，隐约在堤岸垂柳后面，已是满塘的荷花了。冒着初夏的细雨，我漫步在长廊上，只见风起处，荷叶翻动，那晶莹的水珠肆意流淌，似美人泪流满面。整个公园游客不多，人只能与景交流，在朦胧的意境中催生缅怀。低垂的柳枝轻拂在水面上，蘸着湖水，仿佛在画一幅美丽的莫愁女的肖像。走近莫愁雕像，任凭细雨打湿衣衫，陪她在雨中肃立。只见雨水从她的脸部淌下，似有流不尽的泪，说不完的哀愁。多情公子，如花美眷，又如何敌得过世俗的偏见！

我回老家曾把游莫愁湖的感受与徐伯说了。徐伯沉默良久，眼睛里闪动着泪光，轻声地自言自语："或许这就是命吧。"

一九八〇年徐伯得以平反，年近五十的他，举手投足若公子，谈吐宏论似鸿儒，还是风度翩翩的。政府给他落实了政策。他原本是可以回南京的，但他到我毕业的那所中学担任普通的物理教员，不久娶了当地一位男人死于麻风病的李寡妇。李寡妇娘家的成分是地主，夫家是富农，"文革"中受尽欺凌。徐伯与这位苦命女子私下交好，相互帮衬，才度过那段黑暗的岁月。"文革"后他们光明正大地结合在了一起。不幸的是，在我大学毕业的头一年冬天徐伯因为脑溢血抢救不及时去世了，终没能将他迟来的爱情进行到底。他就安葬在养猪场原址的后面。我每次回乡省亲路过，都要停下来鞠躬祭拜他一番。我祭拜的还有这个世上日益稀缺的爱情。

这次游莫愁湖是在萧疏的秋天，已到垂柳枯叶乱飞的时节，湖面上一片狼藉。空气中流动些许风寒，雨点打在残荷上，似在诉说一个个悲情的故事。坐在湖心亭上，望着这湖碧水，这时我才明白莫愁湖被誉为"江南第一湖"的原因。如果把玄武湖喻作金陵十二钗的薛宝钗、紫霞湖是史湘云，那么莫愁湖就是才情出众的林黛玉了。那"寒塘渡鹤影，冷月葬花魂"的凄美的景象又一次在眼前浮现。这绵绵的雨，何尝不是林黛玉流不尽的相思泪？

信步登上胜棋楼，想起明太祖朱元璋与功臣徐达在这里对弈的场景。透过花窗，看莫愁湖烟波浩渺，水天相接，顿感历史沧桑，却总也暗淡不了那些熟悉的姓名。听到一位老者拉着二胡，那《赛马》激昂的旋律，让我在朦胧的烟雨里依稀看见一个个威武的大将军驰骋而去。

徐伯先人与莫愁女的故事早已化作云烟飘散在历史的长空，他们唯美的爱情故事也离我们远去。我们不必去想象莫愁女纵身一跃沉湖的那份伤心、那份哀怨。岁月悠悠，物换星移，在人类历史的星空，忠贞的爱情固然可叹，而那些推动历史向前的人物故事更值得人回味。

悼花蕊夫人

文官不贪财，武将不惜命，才是国之幸。

——题记

中国有两座城市特别宜居，人文内涵也很丰富。一是故乡扬州，曾是东南繁华之地；二是四川成都，有中国巴黎之称。扬州，因"州界多水，水波扬也"而得名。相传大禹治水将天下分为九州，扬州便是其中之一，其境内河网纵横交错，湖荡星罗棋布，是典型的鱼米之乡。成都源自《太平寰宇记》：西周建都，周王迁岐一年而所居成聚，二年成邑，三年成都。先秦时，秦国兼并蜀国、巴国，设蜀郡于成都。公元前256年，蜀郡太守李冰，在充分吸取前人治水经验的基础上，设计、修建了沿用至今的都江堰水利工程，从此造福蜀地农业。至汉初，成都因物产丰富而媲美关中，人称"天府"。

与扬州类似，成都也是一座十分悠闲的城市。在这座城市生活，沉浸于温柔之乡，在消磨意志的同时，对生活也会生出某些感悟：人生不过几十年，乐也好，愁也罢，从什么地方来，终要到什么地方去。散布在成都大街小巷的麻将馆、足浴店、咖啡厅、火锅店人头攒动，所有人都在开心快乐地消费。

人，活在世上究竟为谁而活？全为自己，似乎太自私；都为别人，好像又太傻,这就牵涉到情怀了。人与动物最大的区别在于人具有积累生活经验的能力,而动物完全靠本能对客观事物做出反应。人站在不同的角度看同一个问题,得出的结论往往大相径庭,在社会生活中如此,在情感认识上也是如此。

扬州毕竟很小,不如成都大气。许多人选择旅游度假地,还是选择成都的多。在成都这个地方,个人的需求似乎高于家族、团体,甚至国家,即使历史上位极君主的人,也多为自己而活。无论是蜀汉的刘禅,还是后蜀的孟昶,几乎不费敌国多大气力,便自动请降。即使被俘以后还尽情享受生活:"此间乐,不思蜀。"这些男人还不如一位徐姓女子有骨气:"君王城上树降旗,妾在深宫哪得知?十四万人齐解甲,宁无一个是男儿!"这是花蕊夫人的血泪控诉啊!

我对成都人物形象最深刻的有两位,一是蜀汉的丞相、家喻户晓的诸葛亮,为中国做臣下的楷模。另一个就是后蜀的花蕊夫人、一位才情美貌俱佳的女子,是历代统领后宫佳丽的典范。这两个人为后人提供多少文学创作的素材!

相比较而言,世人对诸葛亮的了解比花蕊夫人要多得多。近来由著名影星刘涛主演的电视剧,再现了花蕊夫人的经历,让人感慨万分。这就是女人需要爱护的,即使贵为国君,国亡之时,连身边的女人也无法顾及。花蕊夫人的故事,让人唏嘘不已。

花蕊夫人,五代时后蜀君主孟昶的妃子。这位女人在历史上曾倾倒两朝三位帝王,一位是后蜀亡国之君孟昶,另一位是北宋开国君主赵匡胤,还有一位是宋太宗赵光义。据明《辍耕录》记载:"蜀主孟昶纳徐匡璋女,拜贵妃,别号花蕊夫人。意花不足以喻其色;蕊难以为拟其容。"

据说花蕊夫人聪慧贤淑,风情万种,不但貌比天仙,而且才华横溢。她擅长诗词,诗风清丽婉转,且多咏叹宫中琐事,能把生活中的平凡小事，以诗歌的形式写出来，确实需要一定的才气。

可叹的是，花蕊夫人生不逢时，红颜薄命。少年风流的后蜀君主孟昶，经过一段闷闷不乐之后，一邂逅这位出生于青城的女子，见其风姿绰约，容颜绝世，顿生空谷幽兰之感。孟昶如获至宝，立即将她纳入后宫，册封为慧妃。慧妃喜欢芙蓉花和牡丹花，孟昶便投其所好，马上修建了一座牡丹苑，还下令在城墙上种上芙蓉花。每到芙蓉花开时节，成都城墙上花团锦簇，争奇斗艳，红的如火，白的似雪，远看如朝霞满天，走近则香气袭人。这或许就是成都别称"蓉城"的由来。

孟昶专宠花蕊夫人，曾赞美她说："你的美连这芙蓉都不足以形容你的柔媚，连这牡丹也不足以描绘你的明艳。你简直就是人中之花，花中之蕊。"因为花蕊夫人，孟昶整日游乐，不理朝政。公元964年，宋太祖赵匡胤发兵南袭后蜀，蜀军不堪一击，很快就被攻破。孟昶只得自缚请降，成了赵家的阶下囚。花蕊夫人也在劫难逃，与孟昶一同被押解进京。他们一路上颠簸跋涉，苦不堪言。花蕊夫人在潼关驿站的墙上提笔写道："初离蜀道心将碎，离恨绵绵。春日如年，马上时时闻杜鹃。三千宫女皆花貌，共斗婵娟，髻学朝天，今日谁知是谶言。"边写边泪下如雨。

到了京城，宋太祖假意安抚孟昶，封他为秦国公。可是，宋太祖一见到花蕊夫人便喜爱不已，急欲揽入怀中。为了绝了花蕊夫人的念想，一周以后就把孟昶毒死在居所。花蕊夫人悲痛欲绝，在赵宋宫中挂上孟昶的画像，以示纪念。后来，宋太祖死，其弟赵光义继位。宋太宗早就对花蕊夫人垂涎三尺，刚刚登基就想逼她就范。花蕊夫人哪肯再度失身偷生？因此宁死不从，最后竟被恼羞成怒的赵光义一箭射死。

仔细分析，花蕊夫人情定孟昶还是符合情感逻辑的。孟昶虽然是亡国皇帝,但在短命的五代十国时期,就数他统治的时间最长。孟昶初始治政颇有成效,后来才沉湎于声色犬马之中,耽误富国强兵,导致国破家亡。

国学大家钱穆先生曾在《国史大纲》里言,对历史上某天某日发生的事记得很清楚,充其量只是历史知识。唯有借鉴历史上发生的事为现代人提供参考,才是真正的历史智识。现如今,贪奢侈、图安逸之风渐长。歌星、影星一有风吹草动,媒体立马炒作不息;一位开国将军辞世却没多少人过问。这让人心生焦虑,如此社会心态哪有自强不息、勇往直前的影子?

"秦人不暇自哀,而后人哀之;后人哀之而不鉴之,亦使后人而复哀后人也。"但愿现代人痛定思痛,孟昶与花蕊夫人的悲剧不再重演。

阴谋的中国人

自从中央出台八项规定以后,机关工作人员应酬少了。最近省委又下发文件,规定公务接待一律不准喝酒,连葡萄酒都不行。如此一来,饭局锐减,谁敢保证饭桌上不谈工作?假如因为涉及工作上的事喝酒被曝光,弄个通报批评太不值得了。晚上下班回家,手机接着wifi,用腾讯视频看电视、电影,不仅受到艺术熏陶,还明白了不少做人的道理,一举两得。

晚上收看电视连续剧《三国演义》"赤壁大战"一段,一口气竟看了六集。看完电视,我被公瑾的计谋与孔明的善变折服,同时也作为一个中国人感到很悲哀。

记得年少时吟诵苏东坡那首著名的《念奴娇·赤壁怀古》,眼前浮现的是意气风发、纶巾飞扬的公瑾和轻摇羽扇、指点江山的孔明。书生的机智与智者的从容在我的心中留下了深刻的印象。然而,看这部电视剧里的周瑜,似乎只是一个丑陋得只会耍些小聪明的阴谋家,诸葛亮则是一位诱导别人犯错的高手。我无意贬低这部电视剧的创作,毫无疑问,导演与演员都下了很大的功夫,制片的态度也很严肃,之所以不能让我产生思想上的共鸣,归根结底还是因为原著本身所倡导的政治行为规范的"牛头"对不上我为人准则的"马嘴"。

　　西洋人对国人有过评价："一个中国人是一条龙，两个中国人是一条虫，三个中国人成为一头猪。"这一说法不但在国际上华人圈子里很流行，即使在国内也为大多数同胞所接受。刨根究底，作为个体，单个中国人大都很聪明，也很勤劳，理所当然会出人头地。两个中国人在一起，内耗增加，个体的优秀被相互间的倾轧所抵消，表现出庸碌也就不足为奇。三个中国人在一起，则会演绎一部"三国演义"，比数学上的排列组合还要复杂：我算计你、他，你算计他、我，他算计我、你；我利用你算计他，你利用我算计他，他利用你算计我，我利用他算计你，你利用他算计我，他利用我算计你。看官不要嫌我啰嗦，一部《三国演义》不就是一大长段的相互算计史吗？

　　限于篇幅，我不可能在这一篇短文里把魏、蜀、吴三国相互算计的事例都一一地列举出来，仅以这次所看的电视剧为例：诸葛亮舌战群儒后，孙权坚定了抗曹决心，于是拜周瑜为大都督。周瑜上任伊始，面对曹操的八十三万大兵压境，却把主要精力放在算计自己的同盟军上。他先派诸葛瑾游说孔明背刘向吴，不成，便找出一个冠冕堂皇的理由，要诸葛亮前去聚铁山劫曹操的军粮，其实是要借曹操之手杀害孔明。诸葛亮也不是省油的灯，他一句"伏路把关饶子敬，临江水战有周郎"就解围了。大敌当前，周瑜念念不忘加害诸葛亮，一方面固然有其心胸狭窄、妒忌贤人的原因，另一方面他要考虑整个东吴的长远利益，更重要的是因其算计别人的劣根性作祟。算是东吴幸运，周瑜的计谋一直没有成功，否则孙刘联盟解体，赤壁之战笑到最后的也许是曹操呢。

　　鲁迅先生在短篇小说《阿Q正传》里剖析了国人一种常见的劣根性——精神胜利法。先生塑造的典型人物很形象，我们对之不能肆意鞭挞。在变革时代，精神胜利法无疑是奋发图强的鸦片，但在和平环境里，却是一帖平心降躁的好药，何尝不是医治对现实不满的良方？就如同对一位饱受失眠之苦的人，其实只要服用适量的安眠药，只会利多弊少。

《三国演义》的作者罗贯中深刻剖析了国人另一大劣根性——工于心计。罗氏用了许多事例阐述计谋的重要性。孔明最善用计，在罗氏笔下，诸葛亮几乎成了一个完美无缺的人。他所宣扬的是一种阴谋政治的运作模式——不断地使用计谋，而计谋的核心就在于欺骗、造谣。谁善于欺骗别人，谁就能获得最后的成功，骗人越多，越是巧妙，诱使对方犯的错误越大，越是容易获得智多星的美名。谁要是相信了别人，谁就得付出惨重的代价，看得人触目惊心。

在我看来政治是一门科学。政治有两层含义，"政"指的是领导，也就是由谁掌权；"治"指的是管理，即如何掌权。"政"是方向和主体，"治"是手段和方法。"治"是围绕"政"进行的。从人类历史进程来看，由谁掌权的问题大多要用武力才能解决，而如何掌权就是一门学问了。管理的学问首先要有科学的理论和方法，要遵循一般的原则与原理。只有按照管理活动本身所蕴含的客观规律办事，管理的目标才能实现。

管理又是一门艺术，需要灵活运用管理理论，掌握技巧。这是因为管理对象的复杂性和管理环境的多变性，决定了管理活动不可能有放之四海而皆准的固定模式，管理者应当结合所处环境创造性地运用所掌握的管理理论知识。管理对象是具有主观能动性和感情的。主观能动性体现在人能够积极地思维，能够自主地做出行为决定。另外，人是有感情的动物。感情的变化虽然有一定的规律可循，但也最琢磨不定，难以预料。不同的人对同样的管理方式方法可能会产生截然不同的反应和行为，这决定了管理者只有根据具体的管理目的、管理环境与管理对象，创造性地运用管理理论知识与技能去解决所遇到的各种实际问题，管理才可能获得成功。

管理还是科学性与艺术性的统一。管理的科学性是管理艺术性的基础，管理需要科学的理论做指导，管理艺术性的发挥必然是在科学理论指导下的艺术性发挥。离开了管理的科学性，管理的艺术性就会变成简单的感觉与经验，就不能成为真正的艺术，就很难实现有效的管理。管理的艺术性是管理科学性的升华，离开了管理的艺术性，科学性就会变成僵化的书本教条，也难以发挥作用。

遗憾的是，如今机关工作人员研究管理科学性、掌握管理艺术性的少，研究厚黑学、搞投机取巧的多。溜须拍马者有之，钻营站队者有之，阴谋算计者有之，他们把管理科学活脱脱整成了权力的沼泽、人事的泥潭。

呜呼！国人的劣根性被罗氏一本小说激发得更加张扬，算计得更为激烈，以至于在江浙某些地方有一句骂人的话："你这个看《三国》的东西，太会算计了！"如今朗朗乾坤，浩浩盛世，我以为，这等教人勾心斗角的书可以休矣！

高手在民间

　　我在腾讯 QQ 空间的访问量小，一方面因为我的交往圈子不大，同时也因为我写的这些文字思想性、艺术性很一般。美景引得游人来，花香留住蝶不归，空间的访问量，帖子的阅读量，直接与文字的水平有关。

　　上午进入空间，本想打扫一下"卫生"，删除一些非常规的访问信息、留言，却一时操作失当，进入一位来访者的空间。出人意料，映入眼帘的居然是一篇美文。被她的文字吸引，我便饶有兴趣地阅读起来。

　　她空间里的文字细腻、温情。"感时花溅泪，恨别鸟惊心。"生活中点滴小事，在她的笔下都有深刻体悟：风吹过，云飘来，可抚慰她的心灵；高山流水，惺惺相惜，不吝称颂一位知己；花好月圆，陡生一丝惆怅，感叹韶华难留；路遇不平，挺身而出，一身正气。不知道她究竟是怎样的一个人，如何写得如此美妙的文章！

　　她的每篇日志后面都有一首曲子，几乎与文字无缝对接，互为诠释，相得益彰。最能打动我的是一首古筝曲子，但没有显示曲名。我很想知道曲名，便做了一件俗不可耐的事，在网上搜索了许多古筝名曲，比如《高山流水》《渔舟唱晚》《汉宫秋月》《石榴花开》《茉莉芬芳》《关山月》《出水莲》《汉江韵》，包括《林冲夜奔》，一一试听、对照。然而折腾一上午,还是不能确认曲名。其实,正如钱钟书先生曾经揶揄有些人"吃了蛋,何必在意鸡的模样",只要喜欢这首曲子,又何必在乎曲名以及作者姓甚名谁呢?

记得有一次看央视《星光大道》选秀,那是一场月度冠军的比赛,评委有萨丁丁、蒋大为、阎肃、师胜杰等文艺界人士。五对选手从"闪亮登场"起就不分伯仲,淘汰其中的任何一位都令评委们为难。经过"才艺比拼"、"家乡美"比赛环节之后,剩下两位选手。经过最后一轮的"超越梦想"比赛,评委们更是难以取舍其中的一位,最后只好让他们并列冠军。这两对选手的水平确实不低,其中一对叫"安与奇兵"组合后来还获得了年度总冠军。他们的原创歌曲打动了在场的每一个人。

参加"星光大道"歌唱比赛的选手职业多样,有种地的村姑,有一线生产工人,有解放军战士,有社区家政服务人员,甚至还有过按摩盲人。《星光大道》给每一位选手提供公平竞争的舞台。在这里,没有官场意志,没有托人说情的,也没有传出过什么"潜规则"绯闻的,取胜完全取决于演唱水平。不少演艺名人从这里走向了世界,走向了成功。

从一定意义上看,美国大选也是一场选秀。有人说这次美国大选是"在两只站在煤堆上的乌鸦"里选一只相对白些的,这不仅低估了美国人民的智慧,而且有损两位总统候选人的人格。不可否认,在竞选过程中,竞选双方极尽深挖对方老底之能事,一时间"邮件门"、"歧视女性门"丑闻迭出,让许多吃瓜群众坐在小马扎上忍俊不禁。但是,这种相互揭丑本身就是美国的选举文化,历来如此,只要不违背选举程序,当事双方不会因为对方侵害了名誉而诉诸法律,同时也告诫那些有志于参选美国总统的人,无论你的政治主张多么迎合大众,你在私域的行为也要符合社会主流价值规范。

美国大选除了攻击对手不足外，更不忘宣传自己的优点。观看特朗普的女儿伊万卡为其父的拉票视频，在这段不到二十分钟的视频里，"my father"一词就出现了三十一次。她用大量的事例试图证明，她的父亲是一个有责任感的人，经历三次婚姻，对前任妻子和所有孩子都无微不至地关怀；她的父亲是一个努力的人，从二十万美元起家，一步一个脚印，最终成为身价十多亿的房地产大亨；她的父亲是一个具有组织能力的人，在房地产项目施工现场存在不同背景、不同种族的人，充分调动每一个人的积极性才能保证项目顺利完工；她的父亲是一个颇具爱心的人，专门成立慈善基金会，为许多遭遇困难的人提供过帮助；她的父亲是一位能挖掘别人潜能的人，通过激励员工而使他们更强大。这个曾为家庭而战、为公司而战的男人，现在要为美利坚再次强大而战。看完这段视频，不仅被她充满人性的演讲打动，而且受到一次美育的熏陶。

人，对一切美好的东西都有相近的审美趣味，文字的，音乐的，画面的，艺术或多或少都能打动我们，就连政治演讲也不例外。这便是人性使然。比如莫言先生的作品就是通过揭示人性的某些东西，被广大读者所认可而荣获诺贝尔文学奖，他曾经认为的文学作品要有阶级性倒被读者忽略了。莫言曾与上百位艺术家一起手抄过毛泽东同志《在延安文艺座谈会上的讲话》，可以说文学的阶级性已经贯穿于他的创作过程。然而，文艺作品的阶级性与人性并不对立。至少我从网友的 QQ 日志后面的古筝曲子里，听不到反抗与压迫，看不到斗争与流血。

人性是什么？梁漱溟先生在《人生与人性》中写道："此若谓人之所不同于其他动物，却为人人之所同者，即人类的特征是已。人的特征可得而言者甚多，其见于形体（例如双手）或生理机能（例如巴甫洛夫所云第二信号系统）之间者殆非此所重；所重其在心理倾向乎？所

静夜沉思

谓心理倾向,例如思维上有彼此同喻的逻辑,感情上于色有同美,于味有同嗜,而心有同然者是已。其他例不尽举。"梁先生认为,阶级性是后于人性的,因为人类原始社会没有阶级,只是私有制出现后才有阶级的。人性是随社会发展而变化,是社会作用于人的缩影。原始社会的人性远在往古,我们未曾得见;共产主义社会的人性远在未来,我们也不能见到,只能靠推论。因此,与当下人性相契合,力图满足最广大人群的物质与精神需求,这或许是特朗普这次意外当选美国总统的原因之一吧。

我上午阅读的这位空间日志的作者,远离喧闹,默默笔耕于一隅;一首很动听的古筝曲子却怎么也找不到曲名;《星光大道》上获奖选手,在此之前大都默默无名;就连这次美国当选总统也不是传统意义上的政治精英。高手在民间,我们不要低估任何普通者,所有人只要努力,都可能成为某一个领域的成功者。

静夜思

一、生活噪声

最近楼上一邻居家的空调像拖拉机,不时发出"突突"的噪声,吵得人心绪不宁,无法入睡,弄得我白天无精打采的,工作效率受到严重影响。

目前我国正处于工业化后期,很多习惯延续农耕文明的思维。种植业农艺远没有工业生产工艺精确,我们在日常生产生活中就常听见有人说"差不多就行了"。殊不知,正是这些无处不在的"差不多"思维方式导致假货遍地,劣质品横行。消费同等的资源却生产不出同等质量的产品,这就是我们与西方大国的差距。

构建资源节约、环境友好型社会,是每一位公民的义务。我们承认空调耗电多,花钱是你自己的,但电力资源是大家的,任何人都没有理由浪费。噪声是一种能量形式,来源于机械摩擦或震动,要消耗额外的电力,俗称"做无用功"。

空调质量不高,或安装不好,往往噪声大。同样,人,品格不高,或心态不好就会牢骚多。抱怨、责备都是生活的"噪声"。俗话说,心静自然凉。增进自我修养,调整好心态,才能安度人生"清凉一夏"。

二、品味孤独

一个人在孤灯下独处，不见得就一定孤独。

假如他正在构思一篇美文，呈现一副专注的神情，或拿起一本有趣的书在默读，勾起某一段如风往事的回忆；假如她正思念远方的恋人，键盘上翻飞的兰花指敲击情话，或想起某一位潇洒男士，回味曾经的浪漫邂逅，他们都沉浸在快乐之中，与孤独无缘。

真正的孤独是身处熙熙攘攘的街市，却不认识其中的任何一位；或端坐于盛大宴席间，人们觥筹交错，彼此堆出热情的笑容，几乎每一个人都知道这是礼貌；或坐在主席台上做报告，看着下面每个人都在用笔记录，其实这是顺从。或许下面的人根本就不在记录，而在画对报告人不屑的肖像。

好唱高调者，内心有自卑；害怕孤独者，思想多浅薄。多与孤独交流，审视自己的灵魂；勤与孤独对话，反思自己的行为。品味孤独，享受孤独带来的静美，享受孤独蕴含的睿智，把孤独作为思想的垫脚石，可以让自己站得更高，看得更远。

三、生命四季

生命如四季，错过了就不可能再来。品味春夏秋冬，就是聆听生命萌发、成长、收获与沉睡的节奏。

春天是破晓时最好，天空变亮了，鸟儿叽叽喳喳，万物复苏，人都醒来了。

夏天是夜色里最好，月影婆娑，一只只扑闪的萤火虫，在空中划出一道道优美的弧线，为梦乡带来多少惊奇！

秋天是傍晚时最好，夕阳西下，那低萦的蜻蜓，兴奋地扑动着双翼，追随收获的歌声而去。

冬天是下午时最好，支起一只火炉，沏一壶香茗，说一会儿曾经的浪漫，唱一会过去的歌谣。爱生活，爱生命，四季如画，岁月如歌……

四、生如夏花

天刚蒙蒙亮，我望着天花板一阵发呆，头脑里一片空白。窗外，鸟儿叽叽喳喳，似在倾诉它们对生活的感受，有热情的，有颓废的；有自信的，有悲观的声音。

新的一天即将开始，有许多事等着去做，我却感到莫名的空虚。史铁生曾经说，一个人出生了，这就是一个不再可以辩论的问题，而只是上帝交给他的一个事实。上帝交给我们这个事实的时候，已经顺便保证了它的结果，所以死不是一件急于求成的事，而是一个必然会降临的节日。

人活着理由有很多。从生物学上看，个体的生存首要任务是要保证种群的延续。大自然为此专设了奖励机制，即年轻时，男人强壮，女人貌美，一旦目的达到便无情收回。从家族繁衍来看，个体的生存是为了延续香火，家庭为此设立一种保护机制，使每一个幼小生命不受伤害。从个体本身来说，生命的终极意义还是在于自我实现。

心有多大，舞台有多大；人有多高，眼界有多宽。借用作家韩石山的话，见识，见识，见过才能认识。见过才有真知灼见。我们有些干部不读书，不看报，不识智者的思想，不见历史的风云。贪官只知道变着花样享受，思想堕落，精神萎靡，指望他们延续民族复兴的"香火"无异于痴人说梦。

"生如夏花之烂漫，死如秋叶之静美。"生，不只是为了个人、家庭，还要为国家、民族，甚至整个大自然，要为她们而烂漫；死，不是虚无的，化作肥沃的泥土，可以呵护更多的花，实现生命一次华丽转身。

静夜沉思

249

五、人生之路

人生是一个非常沉重的话题,涉及不同的价值观。

法国作家莫泊桑有一本小说,书名即为"人生",翻译成中文,洋洋洒洒,好几万字的篇幅。莫泊桑从小说家的角度,绘声绘色,通过一个善良女子平凡而辛酸的身世,来探讨人生的终极意义。其中有句名言:"生活永远不可能像我们想象的那样好,但也不会像我们想象的那样糟糕。无论是好的时候,还是糟糕的时候,都一定要坚强。"

我以为,人生就是一个追求幸福与享受快乐的过程。作家所说的坚强侧重于人生的壮丽,而我的观点更倾向于人生的美好。正常的人生在不同的年龄段要做这个年龄段的事情,超越或滞后都不可取。

在我看来,典型的人生应该是五岁学跑,十五岁背书包,二十五岁恋爱,三十五岁拼搏,四十五岁健身、娱乐,五十五岁周游列国,六十五岁孙子抱抱,七十五岁撰写回忆录,八十五岁准备挂掉。

生命如同一盒新鲜的奶酪,是有保质期的,错过了时间,只有徒伤悲的份!

六、人生遭遇

现行广告法规定,烟草不得进行广告宣传。浙江利群卷烟厂为了绕开法律规定,便以文化形式发布了一则广告:"人生就像一场旅行,不必在乎目的地,在乎的,是沿途的风景,以及看风景的心情。"

广告镜头为一男子乘火车旅行,观看沿途的风景,景色取自内蒙古赤峰市克什克腾旗国家地质公园。这里地质遗迹多样,由青山第四纪"冰臼"群、北大山地区阿期哈图花岗岩石林、黄岗梁地区第四纪冰遗迹、达里诺尔火山群和热水塘温泉资源五种类型的地质地貌景观组成,风景秀丽,气候宜人。

广告词说人生就像一场旅行,不很准确。人生本来就是一场旅行!时光是一辆列车,把我们从春带到夏,从秋载向冬。经历春花,感受过夏风,观赏过秋月,在冬的萧瑟中沉思。

我们在列车上长大,在列车上成熟、变老。这是一条不归之路。我们可以静静地想,细细地思,但不可缺少欣赏路边风景的心情。

在人生这条路走下去,总会碰到一棵你喜欢的树,一朵你倾心的花,也总会遭遇令你心神不定的人。不论高贵还是卑贱,什么样的人都会有遭遇,就看你怎么对待它。方式不同,感受也就不同。一旦遭遇,若被烦恼充斥心灵,那么生活便成一杯苦涩的酒;若被欲望占据感官,生活则成为一支劣质的烟——燃烧的生命弥漫的全都是困惑。

七、不离不弃

广玉兰原产于美洲,因树形高大,四季常青,被引种为江南城市的行道树,还被上海、合肥、常州等城市誉为市树。

广玉兰姿态雄伟,叶阔荫浓,花似清荷,芳香馥郁,还耐二氧化硫、氯化氢等酸性气体,可以起净化空气、保护环境的作用。

我对广玉兰没啥好感,一看到树冠上枯萎的玉兰花,便想起张爱玲的一句话:"邋里邋遢的一年开到头,像用过的白手帕,又脏又没用。"多么难堪的一句比喻!

然而,每天上下班进出停车场,我必须经过一段两边种植广玉兰的路,每次只得低头前行,害怕瞥见隐藏在宽阔叶片背后的残花。我常为这个行为感到脸红。女人如花,娇妍,枯萎;兴盛,衰退,完全是不可抗拒的自然规律,消受过年轻貌美,就得陪伴衰老后的静然,这是男人的担当。看,广玉兰的树冠上,葱绿的枝叶如同撑开的伞,呵护韶华已逝的花。

世界上两种人值得敬佩：一种是陪丑男人过苦日子的女人，另一种是陪老女人过好日子的男人。忘掉张氏的比喻吧！你会看到一种生命的患难与共、情感的不离不弃。

八、故事里的事

故事里的事，说是就是，不是也是；故事里的事，说不是就不是，是也不是。这是对历史的一个大体估计。

因为历史是后来人写的，所以具有很大的功利性，为我所用者取之，不为我所用者舍之。"江山如画，一时多少豪杰。"人类所有生命的杰作，成就为历史。每一个历史的空间都有荡气回肠的故事：秦皇汉武征战时，魏武挥鞭东临处；唐太宗龙肝虎胆，宋太祖知人善任；一代天骄，成吉思汗，岂只识弯弓射大雕？明太祖布衣，清圣祖皇胄，全都是人间豪杰！

每一个现实的空间，都是一幅美丽的图画，关键要有欣赏的心情。"长江、长城，黄山、黄河，在我心中重千斤，无论何时，无论何地，心中一样亲。"

什么是故事？这里的"故"是指过去，"故事"就是指过去发生的事。对于普通人而言，往事如风，轻抚人的心灵；风中的往事，映照每一颗怀旧的心。乡土风物，故乡记忆，都是一段不了情。所有温情的故事都有爱，所有故事里都有人性的温情。

人在故事里慢慢长大，在故事里不断成熟，在故事里渐渐衰老。谁都逃脱不掉故事，每一个生命本身就是一串串说不完的故事。人生在故事中丰满，并因此留下精彩或暗淡的瞬间与痕迹。

在生命的每一个时刻，曾经在大学通向图书馆的路上，在机关、企业的会议室里，在人来人往的集市，在咖啡馆的烛光下，在明媚的阳光下，在萧瑟的秋风里，都会与别人相遇，交流，熟悉，有感动，有抱怨,有热情,有冷漠,从而产生一个又一个生动的故事。即使人老了,哪怕快要到另外一个世界,说不定该发生的还要发生。只要有经历,就会有故事。所有的故事不见得都是传奇,所有的故事不见得都被别人想起,但所有的故事肯定有值得自己怀念的细节。

做一个有故事的人,在生命有限的长度里,不断充实自己。

九、越活越慈祥

俄罗斯有首小诗:一天很短,短得来不及拥抱清晨,就已手握黄昏;一年很短,短得来不及细品初春殷红窦绿,就要打点素裹秋霜;一生很短,短得来不及享受美好年华,就已身处迟暮。

人过中年,男人与清逸、俊朗无关,女人与清秀、漂亮背离,此时生命最美的状态就是慈祥。

人生目标千千万,追求爱、向往幸福是永恒的主题。因为渴望蓝天,所以生命就变成雄鹰,搏击长空的风雨雷电;因为向往大海,所以水滴就汇成一泓清流,翻过沿途的飞沙走石。即使卑微如野百合的人生,也会许下妆点春天的誓言,独自饮尽暗夜的雨露风霜,与牡丹争芳斗艳。

爱是什么?爱是一种悲悯;幸福是什么?幸福是目标实现后的满足。人过中年,该爱的人爱过了,该做的事做过了。与人为善、内心安宁,这就是慈祥。

有一句格言:"不要因为走得太远,而忘记为什么出发。"不忘生命的初衷,人过中年,力争越活越慈祥。

十、做人有礼貌

如果说慈祥是人过中年生命的一种美的状态,那么礼貌就是人一生中都要具备的一件漂亮的人格外套。

康德在海德堡大学任教时曾经遇见过一位绅士。当时康德住所的隔壁是一家面包店。店里的伙计为了赶早市很忙碌。这位先生每天早上去教堂的路上都要经过这里,见到伙计们都脱下礼帽致意。刚开始伙计们还微笑着与他打招呼,后来慢慢地习以为常了,又因为实在太忙便对这位绅士的礼貌熟视无睹。康德见绅士每天对面包店伙计一如既往地礼貌,便对他说:"先生,你的礼貌并没有得到对等的回应,为什么还对他们这么客气?"绅士回答道:"礼貌是我生命的一种姿态,如果改变这种姿态,我就会感到不舒服,这与别人毫无关系啊。"

在社交场合,虽然有些人的礼貌带有表演成分,但这并不是坏事,因为他们的出发点是让别人感到舒服,这是出于对别人善意的尊重。所以,我们与不熟悉的人交往,内心要怀有一份善意,谈吐要礼貌;与熟人在一起,玩笑可以开,尊重更要有。

《菜根谭》有言:"使人有面前之誉,不若使其无背后之毁;使人有乍交之欢,不若使其无久处之厌。"意思是与其对人家当面夸奖,还不如不要在背后说他坏话;与其让人家在初相处时感觉和你在一起比较开心,还不如让人家和你在一起很久了也不感觉你讨厌。

礼貌既是个人的素养,也是人格的外套,可以抵御社交的寒冷,可以保暖自己人格的体温。

十一、风吹麦浪

《风吹麦浪》由清华才子李健作词作曲,并由他本人与影视明星孙俪在 2013 年央视春晚上演唱过。歌曲表现了在这个喧嚣的商业时代,人们对那份富含乡土气息的单纯而美好情感的怀恋。

"远处蔚蓝天空下,涌动着金色的麦浪,就在那里曾是你和我爱过的地方。当微风带着收获的味道,吹向我脸庞,想起你轻柔的话语,曾打湿我眼眶……"

这首歌有一种浪漫色彩的怀旧,无论歌词还是旋律都没有伤感,漫过我们心头的是浓浓的暖意。

怀旧是人类特有的情感,从过去的经历中分享经验,让人产生愉悦;正视曾经的教训则使人心头隐隐作痛,生出无尽的感伤。经验也好,教训也罢,过去作为生命的背影已渐行渐远,最值得把握的还在当下。

生如夏花,绽放在快乐的高坡,观蔚蓝的天空下,那一只只飞掠而过的燕子,看一望无际的田野,涌动的金色麦浪……

十二、阅读与写作

如今文学被边缘化了,这是一个不争的事实。

上世纪八十年代,人们在初初开禁的阳光下,挣脱了"左"倾思想的束缚,富有理想和诗情。这正是文学受到重视的原因。

人终归是一个有思想、有感情的生灵,思想要有寄托,感情得有归宿,这就为文学创作提供了丰富的素材,也为广大读者奉献了一个个精彩的故事。

文学之于普通人在于阅读。阅读是一种幽思的过程,是生命的一种美感,是与智者神交的一条路径。阅读也是一种创作,一种用自己的"想象"之笔,写出对客观世界的认识与感受。

童年时,一支笔在手,描绘的是梦想的蓝图;少年时,一支笔在手,书写的是成长的困惑;青年时,一支笔在手,挥洒的是生命的活力;中年时,一支笔在手,流淌的是久远的情思;老年时,一支笔在手,镌刻的是人生的睿智。

笔,是心路的延伸,是思想的支点,是情绪的出口。用情温暖笔,用爱滋润笔,用心紧握笔,书写快意人生!

十三、诗歌与梦想

诗歌和梦想是人格的影子,即使不能支撑人的身体,却可以间接测算人的高度。一个没有诗情的民族,精神世界是极度荒芜的,荒芜得只剩下渴望。

我们看似取得了一些经济成就,但在国际上还是一个干粗活的角色。虽然置了锄头、镰刀、扁担等劳动工具,干一些农活还行,一旦碰上西方先进科技,立即草鸡。

不知这个社会是进步了,还是堕落了。当人只剩下物质欲望,并为之奋不顾身,那么他离一般动物也就不远了。

如果我们不教育孩子好好做事,而只会窝里斗,就会弯道超车、投机取巧,那么,与其说我们是在把幼小的生命培养成人,倒不如说是要将智慧的生灵诱导向一般动物。

十四、诗歌不死

看央视一姐董卿主持的《诗词大会》,听王立群、康震两位教授的精彩点评,真该为诗歌说点什么。

诗词曾是中国文人忧愤、怡情的重要文体,留下许多不朽的名篇。然而,在今天这个时代,小说可以畅销,散文可以名世,话剧可以成为政府文化项目,批评也可以寄生于学术场,惟独诗歌,一直处于边缘状态。不受市场垂青,没有版税回报,它坚韧、纯粹的存在,如同一场发生在诗人间的秘密游戏,有些寂寞,但不失自尊。

如今很多诗人,他们以人生作文,展示性情,对诗歌本身怀着深切的感情,即便遭到旁人奚落,也不为所动,常为能觅得一句好诗痛饮、流涕。在这样的时代,还有如此贵重的诗心活跃在生活的某个角落,确实令人感动。

假如这个世界没有了诗歌,我们到底会失去什么?毫无疑问,经济不会受其影响,社会秩序照旧,大家照样工作,但我们不能由此就证明诗歌无用。当前流行一种嘲笑诗歌的风气,正是源于对一种多余的、私人的、复杂的经验和感受的剿杀,好像一切没有实用价值和传播意义的微妙感受,都不应该存在。

这个以诗歌为耻的时代,正被一种实用哲学所驯服,被一系列经济数据所挤压,被冷漠的科学技术所奴役。而诗歌包括文学的存在,就是为了保存世界的差异性和丰富性——它所强调的是,世界除了我们所看见的那些,它还有另外一种可能性,这种可能性关乎理想,关乎人心的秘密和精神的长途。离开了这些个别而丰富的感受,人类的灵魂世界将会变得粗糙、僵硬,一片荒凉。

十五、美丽汉字

文字的魅力在于把阅读想象的空间最大限度地保留给了我们。

都德将法语看作世界上最美的语言,当普鲁士入侵者已经打到家门口的时候,那位可爱的法语老师仍坚持上完了最后一课。

汉字才是世界上最美的文字,由它们组成的文学,特别是古诗,有的从字面上看就是一幅幅意境深远的图画。相反,现代传媒,包括电影与电视,最难以宽恕的一个副作用就是扼杀了人的想象空间与品味自由。文化商人热衷把古典名著搬上银屏,最大的一个坏处就是把人物脸谱化。

陈晓旭生得再美,由王扶林导演的《红楼梦》,也反映不出我们每个人心中那位鲜活的林妹妹。至于李少红导演的新版《红楼梦》,看到林姑娘,想起刘志军部长"潜规则",对她产生的遗憾则比美感要大得多。

欣赏过书圣的字,你还感觉它们只是简单的汉字?你不觉得它们就是一幅幅意境深远的画？你不觉得它们就是一首首淡远清空的诗？书法作为一种独特的艺术形式，不仅是中国的，而且是世界的文化瑰宝。

十六、以莲为友

端午回老家，在祖屋门前荷塘边驻足，只见晶莹露珠在荷叶上来回滚动，朝霞一映，五光十色，如何叫人不神往？又见洁白含苞的小荷在翩翩的荷叶间娴静待放，而盛开的荷花在晨风中亭亭玉立，恰似曼妙佳人。

"泉眼无声惜细流，树阴照水爱晴柔。小荷才露尖尖角，早有蜻蜓立上头。"宋人杨万里的这首《小池》把荷花写得可谓形神兼备。"毕竟西湖六月中，风光不与四时同。接天莲叶无穷碧，映日荷花别样红。"写出的则是荷花应有的气势。

"出淤泥而不染，濯清涟而不妖。"道出了荷花坚贞纯洁、无邪清正的品质。低调而高雅，谦虚而向上，正是荷花内质的写照。

苏格拉底说，麦地里肯定有一穗是最大的，但我们未必能碰见它，即使碰见了，也未必能做出准确的判断。同样，世界上肯定有一朵莲是最清新的，或许她不生在荷塘，而就在我们的心里。

与竹为伴，引发人挺拔向上；以莲为友，可使人除媚脱俗。

十七、女人如花

巴尔扎克曾说："第一个把女人比作鲜花的是天才，第二个把女人比作鲜花的是庸才，第三个把女人比作鲜花的则是蠢材。"这话太绝对。如果按照巴老先生的说法，似乎自先秦以来，文人都是庸才或蠢材了！这与实际情况明显不符。

先秦的《诗经》就以花喻女。《诗经·周南·桃夭》："桃之夭夭，灼灼其华。"看到翠绿繁茂的桃树，花儿开得红灿灿的样子，就想起年轻貌美的新娘子。《诗经·郑风·有女同车》："有女同车，颜如舜华。""有女同行，颜如舜英。"这里"舜华""舜英"指的都是木槿花。木槿花色彩艳丽，让人联想同车女子那红扑扑、粉嫩嫩的脸蛋儿。

贾宝玉说"女人是水做的骨肉"，多指女人的性情。王国维讲"天然去雕饰，清水出芙蓉"则是对女人最大的期待。

有的女人纯净如百合，淡雅、纯朴，让人看了顿觉心头一尘不染。还有的女人就像蔚蓝天空下，清风吹拂的薰衣草，散发绵绵的芳香，引人亲近。说女人如花，是指女人不仅有花的容貌、香味，更有花的性情；说女人如花，是指花儿娇嫩，更需要男人呵护。

愿天下所有的女人如花，而每一位男子都是护花使者！

十八、你还是你

晚上下班到家，太太已经做好饭菜等着。几乎都是我爱吃的家常菜。冷菜有凉拌黄瓜、盐水河虾和油炸花生米；热菜有青椒炒猪肝、清蒸童子鸡和大烧百页，三荤三素，营养搭配均匀，色香味俱佳。

佳肴摆在桌上琳琅满目，引我食欲大开。忙不迭感谢完太太，随手从酒柜里拿出一瓶飞天茅台。太太是一位节俭的主妇，见此倒没有太大的反应。自从中央出台改进机关工作作风的八项规定后，茅台酒的价格便直线下降，一瓶52°的飞天茅台从最高2 400元降至现在的1 000元，跌去了一大半。换句话说，如果前些年喝同样的酒，一瓶居然抵现在的两瓶还多！酒还是原来的酒，只因过去被人为地炒高了。照目前的趋势，茅台酒价格还有下跌空间，毕竟这不是生活必需品。因此，现在不喝，未来更不值钱。俗话说，只有花掉的钱，才真正属于自己。同样只有喝下肚的酒才属于自己的胃。

酒价如此，房价也如此。今朝24 000元一平方的房子，总有一天跌到 10 000 元。房价如此,为官也如此。因为机缘巧合,一下子由处长升为局长,人还是原来那个人。随着地位提高,权力增大,围在身边转的人越来越多,自己的感觉也越来越好。殊不知,你还是你,不过是土豆变成了洋山芋,换了一个叫法而已。

十九、女人如茶

读苏轼诗句"从来佳茗似佳人",每次泡完茶都要观赏一下杯中的茶叶。

品西湖龙井,见杯中茶叶,恰似西子踏着草地上的露珠,娉婷而来,袅袅水汽里,有一股幽幽清香。

苏州碧螺春,宛如一位眉清目秀的姑苏女子,撑一把油纸伞,走进那深深的雨巷,清芬的气质就在这朦胧的意境中散发出来。

云雾茶透出一股高傲的冷艳,升腾起淡漠的水雾,有几分超然物外的禅意,像生性沉静的女人,不易被浓情点燃,她总是气定神闲地看着你,而你走不进她的内心。

铁观音风韵十足,温柔缠绵,散发的是高贵女人的气息,她媚而不俗,甜而不腻,于淡淡的雾气里隐约一张多情的脸。

快乐生活,每天从品一盏清茶开始。

二十、自由的代价

青果巷靠近南市河边新开了一家名为"御池"的洗浴中心,与在我办公附近的"美林大浴场"是同一个老板,但经营方式有很大区别。最大的区别在于前者提供点餐服务,后者预先把饭、菜准备好,放在各个容器里,就那么几个菜,顾客无法再作选择。

"御池"的服务让人觉得有选餐的自由,品种也多,想吃什么,照着服务员提供的平板电脑上菜单直接点菜。顾客根据各自的口味,有淮扬菜,还兼顾粤菜、鲁菜、川菜、湘菜等,想吃什么就点什么。周到的服务,可口的饭菜,引得市民纷至沓来。

我们刚点了四只菜,服务员就跑到其他餐位去了。再请她来,一拖再拖,等了很长时间,这让我们很失望。午餐没吃上,倒惹了一肚子的气。尴尬之余,我环顾了一下大厅,发现餐厅服务员的确很忙,来回穿梭得恨不能脚下装上两只轮子。再加上有些顾客点菜特别苛刻,耗时长,就影响其他客人点餐了。

回想过去在"美林"消费,费用比这里低,取菜方便,但味道要差一些,选择的自由度要小许多。追求自由是基本的人权之一,但也是要付出代价的。这个代价就是选择的边际成本和等待时间的不可逆耗散。在人类社会,有充分的个人自由,才会有社会制度的民主,继而才能保障社会公平与正义。与自由的代价类似,民主和公平也是有代价的。这个代价就是效率。

二十一、乐观向上

江南深秋,天气忽冷忽热,一时竟不知穿什么衣服才好。早晚很凉,衬衫外面加一件夹克,还觉得凉气袭人。一到中午,脱了外套还感到闷热。在阳光下走不了两百米,马上就汗津津的了。

深秋贪凉,体侵风寒,导致上呼吸道感染,喉痛,鼻塞,发热,接踵而至。晚上参加一位朋友生日聚会,几小杯酒落肚,便头重脚轻,勉强步行回家,倒头便睡。

晨醒,轻梦已从枕边飞去,残酒还在胃里作祟,一时懒懒的,竟不想起床。俗语"人在江湖,身不由己",人躺床上又何尝不是?离上班时间越来越近,又不得不起。白天还有许多事情要做,还得面对各式各样的人。有些事情不是你愿意做的,甚至有些人也不是你待见的,但又不得不去面对。

人生总有一些不如人意。积极向上的人生，首要条件是身体健康，心情快乐，所谓"身心健康"。身体与心情又是相互作用、相互影响的。身体不好，会使心情变糟，这是短期的。身体康复，则愁云、郁闷很快消散。心情不好，尤其是长期压抑、郁闷、焦虑，对身体影响是巨大的，有时甚至是致命的。

深秋，气候无常，极易伤风感冒；深秋，万木萧条，极易感伤悲凉。人在深秋，不仅要注意保暖防尘，以免呼吸道感染，还要注意消解负面情绪，做一个热爱生活、乐观向上的人，做一个健康、快乐的人。

二十二、访客

人是肉质凡胎，吃的五谷杂粮，岂有不生病之理？无论你是不是愿意，疾病都是一位访客，随时可能来访。

年轻时健康的生命似有太多可以挥霍的东西，比如睡眠不足，比如焦急烦躁，一旦疾病轻叩我们身体大门时，我们总是感到突然，多么唐突的不速之客呀！

对于健康，我们或许太习惯了，而凡是习惯的东西，很难想象有朝一日会远离我们而去。可是事实上疾病始终与我们比邻而居，它的光临就像邻居来串一下门子那么容易。

人到中年，应当及早对疾病习惯起来，免得它来串门的时候毫无防备。健康的胃向往山珍海味，健康的肺喜欢清新的空气，健康的身心不拒绝美丽的感情。健康的时候日复一日，年复一年，我们从来不觉得疲倦。当疾病造访，在堂前来回走动，不妨就请它坐下来，给它泡一杯热茶，与它仔细谈谈，认真地告诉它，生命在于运动，我们以后会积极锻炼，多运动，少静坐，作息有规律，这一次就请回吧。请它回去，哪怕就住在隔壁，请它监督我们。

二十三、专家意见

前不久参加"苏南现代化示范区空气达标方案"论证会,有幸被邀为专家组组长。

自转岗机关工作后,我再不做什么专家,更别说担任组长了。这次完全是因为工作需要,勉为其难一回。

我对当前形形色色的专家意见很不以为然,以为专家意见多为权贵口红,利益集团的脂粉,并不直视普通民众诉求。现在自己做了专家,要整理出专家论证意见,方知专家也有不少难处。

首先,情况不明。组织方往往临时通知专家,接送都很殷勤,但就是忽略待评报告的送达。专家临时拿到技术报告,对需要论证的情况不了解,提出建议往往隔靴搔痒。

其次,囿于知识面。任何专家都不是万能的,各有知识背景,让他评审自己不熟悉的领域,虽是教授、博导,也难有真知灼见。

最后,利益驱动。有些课题与后续工程实施有极大关系,集团利益、部门利益、个人利益互相交织,有些专家就是利益各方的代表,甚至有的专家直接想分一杯羹。

专家需要自审。知之为知之,不知为不知,对自己不熟悉的领域还是婉拒的好;在利益面前不能丧失专家应有的操守,做到公平公正;论证有风险,出言需谨慎,如果不了解实际情况,不能随便表态。只有专家严格要求自己,各类评审、论证,才有实际意义,否则,沦为利益输送的工具。

二十四、送战友

社区一位老干部驾鹤西去,组织上根据其遗嘱按照旧式丧礼举行悼念仪式,在楼下搭起了一个巨大的灵棚,供亲朋好友、门生故旧来告别。

老人是新四军老干部，参加过抗日战争、解放战争和抗美援朝战争，为国家为人民建立了不朽的功勋。由于身负多处弹伤，走路不方便，上了年纪后更是一瘸一拐的。

离休后，他不顾年老多病，还亲自担任社区"关心下一代指导工作委员会"主任，被孩子们亲切地叫作"瘸爷爷"。谁家孩子感冒不肯吃药，家长就说"这是瘸爷爷让吃的"，孩子就摆出一副坚强的样子，立即把药吃了。

昨夜"瘸爷爷"去世了，社区里很多人自发来吊唁。每当有人到，电脑里便播放《驼铃》，经过扩音器，歌声传得很远很远："送战友，踏征程。默默无语两眼泪，耳边响起驼铃声。路漫漫，雾茫茫，革命生涯常分手，一样分别两样情。战友啊战友，亲爱的弟兄，当心夜半北风寒，一路多保重。送战友，踏征程，任重道远多艰辛，洒下一路驼铃声。山叠嶂，水纵横，顶风逆水雄心在，不负人民养育情。战友啊战友，亲爱的弟兄，待到春风传佳讯，我们再相逢！"这首歌是电影《戴手铐的旅客》插曲，表达的是两位革命战友的分别之情。现在学生毕业晚会、军人复员联欢、同学留洋 K 歌，都喜欢唱这首歌。把这首歌用在丧礼上并不多见，这算是"瘸爷爷"为社会最后提供的正能量吧。

现在我们有的干部，腐化堕落，甚至成了人民的罪人。人们不禁要问，革命先烈流血牺牲是为了民族解放、国家富强还是为了少部分干部疯狂敛财、大捞好处？不论哪一级干部都有像"瘸爷爷"的一天，到了那时，是要让人民群众高歌"送战友"，还是让大家齐唱"送瘟神"？

"敢问路在何方？路在脚下。"通向清廉的路，就在各级领导干部脚下。

说面子

俗话说，人活在世上，"三碗面"最难吃。"三碗面"即人面、情面和场面。人面变化莫测，应对得花心思；情面事关利益，不得不小心周旋；场面即形象，关乎信用，不得不撑。

——题记

这次《躺在水上的故乡》读书会，是由一位女性组织的。参加人员以女性居多，一点都不让人奇怪，而我作为这本书的作者，受到一些礼遇也很正常。然而，等我晚上到聚会的包厢一看，乖乖隆的东，到场的竟全是才女，顿时有一种蜜蜂扎进花堆的感觉。

这也太撑场面了！

席间，不断有人给我敬酒，给足了我面子，还找来各种理由，让我不喝似乎就欠她们债了。在女性面前表现豪爽，是男人的生理、心理上都要面子。对敬酒，我基本上来者不拒，最后竟没吃什么主食。

喝完酒，大家又谈一会读书心得，有赞扬的，也有批评作品不足的。九点不到众人各自回家。我到家一直难以入眠，这倒不是因为粉丝奉承而兴奋得睡不着觉，而是受生理、心理因素综合叠加的影响。

人，上了一定年纪，便会表现出老人的某些特征。说出来也不怕丢面子：第一，易怀旧——眼前的事情记不住；过去的事情忘不了。其次，功能退——血压高，头昏脑涨；血脂浓，心肌缺血。再者，人固执——宽厚者变促狭；豁达人也尖刻。最显著的特征就是睡眠少，尤以酒后为甚。

夜深人静，文友们都沉浸梦乡，我却辗转难眠。翻看手机，只见微信群里有好多条留言，又以这次读书会的留言最多。有人看了现场留影调侃我说："建议你再写一本书，就取名为《躺在鲜花中的故事》吧。"还有人开玩笑说应该写一本《躺在床上的故事》。

说实话，如果只能有一种选择，我情愿选择写《躺在床上的故事》。我以为，一个人若真的躺在鲜花中了，还能有什么故事？恐怕只有让亲朋故旧吊唁的份了。一个没有思想、毫无感觉的躯体是不会发生任何故事的。至于说躺在床上发生故事的概率就太大了，但要看躺在哪里的床上。

若是躺在自家床上，与老伴一起回忆往事，缅怀青涩岁月，温习曾经的浪漫，的确是一件乐事。正如歌曲《最浪漫的事》所唱："我能想到最浪漫的事，就是和你一起慢慢变老，一路上收藏点点滴滴的欢笑，留到以后坐着摇椅慢慢聊。我能想到最浪漫的事，就是和你一起慢慢变老，直到我们老得哪儿也去不了，你还依然把我当成手心里的宝。"

如果躺在客栈的床上，心头堆砌的是浓浓的乡愁，是对家人的牵挂，是归期的盘算，于急盼之中有一丝甜美。就如晚唐诗人李商隐在《夜雨寄北》里描写"君问归期未有期，巴山夜雨涨秋池。何当共剪西窗烛，却话巴山夜雨时"的心情一样。

假如躺在医院的病床上，则要看病情具体情况了。小病是生活的一种调节，以病为名抽时间休息一下，目的在于整顿精神，反思自己；大病则是对家人的一种折磨了，耗费钱财还不算，牵扯他们太多的精力。所以有人说,幸福就是家里既没人蹲班房,又没人住病房,这话很在理儿。

即使与女性躺在一张床上,不同的男人亦会发生不一样的故事。《红楼梦》有一回"情切切良宵花解语;意绵绵静日玉生香",宝黛两人躺在一张床上说着"香芋"的故事,两小无猜、兄妹之情溢于言表。而《金瓶梅》里的西门庆无论与潘金莲、李瓶儿,还是春梅、孟玉楼等躺在一张床上,交缠的都是肉欲。这里不是说肉欲就不好,而是一个人,特别是男人,不能只剩肉欲。所以,躺在哪儿固然重要,与什么样的人躺在一起更重要!

凌晨三点,手机里又蹦出一条短信:"老师,与你在一起交流没一点负担,因为你不戴面具。"这么早就给我发短信,估计这位酒后睡醒了。

我想对她说真诚待人,就是不戴面具。面具是用来遮掩的,若是主人坦荡,无羞可遮,面具便没有存在的必要。一个人,心中有鬼才会以假面具骗人。一旦骗局露底,便"脸上挂不住"。面具被揭穿了,当然要掉下来,露出真实的嘴脸。

有些人为了掩饰,语言表达就是撒谎。然而,谎言就如同"养在深闺人不识"的小姐与人偷情弄大了肚子,时间长了,终归要显怀的。到那时遭受的羞辱会更大,不但面子下不来,还要面临家族诸如"浸猪笼"之类的酷刑。

子曰:"君子坦荡荡,小人长戚戚。"世上最折磨人的事情,不是来自外部敌人的攻击,而是自己内心不断膨胀的欲望。现实生活中,人都是趋利避害的,各种得失利害时刻刺激人的心灵。

佛说:"物随心转,境由心造,烦恼皆心生。"外部景物的好坏,与人的心情好坏有很大的关系。如果人的欲望太盛,生命就成了无休止的折磨。正如康有为先生所言:"人为一己私欲所系缚,被外物颠倒役使，成天患得患失。刚从这件东西的追求中解脱出来，又跌入到那件事的营求中，就没有一刻可以安宁。"为人处事，不为一己私欲，不存非分之想，才能真诚待人，也才会不戴面具。

爱面子属于人之常情。要面子就是有着羞耻心，这是一种良好的人格素养。但凡事过了头就走向反面。有些人过分在乎面子，就是虚荣心作祟。人要有上进心，但不能太虚荣。不切实际，痴心妄想，于己于人都有百害而无一益。更有甚者，还死要面子。

据传，春秋时楚国有位君主，史称成王。他在位时政绩很差，最后被儿子赶下台。下台以后，此君终日郁郁寡欢，不久便辞世了。可是，人已死的楚成王，还担心儿子给他的谥号不佳，可能会让他在阴间受辱，所以一直不肯闭眼。

最初新楚王给他的谥号为"灵"，这对父亲算是贬损。楚成王不服，眼睛还睁着。后来有大臣谏说："大王，您还是给先王改个谥号吧，我建议改谥号'灵'为'成'。先王虽然在位做了不少荒唐事，毕竟死者为大，给他点面子吧，否则他一直不肯闭眼，这也不是个事啊。"

新楚王看着横卧在床的父王遗体，想了一会说："也对，再不济他还是我老爸，不能因为谥号让他到了阎王那里受屈。这样吧，就谥'成'吧！"

楚成王听儿子这么一说，很快就瞑目了。据说，这就是"死要面子"的由来。我们做事情要实事求是，量力而行，千万不要因为要面子而为难自己，开罪他人。像楚成王那样死要面子，确实太可笑了。

爱面子的人大都讲场面。吴侬软语又叫面场，翻译成普通话就是公开场合。由于地域文化的关系，江南人特爱面子。

你若是一位上司，批评下属要留点面子，千万别让人家下不了面场。对同僚有意见，不要在公开场合说，要私下开展批评与自我批评，这是互相留面子。给人帮了忙，千万不要在面场上对人家吆五喝六的,多给他留下尊严,人家会一直感恩,否则,一旦人家发达了,第一个挨整的人就是你!他这是要把曾经受过的屈辱全部找回来。

有的人,在面场上温文尔雅,尽说让人开心的话,让人觉得特有面子。为人之道,礼尚往来。作为回应,你必须表现得彬彬有礼的,至少不能让他觉得你讨厌。

然而,面场上事儿,终归是面场上的,也不能太认真。别人夸奖你,其实内心已经把你的优缺点做了分析,只是出于礼貌不便说出你的不足,便把你的长处全道了出来。明白了这一点,你就不会对面场上的恭维太当回事了。

面场上为女性开一次门,给老人让个座,不是什么难事。作为社交方面的收获,你就是一个受欢迎的人。从这个意义上看,讲面场还是有一定的积极意义的,至少比那些死皮赖脸的家伙,让人舒服得多。

与文友聚会以后,我明白一些道理:读者与作者互动,读者的赞扬是给作者撑场面;读者指出作品的不足,不是砸场面,作者也不要觉得失面子。文学是向人的,没有读者的作品,词藻再华丽,技巧再高超,"面子"再好看,也只能孤芳自赏。

照镜子

最近市级机关党工委组织召开了"党的群众路线实践活动动员大会"。会上，每位党员干部都收到一本小册子，是由市委办公室编制印发的，里面有 100 条问答。关于这次活动的总要求写得蛮接地气的，比如"照镜子"、"正衣冠"，还比如"洗洗澡"、"治治病"等。"照镜子"，就是要对照党的纪律要求，反思自己做得如何；"正衣冠"，就是要端正工作作风，密切联系群众；"洗洗澡"，就是要去掉自己身上一些不良习惯，保持党员的战斗力；"治治病"，则是对于违背党的纪律的行为，要开展批评和自我批评。这是执政党自我完善、强化吏治的一个重要举措。早在唐朝初期，太宗李世民便以"以铜为鉴，可以正衣冠；以古为鉴，可以知兴衰；以人为鉴，可以明得失；以史为鉴，可以知兴替"要求自己，从而开创了一代盛世。

翻开中国历史不难发现，在每一个被推翻的荒淫、暴虐的政权以后，总会出现一个相对开明的所谓"盛世"。秦汉如此，隋唐、明清也一样。原因在于中国封建社会的帝王政治依赖的都是文官系统，而文官是以儒家思想作为行为准则的，对国家最高领导人——皇帝的不端行为采取的是直谏，而不是弹劾。直谏的内容大都是前朝的一些教训。因为前朝刚被颠覆不久，原来的那些弊端、暴政，新的君王还记忆犹新，所以他们多少还能够听进去一点。如果这时候的君主愿意励精图治，经过一段时间的恢复，国家就逐渐走出低迷，慢慢地兴旺起来。

毋庸置疑，唐太宗是历史上少有的明君，其他不说，单就他能容忍谏臣魏征就足以可见其超人的度量。历史有很多的偶然性，更有其必然性。太宗发动玄武门之变，诛杀太子李建成、齐王李元吉，逼迫其父李渊做太上皇，自己即皇帝位，有一定的偶然性，但他文用房玄龄、长孙无忌、魏征，武有李靖、侯君集等人的辅佐，内有长孙皇后的贤助，加上自身雄才大略，所有这一切催生"贞观之治"就是必然的了。贞观年号被太宗沿用了二十多年，在此期间他很注意吸取隋亡的教训，与长孙无忌、房玄龄、魏征等人着眼于国家的长治久安，与民休养生息。唐朝这个时期政治清明，经济发展，社会安定，国势强盛，被史学家认为封建社会少有的一代盛世。唐太宗及其执政的一班人深知"君，舟也；人，水也：水能载舟，亦能覆舟"的道理。他们充分认识到隋朝之所以覆亡，是因为"赋繁役重，官吏贪求，饥寒切身"。为了缓和社会矛盾，唐太宗采取了与隋朝相反的做法，"去奢省费，轻徭薄赋，选用廉吏，使民衣食有余"。这种政策让百姓生活安定，社会稳定，经济发展，也带来了文化的空前繁荣。

唐太宗即位之初，便定下"偃武修文，中国既安，四夷自服"的方针，为此制订了具体的政策。在人治社会里，必须用人得当，这些方针、政策才能贯彻执行。唐太宗认为"致安之本，惟在得人"，治理国家，靠自己一人是不行的，应当"广任贤良"。所以，他要求大臣们举荐贤人，自己更是留心观察，一经发现立即提拔。唐太宗选拔人才，不以个人恩怨为标准，也不以新旧亲疏为意志："吾为官择人，惟才是与。苟或不才，虽亲不用；如其有才，虽仇不弃。"因此，他所任用的，大多为有识之士。这些人，有的是旧部下，有的甚至是宿敌。如魏征，原是太子李建成的部下，曾劝太子李建成早日除掉李世民。玄武

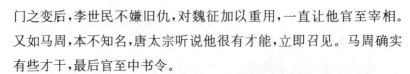

门之变后，李世民不嫌旧仇，对魏征加以重用，一直让他官至宰相。又如马周，本不知名，唐太宗听说他很有才能，立即召见。马周确实有些才干，最后官至中书令。

唐太宗想成为明君，对魏征所谏"君之所以明者，兼听也；其所以暗者，偏信也"，深以为然。魏征认为，君主兼听纳谏，则"贵臣不得壅蔽"，"下情必得上通"，国家才能治理好。唐太宗很重视魏征的意见，在自己的行动中，尽可能兼听纳谏。贞观年间，在唐太宗的倡导下，进谏蔚然成风，不仅大臣，就连长孙皇后、徐贤妃也能进谏。魏征去世时，唐太宗十分难受，他说："夫以铜为镜，可以正衣冠；以史为镜，可以知兴替；以人为镜，可以明得失。朕常保此三镜，以防己过。今魏征殂逝，遂亡一镜矣。"为此而悲泣良久。知人善任、兼听纳谏是唐太宗政治上取得成功的两个重要因素，也是他成为杰出封建政治家的关键所在。

唐太宗是一位马背上的英雄，开明国君，而北齐的高纬则是一个极好的反面教材。品位高的女人可做男人的"贤内助"，如唐太宗的长孙皇后。德行差的自然是成事不足、败事有余的主。高纬看中的就是败国败家的淑妃冯小怜。有史记载了这对愚夫蠢妻丢人现眼的劣迹："齐主方与冯淑妃猎于天池，晋州告急者，自旦至午，驿马三至。右丞相高阿那肱曰：大家正为乐，边鄙小小交兵，乃是常事，何急奏闻！至暮，使更至，云平阳已陷，乃奏之。齐主将还，淑妃请更杀一围，齐主从之。"

开明盛世，圣贤成群涌现；乱世之时，混蛋结队而来。右丞相阿谀，冯淑妃贪玩，北齐皇帝把杀人的战场当作玩耍的游乐场。他们根本不顾及兵贵神速、救兵如救火的战争法则，狩猎一围一围地打，结果，就多这一围的时间使北周的军队有了喘息的机会，同时也为北齐埋下了亡国的祸根。

高纬带着冯小怜赶到晋州前线,北齐军团发起了强悍的进攻,眼看胜券在握,皇帝却命令暂停,他要小老婆一同参观这个肉搏战的壮观场面。等到冯小怜涂脂抹粉、花枝招展地赶来观战时,敌军的反击来得更加猛烈。僵持一个月后,北周皇帝宇文邕亲临前线督战,决战的场面天昏地暗、哀号遍野。冯小怜惊恐万状地嚷道:"败了,败了。"一句话,吓得高纬遁声而逃,浴血奋战的北齐兵马随之一溃千里。

需要说明的是,后妃、女宠大多是陪同皇帝玩弄风月的料,而绝非"一言兴邦,一言丧邦"的肱股大臣。作为皇帝跟前的红人,她们的言论对时局会产生一些影响,但要把败家误国的罪名全扣在女人的头上,自然是男人们无心领罪,实在是有意委过罢了。倘若冯小怜那样只知吃喝玩乐的女人具备左右时局的影响力,哪里还轮得到像高纬这样的笨蛋在金銮殿上发号施令呢?

再回头看唐朝,武则天能容忍唐高宗瞎乎乎、病快快做了二十多年的空头皇帝,李隆基却不能坐视其伯母韦皇后独揽大权。当他带领肃反的军队冲进皇宫,闪电般宰了韦皇后,又对正梳妆打扮的堂姐安乐公主下了毒手。只见刀光过处,一个如花似玉的女人就人头落地了。这就是帝王排除异己的品性,先发制人,六亲不认。高纬这样的昏君哪里有李世民、李隆基那样的龙胆虎魄?他所垂青的女人,只配充当漂亮的玩物,只配做败家、亡国、祸害男人的蠢事。

如唐太宗一般政治肚量的古代帝王很少,今日政治家要学也不太容易。这就要求我们各级官员不仅要有见识与品行,更需要有一套"照镜子"的自我约束机制。

足 浴

　　中午我正在阳台上修理盆栽黄杨，听到妻在厨房里喊我："快来看！这几只螃蟹怎么不动了？"我走近洗菜池一数，有四只螃蟹动都不动，提起来每一只脚都耷拉着。这一盒蟹是一个朋友在本地长荡湖开湖节那天送来的，因为不久有位同学要从美国回来探亲，我答应与他一起持螯赏菊，所以一直舍不得吃，就保藏在冷冻柜里。

　　上午我一直忙于打扫室内卫生，妻为了奖励我，想煮两只螃蟹犒劳我，这才发现死了这么多。我最爱吃螃蟹了，看到死蟹很心疼，但死螃蟹是断不能吃的。病理学研究表明，螃蟹一死，体内便分泌出一种毒素，最易让人吃了拉肚子，严重的还造成脱水，甚至丧命。

　　妻害怕剩下来的蟹再死，便全部煮了。我一下子吃了四只，三公一母。"公吃膏，母吃黄，一壶黄酒慰肚肠。"蟹属寒性，必须佐以酒，方可寒热均衡。

　　酒足饭饱，下楼遛弯消食，走到小区附近一家足浴店门口，刚巧碰到一位朋友，便一起进去享受足疗了。

　　这家足浴店坐落在一条商业街的三楼。我俩乘电梯上楼。刚出电梯门，一位身穿蓝色制服的清秀女子便迎了上来，微笑地问道："先生，你们是否有预订？"得知我们没有预订，便带我们走进一个五人间的包厢。

整个包厢卫生、整洁。包厢呈狭长形,依次摆放五张躺椅,对面挂着一台平板电视,角落里放着一只挂衣柜,柜子下面有几双一次性拖鞋。包厢装饰清雅、温馨,四周墙壁上贴了淡黄色印花的墙纸;天花板很简约,中间一只筒形吊灯与周围的六只射灯相映成趣,发出暖色的光芒;地砖上有木地板的纹路,让人觉得温暖。躺椅上的铺垫很柔软,毛巾雪白,选择电动开关可以任意调节躺椅的角度,躺在上面让人感觉很惬意。

穿制服的领班给我们每人端上一杯绿茶、一盘水果,然后就退出了包厢。估摸不到五分钟,走进五位年轻女子让我们挑选。我挑选了一位瘦小的、像个中学生的技师。不一会儿,两位技师就搬来一只热气腾腾的木桶,让我们赤脚试水温。调节好水温,我们开始足浴。与此同时,服务员给我们做颈椎、肩部、后背推拿。为我服务的这位姑娘,人长得漂亮,技艺也好。经过不到十分钟的推拿,困扰我多时的后背再无酸胀感。我感到好奇,一边享受服务,一边与她攀谈起来。

她来自湖北神农架,十四岁那年初中还没毕业就随父母到这座城市来打工,因为没有学历便学习了足疗技艺,这一干已经四年了。哥哥从复旦大学生物医药专业毕业后也到这里的一家药厂工作。一家人在本市买了一套三居室的房子,她和哥哥的户口也落在这里,已经成为新市民了。谈起家庭收入,小姑娘腼腆起来。她说每月能挣八千元,比她哥哥还多挣一千元呢。

小姑娘工作起来一副快乐的样子,圆圆的脸上始终挂着微笑,一双杏眼顾盼有神,眉宇间全是开朗,一双兰花般的手指上下翻飞,在我的脚底一会儿顶压,一会儿搓揉,一会儿拍打,真可谓"指指按着穴位,处处揉得轻松"。看到这位姑娘快乐工作的样子,我不禁想,学历不高怎么了?只要用自己勤劳的双手,为社会提供高质量的服务,同样能够得到别人的尊重,也能获得较高的报酬。反思现行教育模式,用于精英教育上的资源远远大于技能教育。任何一个社会人才都呈金字塔形,精英总是极少数,而精英的理论与实践成果最终还要通过普通劳动者去演绎,去推广,才能创造财富。

我们一边享受足疗,一边看电视。一条新闻简直如炸雷一般:著名歌手毛宁因为吸毒被公安机关拘留!说起毛宁,现在的年轻人感觉很陌生,但对于我们这个年龄段的人来说,当年那首《涛声依旧》唱出了我们的心声。最让人难以忘怀的是他与杨钰莹的组合,在很长一段时间里就是金童玉女、郎才女貌的代名词。尽管他们最后没能走到一起,却让广大歌迷羡慕不已。

他们后来的事情,大家都知道了,他们都成了"有故事的人",同样意外引退,中途现身几次,也都因为一些似有似无的经历起过风波,有的传闻至今没能散去。不同的是,杨钰莹后来正式复出,形象积极、态度乐观,给人的印象相当不错。只是那一首《让我轻轻地告诉你》,再怎么唱,也难现当年的纯情。

一个时代的明星,不只属于他们自己,更属于广大受众。光环退去,明星跌落,不免让人感慨。从明星的榜样性和社会责任看,毛宁、尹相杰等人无疑都不合格。在那个从歌厅唱红大江南北的草莽年代,这些明星本身并不自觉。相较于如今流水线上的造星模式,有着专业的形象设计和危机公关,毛宁年代的明星走向更多要看个人的修为。他们当中很多人,由于没有规划以及缺乏职业精神,如今仍然活跃的要么陷入丑闻,要么只靠一首老歌,满世界跑场子赚钱。

毛宁负面消息一出,有网友翻出他六年前的话,吐槽其自打耳光。当时,满文军吸毒被抓,记者采访满的好友毛宁。毛宁叹气道:"我认为,作为公众人物,更应该洁身自好,以身作则,远离毒品,做一个奉公守法的公民。"从最后结果看,这话说得虽好,但言行不一,留下的只能是笑料。从更大的范围看,如今这种言行不一,又何止三四个明星?

自我约束是每一位成功人士必需的修为。有人把自己管理得很严格，一直在正确的路上走，最终成为励志的榜样，如陈道明、孙红雷等。有的人把自己弄得一团糟，并最终成为反面教材，如毛宁、尹相杰类。较之于普通人，明星走向反面对社会的危害更大，这是由他们的影响力决定的。

　　作为歌迷，我们祝愿毛宁早日戒毒，不再复吸。对我们这一代人来说，青春的符号以这种方式被磨灭是很残酷的。但从某种意义上看，或许榜样存在的价值也正式被推倒。唯有如此，青春的记忆才真实存在着。真诚祝愿毛宁这次揣着旧船票，登上的是一艘还能回归的船。

　　反思如今偶像接连轰塌，明星交替蒙尘，问题还在于教育。我们过分重视精英教育，每一对年轻父母从孩子生下来起就当作精英来培养，学文化，学绘画，学书法，学钢琴，学围棋……所谓不让孩子输在"起跑线上"。殊不知，正是这些众多的"学"，不仅夺去了孩子快乐的童年，而且使孩子失去了人格教育的机会。如同健康与财富之于人的重要性类似，没有一个良好的人格，再多的知识与技能就失去了意义。

　　建议每一位家长对孩子的教育要立足于将来做一个普通的人，一个对社会有用的人。任何社会除了精英外还需要有技术的工人，需要有能力的技师，比如厨师、理发师、足浴技师等，从来不需要有知识有文化的罪人。明星光环再大，如果走上犯罪的道路，事业上便如耷拉着脚的螃蟹——死翘翘。

　　古人云：千里之行始于足下。对孩子来说，接受教育是人生的开始。我们要经常给孩子进行品德与人格教育的"足浴"，让他们舒筋活血，去除不良的"脚气"，在人生的路上轻松上阵，做他们所能做的事，享受他们所能享受的生活。

雨润心思

一、秋雨淅沥

秋天,江南,雨水比往年多。秋雨绵绵,淅淅沥沥。打一把伞,静静伫立在无人的草坪,欣赏那如珠似玑般的雨点自灰亮的天空坠落地面。看雨点被摔成晶莹的碎片,然后又卷成细小闪亮的颗粒滚落在草间,氤氲一股似有还无的湿气,裹着一丝淡淡的桂花香味,渐渐地弥漫开来,心便如同水洗一般。

少年曾轻狂。一度喜欢春雨的缠绵,轻轻的,暖暖的,催草发芽,润柳滴翠。"好雨知时节……润物细无声。"滋润的是年轻盎然的心思。

青春多豪迈。曾经喜欢夏雨的酣畅,热情洋溢,气势恢宏。满天滂沱,挟雷裹电,呼啸而来,冲刷世俗风尘,让人惊叹!

中年始淡泊。人到中年,到了人生的秋季,渐渐地喜欢上了秋雨。

秋雨像成熟的中年人,豁达儒雅而朴实无华,内涵丰富而虚怀若谷,坚定地跋涉于人生的旅途,自觉检点身后的足迹,偶尔张望前方的目标。

秋雨像沉稳的中年人,冷静庄重似沉默的山峦,不卑不亢似清澈的溪流,是非有尺度,进退能自如;寒来暑往总心安,花开花落不嗟叹。

秋雨像谦和的中年人,平淡坦诚,豁达开朗,不邀功名,不喜喧哗，无私关爱而博大包容。

秋雨是画，轻描淡写，勾勒成熟的场面；秋雨是歌，低吟浅唱，回荡收获的旋律；秋雨是诗，抑扬顿挫，拍打生命的节奏；秋雨是梦，微醺未醒，漾洄希望的美景。

人生就该这样，经历过繁华，收获了饱满，即使日趋凋零，还能保留一颗芬芳的心。

二、听雨，一路西行

秋天的江南，乱雨纷飞。水漫池塘，分不清哪里是水里的画舫，哪儿是岸上的雕梁。青石小桥上，走过一位打着花伞的女子，走进那条窄窄的小巷，留一个倩影，留一路芬芳……

昨日的暴雨，驻在心头尚未散去；今天的细雨，又淅淅沥沥落了下来，千丝万缕，如同思念织成重重的雨幕。远处，雨雾轻笼，隐隐约约。近窗，修竹生风，苍松滴翠。不知不觉，细雨已随那清风，穿透窗棂。我的双鬓竟也沾满了雨丝。

细雨轻吻池塘边独立的桂花，滋润花蕊，幽香回荡。塘里的残荷，在雨中傲然挺立，憧憬来年再次披上绿裙红装。水里的枯苇，聚起一颗颗晶莹的水滴，饱含生命的记忆，发出哀怨的目光。一片榆树叶从树枝上翩然而下，躺在路边的草丛里，似睁大了眼睛，望着过往佳人曼妙的身姿。

雨打梧桐，细雨霏霏，想入非非。恍恍惚惚间，有一位娉婷女子，凌波微步，袭一身轻盈蝉纱，长袖轻舞，款款而来。起舞弄清影，何似在人间？

每一滴雨声，都如夕阳下晚归的牧笛，紧叩心扉。转瞬间，心情的山谷便注满了诗意。芙蓉亭上听雨打，执酒一壶卧黄昏。

年少听雨，歌楼上红烛昏沉，无忧无虑，即使有愁，也是为赋新词而强说;中年听雨,夜半钟声到客船,栉风沐雨,孤独彷徨;老年听雨,饱经风霜,风敲竹韵,万叶千声皆是爱,未成曲调先有情。

今天,在这无边无际的大地上,在这广袤无垠的天地间,我所看到的却是处处飘动的雨,处处积蓄的生机;我所听到的,处处洋溢的喜悦……是的,这是快乐的雨,这就是秋天的精神!

这次生态文明论坛在成都举行。听雨,我一路西行。

三、十堰过后是安康

时值午夜,于睡梦中醒来,揉了揉惺忪的眼睛,周围一片漆黑。拉开窗帘,有远处时隐时现的灯火参照着,秋雨织一幅巨大的水帘。列车仿佛要摆脱对黑暗的恐惧,正急切地奔向光明。轰轰隆隆,有些像孩童夜行在乡野,高声唱歌,为自己壮胆。

刚刚做了一个梦,在一个草长莺飞的春晨,与一曼妙女子乘一叶轻舟,顺流而下。我在船尾掌舵,她在船头领航。远处,日出江花红胜火;近观,春来江水绿如蓝。面对如此美景,不禁对唱起古老的情歌:"我住长江头,君住长江尾。日日思君不见君,共饮长江水。此水几时休,此恨何时已。只愿君心似我心,定不负相思意。"

不久,歌声,与舱里婴儿的啼哭声汇在了一起,合成一段春天奏鸣曲。两岸,物换星移;四季,花开花落。孩子慢慢长大,船也到了江口。面对这一望无际的大海,回望影影绰绰的群山,脚下波澜不惊,顿生一种释然、豁达与坦荡。

列车继续在黑暗中穿行。前方,会不会还有高山挡我梦的去路?会不会还有野狼走出浓密的丛林?查一查百度地图,已经过了湖北省的十堰,很快就要到达陕西省的安康了。

生命何尝不是如此呢?纵使人生有"十堰",但愿年老能"安康"!

bi

duan

liu

yun

酒色论英雄

一

晚上酒后与几个朋友笑谈过男人的"酒，色，财，气"，一时心血来潮，在一家网站贴了一张《为男人辩护》的帖子，说了一句"喝酒的男人多无奈"的套话。以此为立论，再怎么强词夺理，也直如纸匠手糊的房子，看起来很漂亮，经不住一把火，刹那间就化为了灰烬——只有鬼才信呢。

然而，酒可使人壮胆是一个不争的事实。军汉喝酒，豪气冲天，把生死置之度外，在战场上英勇杀敌；文人微醺，神思敏捷，才有陈群、骆宾王一挥而就讨伐曹操、武曌的檄文。正常男女恋爱，以花为媒，送上九百九十九朵玫瑰，女人在接受鲜花的同时也接受了男人的一切。婚外男女，以酒为媒，躲在一个难让人发现的地方，一杯接一杯喝，男人以酒壮胆，女人借酒装佯，直到"帐摆流苏，被掀红浪"。

年少时读《水浒传》，感觉梁山好汉个个好酒，却极少贪色。武松的"壮举"与酒尤为难分。景阳冈上，酒醉之时，赤手空拳打死那只吊睛白额大虫。安平寨中，醉使"鸳鸯连环腿"，打得蒋门神伏地求饶。血溅鸳鸯楼后，喝个痛快，蘸血在墙壁上手书："杀人者，武松也！"至于杀西门，打孔亮，无不因酒滋事。

人们不禁要问，武松果真是个英雄？如果他算英雄，那么我们见到英雄都得用手抱住头，鼠窜狼奔了。最让人感觉血腥的是他杀嫂的过程。只见他手拿一把明晃晃的刀子直插金莲雪白的胸脯，用力一剜，抠出心肝五脏。古希腊有个叫法里莉的妓女有一次犯下不敬神的罪，将要面临死刑的处罚。律师在审判庭上并没有作太多的辩护，而是当庭解开她的衣裳。法官当时就被她美丽的乳房震惊了。古希腊人爱美，因此法官当庭就把法里莉释放了。

作为大户人家的使女，金莲为追求婚姻自由不肯做小，宁愿嫁给"三分像人，七分似鬼"的武大，其情可嘉。武松，你一会儿给她买来上好的衣料，一会儿带回好酒好菜与她共餐，大献殷勤。金莲是人，一个健康的女人，经不住你的诱惑，向你表达爱意、何罪之有？你敢说对金莲没有动过心？你完全有机会在金莲向你表白爱情之前，与她拉开一段距离。你不是从"一分"一直看到"九分"才发作吗？你彷徨过，犹豫过，最终与其说你没能战胜自己，倒不如说你在封建礼教的这面大旗下屈膝投降了。由于你的出现，金莲才激发起追求一个正常女人所向往的生活，在她的生命中，那被压抑的性情才得以复活。至于她后来委身于西门庆，与你的无情也不无关系。要说英雄，金莲才算得上女中豪杰呢。

在有些女人看来，好色的男人多猥琐。持这种观点的女人，与"饱汉不知饿汉饥"只一步之遥。如果你嫁给一个不知情为何物、色为何意的男人，那闺房的哀怨不见得就比金莲的少。我们有什么理由痛斥金莲而赞美武松呢？

二

写到这里，坐在电脑旁，足足十分钟，头脑里一片空白，我几乎什么也写不出。孔子云："四十而不惑。"我虽年过半百，却似乎还有许多不明白的道理，还喜欢与人辩论，不知道这究竟是幼稚，还是愚蠢。我的"空白"一半源于无知，一半在于愤懑。纵论"喝酒"如同在深秋的季节里，盖上一条薄薄的蚕丝被子，睡在里面惬意而轻松，即使像小儿一样无知,也不会遭人责难。说起"猎色",看那些终日踌躇在法律与人情"边缘"的人战战兢兢的样子,心头如同被压着一块石头。我"憋"得满脸通红,真想一脚将"石头"踢开,心平气和讨论"猎色"的君子之道。

人之所以能与其他动物区分开来,是因为懂感情。三朋四友,往宾馆饭店包厢一坐,开怀畅饮,酒便成为朋友之间感情的粘结剂;应邀参加一个宴会,在座的还有所谓朋友的朋友,与不很熟悉的人共饮,酒可成为人与人之间增进感情的催化剂。

人的身上总表现出两面性,从个体来看,人是一种高等动物;就群体而言,人又是社会关系的总和。人既能对别人产生影响,同时也受别人的影响。就《水浒传》里的武松与潘金莲的关系而言,金莲追求的是个性解放,敢爱敢恨,在她的身上动物性的成分多一些;武松追求的是社会道德,要做一个"顶天立地"的男子汉,他的行为更多地在意人的社会性。他们之所以不能结合在一起,是因为两种价值观念相互排斥。因此,我们既不能赞扬金莲而贬低武松,也不能歌颂武松而痛斥金莲。

人毕竟是一种没有感情就不能生活下去的生灵。在这个商品化的时代,物质力量在变重,精神力量在变轻,人际间的感情越来越淡化。朋友、同事,甚至夫妻都受到商品经济的侵染。物欲不断膨胀,使人与人的关系更趋于交易、利用。人,个性的张扬,感情的退化,对"猎色"之道越来越起着重要的影响。我以为,君子的"猎色"之道,在于你和他(她)之间是不是人性的"个体"与"群体"的完美结合;在你们激动时从心底反弹出来,冲破冷硬的外壳而流出的泪水,是不是还保留纯真,是不是还深厚而激越地呼唤伦理和道德。

三

男人与女人究竟应该是一种什么样的关系?记得三十年前张贤亮先生曾经做过一个著名的论断,即男人的一半是女人。由此可见女人对男人的重要性。看过那部小说的人才知道作者所指的男人有其特定的精神与文化的内涵，真正的男人在性能力上固然有其强壮的一面，在情感上还应该有其缠绵的一面。

在人类进化过程中，与其他动物一样，每一个生命的产生都是以繁衍后代为生存的根本目的。为了实现这一目的，人总是在寻找自己钟爱的异性，甚至在中国古代神话里，盘古在开天辟地之后，刚开始与老天爷的三女儿还能以兄妹相称，只是到了后来为了延续后代才不得已成为夫妻。有人说，人生就是寻找爱的过程。幸福就是爱着自己钟爱的人和被自己深爱的人爱着。

男人们尽管花天酒地，但骨子里喜欢的还是淑女。有人戏谑说，爱情能使一只猫快活得像个皇帝，也能使一个皇帝快活得像只猫。君不见，吴三桂冲冠一怒为红颜，竟不惜开关揖盗迎清兵；英国国王爱德华八世为了与辛普森夫人结婚，甘愿冒天下之大不韪而退位。他在退位诏书中说："没有我所爱的女人的帮助和支持，我觉得自己无法承担责任的重负及如愿地履行国王的职责。"他们演绎了近代史上一段不爱江山爱美人的风流佳话。

有人认为，男人的一半是事业的成功。其实，人生流水，花落花开，是非成败转头空，古今多少事，都付笑谈中。人的一生，不一定非得干出惊天动地的事业才算成功。人，只要能够自始至终拥有一份真挚美丽的爱，让生命的每一刻都充满在爱与被爱的幸福心境中，云淡风轻地生活，那么再平凡的人生，也是一曲动人的歌。成功的表现是丰富多彩的，它的诠释因人而异，很多时候它更多的是一种生活的态度，一种人生的境界。

关于爱情，有人说是在合适的地方合适的时间以合适的方式遇到合适的人。世界上一个人与另一个人相遇的可能性仅为万分之一，成为异性朋友的可能性只有千万分之一，成为终身伴侣的可能性就只有亿分之一了。另有调查表明，在现实中真正配对正确，且白头到老的配偶不到婚姻总数的百分之五。如此看来，一个人穷其一生究竟能否遇见真正心爱并执手偕老，确实是一个难题。

纵观古今中外之众生百相，上至名门望族，下至市井小民，婚姻的不和谐乃是一种永恒的社会现象。正如泰戈尔在《园丁集》中所感叹的："我追寻我得不到的，我得到的是我不追寻的。"在漫漫的历史长河里，谁知又有多少痴男怨女，比如罗密欧与朱丽叶、梁山伯与祝英台，虽然两情相悦，彼此遇到了生命的另一半，但最终还是喋血殉情，空留爱恨绵绵无绝期。

这个世界并不缺乏爱情与婚姻，但精彩的爱情与有爱情的婚姻寥若晨星。

男人的一半是女人，同样，女人的一半是男人。只是生命中那真正的另一半不容易寻得，因为需要面对独一无二的神圣。爱是性的灵魂，生命之间那种盘根错节的爱的关连，使得一旦失去了另一半，余下那一半的生命之光就会黯然失色。自先秦以后，中国对性似乎有一种排斥，这正是鲁迅先生鞭挞的传统文化的虚伪性。其实性与美是一致的，美的内涵就是性的内涵。就人类进化规律而言，个体的生存是通过否定自己来肯定种族的延续，美感正是为了完成这一使命而由大自然专设的奖励机制，目的一旦达到，大自然就把这种美感无情收回。因此，承认性在审美活动中的正当地位，正是当代审美文化的一大功绩，而且人们还会有意识地利用"性"去消解传统的美。

周国平先生曾经说，男人通过征服世界而征服女人，女人则通过征服男人而征服世界。我以为，一个不好色的男人难以征服女人，即使在社会政治生活中的成就再大，也不能算一个真正意义上的英雄。

四

回想晚上这场饭局，席间，不知谁把话题扯到万科控制权之争上。说万科现任董事局主席王石是中国改革开放后市场经济发展的标志性人物，我看一点不过分；赞誉他为地产行业领袖、企业文化精英，也实至名归。当年出于对管理团队和公司治理结构的自信，在万科上市时，王石放弃了自己作为大股东的身份，造成目前股权相对分散的局面。当民营资本在二级市场收购达到一定比例时，对公司控制权提出诉求就是一件很正常的事。

后来宝能系要求万科召开临时股东大会，罢免包括王石在内的所有万科现任董事，这就不正常了。当初王石放弃原有股权，甘当一位职业经理人，经过三十年的经营，造就全世界著名房地产开发企业，给大股东带来丰厚的投资回报。现在大股东不满，要将他赶走，这一切正常吗？答案或许只有一个，那就是通过二级市场收购股票而成的第一大股东，并不在意万科未来的发展，而是急于瓜分万科已经取得的成果。

大股东要瓜分万科的发展成果，一切要按相关法律与公司章程进行，虽有不道德之嫌，但王石与他的团队也无可奈何。然而，有些网民拿王石的婚姻说事，从道德的层面谴责他，其中一位这样写道："成功就像醇酒容易让人沉醉，但也让人忘乎所以，在所谓的虚名中，王石开始飘飘然，忘记了自己从哪里来。王石是个有才华的人，也是有拼劲的人，但他成功的基础还是得益于妻子的背景。王石的岳父是一位南方省份的高官，这让他可以在打击投机倒把的时代，大做生意。所谓的第一桶金贩卖玉米就是由此而来，若是一介平民，估计早已经锒铛入狱。然而，巨大的成功让王石觉得自己就是神，成就完全是依靠自己能力获得。再加上，妻子年老色衰，王石做出了离婚的决定。与此同时，王石泡上了年龄比自己小将近一半的田朴珺，并经常在社交媒体上秀恩爱。"这就混淆了法律与道德的作用。

以上这段话很像一篇醉酒撰写的声讨檄文，因为存在多处逻辑不通。首先,成功就一定让人忘乎所以?王石的成功已经是多年前的事情了,最近几年来万科的业绩并不因为他游学、登山、划船而下滑,相反,王石淡出日常事务管理,培养了一个优秀的团队;其次,像王石这样有高官背景的女婿全国何止千人?为何独出一个万科?外因是条件,内因才是根本!第三,婚姻自由是基本的人权之一,世界上离婚者何止千万?独王石不能离婚?又有哪一条法律规定男人就不能与比自己年龄小一半的女士结婚?

几年前在得悉俄罗斯总统普京离婚的消息后,笔者曾写下如下一段话:"普京的新女友是俄罗斯艺术体操女皇卡巴耶娃,英雄配美女,非大奸大恶,唯人性弱点耳。人都渴望拥有天长地久的爱情,特别是女性,中年以后尤为珍惜稳定的感情和婚姻。可惜,中年以后女性偏偏渐渐丧失对男人的吸引力,隐忍换来的多半只是貌合神离。有时候没有什么直接原因,审美疲劳、相看两厌都可能成为理由。人无法欺骗自己的内心,不爱了就是不爱了,即使为现实所迫,放弃追求感情,也只能维持一个无爱的婚姻躯壳。普京是一个玩弄权力的政治强人,吾素不喜,但他此次用如此坦诚的方式处理个人问题,倒赢得了我几分好感,是个男人!"退一步看,王石、普京等离婚,要比那些行婚姻之名,无婚姻之实,在外面包养情妇的贪官强得多。

万科的控制权之争一切要由法律说了算。尽管大股东有道德瑕疵,但法律不相信眼泪。如果王石作为万科的创始人最终被驱逐,我们只能同情,但不要拿王石与田小姐的婚姻说事。这涉及私域、道德层面的问题。当下或许是中国自先秦以后历史上男女关系最混乱的时期,人们对公众人物的婚姻稳定性却抱有极高的期望。王石交小女友、秀恩爱生活,值得人钦佩。他是一个肯担当的大商人,一个有英雄气质的伟男人,当然还是一个有活力的老男人。

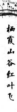

婚姻不稳定性

　　现如今,名人感情波折、婚内出轨、婚姻解体,已经成了大众娱乐话题。前有王石离婚,成功名人遗弃结发妻子;后有文章出轨,置怀孕妻子于不顾;今有王宝强宣布离婚,控诉妻子与自己的经纪人通奸。每一次事件都成了网络媒体的狂欢。正如托尔斯泰的一句名言:"幸福的家庭都是相似的,不幸的家庭各有各的不同。"媒体通过挥霍别人的隐私,消费他人的感情,达到吸引大众眼球的目的。他们消遣的都是一些有难言之隐者,站在他人情感的废墟上欢庆,是一件很不道德的事。

　　记得王石离婚时,正值宁波市政府被一家化工企业环境污染而引发的群体事件整得焦头烂额,王石婚变消息一出,舆论立即转向,无形中帮了他们的大忙。影视演员文章情感出轨的证据一披露,媒体又是一阵狂欢,消息一出,马上占据各大网站头条,把当时人命关天的马航MH370失联客机搜寻新闻都挤下去了。甚至有人调侃说,文章似与马来西亚政府达成了某种默契,自曝出轨,则为他们减轻压力。当然,这是那年愚人节的一个笑话罢了。

　　这次,王宝强宣布离婚的消息,牢牢把持各大网站舆论头条,不仅把里约奥运会上中国军团争金夺银的信息死死压在下面,而且连抗日战争胜利七十一周年这样的大事都被大众淡忘了。人们津津乐道于马蓉、宋喆两人自编自导的"仙人跳"剧，从窥视他们的隐私中获得乐趣，如同青春期的男孩偷看成年人房事，兴奋、饥渴。

王石离婚时，编剧石康曾评论道："在我眼里，中国目前的成功人士，从王石到冯唐都算得上，都在通过搞离婚来补课，是中国欠他们的。他们年轻时，应得到大量姑娘的青睐。然而他们在青春期，听不到摇滚而拿上班或考托福当奋斗，他们的婚姻差不多一生都在垃圾堆里搞装修。令人伤感的是，已没用了，他们全被骗了，因而错过太多与时间相关的优美的事情。"这一番话自然触犯了女士们，立即遭到一位央视女记者的臭骂："什么狗屁理论？王石他们娶结发妻、地产圈钱，是国家欠他们的？他们抛妻弃子就是自我补偿？那个时代的男人都该离婚？那个时代的女人怎么办？喜新厌旧，或以爱情的名义，都说得过去，非扯上国家和体制就太装孙子了，龟孙子！"我以为，正如王石的谐音就是"往事"，王石离婚难道就一定会与往事决裂？殊不知，打断骨头连着筋，与曾经同甘共苦的结发妻子，说断就能断得了吗？青春的记忆，虽成往事，却深深地扎根在每一个中年人的生命里。

文章的出轨肯定是违背公德的，退一万步，他选择爱的时机不对。试想妻子怀孕、分娩、哺乳是一个担负责任的过程，相应地他在这个时期也该承担起自己的职责。这个职责就是作为丈夫、父亲要关心、爱护妻儿，因为此时他们是脆弱的。我从未怀疑过文章与马伊利的爱情，也相信他们曾经所秀的爱是真诚的。但是，再完美的爱情也如同江南清明前的绿茶需要保鲜，一旦暴露在潮湿的空气中也会变质的。正如瓦西列夫在《情爱论》里所阐述的"永不衰败的爱情，其秘诀在很大程度上是由于个性生机勃勃，由于思想的日臻完美，由于意识的不断更新。停滞会毁掉幸福，把欢乐和迷恋变成烦恼"。

这次王宝强离婚看似突兀，倒也在情理之中，因为王、马原本就

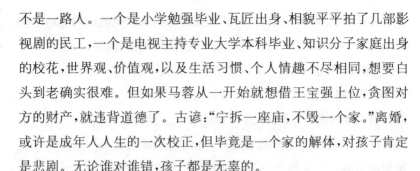

不是一路人。一个是小学勉强毕业、瓦匠出身、相貌平平拍了几部影视剧的民工，一个是电视主持专业大学本科毕业、知识分子家庭出身的校花，世界观、价值观，以及生活习惯、个人情趣不尽相同，想要白头到老确实很难。但如果马蓉从一开始就想借王宝强上位，贪图对方的财产，就违背道德了。古谚："宁拆一座庙，不毁一个家。"离婚，或许是成年人人生的一次校正，但毕竟是一个家的解体，对孩子肯定是悲剧。无论谁对谁错，孩子都是无辜的。

一个人爱情是否充实，归根结底取决于个性的发展水平，取决于个人总的文化素养。小市民的爱情粗鄙单一，联想力贫乏，超不出感官的享受。阿Q见到吴妈欠身才显露的乳房轮廓，当即色心难捺："吴妈，我要与你睡觉。"爱情又是衡量一个人文化修养的尺度。宝玉关切地询问黛玉："最近咳嗽好些吗？一夜醒来几次？"这种看似普通的问候，却是最深刻的爱情表达。歌德给自己炽热的爱注入了精神美和强大的智慧，而普希金则用爱情创造了令人心旷神怡的仙境。

现代人恋爱，与古代人差别不大，都想缔结美满的姻缘，建立一个美好的家庭。然而人性的复杂、利益的诱惑、生理的冲动，使婚姻的稳定性受到多种因素的冲击。确定恋爱关系时，尽管对对方的审视是全方位的，诸如长相、收入、家庭、环境等，但并不专注情感的吸引，一旦建立起家庭，又渴望拥有丰富的情感生活。可是日常生活的琐碎及工作中的不顺心已将本不太浓的恋情冲刷得淡淡的，以至无味。很多人感到家庭的疲惫，于是，第三者插足别人家庭生活便成了挡不住的诱惑。

夜深人静，夫妻本应该上床缠绵。可是在这个世界里，有多少个孤独的她在焦急地等待着、期盼着、恐惧着；有多少个他不知在城市的哪个角落、哪个公园、哪个酒店、哪个夜总会，或在哪个女人家里。他们都有冠冕堂皇的理由，譬如出差、打麻将、应酬。他或许给她一

栖霞山谷红叶飞

个电话,通报一下行踪,让她在虚幻的踏实里进入梦乡。他或许关机,任她打多少遍,听到的总是一种声音:"对不起,你拨打的电话暂时无法接通。"只有手机木讷地陪着她,只听到挂钟发出"滴答、滴答"的嘲笑声。若是有一个比她更温柔更善解人意的女人给予他关怀,他能招架得住诱惑吗?或者一个不比她温柔漂亮,只比她年轻的女人就足以摧毁她的自信:"他能经受得住她的进攻吗?"或许有一天她突然接到一个电话,那是一个陌生女人的声音,很霸道地闯入耳中,直逼她主妇的地位。或许有一天,她偶然回家取东西,见床上有两个人,她正偎依在他的怀里,怎么办?这个世界实在不安全!

人,有一个共同的特点,即追求刺激。凡是给人带来兴奋与快感的事物都会有人甚至不惜冒着生命危险去尝试,比如抽烟,比如喝酒,比如品茶,甚至吸毒,当然还有性爱。人类所有嗜好惟有性爱和吸毒才有高潮。毒品是万万碰不得的,于是性爱便成了人们最神秘的向往,最执着的追求。从广义角度看,性也是一种毒品,其毒性有时比海洛因还要强烈,否则我们就难以解释如今这么多人置党纪国法、社会公德于不顾,以身试法"与多名女性保持不正当的关系"。

人皆有性,但性在任何社会从来没有平等过。在原始社会,性取决于男性的体格。体格强壮者能够获得更多的食物,对异性才有吸引力。在阶级社会,性则取决于男性社会地位与女人的体格容貌。有钱有势者,可以像种马一样任意交配。如今几乎每一个贪官的背后都有一个与美女上床的传奇;富豪们则以去巴厘岛相亲为名,招募天下美女肆意淫乐;影视演员可以今天离异,明天结婚,即使老得胡子发白,照样能把一个个水葱儿似的女孩子娶回家。对于穷山沟里的光棍汉,恐怕只能在深夜自慰了。有些人甚至连畜生都不如,自然界任何一种雄性哺乳动物都不会在雌性未发情的情况下强按于地行事的,而我们还有校长诱奸发育不全的幼女、教授强逼女博士、为富不仁者强奸陌生人的事情发生。

在现代社会,婚姻的易变的一大原因在于,人的性行为已经脱离了繁衍后代的生物功能,蜕变为一种大众化的怡情活动。健康的性行为应该是"真、善、美"的统一。所谓"真",就是男人和女人一丝不挂,不谈廉耻荣辱,无所谓社会地位,完全是灵与肉的交融。所谓"善",就是男人女人唇齿相依,温柔缠绵,翻云覆雨,以双方快乐为己任。所谓"美",也就是异性的肉体一接触,惊心动魄,如干柴遇烈火,任何美味都不及。

性本来属于婚内原生态,但人类的性行为却富有强大的精神与文化的内涵,正越来越考验人们的智慧。惟有以爱情为基础的性爱,才是床笫最美丽的花朵;惟有婚姻责任感的爱的呻吟,才是人间最悦耳的歌颂!

说开会

中国行政管理的一大特色就是开会,有思路研讨会,有工作动员会,有行风建设会,有落实上级任务推进会……一个会接着另一个会,以会议落实会议,大家忙得团团转。参会人员大差不差,只是报告人由部门"一把手"换成"常务",或由"常务"换成"分管"不等。你方讲完我登场,人人都要亮个相。名目繁多的会,有的可以合并起来开,有的可以范围小点开,有的干脆就可以不开。各个条线都认为自己的工作重要,不开会、请不到当地一把手书记参会讲话,就好像丢人似的。筹备会议的人苦不堪言,参加会议的人因忙于跑会反而耽误了工作。

近读余光中先生杂文《开你个大头会》,方知写杂文不易,尤其批评尺度难以把握。批评太轻,似隔靴搔痒,起不到警示作用;批评太重,又有挑战"体制"之嫌。然而,杂文的生命力在于批评,甚至讽刺,比如鲁迅先生的杂文,是投枪,是匕首,直击民族劣根性。你不愿批评,不敢讽刺,所写文字像初中女生的日记,骗骗小孩子还行,大凡有点思想的人多半是不愿意读的。

余先生身处宝岛台湾,曾执教香港中文大学,他所参加的会议与大陆上的会,无论内容还是形式多有不同,其议程也比我们的简单。尽管如此,先生还得寻些解闷的招儿:"当然,遣烦解闷的秘方,不止这两样。① 例如耳朵跟鼻子人人都有，天天可见，习以为常竟然视而不见了。但在众人围坐开会之际，你若留神一张脸接一张脸②巡视过去，就会见其千奇百怪，愈毕愈可观，正如对着同一个字凝神注视，竟会有不识韵幻觉一样。"开会时间长了，先生就迷糊，"意志薄弱的你，听谁的说词都觉得不无道理，尤其是正在侃侃的这位总似乎胜过了上面的一位。于是像一只小甲虫落入了雄辩的蛛网，你放弃了挣扎，一路听了下去"。

开会，原本是人类社会发明的一种协商机制。在刀耕火种的年代，我们的先民或在丛林里席地而坐，或沿小溪两边排开，协商解决猎物分配，商讨下次狩猎方向。那时的会议想必很简短，有时一个手势，或者简单的一个表情便解决了问题，人们主要精力都放在寻求食物上了，哪有工夫闲扯？到了阶级社会，人被分成了三六九等，开会地点、会议方式都发生了变化。君主一般端坐御座上，大臣列队、肃立两边，只听得内史公鸭般的嗓音："有事奏本；无事退朝！"那时的主席台，就是皇帝的御座。当然，主席台上一般只能一个人，那就是君主。某些朝代的"垂帘听政"，是权力体制的一个例外。一般在君主襁褓时，由太后训政，待君主长成后，再让他亲政。大臣给君主的报告叫作"奏折"；君主的意见叫作"御批"。君权与相权虽有分工，但大多由君主说了算，否则社稷不牢，国将生乱。君权与相权相互制衡，才有清明政治。君权过大，容易形成暴政；相权过重，则易现乱臣贼子，终至改朝换代。

一百多年前，孙逸仙先生领导新党推翻了延续两千多年的帝制，在亚洲建立第一个共和国。共和政治体制下的会议，一般不设主席

---

① 指抽烟、喝茶。——笔者注
② 指主席台诸君。——笔者注

台,大多是圆桌会议。圆桌会议一大好处就是不分等级,与会者有充分表达意见的权力。当然,如果大多数人不接受你的观点,你完全可以退出会议,以示抗议。包括联合国大会、安理会等在内的国际会议都是圆桌会议。不因为中美英法俄是常任理事国,安理会就给这五个国家专设主席台。在外交场合,两个国家元首举行会谈,元首坐中间,其他部长分坐两侧,两国参与会谈人员都对面而坐,以示平等。即使中美洲小国格拉纳达政府首脑率团访华,我国总理和部长们也与他们对面而坐,绝没有让对方坐在主席台下、自己坐在台上的道理。

现在我国很多会议设有主席台,其历史起源是君主的御座。资产阶级革命的成果是把皇帝拉下了御座;无产阶级革命,让人民群众当家做主,从此有了人民代表,即代表人民的人坐上了主席台。但设立主席台还是有些弊端的。大凡设立主席台的会议,多同"填鸭式"课堂教育,你只有接受会议精神的份,容不得任何异议。假如你在台下,对台上人的讲话有不同意见,即使你有小学生要发言先举手这样的好习惯,会议主持人也只当你想去洗手间,心里还暗暗好笑:"此人想去一趟厕所,还如此慎重请示。太迂腐了!"倘若你一时激动,把持不住,一定要把反对意见提出来,多半会被现场工作人员请出去;如果你不服,当场高声喊叫,那么精神病院或拘留所就是你反思的地方了。设置主席台,就是告诉你,台上是领导,你必须尊重,不能不懂规矩。

在主席台前排就座是很有讲究的。有了主席台,就能把参会人员分出不同层次。最大的领导肯定坐在中间,其他核心领导按照级别大小,依次坐在最大领导的左右,一般领导则依次在后排就座。这样的位次排列与皇帝的御座是不能同日而语的,毕竟同时几十个人,甚至几百个人一起坐在主席台上。要知道,在皇权时代,若是两个人同时坐在御座上,国家就要大乱了。

走进共和的一大好处是,在主席台下听会的人,不必像古时大臣

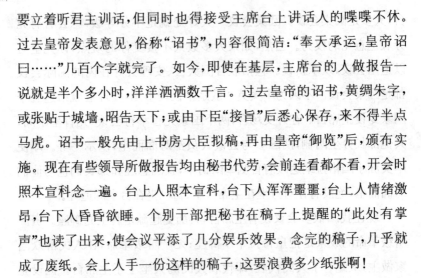

要立着听君主训话，但同时也得接受主席台上讲话人的喋喋不休。过去皇帝发表意见，俗称"诏书"，内容很简洁："奉天承运，皇帝诏曰……"几百个字就完了。如今，即使在基层，主席台的人做报告一说就是半个多小时，洋洋洒洒数千言。过去皇帝的诏书，黄绸朱字，或张贴于城墙，昭告天下；或由下臣"接旨"后悉心保存，来不得半点马虎。诏书一般先由上书房大臣拟稿，再由皇帝"御览"后，颁布实施。现在有些领导所做报告均由秘书代劳，会前连看都不看，开会时照本宣科念一遍。台上人照本宣科，台下人浑浑噩噩；台上人情绪激昂，台下人昏昏欲睡。个别干部把秘书在稿子上提醒的"此处有掌声"也读了出来，使会议平添了几分娱乐效果。念完的稿子，几乎就成了废纸。会上人手一份这样的稿子，这要浪费多少纸张啊！

最让人感觉滑稽的是，有时台上人讲的连他们自己都不信，台下人自然就敷衍了"会"。窃以为，在基层要把会议开好，让会议精神落到实处，先要从台上人做起。首先，要求他们必须讲真话，要言之有物，不许人云亦云；其次，讲话稿要他们自己写，挖空心思写空话、套话，由他们自己去费神；第三，要让他们站着讲，长篇大论，疲劳活该；最后，规定他们讲话时间，提前五分钟预警，到时讲不完自动下台。

如今群众对机关会风很有意见：一是人多的会议不重要，重要的会议人不多。二是解决小问题开大会，解决大问题开小会，重大事项根本不开会。三是上会的事不一定要真干，真干的事不一定要上会。四是会上发表的意见不要太当真，会下交换的意见一定要认真。五是开会的人基本不干事，干事的人基本不开会。要让人民群众满意就要从改进会风，改变文风做起。该开的会必须开，但切忌开长会，常开会。会议规模大小、参会人员、会议报告内容等都要仔细斟酌，切不可敷衍了"会"。

红烧肉

　　常州是苏东坡的终老之地。本地有关他的轶闻趣事不少,但旅游行政主管部门似乎更愿意搞些"无中生有"的项目,比如著名的5A级旅游景区——中华恐龙园,并非恐龙的产地;名闻遐迩的春秋淹城,到目前为止,还解释不了三条环形河道形成的原因,就连都城遗址与春秋时期的吴国究竟有多大的关系,一时还难以说清;环球嬉戏谷更是把网络游戏的背景在现实中重现,虽然有模有样,终归是人造的景点。倒是在常州新北区薛家镇一条很不起眼的巷子里,坐落一家"东坡大酒店"。其餐饮特色以"东坡肉"为主打菜肴,几乎集全国各地红烧肉烹饪方法之大成,酥软可口、肥而不腻,引得外地客人纷至沓来,算得上是一处与苏学士有点关系的旅游休闲之所。

　　民以食为天,铁打的汉子,饿上几顿也会头昏眼花。《礼记》有言:"饮食男女,人之大欲存焉。"人的生命离不开两件事儿:饮食、男女。所谓饮食,涉及的是食欲,饱的是口福;男女则涉及性欲,享受的是艳福。在现代社会,性爱除了繁衍后代之外,很多时候还具有娱乐功能,肉体的欢愉是一种特殊形式的娱乐。《礼记》一针见血,将吃放在了第一位,男女之事倒在其次,毕竟饱暖之后才会思淫欲。所以说吃是生存的基础,就连平时受到不公平的待遇,也说是吃亏;吃了一个暗亏,则说是吃瘪,甚至女人的美色也与吃挂上了钩——秀色可餐也。

然而吃又分为雅吃和俗吃。雅吃，往往是那些讲究生活情趣人的吃相，他不仅考虑食物的味道、营养，更在乎食物的颜色，甚至摆设在餐桌上的形状。她可能会在一个布置很雅致的房间里，面对色、香、味俱佳的菜肴，一边欣赏轻音乐，一边细嚼慢咽，手指窈窕，齿不露唇，一副优雅可人的样子。俗吃的样子，施耐庵在《水浒传》里描述梁山好汉很传神，如李逵、鲁智深、阮氏三雄等，他们大块吃肉，大碗喝酒，简直是狼吞虎咽。

子曰："闻韶乐，三月而不知肉味。"一方面说明，音乐具有强大的自我陶醉功能，另一方面说明圣人的耐馋能力超强。我辈凡俗夫子，三个月不见荤腥，恐怕早就营养不良了。比起孔子，孟子倒是有意思得多，在吃肉问题上他谆谆教导后人说："闻其声不忍食其肉，是以君子远庖厨也。"看样子两千多年前这位亚圣就是动物保护主义者。如果你听他的话，要想大快朵颐就不能进厨房，否则一旦碰到"不忍食其肉"的动物，恐怕就难饱口福了。

说到吃肉，绝对不能忘记苏大学士的恩德，是他把烹饪红烧肉的事业推向了顶峰。如今在太湖流域大大小小的宾馆饭店，"东坡肉"是一道最常见的荤菜。苏东坡对精神的追求似乎超过感官的享受。他认为"宁可食无肉，不可居无竹"。这是一种风雅。对于一位每天以胡萝卜充饥、山芋干果腹的人，一碗肉简直就是天大的恩赐了，跟竹子有什么关系呀？既然东坡先生喜欢在房前屋后栽种竹子，制作竹笋炖肉应该是一个不错的选择。正是由于苏学士的努力，红烧肉才得以从平凡走向辉煌，从寻常人家的灶台走上了文人墨客的餐桌。"黄州好猪肉，价贱如粪土，富者不肯吃，贫者不解煮。慢著火，少著水，火候足时它自美。每日早来打一碗，饱得自家君莫管。"从这首苏东坡的《食猪肉》诗不难看出，老先生不仅"每日早来打一碗"解馋，而且还深谙红烧肉"慢著火，少著水，火候足时它自美"的烹饪之道，值得如今我们烹饪红烧肉时借鉴。

我们不得不佩服苏老先生在写诗赋词的同时，还有烹饪红烧肉的精湛技艺，简直就是"精神文明和物质文明两手都要抓，两手都要硬"的另类典范。也许老先生用他那生花妙笔一挥而就"大江东去，浪淘尽，千古风流人物"的豪放诗词，就是在吃完红烧肉之后，才思泉涌，才产生创作冲动的。文人各有迥异的创作习惯，李白可以"斗酒诗百篇"，东坡为什么就不能"吃肉词豪放"呢？

宋朝以后我国才以猪肉为主荤食，这与苏轼的推崇有很大的关系。现在烹饪猪肉的方法有很多，有炖肉、烤肉、熏肉、腊肉、酱肉、水煮肉、粉蒸肉、叉烧肉、狮子头、梅菜扣肉、蒜泥白肉，等等。若要论老少咸宜、妇孺皆知、官员与百姓同乐、阳春白雪与下里巴人皆好的，当推红烧肉。曾有学者提议要将红烧肉定为"国肉"，并揭示红烧肉的各种做法独具民族性、历史性、广泛性的特点。那油而不腻、香甜隽永的感觉让人难以忘怀，梦回萦绕，挥之不去。"火到东坡腻若脂，啖时举箸烂方知。"酱红油亮、酥香浓郁，这哪儿是一道菜呀，简直是一件艺术品！看上去晶莹透亮，咬一口满嘴流油，吃下肚通体舒畅，那种感觉简直妙不可言。网络上曾经流传过一个段子："啊！你的皮肤如此富有光泽，通身散发的香味如此让人难以抗拒，让我狠狠咬你一口吧——我亲爱的红烧肉！"段子很诙谐，居然把口福与艳福等量齐观了。

红烧肉曾伴随我们的记忆一同成长。我们"唱着东方红，当家做主站起来"之前，毛泽东同志用他那宏亮的声音说道："来碗红烧肉补补脑子吧！"然后他老人家运用那滋补出来的军事才智，指点江山、运筹帷幄，推翻了压在人民头上的"三座大山"。但有一段时间，他老人家带领国人"与天斗，与地斗，与人斗"感受到了"其乐无穷"，却忽视了人与自然的和谐相处，最后连饭都吃不饱，更别谈吃肉了。在那特殊的年代,猪肉都要凭票供应。竟有势利人家把如花似玉的大姑娘嫁给供销社的跛脚屠夫,就是为了"近水楼台先得月",隔三差五能吃上一碗女婿孝敬的红烧肉!

我们"唱着春天的故事,改革开放富起来",红烧肉这才如"旧时王谢堂前燕,飞入寻常百姓家",才被端上了千家万户的餐桌。改革,是协调各方利益的一种手段,如果老百姓不能得到实惠便"端起碗来吃肉,放下筷子骂娘"。我们在"继往开来的领路人,带领我们走近新时代"之后,在"高举旗帜,开创未来"之余,要努力把"五位一体"的经济建设、文化建设、政治建设、社会建设与生态文明建设这碗"红烧肉"推向更高的水平。

红烧肉见证了中华民族一段贫穷的历史,也馋了我们几代人。但愿普天之下,从此以后每家餐桌上都有一碗喷喷香的红烧肉。在新时期、新常态下,我们要落实科学发展观,大力推进生态文明建设,践行资源节约、环境友好的生态理念。现在生活富裕了,我们也不能忘本,再好吃的东西都要有所节制,千万不要做白天大块吃肉,到了晚上再拼命锻炼、消耗脂肪的蠢事儿。

朝思暮想

一、晨思

天亮不久，窗外几只鸟儿叽叽喳喳不停，其中有两只似在回应什么，鸣叫声一阵高过一阵，经久不息。

枕边的轻梦已经散去，索性坐起来仔细地听。虽然我听不懂它们究竟在说些什么，但从声音的频率、音量，我敢断定它们抒发的是快乐，是欣喜。江南的初夏真是一个神奇的季节，万物葱茏，到处孕育旺盛的生命力。

然而，看到这生机盎然的景象，我不禁顿生颓废：生命是可悲的，其结局都是悲惨的。人生就是通往坟墓的列车，无论你是腰缠万贯的富翁，还是一文不名的乞丐；无论你是身处庙堂的君主，还是居于江湖的草民，热情的，颓废的，成功的，失败的，快乐的，忧伤的，生命都在不断耗散，大家都在走向死亡。这或许是阶级社会里最公平的一件事儿。

无论你的心气儿有多高，不管你征服自然的本领有多大，生命还是渺小的。在浩瀚的宇宙，地球尚且是一粒微尘，个体生命又能算什么？生命又是脆弱的，脆弱得像一支风中的芦苇。"万里长城今犹在，不见当年秦始皇。"在历史的长河，生命就如一只朝生暮死的蜉蝣。

打开窗户,晨风里富含臭氧离子,吹在脸上,分外清新。仰望天空,万里无云,那蔚蓝的背后究竟还有什么样的神奇?你可以遐想,但你不得不承认宇宙是荒芜的,而且荒芜得惨不忍睹。在人的脑海里,太阳,星星,月亮,无不让人想象,使人联想。天空看上去很美好很迷人,其实都是人的一厢情愿。与之类似,生命的可悲也是一个千真万确的事实。

人们习惯用想象来美化生命,比如说生命很壮丽、很辉煌,其实都是人的一厢情愿。还是明朝秀才祝枝山在一员外小儿"满月"喜宴上说得对:"这孩子肯定要死的。"祝秀才虽然说了一句不合时宜的话,却道出了生命的实质。

古往今来亿万生命都已逝去,他们再没有回来,也没留下什么痕迹。即使那些名垂青史的人物最终也都成了一个符号,在地球这块巨大的石头上划了一道浅浅的痕,也慢慢地被岁月侵蚀,变得越来越模糊。因此,根本用不着去美化生命,应当照它的原样来看待它,美化与否,都于事无补。

然而,在客观看待生命的同时,也要懂得感恩。感恩大自然的赋予,感恩父母的养育,感恩师长的教诲,感恩朋友的帮助,感恩同事的合作,是他们成就你快意的人生。人要认认真真地活,快快乐乐地活,几十年之后就静静地消失在浩瀚的宇宙之中,消失得无踪无影。不要企图留下什么,一切都是过眼烟云,除了活过,最终我们什么也没有。

二、暮想

晚上在小区里散步,不小心被一辆电动车撞了。

车主是一位风韵犹存的美妇,后座上坐着小女孩,看样子是母女俩。她们一路说笑,在通往支路的拐弯处,迎面遇到我。我已经侧过身子，准备让她们先行，妇人却要避让我。慌乱中，只听她喃喃道："哎，哎……"车把晃动了几下，最后生生地撞上了我。

眼看她们就要摔倒，我急速一把拉住车把。她们安全停下了，可是车前轮撞在我的膝盖上，痛得我本能地要弯腰抚腿。

灯光下，妇人闪烁明亮的眸子，一脸歉意："真对不起，您受伤了吗？"

我强作欢颜说："还好，不碍事。"怕妇人不过意，我一边说着，一边弯身捡起掉在地上的书包，递给坐在车上的小女孩，"去补习班了吧？这么晚才回？"妇人笑笑说："是的，带孩子去学钢琴的。"

我对骑电动车的漂亮女性一向抱有一份敬意，毕竟在当下社会环境里，女人完全可以凭借姿色获得高档的物质生活，甚至可以换得宝马、奔驰车开。一个安于现状、甘受清贫的美丽女人必定有一颗高贵的灵魂！

人是天地间最宝贵的，宝贵不在于肉身而在于精神。先哲帕斯卡曾说："人是一支有思想的芦苇。"人，肉体是脆弱的，脆弱得如同芦苇，人的精神却是强大的，强大到你可以消灭他的肉体却不能撼动他的灵魂。人的高贵不在拥有财富多少，也不在于社会地位的高低，而在于拥有一颗有思想的高贵灵魂。

不为物质利诱，坚守道德底线，做自己喜欢做的事，努力实现自己的人生目标，骑着电动车也一样可以唱："我的未来不是梦，我认真地过每一分钟；我的未来不是梦，我的心跟着希望在动。"

因为膝盖痛而不能寐，写下这段文字，鞭策自己向高贵靠拢。

三、赏月

夜风清新，徐徐而过，东方显露一片玉白。月儿你悠悠而缓缓，婷婷又姗姗现出笑靥，越过树梢，越过楼宇，一路轻扬直至苍茫的天穹。

月儿，你很轻松，仿佛柳絮因风而起，可曾看见静候的我？你闪耀明媚的双目，抒发满腔的柔情，将坦澈浩荡的月光满天遍野倾洒。于是，朦胧的树林变得清晰，尖锐的楼壁变得平和。夜空清冽而爽朗，桐间露落，柳下风来。

我与你遥遥相视，好像传递爱意盈盈。月光穿透坚硬的顽石，荡涤灵魂的污垢。麻木的感官在月光下苏醒，迟钝的情感于月辉中敏锐。灵感之风在吹送，在我的心海荡起一阵阵涟漪；祝福的歌声在浅唱低吟：劝君更进一杯酒，西出阳关无故人。

举头望月，弯月似船，残月如钩，满月是海。想起在家乡的草堆上望月，在瘦西湖莲花桥下赏月，在悠闲的日子里，躺在阳台的藤椅上沐月。在月光清辉的照耀下，避遁忙碌的喧闹，抚平心灵的粗糙，平静而柔和地生活。

月光照着我，柔情似水，滋润心田。心中，有一些顽固在缓缓地融化，有一些禁闭在悄悄地开启。一股白天不曾有的柔情，不可遏止，溢上心头……

四、见识

夜读山西作家韩石山的博客，深感其对民国掌故的通晓。民国，的确是中国近代史上值得研究的一个时代，其时思想解放，文化繁荣，精神独立，人才辈出，傅斯年便是其中之一。

傅斯年作为五四运动的学生领袖、北大校长，在中国近代史上有其独特的地位。傅斯年无论做事、待人，还是为夫、为父，都达到一般人难以企及的高度：做事认真，待人热忱；家庭民主，善待妻儿。

层次决定胸襟，胸襟决定人格。层次、胸襟、人格，与知识不成正比。有些人学富五车，通身还是促狭气。层次、胸襟、人格，与地位、财富关系也不大。一个偏僻山沟里的老农，可能比有些企业家更具爱心。

民国时期的学者,收入颇丰,所以有定力、有精神。他们不必为蜗居而焦虑,无须为养老而担心,不必为医疗而纠结。他们是耐得住寂寞的人,是有思想的人;他们是忍受孤独的人,是有理想的人;他们是懂得忍耐的人,是有胸襟的人;他们是从容不迫的人,是淡定的人;他们是懂得微笑的人,是通达的人。

民国是一个积贫羸弱的时代,却具有独立的民族精神;今天我们经济发展了,物质丰富了,为什么出不了大师?大学行政化,教育产业化,是罪魁祸首。教授成了"农民工",学生成了流水线上的产品。方向错了,投入再多,也是南辕北辙。在民国思想璀璨的天空,傅斯年只是其中的一颗明星。

端午随想

　　端午日当午，清凌河水返崇光。水岸人家炊烟绕，箬竹叶飘香。林间彳亍空忧虑，汨罗江上赛舟忙。

——题记

　　自从与江山文学网结缘，我曾以清明、中秋、冬至、春节为题分别写了几篇小品文。虽然回忆过去，我的文字淡淡的有点忧伤，但总体上还算是积极的。我力图在岁月的交替中捕捉感人的生活细节，于时光窗口的背后观察世故人情。但愿读者能体会我笔端流淌的温情，与我一起感受生活的美好。

　　与清明、中秋、冬至、春节不同，端午，原先并不具华夏地域的普遍性，而只是我国南方地区的一个节日，后来才伴随民族文化的融合渐渐地流传开来，最后一直传到越南、朝鲜、日本等国。然而，即使在我国南方，不同地区对端午起源的说法也不尽相同。有说纪念楚国大夫屈原的，有说纪念吴国重臣伍子胥的，更有说为驱魔避邪的。电视连续剧《端午》就是纪念屈原的，试图在我们这个信仰日渐缺失的时代，通过弘扬屈原忧国为民的品性，给为官者树立榜样，为精英们重建道统，以期感召世道人心。

　　南方夏天，雨水偏多。五月雨后天晴，太阳热辣，地生瘴气。自先秦时起，人们普遍认为五月是个毒月，《吕氏春秋》中"仲夏记"一章要求人们在五月要禁欲、斋戒。人们迷信五月初五是一个恶日，相传这天魑魅当道，魍魉横行。《史记·孟尝君列传》里有记载，孟尝君的母亲偏偏在五月五日这一天临盆，其父甚至不让他的母亲在地上生下他。就连宋徽宗赵佶，因为在五月初五这一天出生，虽在即皇帝位之前被封为端王，也只好寄养在宫外别人的家里。

为了避"端五"忌讳，古人称之为"端午"。古时人们缺乏医学知识，误以为疾病皆为恶魔鬼神附于人体所致。到了端午这一天，必须悬天中五瑞，即菖蒲、艾草、石榴花、蒜头和龙船花方可辟邪驱瘟、逢凶化吉。菖蒲被认为是天中五瑞之首，象征驱除不祥的宝剑，插在门口可以避邪，故有蒲剑斩千邪之说；艾草代表百福，是菊科多年生草本植物，一种可以治疗疾病的药草，插在门口，可保家人健康；石榴花的根部可驱虫，对防治蚊虫有效；蒜头散发浓烈的气味可以杀菌；龙船花又叫仙丹花，其根茎具有清热凉血、活血止痛的功效。用现代科学解释，悬天中五瑞就是借助它们挥发的气味来清洁空气，杀菌驱虫。

端午喝雄黄酒的习俗在长江中下游地区颇为流行。俗语"饮了雄黄酒，病魔都远走"。雄黄是一种矿物质，俗称"鸡冠石"，其主要化学成分是硫化砷，还含有汞，有毒。一般饮用的雄黄酒，只是在白酒或自酿的黄酒里加入微量雄黄而成。家庭主妇在端午节这一天用菖蒲根泡制的雄黄酒在小孩子的鼻子、耳朵，或者额上画上一个个"王"字。孩子们在外面一阵胡跑，脸上落上灰，活像一个个小鬼。这种风俗叫作"画脸"，传说可以驱魔辟邪。

记得小时候每到端午这一天，母亲都要去镇上买一段由多股彩色线纺成的索子圈扎在我们手腕上，一直到农历六月初六才剪断了扔到屋顶上。乡间有"戴百索,防百脚"之说。百脚者,蜈蚣也,是一种有毒的虫子。此外,还有每到端午清晨,把与粽子一起煮熟的鸭蛋放在儿童的肚皮上滚动,然后剥去蛋壳给小孩子吃的习俗。热乎乎的鸭蛋在肚子上滚动让人觉得很舒服,据说可以祛除寒气,保证一个夏天小孩子不闹肚子。小时候端午节早上,母亲煮鸭蛋并不舍得立即让我们吃掉,就用土麻线织成一个网兜,把蛋放在里面,往我们脖子上一挂。一走路鸭蛋就在我们胸前滚动,很能考验我们这些馋嘴孩子的毅力。放在粽子锅汤里煮熟的鸭蛋似乎保鲜期要长一些,放上三四天也不变质。上学路上,我们脖子上挂着蛋,很神气,好"摆盛",遇到同样挂蛋的小伙伴就不住地晃动身体,让蛋碰撞起来,看谁的蛋先破。这就是"斗蛋"游戏。还有些人家实在穷,母亲买不起鸭蛋,就用五色花布做成小辣椒、小黄瓜或小粽子等玩意儿,挂在孩子的身上,以期驱除瘟疫。

虽然全国各地端午节的习俗不尽相同,但端午节都要吃粽子。去年回老家过端午节,遇见一位儿时的伙伴。他从美国回来探亲,盛邀我去他家吃粽子。粽子是由他八十多岁的老母亲李姨裹的。每只粽子有棱有角,有斧头形的,有风帆状的,还有像三寸金莲的,放在条案上如同碧玉,星罗棋布,特别好看。在现场观摩李姨裹粽子简直就是一种享受,只见她铺叶、裹叶、盛米、折叶、绑线……不到半分钟,一只精致紧实的粽子就裹好了。手指飞舞间,粽子仿佛焕发出了巨大的魔力,让李姨一下子年轻了很多。

李姨自幼家贫,吃糯香的粽子曾是她儿时每年在端午节最大的期盼。据说李姨八岁那年的端午,家里几乎揭不开锅,她从墙壁的缝隙中看邻居家人裹粽子。由于家里没有糯米,她就采来粽叶,从田埂上铲回松土,学着隔壁人家包粽子流程,包起了一个个"土粽子"。母亲看在眼里,将她搂进怀里哭了一场。此后,每到端午,哪怕家里再穷,母亲也会留出糯米让李姨包粽子。

李姨十八岁那年出嫁,到夫家的头一年,她裹的粽子就赢得村上人交口称赞。后来丈夫病故,她靠卖粽子补贴家用,把六个儿女拉扯大。儿女们个个都大学毕业,其中三个还出国留学,定居海外。在儿女们的印象里,小时候,母亲的身影经常在煮粽子薄薄的雾气里穿梭忙碌。农闲时,每天清晨,一家子的生活就从李姨揭开箩筐的粽香开始,待孩子们穿好衣服,她已将粽子准备好了。孩子上学后,她就挑起担子到小镇上去卖。小小的粽子里,裹着李姨生活的酸甜苦辣,裹着她对儿女的爱心。

"那时粽子一般都按个数卖,最便宜的三分钱一个。一天就挣个两三块钱。"回忆往事,李姨非常感慨。"粽子里,有妈妈一生的写照,全是妈妈对我们的爱。"说起母亲,李姨的小女儿眼眶都红了。虽然现在年事已高,但每年端午,李姨都会裹好粽子等着儿女们回家。"唐人街上也有粽子卖,品种也多,但只有妈妈裹的粽子里,才有家的味道。"李姨的儿子从纽约飞回来,吃着母亲裹的粽子感叹道。

那天我与李姨儿子边吃粽子边神侃。谈及在新加坡举行的"香格里拉对话会",我们都有感而发。伴随中国崛起,美国日益关注亚太,战略矛头直指我国。无论日本首相的发言,还是美国防长的讲话都透露出一个重要信息——美日根本不懂得尊重中国,换句话说,我们离一个真正的大国还有很长的距离。

美国总统奥巴马就曾公开说:"中国有 13 亿人,如果他们都能过上西方人这样的生活,目前地球上的资源不足以供给他们。"他还认为,不遏制中国的发展,西方人就不能维持现有的生活水平。我国作为世界上最大的发展中国家,一个对全球生态安全担负重要责任的大国,打铁还需自身硬,我们必须立即行动起来,走资源节约、环境友好型中国特色的绿色发展道路,否则就有被美日菲越等国裹"粽子"的危险。

"五月五,是端阳。裹粽子,灶头香。挂艾叶,香满堂。菖蒲插在大门上,出门一望麦儿黄。"这是过去老家流行甚广的一首民谣。如今,面对美日挑衅不止、南海纷扰不断,民族复兴、大国崛起靠什么才能实现? 社会和谐、节日温馨,靠什么才能保持?

与龟做伴

　　这次儿子回来过暑假，带了四只小乌龟，说是特地为我准备的。他想让我每天照料它们，算有事做，避免有伤身体的"葛优躺"。我理解孩子的好意，但对能否养好这几只小动物心里并没底，毕竟我没有任何饲养宠物的经验。于是我就有言在先："养得活养不活，是态度问题；养得好养不好，是水平问题。"

　　说起来我对乌龟是有愧疚的。我上小学四年级那年黄梅天，老家雨水特别多，我家天井里积了很多水。生长在天井的地板砖下的蚯蚓经不住水泡，纷纷爬了出来，随波逐流下河了。老屋的排水沟直通不远处的小河浜，蚯蚓便引乌龟上岸来觅食。

　　那天中午，雨后天晴，我放学回家，一走进天井就看见有只乌龟正在晒太阳。见到人，乌龟慌忙朝窨井爬去，准备逃生。我三步并作两步快速上前，用一只闲置的陶缸堵住窨井口。乌龟眼看回不去，只得调转身子往墙角爬，很快就被我逮住了。

　　接下来如何处理这只乌龟，全家人分歧很大。我和妹妹要养着玩，而母亲想把它杀了，炖汤给我们吃。过去扬州人视龟为吉祥物，一般人家不吃。在那个特殊的年代，食物太匮乏，母亲就顾不了那么多了。看见母亲从厢房里拿出厨刀，我顿感大事不好，连忙举起双手挡住母亲的去路。妹妹捧起乌龟就跑出屋了。母亲只好跺着脚骂：

"两个讨债鬼,有肉不吃?看你们就是吃素的命!"

这只龟身披橙红色的甲,金色的龟纹清晰可见,爬行动作很可爱,模样儿也很好看。我就在龟甲的尾部钻一只小孔,用一根细麻绳穿孔、扎紧,这样牵着龟就再不怕它逃走了。每天上学去,我们就把龟绳扣在长条凳子上,放学回家就喂蚯蚓给它吃。没过多久,乌龟就不害怕人了。只要我在它面前蹲下来,它就高昂起头来,吞噬我手里的蚯蚓。吃饱了,它还会伸伸懒腰,张开大嘴打个哈欠,一副心满意足的样子。

有一天晚上放学到家,看见舅舅在堂屋八仙桌上给我制作链条枪,就是用废弃的自行车链条制作的、装上火药能够发声的那种玩具枪。我在一旁只顾看着舅舅制枪,根本没留意地上的乌龟。

"开饭了,鲜美的甲鱼汤!"母亲欢快地把鱼汤下的手擀面端上八仙桌。我和妹妹马上狼吞虎咽起来,一边嚼着甲鱼肉,一边对视说:"好吃,真好吃。"

吃完晚饭,我正摆弄舅舅制作的火枪,就听妹妹一声惊叫:"哥,快来看!我们家乌龟不见了。"我连忙走过去,只见长条凳腿上只剩下一根麻绳,哪里还有乌龟的踪影!

我倒吸一口凉气:"难道是母亲把乌龟杀了冒充甲鱼招待舅舅的?"我和妹妹把堂屋找遍了还不见乌龟,便缠着母亲求证。母亲见瞒不过,只得实话实说了。

母亲话音刚落,妹妹就"哇"的一声大哭起来,一阵猛烈咳嗽后,把刚吃下去的晚饭全吐了出来。我一边轻拍妹妹后背,一边埋怨母亲:"不能够啊,晚上就是吃阳春面也不能杀乌龟嘛!"

舅舅过意不去,就批评母亲:"做事,要考虑孩子们的感受。我又不是外人,家里有什么就吃什么,何必如此兴师动众的?"

"家里有什么呢?穷得连一只鸡蛋都没有。哥,你难得来家一次，我总得想个法子吧。"母亲的口气自责大于辩解，无奈地说。

因为此事我自责了好长一段时间，总觉得这只乌龟惨遭屠杀与我脱不了干系。如果我不贪图逗它玩，早点放生，也就没有后来的事了。

现在儿子一下子带回来四只乌龟，给我创造满满的补过机会。我暗暗下了决心，一定要把小乌龟养好、养大，实现灵魂真正的救赎。

说干就干，我先在养龟网上了解乌龟的自然习性。这种水陆两栖动物，喜欢生活在比较潮湿的地方，以肉食为主，偏好小鱼、小虾、螺、蚌、蚯蚓、昆虫等，也吃瓜皮、麦粒、稻谷、杂草种子。乌龟属于变温动物，水温降到 10℃ 以下还会冬眠。在江南地区，乌龟冬眠期一般从 12 月底到来年 4 月初。当水温上升到 15℃ 时，它就活动起来，水温升至 18℃ 便开始摄食，在 25℃ 水温里食欲最好。

自从养了乌龟，人的整个生活都改变了。人一旦有了牵挂，便增加了一份责任心。为了给乌龟营造原生态的水生环境，我每天早上都要走半小时的路，到运河里去拎水。晚上下班顺道在菜市场买些小鱼小虾。回到家里开始喂食、训练。先将鱼虾剪成小块，然后用镊子夹住伸入龟缸，在龟的头顶来回转动。这时乌龟就伸长脖子，瞪着眼睛看，一旦发现镊子静止不动了，便一口咬住鱼虾。重复这样的训练，乌龟看见镊子就把头伸得长长的，好像在向主人行注目礼。晚上阅读时间长了，我就在龟缸前驻足，看一看龟爬便消除了疲劳。每天睡觉前，我都给乌龟换一次水，尽量让它生活在洁净的环境里。

乌龟是一种颇有耐力的爬行动物，白天一会儿爬到垫龟石头上，伸出头东张西望，一会儿又沉入水中畅游。乌龟有时会沿着缸壁整个立起来向上爬，常常摔得四脚朝天。只见它用力扫扫尾巴，就又翻过身来，一副憨态可掬的样子，然后继续爬行，可谓生命不息，爬行不止。

《礼记》有言："麟凤龟龙，谓之四灵。"可见龟为四灵之一，属于祥瑞的一种。四灵之中只有龟真实存在，麒麟、凤凰和龙都只是传说而已。古时文人爱龟。唐代诗人崔湜每称其兄必言"吾家龟龙"；南宋陆放翁晚年自号"龟堂"，还曾制一顶龟壳帽戴在头上，以示尊贵。据学者考证，国人"讳龟"是在元朝以后，究竟在哪里出了差错，不得而知。渐渐地，连有些国骂也带"龟"字了。

然而，与龟相处日久，感其温顺、坚毅的品性，有我中华民族性格特点。与龟做伴，学会在逆境中忍耐；与龟为友，即使被人误解，也能忍辱负重，坚定前行。

淘书小记

　　昨晚临睡前,突然想起我注册江山文学网差不多快一年了。回顾这一年来,我在江山遇到的人、所经历的事儿,不禁有一股感恩之情充溢心间,顿时睡意全无。我立即打开手机的 WPS 软件,毫不犹豫写下了"我在江山这一年"七个字,并以此为题一口气写了一篇抒情散文,洋洋洒洒,居然有四千多字的篇幅。

　　凌晨三点初稿完成,又加以补充完善,最后定稿时,看时间已经是早上四点半了。只睡了一个囫囵觉,七点一过就被太太叫起床,邀我陪她去菜场取一只昨天下午预订的现已杀好、拔了毛的老母鸡。我本想赖在床上再睡一会儿,经不住太太再三催促,虽然有几分不乐意,但还是勉强跟她走了,权当晨练吧。

　　太太见我一路上哈欠连天,便笑话我说,真是个大懒虫,一大清早就这样困乏!我只得告诉她因为写作,一夜几乎没怎么睡。

　　她让我赶紧回家继续睡。我笑说,睡眠就像人与黑夜谈恋爱,一旦分手岂有这么容易复合的?

　　到了杀鸡房,太太与摊主谈好价钱,等着取货。我便在四处闲逛。不知不觉走到一个卖旧货的摊位前。一张木质的台子上放着一个纸盒子,里面放着一些旧磁带、旧唱片。盒子外还竖放一些旧书。

　　我弯腰一看,竟有莎士比亚全集的残本,共计九本,由朱生豪翻译。我只知道梁实秋先生是中国第一位翻译《莎士比亚全集》的译者，那套书总共四十本。我对朱生豪版本究竟一共多少本并不清楚，所以就没有购买的欲望。倒是与莎翁全集残本并排放着的《红楼梦》引起了我的注意。

一看封面，我就知道这是由新中国红学家李希凡整理的；再细瞧，发现这套书于一九七四年十月由山东人民印刷厂印刷、人民文学出版社出版发行。全套书共四本，原价 3.45 元。这个版本是我在高中时，看见女同学沈俊曾经读过的。我曾想跟她借，终因那时害羞而未开口。

这次看到这套书，青春的记忆顿时在脑海里复活了。我当即决定不管多少价钱都要买下来。我四顾无人，便高声询问：老板在哪？

这时从不远处一个卖布鞋的摊位上走过来一位中年女子。她说，你想买书？不过卖书的人刚离开，你可以四处转转，等一会儿再来。

我有些迫不及待，又担心在我离开时，书被别人买走，所以就请她打电话给卖家。女人答应了。她放下电话告诉我说，摊主回去吃早饭，很快就回来。

我就拉一只小马扎，坐在树荫下，翻开一本一九八六年第一期《读书》杂志，一边阅读一边等人。

这期杂志第一篇就是著名学者梁治平先生的文章，题目是《法制传统及其现代化》。文章从三千多年前盛行在尼罗河流域、美索不达米亚平原上的古埃及文明所诞生的汉穆拉比法典对后来古希腊、古罗马法律制订的影响说起，全面分析了法与德在西方文明渐进过程中如何相互影响、相互促进，以及现代东西方文明在法学上所受的影响，结论是社会赖以存在的基础要有至高无上的法律，而非概念含混不清的"公平"，这与古罗马伟大的政治家西塞罗的"国家靠正义维持"的论点是相悖的。

在我看来，梁先生的观点是国家赖以生存的因，西塞罗的观点不过是果。我正沉浸在阅读愉快中，身后传来一句清脆的发问："请问哪位要买书？"我抬头一看，一位中学生模样的女孩转动明亮的眸子正四处张望。

我立即起身说，是我想买这套《红楼梦》。

她笑着说，叔，这套书价钱有点贵，你得有思想准备呢。

我连忙问价钱。

她说，全套书售价120元。现在看书的人不多了，买书的更少，就看在你在这里坐等的份上，再优惠你20元，一分钱不能少了。她说这些话时，一副认真相，不容商量的口气。

我立即答应说，好！一言为定，这套书我买了。

付完钱，我指着那本《读书》杂志问，这本卖多少？她回答说，两元。我拿出五元递给她说，不要找了。

她赧然说，这怎么行？生意是生意，说好的两元就两元。说着就从裤兜里掏出硬币找零给我。

我觉得这孩子蛮有意思的，便问了她具体情况。得知她的老家在河南，她随父母逃避计划生育、千里迢迢来到这座城市。一开始父母收旧货，得到的旧书当作废纸卖给造纸厂制纸浆。后来她慢慢长大了，觉得这样处理旧书籍太浪费了，就建议父母把一些经典好书留了下来，再卖给喜欢书的人。这样既可以补贴家用，又可以自己阅读，省得去书店买书看。

这套《红楼梦》她已经读过多遍，还在书上划划杠杠，写了心得。我翻开书，只见上面有不少记号，还有用铅笔写的字。

我为这个好学的孩子而感动，由衷地说，要不你还是别卖了吧？钱，我也不要了，就算叔送给你的吧。

笔端流云

319

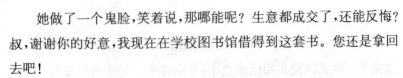

　　她做了一个鬼脸，笑着说，那哪能呢？生意都成交了，还能反悔？叔，谢谢你的好意，我现在在学校图书馆借得到这套书。您还是拿回去吧！

　　太太买了鸡就先回家准备午餐了。她见我买了几本旧书很奇怪地说，家里新书都看不完，你们单位还发买书购物卡，你还买什么旧书？脏兮兮的。

　　我摆出一副天机不可泄露的样子说，这，你就不懂了，一九七四年的书，保存到现在不容易，可宝贝了。

　　太太立即明白了，说，你这是为你孙男孙女准备的吧？只可惜现在孩子读书少了，电子阅读既伤眼睛，还没有原来读书的感觉。可是，时代在变，我们抗拒不了这个趋势呀。

　　我宽慰她说，书籍作为人类思想的载体，总有点收藏价值的，即使没有，我平时翻翻，也比去茶室打牌花费少吧？

　　太太这时才想到价格，得知原价和现价后说，价格倒不贵，你想，一九七四年那会儿，一元钱比现在一百元还值钱呢。

书论斤卖

不久前的一个晚上，我在小区里散步，走过健身广场，见那里灯火通明，便好奇地凑上前去，原来有人在此设摊售书。书摊的一头是一辆皮卡，顺着皮卡的尾翼绵延十多米，是一排用蓝色绒布铺设的桌子，上面呈三排摆放各类书籍，有外国文学、中国古典文学、国学经典著作、现代文化随笔，等等。摊桌的桌腿上绑着许多根竹竿，竹竿之间用电线连着，上面挂着由自备蓄电池提供电力的灯。摊位前空无一人，只有售书人坐在这一溜儿摊位旁，捧一本书随意翻着。我在文化随笔一类书丛中抽出由野夫著的《身边的江湖》《乡关何处》和《1980年代的爱情》三本书。

摊主见顾客光临，立即站起身来，堆起笑脸："你要买书？可以先看再买的，保证是正版。"我没有答话，就在灯下阅读由央视出镜记者柴静为《身边的江湖》这本书写的序。这是我的购书习惯，买书先看序言，通过序言可以对该书内容有一个大致的了解。读完序言，我抬起头，刚准备按标价付款，见桌上放着一台电子秤，很好奇，便问道："你这是书摊，又不卖萝卜青菜，要秤干什么啊？"摊主苦笑道："按斤卖书呗。来，我给你秤一下书。"我简直懵了："书也能按斤卖？这算什么事啊！"

摊主无奈地说："你到大街上随便问问，看还有几个人买书阅读。

我进的这些书，压在库房里也不是个事，若当废纸卖了，觉得很对不住那些写书的人。就便宜一点论斤卖吧，好歹还算是售书！"

摊主说得对，如今人手一部手机，传统意义上的阅读，已经被多媒体方式挤压变了形。在这样一个几乎什么都可以搜索的时代，一个无须深思、不用熟虑的时代，如同人有了电脑，不用写字；有了淘宝，不用做衣，各种信息就像杀气腾腾的土匪，持长矛，舞大刀，驾战车，黑压压地碾过来，我们只有招架之功，而无还手之力。人类的智慧被数据大潮淹没；先贤的思想被无聊信息割裂；哲学的宁静被浮躁杂音打破，人逐渐退化成了只会"衣"来伸手、"饭"来张口的机器。

不管现代传媒技术多么发达，都还无法取代文字的作用。就像数学中的极限一样，几乎所有的影视作品，你可以努力地趋近原著，但难以完整表达原著。现代人逐渐远离了书本，越来越不习惯在那些方块的缝隙中汲取知识的营养和智慧的芳香。我们的思维与想象正逐渐被电脑和电视越俎代庖。面对现代传媒运用高科技炮制的各种文化快餐，很少有人愿意去菜市采购、下厨房自己动手烹饪文化食品。

传统的阅读是一种精神行为，一种与作者思想交流的过程，这时书籍已经不是简单的文字载体，而是作者心灵的天地。文字每一行之间的空隙，就不是一般的空白，而是故乡两边盛开油菜花的田埂，或者曾经发生过温润故事的一条街巷，甚至载着恋人的乌篷船正在漂泊的一条河流。阅读是一种领悟，是一种欣赏，更是生命的一种美感。

读完野夫的《乡关何处》让我懂得什么是真，不管是"江上的母亲"，还是"大伯的革命与爱情"，抑或"流放的书斋"，都是真情的流露和实感的宣泄；《身边的江湖》让我懂得什么是智，无论"遗民老谭"，还是"民国屐痕"，都有审时的劝慰，与度势的教诲；《1980年代的爱情》让我懂得什么是纯，在那个特殊的年代，火样的青春年华，演绎的是一个个纯情故事,淡淡的有些忧伤,让人久久地回味。

阅读是一种幽思的过程;书籍是人进步的阶梯。捧起书,有如扶着妈妈的肩,走进故乡阳春的田野,又如握着朋友的手,感受一种温暖的亲密,还似捧着恋人的脸,期盼一种注视的永恒。与书交流,仿佛远离了江湖,回到乡关,再次经历那青涩的爱情……

泰戈尔说:"一个不重视文化的民族,是没有灵魂的民族。"什么是文化?文化就是要以文化人,换句话说,就是用人类的智慧、民族的传统、前人的经验,引导后人,感化今人。如今在某些人看来,文化已成了人生的奢侈。让人极度担忧的是,更有人天不怕,地不怕,既没有对宗教的虔诚,也没有先贤的敬仰,更没有对自然的畏惧,老子天下第一,随心所欲,毫无顾忌。所以,他们昧着良心,一点都不觉得可耻,非法所得,还沾沾自喜。

书论斤卖,是文化在沙漠化,是民族的悲哀,是社会严重的倒退!

隔岸观芦花

中午出席了一位朋友在本地一家豪华酒店举行的乔迁喜宴，许多年不见的老朋友都来了，大家一边享受美味佳肴，一边回忆年轻时的生活趣事，其乐融融。饭后，随主人去他的新居参观。这是一座坐落在国家5A级景区附近的联排别墅。新居装修的风格，简约而不奢华，还透出一股书卷气。给我印象最深的是每个房间里的壁画，按照功能选择不同的画。从画类上就能看出主人的生活情趣。一问得知，所有的画都是主人的公子所作，我不禁暗自称许。一幅挂在客厅的《水乡秋色》，让我想起自己装修新房的一段经历。

那年我买了新房，请人装修，妻不放心，要我一有空就去盯着。我想既然已经委托了装潢公司，就不应该再为装潢质量操心了。再说，我对居室装潢又不在行，往房子里一站，只会影响装修师傅们干活。想当初选择家装公司时，每家公司都曾信誓旦旦，保证工程质量。我将信将疑，最终选择了一家由朋友推荐的公司，以为朋友之间好办事。然而自从开工那一天起，我们与家装公司的矛盾就一直没有停息过。如同扫帚不到，灰尘不会自行跑掉一样，主人不到，装潢质量就得不到保证。扪心自问，我不是一个难说话的人，妻对居住环境的要求也不高，但就这么一件简单的活，让不讲诚信的人来实施就变得复杂了。无奈之下，只得向老父亲求救。

父亲虽然没有装修房子的经历，这辈子倒也建过三次房。第一次建房是翻建，那时我还年幼。记得当时老屋走形得很不成样了，不翻修随时都有倒塌的危险。老屋是祖上留下的，从严格意义上说，翻建老屋还不能算父亲自己建房。后来随着我和妹妹渐渐长大，老屋已住不下我们一家四口，父亲只得从微薄的收入里挤出钱来，在老屋的前面又盖了两间大瓦房。前两次建房，父亲都是迫不得已，第三次却是他主动要建的了。父亲第三次建房是在我结婚的前一年，当时我在城里已经分到了公房，虽然妹妹还没有出嫁，但家里还是很宽敞的。父亲建房的动议受到了家人的质疑。父亲的理由是，孩子们结婚后，势必添人加丁，回来需要更多的房间。我理解父亲的心思，经过几年的联产承包，他手里有了一些闲钱，很想为祖上增些光彩，更为子孙添点家业。我知道父亲的思想传统得几乎守旧，也认为他建房确实是一种浪费，但为了遂老人家的愿，最终我还是成了他唯一的支持者。

父亲所建的房子依然屹立在故乡，虽没有飞檐画栋，却也是青砖黛瓦，远远看去，典型的一个庄户人家。妻长在城市，不习惯农村生活，只是逢年过节我才带着妻儿回去小住。岁月就如珍藏在地窖的酒，让人久久地回味。不知不觉，我也到了父亲建房的年龄，有了与父亲一样的心思。不能在城里建，咱就去买！买房装修，接父母过来长住。装修房屋比起新建房子来要简单得多，我想父亲肯定能胜任装修监理这一角色。父亲倒也爽快，接到我求援的电话，立即放下收割稻谷的镰刀，从乡下赶过来了。

新买的房子位于城市的近郊，原先这儿还是一片农田，这几年城市发展很快，现在已经高楼林立了。从空中看过去，附近全是建成区,但地面上还可以看见未平整的田埂,还见到弯弯绕绕的小河浜。走在小区新铺的路上,看到麻雀儿在楼宇间穿梭,餐条鱼在水里游动,甚至冷不丁从地里钻出一只黄鼠狼来。这些尚未完全城市化的景色如同我本人一样,虽然在这座城市生活了许多年,但终不能与它很好地相融在一起。有一则化学规律,说的是结构相似的物质才能相互溶解,即所谓"相似相溶"。人也不例外,生活背景相似者的心性才能相通;世界观、价值观相近的人也才能相互理解。我的身上多少还保留乡村的朴实、田埂上的自然,这些特性与不讲诚信、唯利是图是无法沟通的。

第二天一早,父亲就要我带他去现场。新买的房子离我居住的地方步行过去需要一个小时,我让父亲骑自行车去,他不肯,坚持要走路,说什么要锻炼身体。妻在上班前已经为他准备好了午饭,他却不肯回,中午就到附近一家小饭店,买一碗面条将就一下。父亲很负责,早出晚归,在新房子里一待就是十个多小时。我很得意,为能请来父亲而沾沾自喜。不久,因公要出差,想到父亲在,我很放心地走了。

十天后,我出差归来。一进家门就感到气氛不对,妻沉默不语,父亲坐在一旁不住地叹息。我轻声地问妻子,究竟发生了什么事?说起父亲固执,妻一脸委屈。打地坪,父亲强调水泥与沙子要按他的比例;埋水管,父亲要坚持他的路径;做柜子,父亲按老规矩坚决要拼榫,弄得装修工无所适从。父亲自有他的理,说起来还振振有词。要知道,妻可是装修的"总设计师"啊。妻轻声与我商量,爸爸年纪大了,派不上用场,在这里只能添乱,还是让他早点回去吧。面对老父,我不禁犯难了。

我真的不忍心就这样让父亲回去,于是把妻子的话压在了心底。

又过了一天,由于父亲的疏忽,导致洗手间的地砖未能与墙砖对上缝,看上去很凌乱。父亲后悔没能记住妻的嘱咐,不停地责备自己。晚上临睡前,他对我说想回去。我终于松了一口气,可表面上还得不住地挽留。父亲很高兴,但坚持要走。我们留父亲又住了两日,为他买了许多礼物,大包小袋铺了一地。最后由我亲自送他到车站,一直看着他所乘的汽车离去。

送别父亲回来,发现柜子里少了两条中华牌香烟。妻子告诉我,全由父亲用了。我不信,父亲戒烟已经许多年,怎么会再犯烟瘾呢?妻没好气地对我说,他自己不抽,难道他就不能发给那些装修工人抽吗?我恍然大悟,父亲真是好人!

父亲回去后,监工就成了我。只要走得开,我就从办公室溜出来,哪怕只是装模作样,也要到房子里转转。

那天,趁着装修工休息的间隙,我从新房子里走出来。走着,走着,来到了一条尚未被平整的小河的岸边。伫足河岸,看到对面长着一片密集的芦苇。夕阳的余晖给这片摇曳在秋风里的植物,涂抹上了一层橘红的颜色,美丽宛如天边燃烧的红霞,温柔如同一只只纤纤玉手。她们在水中伫立,风起时,翩翩起舞,洁白的芦花在风中划出一道道灿烂的弧线。这是一道多么熟悉的风景!我仿佛又见到了故乡老屋后面的芦苇,她们柔美的身影,已经深深地印在我的心底。曾经有位少年就坐在临河的窗边,吹着清脆的短笛,婉转的笛声从小孔里缓缓飘出,在寂静的乡村里传得很远很远。

落日的余晖渐渐地逝去,苇丛飘来一阵阵清新的气息。随风起伏的芦苇,纤腰袅娜,似在发出爱的呼唤;百褶裙般的枝枝叶叶,似一双双张开的手臂待人拥抱。我不知道是不是在等待一个恒久的预约,静望对岸这片芦苇,多么希望能从芦苇丛中再走出一位丰满、多情的水乡女子，哪怕只是对我嫣然一笑，也能让我浮想联翩。多少个风雨如晦的日子，水乡人纯朴得如同一支蜡烛，燃亮我疲惫的眼睛，更像一盏明亮的灯，照亮我幽暗的心灵。

那个黄昏，一个秋季的黄昏，我有幸又一次置身于芦苇柔美、温馨的气息中。近郊的河水虽然已经被污染，不如家乡的清亮，却用自己的生命哺育出一团团雪白的芦花。芦花漫天飞舞，纷纷扬扬，瑰丽的弧线镀亮了我的额头。我好像又回到了童年，又一次感受到守信、朴实、坦荡。那些因为装修新房而产生的不快，都随飘飞的芦花，化作过眼的烟云，越飘越远。

yi 一

tu 吐

wei 为

kuai 快

清明随想

世界上真正幸运的人，我以为是那些以工作为乐趣的人，作家则是其中重要的一个群体。不管有多少烦恼，无论人生多么坎坷，至少他们在自己创作的故事里可以感受到真、善、美。对许多业余作者来说，写作也是享受，无论写得好坏，写了多少，都能品尝到谋篇布局的乐趣。还有的就是旅行家，将大自然当作书房，山川、大漠、原野便是书籍，他们在旅行中增长见识，获得乐趣。旅行的意义在于充分享受自由，无拘无束，任思想驰骋于原野，把想象放飞在天空，不必在意目的地，留意的是沿途的风景。从享受自由这一点看，作家与旅行家相似，写作也是一场旅行，是一场心灵的旅行。无论故事结局如何，作家在创作过程中都享受到了乐趣。

从绿色环保角度看，作家不消耗什么自然资源，不排放污水和废气，不用精密仪器和设备，不需要别人鞍前马后地服务，便能创造出被称为"文学作品"的产品。作家的职业只靠自己，不依赖别人。任何人不能剥夺他的从业资格，任何人不能强迫他违心地施展才华，任何人不能阻止他按自己的选择发挥天赋。从他们笔下流出来的是人类思想的精髓。他们的思想在自由驰骋，任何锁链束缚不住，任何贫困阻挡不住，任何关税限制不住。无论作品是好是孬，只要已经尽力而为，他们都会感到快乐。虽然在文字与文学之间存在一段很长的

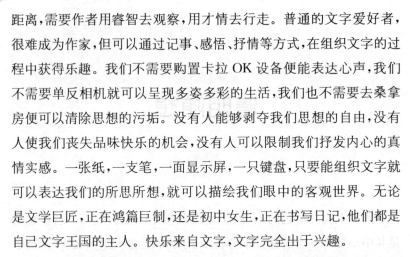

距离，需要作者用睿智去观察，用才情去行走。普通的文字爱好者，很难成为作家，但可以通过记事、感悟、抒情等方式，在组织文字的过程中获得乐趣。我们不需要购置卡拉 OK 设备便能表达心声，我们不需要单反相机就可以呈现多姿多彩的生活，我们也不需要去桑拿房便可以清除思想的污垢。没有人能够剥夺我们思想的自由，没有人使我们丧失品味快乐的机会，没有人可以限制我们抒发内心的真情实感。一张纸，一支笔，一面显示屏，一只键盘，只要能组织文字就可以表达我们的所思所想，就可以描绘我们眼中的客观世界。无论是文学巨匠，正在鸿篇巨制，还是初中女生，正在书写日记，他们都是自己文字王国的主人。快乐来自文字，文字完全出于兴趣。

生活的乐趣在于事业的成功，更在于无处不在的趣味。梁启超先生曾说："凡人必须生活于趣味之中，生活才有价值；若哭丧着脸挨过几十年，那么，生活便成沙漠，要他何用？"快乐在于发现趣味、享受趣味。如果说写作是一场旅行，那么，联系每一个段落的就是我们发现趣味与享受趣味的足迹。比如咏春，按民间"花历"，共有二十四番花信风，自小寒至谷雨，每五日为一花信，每节三信，即有三种花儿开放。从早春"闻道春还未相识，走傍寒梅访消息"到"竹外桃花三两枝，春江水暖鸭先知"。春分节气的三信，分别是海棠花、梨花、木兰花。梨花落后，清明在望。

"燕子来时新社，梨花落后清明。池上碧苔三四点，叶底黄鹂一两声。日长飞絮轻。巧笑东邻女伴，采桑径里逢迎。疑怪昨宵春梦好，元是今朝斗草赢。笑从双脸生。"晏殊这首《破阵子·春景》，通过清明时节的一个生活片断，将乡村少女的活泼姿态描写得活灵活现。在此季节，气息芳润，苔生鲜翠于池畔，鹂啭清音在丛林。清明节气的花信分别是桐花、麦花与柳花。古诗云："谢却海棠飞尽絮，困人天气日初长"，所以晏殊写"日长飞絮轻"。接着有两位少女，出现于作者的视野:在采桑的路上,她们正好遇着;一见面,西邻女就问东邻女:"你今天怎么这么高兴?夜里做了什么好梦了吧?快说来听听!"东邻女指着不远处的同伴笑道:"哪里呀,我刚和她们斗草赢了!"恐怕很难再找一句比"笑从双脸生"五个字更能表现少女笑吟吟的模样了。这首词有场景,有人物,有情节,还有欢快的结局,简直就是一篇微型小说。试想如果作者一直在京城长大,从来没有过一次乡村旅行,怎么能写出风格如此朴实、形象如此生动的作品呢?

　　杜牧的《清明》乡间稚童皆会吟诵。"清明时节雨纷纷,路上行人欲断魂。借问酒家何处有,牧童遥指杏花村。"诗的第一句写到雨,清明是人们悼念先辈、至亲的日子,连绵不断的细雨,仿佛是天在流泪,与人同悲。第二句写人,那些出门在外的游子,更是心痛难忍,几欲断魂。无奈之下,欲借酒浇愁,急寻酒家,有牧童随手一指,酒店在杏花中时隐时现。至于酒喝了多少,感情有没有得到慰藉,还是让读者自由想象吧。杜牧恐怕想不到,在他之后又有许多变体《清明》,妙趣横生。有人将《清明》改为三言诗:"清明节,雨纷纷。路上人,欲断魂。问酒家,何处有? 牧童指,杏花村。"还有人改其为四言诗:"清明时节,行人断魂。酒家何处? 指杏花村。"更有人觉得《清明》这诗不够精炼,清明就是时节;行人必然在路上;第三句既然是问句,"借问"就成多余;"牧童"只是被问者,无关大要。因此主张将每句去掉两个字,则成一首五言绝句:"清明雨纷纷,行人欲断魂。酒家何处有? 遥指杏花村。"后来还有人将这首诗改为《南乡子》:"清明时节,雨落纷纷。断魂人借问,酒家何处有? 牧童遥指,不远杏花村。"当代有人用这首诗还改编成了短剧本:"时间:清明。地点:路上。人物、情节:行人欲断魂,借问酒家何处有? 牧童遥指杏花村。"更有甚者,干脆将诗改为电影剧本镜头:清明时节,雨纷纷。路上。行人:[欲断魂]借问酒家何处有? 牧童:[遥指]杏花村。

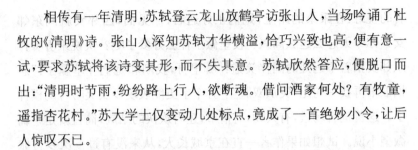

　　相传有一年清明，苏轼登云龙山放鹤亭访张山人，当场吟诵了杜牧的《清明》诗。张山人深知苏轼才华横溢，恰巧兴致也高，便有意一试，要求苏轼将该诗变其形，而不失其意。苏轼欣然答应，便脱口而出："清明时节雨，纷纷路上行人，欲断魂。借问酒家何处？有牧童，遥指杏花村。"苏大学士仅变动几处标点，竟成了一首绝妙小令，让后人惊叹不已。

　　清明前后正值海棠花开。苏轼曾作《海棠》："东风袅袅泛崇光，香雾空蒙月转廊。只恐夜深花睡去，故烧高烛照红妆。"其实这首诗也可以改写成小令："东风袅袅，泛崇光。香。雾空蒙，月转廊。只恐夜深花睡。去！故烧高烛照红妆。"春风习习，春意融融，处处花香。在这雾朦的月色中，诗人伫立曲廊之上，只怕海棠深睡，急急地吩咐仆人："赶紧去点一支蜡烛来！"仆人点燃红烛，让主人了却赏花心愿。

　　同样写清明时节的人、物、事，晏殊与杜牧观察角度不同，一个抒发的是欢快，一个描写的是悲伤。这不仅仅是他们对眼前的事物或环境看法不同，更因为这些事物引起他们各自不同的内心感受，引发他们奇思妙想。有句话说得好：心有多大，天有多大。只要我们心怀感恩，善意待人，在生活中不断发现趣味和享受趣味，呈现在我们面前的就是一幅幅美景，人生的旅途上也会鲜花盛开，快乐常在。

自然之气

　　过年,迎来送往,每天大鱼大肉,海吃猛喝,弄得消化不良,隐隐胃疼。正如梁实秋先生所言,缺啥不能缺钱,有啥不能有病。人,一旦健康出了问题,生活质量陡然就下降了。后经医生诊治,自己调养,才渐渐止住。胃不痛了,但又有了一个屁多的毛病。只听得小腹一阵"叽咕,叽咕"作响之后,屁流便要"喷薄而出"了。在公开场合放屁肯定是不礼貌的,天冷在密闭的空调房间里放屁更不卫生,所以只得经常在办公室外走廊上溜达,看似闲庭漫步,其实有莫大的苦衷。

　　我们每个人大概都曾放过屁,不管他多么高贵,无论她如何美艳,但很少有人把放屁的事儿记在心上。我小时候生活在农村,乡下空旷,一屁既出,还没闻到什么味儿,便随风而逝了。但在课堂上放屁会引人侧目的。记得有一次,不知何人放了一个闷屁,奇臭无比,一位家住镇上的女生一只手紧捂鼻子,另一只手作扇子状,不停地扇动鼻翼。老师看不惯她娇气的样子,调侃说:"你捂着鼻子,不是用嘴吞吗?"还有一次,只听得"咿呀"一声屁响,沉闷的教室立刻活跃起来,连老师都放下教具,"与民同乐"一阵。笑过之后,课堂又恢复了严肃。然而总有人忘不掉那委婉的声响,偷偷地又笑,以致这堂课上得断断续续的。老师刚想发作,下课铃响了。

　　几个调皮男生在课间密谋,欲借屁整人,于是拼命吃炒黄豆,喝

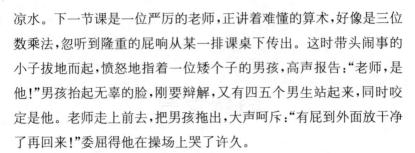

凉水。下一节课是一位严厉的老师,正讲着难懂的算术,好像是三位数乘法,忽听到隆重的屁响从某一排课桌下传出。这时带头闹事的小子拔地而起,愤怒地指着一位矮个子的男孩,高声报告:"老师,是他!"男孩抬起无辜的脸,刚要辩解,又有四五个男生站起来,同时咬定是他。老师走上前去,把男孩拖出,大声呵斥:"有屁到外面放干净了再回来!"委屈得他在操场上哭了许久。

但那位老师很快就后悔了。因为在他转身去黑板上板书时,寂静的教室里,传来一串奇怪的声响,好似鱼在水面上冒出的气泡。毫无疑问,为人师表者,在课堂上放屁应该有所节制,所以他努力把气流缩进,以至于第一个音符奏响时有些犹豫,接着就放一阵,停一阵,断断续续的。大家既想笑,又不敢笑。一堂课就这样搞臭了。

放屁虽然难免,但因气味不佳,总被人视作坏事。而那屁的主人也常感到无地自容。在非洲某个部落,有位德高望重的老人在向头领鞠躬时不慎放了一个屁,事后他羞愧得悬梁自尽。利比亚有个部落十分讲究礼貌,规定凡在外人面前噼啪放屁者,将被放逐。中国人对屁事还算通融,往往讽刺几句,一笑了之。但个别情况下也可以看出一个人的担当。据传,某省级领导秘书即将外任某经济发达县级市市委书记。这天他陪领导外出视察。在一高新区大厦的电梯里,领导放了一个屁。此屁怪声隆隆,臭气熏天。在场的人都知道为领导所为,但全都面无表情。领导则死盯着身边的秘书。秘书非但不作任何表示,还以手当扇,不停地扇。后来该秘书去了省总工会只担任了一个副部长。该领导说:"屁大的事都不肯担当,还能干什么大事?"

从科学角度看,屁听起来是人放出来的,实则肠胃里的食物在厌氧状态下经过微生物发酵而成。屁味与其所含氮、硫的成分及总量有关。像一些物质,如一甲胺、二甲胺、三甲胺、硫化氢、甲硫醇等味道都是很臭的。如果所含成分不含这些物质，当它从体内排出，通常只会发出一阵肉质的喧响，但不会臭气熏人。你越挤压，音响效果越壮观。一个屁，氮气占了一半以上，其余是甲烷和极少量的硫化氢，几乎和普通的沼气一样。

西方有些人抱怨中国人爱吃猪肉，排放温室气体多，导致气候变暖。撇开文化歧视不谈，世界上有些民族视猪为不洁之物，忌食猪肉，但养猪与温室气体排放的确有很大的关系。在广袤的大气层里，包括人在内所有动物放出的屁，对地球也是一种威胁。世界上13亿头牛每年放的屁大约就有5亿多吨甲烷，还有马、羊、猪等排放的温室气体总量可观，以至于澳大利亚、新西兰等农牧业发达国家都征收牲口的屁税了。

然而，屁又是非放不可的。俗话说，有话就说，有屁快放。从健康的角度讲，忍屁不放对身体害处颇多，就像有话整天憋在心里，容易诱发抑郁症。现在网络给人提供了一个说话的机会，有什么话在网上和人说一说，听听大家的建议，再怎么为难，也不会闷出病来了。在某些高雅的场合，不能随便乱放屁，但可以预先向旁人打一招呼，找一个借口，走到一通风处，装作若无其事的样子，轻轻地把屁放跑。如果还担心那气味会或多或少地残留在衣服里，让嗅觉灵敏的人闻了不舒服，也可以像如厕那样，脱去裤子再放。虽说多此一举，但完全出于公益，还是值得鼓励的。当然，有些屁很快捷，不容你作任何准备，它就已经溜了出来。在这种情况下，最好还是主动跟人打一声招呼，免得人家说你傲慢。

如今每逢干部涉嫌严重违纪违法接受组织调查的消息一出，媒体便铺天盖地地揭发其当政时的种种恶行。人们不禁要问，他在台上时，媒体为何不能监督、规劝他？非要等他下台后，才做"事后诸葛亮"，放"马后炮"？西方国家也有官员贪腐，但媒体会主动爆料，让他们自省自纠,然后主动辞职,最后不对社会造成更大的损害。这样的监督,才是真正治病救人。贪官下台,罪有应得,但作为个人还应该享有隐私权,其法律上的尊严应该得到尊重。有些媒体热衷于挖贪官的香艳故事,特别是一些床上细节,好像他们就在旁边看到似的。这种凭空捏造,肆意胡编,除了制造娱乐效应,对反腐起不到任何作用。

在我看来,一些不负责任的媒体的胡说八道就如同放屁似的。但仔细一想,两者还是略有不同的。放屁就像即席发言,很简短,直截了当,屁过之处,前后左右会象征性地掩鼻,然后迅速恢复常态,其影响并不深远。有些不负责任的媒体就不同了,连篇累牍,抑扬顿挫,却谬误百出;滔滔不绝,口若悬河,却子虚乌有。个别主流媒体,也跟着转载,真是"一屁既出,覆水难收",臭得人仰马翻,影响社会和谐与稳定。

上世纪七十年代,初中语文课本上曾有毛泽东同志的一首词《念奴娇·鸟儿问答》,其中有一句:不须放屁! 当时很困惑,诗词是很高雅的,怎么能出现"屁"呢? 再说,您老人家管天管地管人,难道还要管屁? 与天斗,可能"其乐无穷";与地斗,也可能"其乐无穷";与人斗,还可能"其乐无穷",与屁斗如何能"其乐无穷"? 那一股带着异味的气流"不以人的意志为转移"地逃逸人体,您不许也不行啊。后来才知道,他老人家表达的是鲲鹏对雀儿的不屑,赞美的是鲲鹏恢弘的气魄与大无畏的精神。词中的鲲鹏是中国共产党人的自喻,而雀儿暗指前苏共。现在重读这首词,不禁被无产阶级革命家的豪情折服。一切罔顾事实、逆历史潮流而动的妖言,何不如同放屁一般?"不须放屁!"无疑是一声正义的断喝。

一吐为快

一、与自然为友

爱美之心，人皆有之。审美既是一个过程，更是一种意识。它是以人对环境美学属性的能动反映，包括人的情趣、经验以及对美感的认知。美感起源于人与自然的相互作用过程。自然的色彩和形象特征，比如清澈、秀丽、壮观、优雅、净洁，使人在与自然的交流过程中得到美的感受。人通过对美感认知进一步改造和保护环境。这就是审美意识的形成和发展。审美意识与社会实践发展的水平有关，具有强烈的个人色彩。审美意识和环境意识可以相互起渗透作用和转化。注意培养公民的审美意识，可以提升大家保护环境的情感动力，进而促进环境意识的发展。

孔子在《序卦传》写道："有天地，始有万物焉。盈天地之间者，唯万物。"圣人的观点是，有天地，然后有万物；有万物，然后有男女；有男女，然后有夫妇；有夫妇，然后有父子；有父子，然后有君臣，……然后才有社会。从这个意义上说，人与社会，都是自然的一部分。尊重自然、保护自然，其实就是保护人类自己！

自然界和人类社会都有一种状态，叫平衡。小到打牌，上半场手气背，下半场有起色。大到生命，年轻时吃太多，年老时就不能吃。

更大到自然生态系统,过度开发,造成生态失衡,生物多样性锐减,气象地质灾害频发。我们必须树立尊重自然、顺应自然、保护自然的生态文明理念,坚持节约优先、保护优先、自然恢复为主的方针,把生态文明建设放在突出地位。从我做起,从小事做起,生产善待环境,生活关心生态,消费不忘平衡。

我们不能迷信技术。技术并不能增加资源,只能增加资源转化速率。比如速成鸡,就不是传统意义上的农产品,而是含高新技术的工业品。恩格斯在《自然辩证法》里曾告诫我们,不要陶醉对自然的胜利。在第一步都取得了我们预期的成果,但在第二步、第三步都有了出乎我们意料的结果,常常把第一步成果又取消了。

云天留白雨滂沱,赤焰舞龙卷长空。霹雳春雷震天响,狂风大作怒潮涌。一场大雨从贵州、广西和江西,席卷江苏、浙江和福建,纵横三千里,摧枯拉朽势。不管人类智力多么高,能力多么强,组织多么严密,也不管取得了多大的成就,在自然面前,我们都是渺小的。我们只能道法自然,利用自然,任何企图征服自然的想法与行为都是愚蠢的。

康德说:"有两样东西,愈是经常和持久地思考它们,对它们历久弥新和不断增长之魅力以及崇敬之情就愈加充实着我的心灵:我头顶的星空和心中的道德准则。"每到世界人口日,我们都应该怀念马寅初先生。五十多年前对马先生的批判既不畏自然准则,又不具良心与道义。多生超生,最终给国家造成了沉重的负担。

"人间四月芳菲尽,山寺桃花始盛开。长恨春归无觅处,不知转入此中来。"白居易这首诗说明一个道理:时间是一切的见证者。生命是一个不可逆的过程,从幼稚,到成熟,直至衰老。"蜡炬成灰泪始干",不断在耗散。资源的开发利用与此同理。虽然物质不灭,能量守恒,但一定是从可利用状态转为不可利用了。

引用史铁生的话："在还没有你的时候，这个世界已经存在了很久；在没有了你的时候，这个世界还要存在很久。"同样，在人类还没有出现的时候，这个星球已经存在许久，即使人类灭亡，这个星球还要存在许久。自然是人类共同的母亲；地球是我们共同的家园。做自然的臣民，请保护环境，请珍惜这个美丽的星球！

二、亲恩难忘

我们不仅要爱护环境，更要爱护母亲。

本地兰陵大厦的楼顶上立着一块广告牌，上面写有"莫让岁月伤害母亲"，落款是一家妇科医院。虽然广告由商家所为，其内容却是完全公益的。记忆里，劳动一直伴随母亲。割麦，插秧，处处皆可显能；缝纫，烹饪，样样都是好手。当我们在季节的交替中长大，母亲在变老；当我们慢慢变老，母亲渐渐衰弱。自然法则是无情的，但我们可以用关心、爱护，抵制岁月对母亲的侵害，让她们过一个安详的晚年。

读《再不让妈妈的玉米老满地》这篇博文，心有触动，一股柔情不可抑制地涌上心头，亲情溢满了心间。作者写道，她离老家不远，最近却很少回去看望妈妈。原因抑或借口很多，比如回家的路况不好，刮车底盘；比如上班忙碌，难有空闲。实际上是她自己家里买了电脑，更多时间泡在了网上。很多时候，想母亲了，便拨通电话与她聊聊。听听母亲的声音，知道她一切安好，随便找一个原因，便一次次打消了回家的念头。前几天，母亲连打了好几次电话，告诉她，园子里的菜可多了，西红柿红彤彤的满地都是，黄瓜都要老了，你最爱吃的粘玉米这几天就能吃了……她总嘱咐妈不要惦记小辈，自己多做点好吃的，却始终没回去过。最近妈妈让弟弟捎来一大堆东西，还有几个老玉米。玉米不大，米粒排列也不规则。弟弟告诉她，大的老得不能吃了,就剩这小的还嫩些。作者无奈地把玉米煮在锅里,不一会儿闻到了香味。吃上老玉米,只一口,一股特别的浓香就溢满口齿间,心一下子热起来,眼睛立即模糊了。是啊,这是妈妈种的玉米!看到这里,我流泪了,想起了母亲! 想起了她看着我们津津有味吃饭的样子。作家肖复兴说,孝顺宜早。多回去陪陪妈妈,再不让妈妈亲情的"玉米"老满故乡的"地"。

我的母亲已经走过七十五个春秋,已经走到了人生最后四分之一程。我无法确知她能走多远,但我希望永远陪伴她。母亲没有做出什么大事,过去没有,将来更不可能。但母亲很要强,啥事都不甘居人后,这辈子就吃这个亏。

中秋节回老家,当我拿钱给她补贴家用时,她说什么也不肯收,边推辞还边数落我:"你春节回来给钱,清明节回来也给,端午又给。这次回来还给? 好像我的日子苦得没法过了。"我知道他们老两口在乡下,自己种菜,自留地打粮食除了用作口粮外,每年还可以饲养几十只鸡和一只羊。父亲有退休金,二老的日子还算过得去。只是随着年纪越来越大,父母亲用在医疗方面的支出越来越多,加之如今物价飞涨,他们的生活水平并没有与整个社会发展同步。

其实,母亲误解了我的意思,我每次给她钱,不是接济她老人家,而是出于一种孝道。这个昔日铁姑娘队的队长,再不肯示弱,也不至于与儿子较劲吧? 要强的母亲在生产队干农活、自家老屋翻修、儿女们身上穿戴,甚至亲朋之间随礼,她都要比别人强,比别人好,比别人多。她本来体质就差,年轻时要强,落下一身的病,现在每年看病花费颇多。

这次在老家陪她闲谈,她说着说着就流下眼泪。我慌忙问她有什么难处,她叹了一口气道:"忙了一辈子,也没能给子女留点财富,现在老了还要花你们的钱,心里很不是滋味。"我耐心地开导她:"您在物质极度贫乏的情况下能把我们兄妹拉扯大，培养我们读书，这就是了不起的成就。您教会我们严律自己，宽厚待人，勤俭持家，积极进取，这都是我们享用不尽的人生财富。过去您透支了健康，为我们创造出虽不富裕却很温馨的生活，现在该由我们出钱换回您的健康。这是很自然的事情，千万不要过意不去。"经我开导，母亲快乐了许多。我感到欣慰。

对于年纪大的人，保持快乐的心境尤为重要。所谓身心健康是相互关联的，心情愉快是身体健康的基础。现在看来，要强固然是一种鞭策自己不断进步的内在动力，但同时也使人失去了关注这个世界、享受美好生活的机会；太要强则是对自己身体与心理的一种折磨。随遇而安，并不颓废，而是一种审时度势的做人境界。

我不奢望能改变母亲的性格，只想顺着她，让她的晚年生活得舒适，比她的同龄人好。孝顺，就是要顺着长辈的心意做。

三、祝福母亲

每年五月第二个星期天是西方人的母亲节。现代母亲节是美国人为了告慰那些在南北战争中失去儿子的母亲而设立的，最后以法定的形式规定下来是在1914年。那年5月美国国会正式通过决议，要求上至总统、参众两院议长、首席大法官，下至联邦政府的普通雇员一律在母亲节这一天佩戴白色的石竹花。总统还发布声明，要求在所有公共建筑物上都悬挂国旗，以表达人们对美利坚合众国全体母亲的热爱和尊敬。

远离母亲的孩子，在母亲节这一天再怎么忙碌都要打电话向母亲问好。身边的儿女为了感谢母亲的养育之恩和她的辛勤劳动，母亲节这一天总要向母亲赠送节日礼物。节日里，每个母亲都会满怀喜悦的心情，接受孩子们和丈夫赠送的礼品。当年轻的母亲收到孩子自己动手制作的上面用蜡笔稚气地写着"妈妈,我爱你"的字样的卡片时,感到格外自豪和欣慰。当然,最普通,也是最珍贵的礼物就是把母亲从繁重的家务劳动中解放出来,让她尽情享受节日的温馨。

改革开放后国门打开,各种洋节涌入中国,大多沦为商家逐利的口实,唯母亲节在公众的心坎上堆起思念家乡、怀念母亲的温柔。犹太人有一谚语:因为上帝无法照应每一个家庭,所以给我们派来了母亲。母爱是人世间最无私的爱,无私得甚至可以付出她们自己的生命。母爱是最朴实的爱,朴实到用最浅白的语言便可表达她们对子女的关怀。母爱是最博大的爱,博大到对自然、对人间所有的生命都有一份怜悯。

时光如水,年华易逝,我们长大了,母亲容颜渐老;我们成熟了,母亲白发如雪。成语"伯俞泣杖"讲了一个小故事:汉朝时有一个叫韩伯俞的人,生性孝顺,其母家教甚严。伯俞偶有过失,母亲就用拐杖打他。伯俞每次跪下,甘受母亲杖责,毫无怨言。某日,母亲又拿起拐杖打伯俞时,他忽然大哭起来。母亲觉得奇怪:"从前打你,你总是乐于受罚,从不流泪。今天打你,为什么哭呢?"伯俞回答说:"从前儿有过失,母亲打我感觉很痛,知道母亲身体康健。如今打我不觉痛了,感觉母亲精力已衰,恐怕母亲来日无多,所以悲从心来。"这个故事与一则电视公益广告"别让等待成为遗憾"的要义是一样的,即告诫人们孝顺宜早,千万不要等到母亲感受不到了才想起孝顺。

《诗经·卫风》:"焉得谖草,言树之背。愿言思伯,使我心痗。"诗文以女性的口吻,道出了对征战在外的夫君的思念。谖草就是忘忧草,又叫萱草花。后来我们的先人渐渐以萱草花比喻母爱。唐代诗人孟郊有诗曰:"萱草生堂阶,游子行天涯。慈亲倚堂门,不见萱草花。"意思是说,萱草已经长满了台阶,出游的儿子行走在天涯;母亲倚在门前眺望远方,盼孩子早日归来。短短数句,思儿心切之情跃然纸上。

对于大多数男人来说,母亲就是一个家,母亲在,家就在;对于很多女人而言,最大的幸福莫过于有人叫她母亲,有人她叫她母亲。最美的语言不是诗句,而是你回到家里,母亲对你不爱惜身体嗔怪的唠叨;最美妙的声音不是音乐,而是母亲一边纳鞋一边哼唱的摇篮曲;最动听的话不是情人耳边的窃窃私语,而是母亲要我们回家吃饭的喊话;最可口的美味,既不是宾馆饭店桌上的佳肴,也不是深山老林里的野味,而是母亲亲手做的那道家常菜;最关注的目光,不是恋人眼睛里的情意绵绵,而是分别时母亲在村口的眺望。

母爱是开放在故土最美丽的花;母爱是远在天涯游子思念最沉的行囊;母爱是一眼永不干涸的清泉,滋润儿女们所有的渴望;母爱是一行行清新的田园诗,为儿女种下安然,收获希望;母爱是一幅幅淡雅的山水画,教儿女朴实无华,自然成长;母爱是一首首深情的歌,《妈妈的吻》《烛光里的妈妈》《世上只有妈妈好》,儿女们唱得婉转悠扬。

母亲就是无私,母亲就是关怀,母亲就是爱!母爱曾经是幼时的我躺在病榻上你那焦灼的泪;母爱曾经是青年的我每取得微小的进步你那掩饰不住的喜;母爱现在就是每天伴随在我耳边听不到就浑身不自在的倦。百年母亲节,百倍爱母亲。祝我的母亲和天下所有的母亲长命百岁,健康永远!

喝　酒

　　到了人生的秋天,记忆俯首可拾,如同遍地飘落的树叶,每一片都记录生命的讯息。虽然心有不甘,但你不得不向"眼前的事情记不住,过去的事情忘不了"这句话低头。幸好回忆过去,想起生命里遇见的人,想起曾经发生的事,总有某种感动在我的心头涌起,并随心情向灵魂深处荡漾开去。

　　十年前的一次喝酒经历,我现在想起来还有一种莫名的感动。

　　那是一个周末,我应一位乡镇领导之邀,组织几位同事赴一农家乐晚宴。

　　下班前,我去汽车美容店,经专业人员洗涤、抛光、打蜡,旧汽车顿时光亮一新,如同从美容院走出的女子,光彩照人,却不是原色的。

　　发动汽车,接上同事,大家一路欢声笑语赶往郊外小镇。

　　正值下班高峰,市区道路红绿灯多,出城已属不易,赶到目的地,已经是晚上七点。

　　饭店坐落在一农家小院里。进入包厢,我向久等的东道主连声说抱歉。然后按照主客顺序一一介绍双方人员。

　　落座,碰到一个难题。我们这边的人都说饭后要回机关取车,谁都不肯喝酒。无酒不成宴席,经主人再三力劝,最后妥协,作为牵头组织者,我必须得喝。由一位与我顺路又不能喝酒的同事帮我把车开回家。盛情之下，却之不恭。我们同行三人都换上白酒。一时间相互敬酒，觥筹交错，把酒言欢，其乐融融。

我的酒量本就不大，一两落肚，面红耳赤；二两喝完，有些兴奋；三两一喝，瘫坐如泥，酣睡不醒。其时，我正为这顿晚餐喝酒气氛轻松而庆幸。

突然，一阵喧哗，进来四位不速之客，其中一位女士还端着白酒。

经主人指点，他们一一向我敬酒，我都象征性地喝一点，没人过分强求。

等到那位女士给我敬酒，情况全变了。

这位女士看上去年纪还不到四十，据介绍是该镇安全生产办公室主任。她挂着腼腆的笑，略显疲惫，端着酒慢慢地走到我身边，提议与我一起干杯。

尽管我看到她的杯子里的酒比我多出许多，但还是不敢贸然答应。许多男士因为轻视女性的酒量而惨遭酒场滑铁卢。

她越是劝酒，我越是不喝。实际上是不敢喝。

眼看局势僵住了。倒是东道主解题巧妙。他让那位女士把我的杯子里的酒，往她的杯子里倒了一半，这样她的杯子里就满满的了，估计足有三两。

她对我微微一笑说，先干为敬！连忙就要举杯。

我一把拉住她，真诚地说，你的心意我领了，这酒会伤害你的，千万别喝完。

主人给她略使眼色，只见她仰头一饮而尽。大家立刻惊呼，鼓掌。

我像一个犯错的学童，僵站着，端着酒杯的手怎么也举不起来。我怔怔地望着她，她那瘦小的身躯如何能抵挡这么高强度酒精的侵袭？

一吐为快

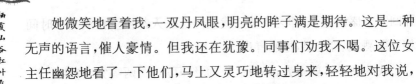

她微笑地看着我，一双丹凤眼，明亮的眸子满是期待。这是一种无声的语言，催人豪情。但我还在犹豫。同事们劝我不喝。这位女主任幽怨地看了一下他们，马上又灵巧地转过身来，轻轻地对我说，你不喝，我来帮你喝吧！说着，伸过手来就要端我的杯子。

这是一双长着兰花般的手，纤细、修长，如果弹奏钢琴，一定悦耳动听，端着酒的姿态，也有几分美感。我像欣赏艺术品一样，只是呆呆地看着。

她又说了一声，我喝！声音提高了三度。

我从恍惚中醒来，手如同鲤鱼打挺，翻过她伸过来的手臂，一把抓住我的酒杯，连忙说，我喝，我喝！

我做出一副荆轲刺秦王的悲壮样，举起杯，扬起头，一饮而尽。

热酒下肚，泛出一股酸楚，职场中的女人，何苦为我这样不能给他们带来任何利益的陌生人敬酒呢？

我的眼睛有点儿湿润，为了掩饰，佯装咳嗽。一阵干咳以后，心绪渐渐平静。

她一副做错事的样子，轻声地说，没想到，您还真的不能喝。

我勉强地笑了笑，尽管胃里已经翻江倒海，但还是对她作了一番说教，我知道你的酒量不小，但胃都是肉长的，经不起酒精的泡，要尽量少喝点。

她莞尔，眉间结出一丝感激，又对大家笑了笑，转身出去了。

我对主人又一次提议，以后不要让人喝这么多的酒，既伤身体，还是浪费。

主人无奈地对我说，谁不这样想啊，今天幸亏碰到你们，我们这位女士得以全身而退。如果遇见酒量大的人下来，还不知喝成什么样子呢。

我仍然坚持自己的观点，总不能逼着人家喝酒吧。

主人接着说，当然不逼酒，但如果不喝得尽兴，项目审批、规划许可、安全检查、银行贷款，等等，哪一件能办得顺利？这几年，周边乡镇发展很快，我们坐不住呀，必须做好接待，营造良好的投资环境。镇管干部在餐桌上的表现都与奖金福利挂钩呢。

　　我仿佛被刺了一下。节约资源、环境友好要从餐桌上做起，从吃一盘菜，喝一杯酒做起，应该杜绝浪费。每一个公职人员都要为基层考虑，不能因为招待不周而降低行政服务的质量。

　　吃完晚饭，在饭店门口，我又见到那位女主任。她正搀扶一位老人，从农家院子里走出来。听当地陪同的人说这位老人是她的养父，这几年因为肾透析，花费了她几乎所有的积蓄。她挣得年终奖金几乎都能拧出酒来。

　　回来的路上，大家一路沉默不语。

　　曾几何时，公款接待盛行喝茅台酒，有时为了表示尊崇还得上茅台年份酒。一瓶十五年的茅台酒价格就是六千元，三十年的就得上万元了。海吃猛喝，不仅吃坏了政企关系，喝坏了党群关系，还伤害了自己的身体。好在中央出台了八项规定，这几年机关作风有了巨大改善，公款接待一律安排工作餐，大家滴酒不沾。估计那位女主任再也不用拼酒换取奖金了。

反思教育

　　晚上下班回家的路上，有一辆中巴车一直堵在我的前面，只见它的后车门上写着"北京刘建钢琴"，估计是一家钢琴学校的班车。无独有偶，我所在的小区有两间店面房，以前一直空着，最近被一家钢琴艺术辅导公司租用了。每天晚上都能听到琴声，好在他们十点半准时结束，不影响居民休息。学钢琴当然是好事，尤其在寒暑假期间，让孩子有一个安全的去处，家长好放心。孩子们在接受技能培训的同时，还可以陶冶情操，一举两得。

　　在羡慕这些孩子享受良好教育资源的同时，我却为自己拥有一个无拘无束的童年暗自庆幸。我们这一代人，兄弟姐妹好几个，父母抚养我们都很吃力，有时甚至连日常生活都难以照应我们，哪有工夫带我们去学画画，去学弹琴？假期一到，任由我们自由活动，或在稻田里钓黄鳝，在内河里摸丝螺，或到生产队高地上去偷西瓜，甚至拉着机帆船的锚索，随船一路游水到扬州城里。父母知道我们这样做很危险，但实在照应不过来，只好任我们自由发展。风吹雨打，锻炼了我们体魄；轻松自由，培养了我们兴趣；曾经的艰辛，让我们懂得珍惜。

　　曾经听过这样一个故事。一位"二战"中纳粹集中营的幸存者，战后在美国开设了一所学校。作为校长，每一位新老师来到学校，他都会交给新老师一封信。信的内容完全一样，里面写的是："亲爱的老师，我是集中营的生还者，我亲眼看到人类所不应该见到的情景，毒气室由学有专长的工程师建造；儿童被学识渊博的工程师毒死；妇女和幼儿被受过大学教育的人们枪杀。看过这一切，不能不对教育进行反思。我的请求是，请你帮助学生成为具有人性的人。你们的努力绝不应当被用于制造学识渊博的怪物、多才多艺的变态狂、受过高等教育的屠夫。只有在先使我们的孩子具有人性的情况下，读写算的能力才有价值。"

如今我们有的学校过分强调学生的考试成绩，已经脱离了教育本该运行的轨迹，造成有些孩子智商与情商对立、能力与品行脱节。这不是孩子们的错，而是家庭、社会和整个教育体系出了问题。虽然并非所有家长都认同急功近利的价值观，但面对拜金、自利盛行的大环境，他们的努力在现实面前简直不堪一击。

我也曾尽量地把现行教育体制往好处想，但当我听完楼上一位邻居谈起他的一位同学阿容的女儿，一个名叫宁的叛逆女孩，实在乐观不起来。

宁生活在一个单亲家庭，年仅十三岁的她，已有一米六八的身高，亭亭玉立，看上去比实际年龄要大，但说话神态还不成熟，与邻居十岁的女儿蔻蔻玩得很开心。邻居念宁周末独自在家寂寞，便请她到家里来与女儿为伴。邻居很喜欢孩子，在他心目中，所有孩子都是单纯、善良的，不同的只是性格差异，何况这是老同学的孩子。他曾对宁说，在他家里可以任意走动，不必客气、拘谨。后来邻居还亲自驾车送宁回家，一路闲谈，未见任何异常。但接下来发生的事，是他始料未及的。

当天夜里他就收到阿容的一条短信："你有没有给我女儿钱？"他顿时一惊："没有。发生了什么事？""宁的钱包里多了五百块。这些钱来路不明。""不会吧？""你查查你的钱包有没有少钱。"邻居感到很为难："我不能确定自己钱包放了多少钱，所以没办法判断是否少了。"他很难相信这么漂亮、稚气的女孩会偷窃，于是又补充一句："你要谨慎再谨慎，仔细调查再下结论，切不可伤了孩子的自尊心。"放下电话，他还是拿出钱包数了一遍，九张一百元的，按照平时钱包里一般只放一千元左右的习惯，应该没少。他马上给同学回电："我没有少钱，千万别冤枉孩子呀。"

事情暂且搁下，但邻居并不踏实。第二天上班前，女儿蔻蔻一如既往与他吱吱喳喳说个不停，还冒出一句："外婆说宁姐姐乱翻她的东西。"岳母也曾向他抱怨说宁不停地找东西吃，还随地乱扔垃圾。当时他并未在意，孩子毕竟是孩子，只是馋一点、懒一点而已。但联想到同学的电话，或许岳母还有隐情未说。

岳母习惯把钱包放在桌上或放在不上锁的抽屉里。他看到岳母正在洗衣机旁检查换洗衣服，走上前去，谨慎地问道："妈，蔻蔻说阿容的女儿乱翻你的东西。你有没有丢钱呀？"岳母愕然地看着他，好一会儿才说："你怎么知道的？"他顿时眼前一黑，宁居然真的偷了钱！

他定了定神，询问事情原委。前天晚上岳母准备去超市，一拿钱包就感到异样。数数钱，女婿刚给的两千元生活费少了五百。她和女儿女婿一起生活将近二十多年，从来没有丢过钱，所以家里人无须怀疑，宁则成了唯一的嫌疑人。何况宁曾把她的房间翻了个遍。丢了钱，老人自然郁闷。怕女婿不相信，更怕影响女婿与同学的关系，老人并未声张，直到他问起，这才说出实情。

静心一想，缺失家庭教育的宁，小小年纪便开始拜金而虚荣。据她自己说《小时代》已经看过三遍，还特别喜欢。许多人对这本看似无害的闲书却腐蚀了孩子的心灵，内心是抵触的。阿容独自供女儿上民办学校，经济负担很重，不会给她购买奢侈品。偏偏宁做着明星梦、发财梦，向往各种超凡的物质生活。倔强的宁，不向母亲要钱。没有来源，物欲又强，偷窃便成了她唯一的选项。

挣钱能力低于花钱冲动，往往导致人的品德变形。我们应该教育孩子，挣钱多少不完全由自己决定，但花多少钱是自己可以掌控的。对物质的欲望越低，越不用担心自己会成为金钱的奴隶，更不会为金钱而丧失人格、尊严和自由思想。

坦率地说，我对宁的未来很不乐观。因为她根本不肯正视自己的问题。如果不肯改悔，再过几年，偷窃便不是她追求虚荣的唯一选项了。

现在全面放开二胎了，但是，如果我们不加强孩子的人文熏陶和素质教育，孩子生得再多，对国家富强、民族昌盛又有多大益处呢？与其哀叹人心不古，不如反思教育，有学校教育，有家庭教育，也有社会舆论导向，更有自我道德约束。

后脑勺，头发翘若鸭屁股

冬至一过，父母为避寒冬，就如候鸟一般飞往南方，他们就在深圳妹妹那儿过年。农村老家没人，我只得在城里过春节，每天无所事事。往年在老家过年，日程安排得满满当当，中午经常被乡邻拉去喝酒。老家有句村俚："喝酒不玩牌，等于没上台。"吃完饭，照例是十六圈麻将。玩完麻将基本上就到掌灯吃晚饭的时间了。在城里过年冷清得很，幸亏还能用手机上网，否则太无聊了。我习惯半躺在床上摆弄手机，头压着靠垫，盖一条被子，打开电热毯，热乎乎的，看新浪专栏，浏览各类新闻，或与朋友用微信聊天。

正月初三下午有位女学生给我拜年，我只得起床穿戴好，到客厅接待她。久坐床上，头压靠垫的时间长了，后面的头发翘着，被太太笑说像鸭屁股。我赶紧到卫生间用热水焐，喷发胶，无奈"受灾"面积实在太大，一时竟理顺不了。经过好一阵打理才再到客厅坐下，毕竟为人师表，形象很重要。

客套、寒暄一阵以后，她跟我谈起儿子青春期叛逆，显得很无奈，特别是大年初一深夜丈夫与儿子的一场冲突，让人听得心惊肉跳。过年时，家家户户喜气洋洋，而她家发生了这等事，在每个人心头堵着，确实令人同情。

孩子青春期逆反就像我这头发，很短时任你怎么压，看上去也不翘,后来长得长了,同样也不翘,就在这半长不短时,你越压,它越翘。而逆反的程度则与早期教育密切相关。

过年前曾到一朋友处聚会,当我们坐在他家后院喝茶聊天时,他女儿回家了。女孩刚 20,已经不住在家里了。她跟着她的同居男友一起走了进来,两个人手上都各有一支烟。穿着很新潮,弯下身,小肚子后面露出腰的部分还有一个刺青。那个男孩子的手腕上也有刺青。两个人窃窃私语,有说有笑,旁若无人。这让我很感慨,孩子早期教育很重要,就跟食物一样都是有保质期的。

我第一次见到这个女孩时,她才 8 岁。那年我去她家时,她可以在很短的时间内把我送给她的儿童自行车一模一样地画出来,空间构图、立体感都不错。后来一见到这对夫妻,我就鼓动他们带女孩去学画,但他们一直忙于公司的生意,对孩子疏于教育。12 年时间过得真快,就像昨天的事情。这对父母赚了很多钱,但我不认为现在有资格去批评他们的女儿,因为他们从没重视过她的教育问题。现在再想教育已经不可能了,理由很简单,那就是因为父母的教育功效已经过了保质期,而且她的父母在有效期限内也没努力过。从发展心理学来看,孩子小时候的可塑性大。等孩子已到了青少年时期,父母教育的保质期限就快到了。该说的,该教的,该做的,应该早就做了,是到了验收的时候了。过期后的父母再怎么努力,也比不过以前的有效了。这个时候做父母的要做的只能是收手和承受事实。

曾经读过一篇关于原生家庭伤害的文章,说的是一个女孩子回忆她母亲从小对她的数落。即使她取得了傲人的成绩,她母亲还会在外人面前谦虚地说她是个傻瓜,得再多奖有什么用,自己的被子都叠不好,等等。那时候她还不到 10 岁,但已经开始记事,这一幕幕尖酸刻薄的话,像刀一样刻在心里。她不知道母亲是不是真的不喜欢她,因此而自卑。这种自卑持续到结婚,母亲还是不断地用自己的认知和判断来数落她的生活,搞得她差点崩溃得要自杀。幸运的是她还有一个他,与她一起并肩而站,搂过她的肩膀,承担她所有的伤和痛。

有一次偶然机会我与妻子的一女同事聊天,发现她是一个特别容易遇到矛盾就蜷缩在小角落里不肯出来解决,只希望时间过去,一切都能恢复如初的人。为此,她离了婚,因为婚姻里发生的所有问题,她都用这样的办法去解决。不解决问题不代表消失,只会越积越多,直至爆发。追溯她青少年、童年、幼年时光,发现她父亲是国家干部,母亲是一个农民。父母是包办婚姻,虽然相互扶持,但在精神上很多事情是无法沟通的。因此,父亲会把上班时候遇到的各种人际关系与仕途烦恼与还上小学的她分享,算是一种倾诉。但对于一个小学生而言,这一切远超她的理解和接受能力。对于一个孩子来讲,她只能看着父亲受了委屈,但自己无力帮忙,感受到来自内心的无力与自责。面对无法承受的事,她变成下意识地选择逃避,不说话,不解决。她突然发现问题的症结,豁然开朗,为找到解决问题的办法而激动得流下眼泪。

我这位女学生家庭冲突的起因是这样的:年初一,儿子玩网络游戏直到深夜还不肯结束,作为母亲,催促多次还是无效,只能求助丈夫,期望以父亲的威严达到效果。她丈夫火爆性子,几句话未了,便把那台手提电脑砸了,让儿子再也玩不成。儿子已经是高中生,用他自己的话说,已经隐忍父亲18年,这次终于爆发了!父子恶语相向,直击对方软肋,差点就要动粗。这件事,儿子错在先,老子跟着错,上演一出压迫与反抗的活喜剧。

老子与儿子发生争执,做母亲的最好不要参与其中,更不能为儿子护短。如果不分青红皂白护着儿子,只会加重父子矛盾、激化夫妻矛盾,而于事无补。时间一长,儿子会利用父母之间的矛盾,而从中渔利。表面上说母亲好，实际上是寻找一个与父亲抗衡的帮手。作为女人，在他们父子冲突时，以裁判员的身份做裁决才客观公正，才能为解决矛盾打好情绪的基础。一家三口，两个人发生冲突，必须有一个头脑清醒的人。

男孩在青春期叛逆，是每一个家长都必须慎重处理的问题。处理得好，对孩子的成长大有裨益，反之轻则家庭不和，重则影响孩子的前程。青春期是人生的一个关卡，把孩子分为两段生命。前一段是男孩，后一段为男人，而在青春期兼有孩子与成人的双重特性，即心理上还是孩子，身体上已经成人了。孩子的心智还没有成熟，自控力还很差，但已经要求别人像尊重所有成人那样尊重他。因此，这个时候对孩子的尊重就显得特别重要，要多一些商量，少一点命令，更要以理服人。如果一时说不通，也只能相互保留，做老子的是急不得的。

儿子长大了，如同动物世界里的年轻雄狮，为了控制整个种群，都要与狮王进行决战。胜者为王，败者离开。从这个意义上看，叛逆是每一个男孩的权利，作为家长都要冷静思考，只要孩子的行为不触犯法律，不违背道德，都要包容。孩子既是家庭的，更是社会的，不妨用处理社会关系的方式来处理父子关系，或许事半功倍。

马克思说，人的本质是一切社会关系的总和。虽然人类世界有自身的处事规则，但从人的自然属性看，从潜意识里，男孩要从推翻父亲的权威来显示自己的强大。几乎每一位父亲都不甘退出家庭的统治者的地位，如果还想对另一个男人采取专制，冲突在所难免。专制造成独裁，不容儿子分辩，不尊重儿子作为男人的权利，儿子的反抗就是正当防卫。

若是把父子冲突看淡了，就当作两个雄性之间的角力，也不是什么大不了的事情，天塌不下来。建议女人不要参与丈夫与儿子的冲突。要知道，所有父子的矛盾总有缓和的一天，等到父亲年老了，儿子还会与父亲处理好关系的，不过到那时，儿子对父亲更多的是怜悯，而不是发自内心的尊重。

过去读汪曾祺先生的散文《多年父子成兄弟》，特别羡慕他能与父亲和儿子都像兄弟一样相处。我以为，汪家融洽的父子关系不仅缘于亲情的挚爱，而且是因为民主的家庭观念。民主要通过协商、妥协来解决生活中的矛盾，最大限度地使参与其中的每个人满意。同时，父子成了兄弟，消除了代沟，父亲也与儿子一同成长。以孩子的目光观察世界，才会知道他们思考什么，需要什么。

西方家庭民主，父子关系比我们融洽；东方家庭，严父慈母，父子关系往往紧张。人，生而平等，不管年纪大小，父子都要相互尊重。家庭是社会的细胞，社会是国家的基础。家庭需要民主，国家何尝不是呢？

后脑勺，头发翘像鸭屁股，要用热水焐、发胶粘，同样对于叛逆期的孩子，要用亲情去感化，要用道理说服他，千万别来硬的。

心中有佛，你就是佛

这次去四川乐山风景区观光，感触颇深。

乐山，又叫凌云山，为峨眉山余脉，古代归嘉州管辖。山上有千年古刹凌云寺，又因山麓刻凿巨大弥勒石佛而闻名于世，俗谓乐山大佛，其正式名称则为"嘉州凌云寺大弥勒石像"。

看到这尊巨大佛像，不禁想起我在大学时曾经看过的一部电影《神秘的大佛》。当年最具人气的影星刘晓庆在剧中扮演女教师梦婕。故事发生在1949年的四川乐山。华侨司徒骏接到一个名叫安康的人的书信约请，来到乐山凌云寺，但未遇见此人。司徒骏后来去了峨眉山，见到了安康法师。原来安康竟是父亲的生前好友。司徒骏从安康处得知有一笔巨额佛财就藏在佛像里。当天夜里有一怪面人突然出现，强迫安康法师讲出佛财的秘密，法师不从，被挖去一只眼睛；案发后，警察队长翁剑鸣秘密查访，险遭怪面人杀害，一场寻找佛财的惊险故事就此展开。从影片中可以看出安康的仁和翁剑鸣的智。

乐山大佛就坐在岷江、青衣江与大渡河的汇聚处，好像一直注视着江上来往船只。这里曾经一度水势凶猛，常致船毁人亡。据史载，唐玄宗开元初年，有贵州和尚，后人尊称为海通禅师，云游至此，为镇水患、普渡众生，便四处化缘，以备修凿大佛。当地有一帮盗匪闻知

一吐为快

359

海通化缘得到不少善款,便将他扣留,并扬言若不交出善款绝不放人。海通和尚大义凛然,当场用手指挖出自己两只眼珠递给盗匪头目说:"我只能将这两只眼珠送给你们,善款一分钱也不能给!"盗匪终被海通的浩然正气镇服,最后只得把他放了。附近乡民闻讯纷纷前来捐赠,很快就筹足了善款。

不幸的是,石佛只修凿到肩部,海通和尚就去世了,工程一度中断。若干年后,剑南西川节度使复姓章仇,名兼琼,路过凌云山,被海通和尚的善行感染,便带头从俸禄中拿出一部分钱来捐赠。积少成多,不久又筹集到不少善款,就由海通徒弟们继续修造大佛。后来章仇兼琼被朝廷任命为户部尚书而赴京城,工程再次停工。四十年后,剑南西川节度使韦皋又续建大佛。在三代工匠的不懈努力下,至唐德宗贞元十九年,前后历经 90 年才完成佛像修凿。

随行导游自称曾在峨眉山佛学院进修过,从进得山门起,便如诉家珍般的说起佛家禁忌、拜佛规矩,让我等凡夫俗子大开眼界。最初我还出于对他解说的尊重,当他把我们领至一家茶馆时,第一个掏钱消费了 66 元一杯峨眉云雾茶。由于"头羊效应",引得随行旅伴跟风,让茶馆大赚一笔。在品茶间隙,这位导游"普及"佛学可谓苦口婆心,说及佩挂佛像,滔滔不绝。最后他成功地把大家游说进了"随缘堂",去看佛像。

佛像当然不是免费供应的。我们一行共请得佛像六尊。耗资最多者为一尊据说用高品质水晶制成的佛像,售价高达 9 800 元。妻妹不听劝告,非要给连襟花近万元请这尊佛像不可。妻受其妹妹影响,跃跃欲试,也想给我请上一尊。经我再三提醒"出门开心玩,消费须谨慎",才作罢。导游还介绍说,高品质水晶具有记忆功能,耗资越多,请佛越诚。我思忖,这根本没有任何科学道理,很快就意识到此人不仁不义,无智贪婪。

我曾去过苏北东海县，那里盛产水晶，在某个镇上亲眼看见工匠制作佛像过程。有些店主已经学会用电脑控制，用机器雕琢水晶了，完全是工业化生产，成本很低。不难想象"随缘堂"暴利有多大。虽然宗教自由是基本人权之一，应该尊重，但相信迷信与宣扬迷信，或是因为无知，或是利用无知，都必须对其开展批评教育。所谓"信则灵，不信则无"，实属诡辩的托辞。像这位导游，佛像挂在他的胸口，佛并不在他的心中。

　　信佛是要有一定悟性的。净空法师曾总结学佛心得，写成一副对联，上联："真诚、清净、平等、正觉、慈悲"；下联："看破、放下、自在、随缘、念佛"。这副对联仅仅二十个字，读起来似乎很好懂，但要真正理解，践行于自我修行，就不是一件简单的事情了。

　　这副对联的上联是一贯的，正如《华严经》上所讲的"一即是多，多即是一"。譬如我们讲真诚，真诚里面就有清净、平等、正觉、慈悲，少一样不是真诚；说清净，清净里面一定有真诚、平等、正觉、慈悲，少一样也不叫清净。这十个字，实际上是一桩事情，这叫一心。佛心清净平等。佛并没有说他有智慧，我们愚痴；他很高，我们很低。他没这个念头。佛以为，我有，你也有；我悟了，你在迷。我悟了，我的智慧没有增加一点点，不比你多；你迷了，你的智慧并没有比我少一点点，我们完全是平等的，所以佛没有高下之心。他认识这个事实真相，虽迷并没有失掉，虽悟也没有增加，不增不减。这就叫修心。

　　在自我修行上，要践行"看破、放下、自在、随缘、念佛"。最后用"念佛"做一个总归结。人如何才能保持不再迷、不再退转，佛家以为最可靠的方法就是到极乐世界去。西方极乐世界究竟能不能去？是不是谁都可以去？从逻辑上看，应该都能去。为什么这么说？自性弥陀，唯心净土，一心贯之，怎么就不能去呢？信心充满了，回到极乐世界就是回老家，自己老家怎么不能回去，哪有这种道理？了解这一

一吐为快

点，人的信心才会足，才能决定往生。一般人总以为，阿弥陀佛的家不是我的家，恐怕阿弥陀佛不肯接受我，因为自己造的罪业太重。你怀这个念头，不是阿弥陀佛不欢迎你，而是你自己不敢去。没法子，佛不会来拉你去。这就叫修行。

"念佛"二字似乎把所有佛学都包括尽了。初学念佛，念头才起，马上就要问："我这个念头是正还是邪？"如果这个念头是邪念，赶快要把它转变成正念。真正念佛，念什么？就是念真诚、念清净、念平等、念正觉、念慈悲，这是念佛之心；念看破、念放下、念自在、念随缘，这是念佛之行。

佛家讲众生平等。我们何必刻意求佛？心中有佛，你就是佛！

看破，放下

一

最近有位同事送给我一套旧版人民币,上世纪七八十年代用的那一套,最大面值10元(俗称"大团结"),最小面值才一分。这让我想起过去读大学的一段时光。

1972年美国总统尼克松访华时,我国就使用这套人民币。据说美国客人曾问周恩来总理:"你们中国总共有多少钱?"那时国家贫穷,周总理不好意思实说,便偷换了概念:"我国货币加起来总共有十八块八角八分。"尼氏听完不禁为周总理的幽默与智慧所折服,直竖大拇指。

到我进入大学读书时,经济状况大为好转。大学第一年,父亲每月给我十元,加上政府提供的十九块八角的助学金,加起来倒也有近三十元钱。每到重要假日,只要我预先提出来,父亲还会在书信里夹着十块、八块的,给我寄过来。虽然那时家里经济状况不好,但父亲从来不在零花钱上难为我。当时父亲每月工资才五十出点头,除了给我的、他自己买菜票的,他理发、洗澡必须的开支,还有家里正常的开销,他就所剩无几了。大学二年级时,为了给我买一只辽宁产的"红旗牌"手表,父亲几乎背了三年的债。

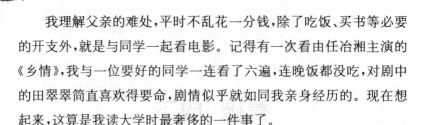

　　我理解父亲的难处，平时不乱花一分钱，除了吃饭、买书等必要的开支外，就是与同学一起看电影。记得有一次看由任冶湘主演的《乡情》，我与一位要好的同学一连看了六遍，连晚饭都没吃，对剧中的田翠翠简直喜欢得要命，剧情似乎就如同我亲身经历的。现在想起来，这算是我读大学时最奢侈的一件事了。

　　我上大学时，除了看电影，花钱最多的就是买邮票了，四年下来倒也集了厚厚的几大本。记得1980年春节前，我与几位同学在南京新街口闲逛，路过邮局，习惯性地走了进去。当时第一套生肖猴票刚发行，我就把父亲给我购置冬装的钱挪用，买了一整版猴票。由于印刷量偏小（总计才500万枚），这套邮票升值很快，到我参加工作那一年已经由原价8分涨至两块钱一枚了。

　　我记得曾把一整版猴票夹在一大开本的书里，后来却再也找不到了。再后来结婚、生子，搬了三次家。每一次搬家，不管什么书，我都统统搬走，期待有朝一日，猴票能重见天日。

　　直到猴票涨到三十块钱一枚时，我实在等不及了，便用一个月的工资买了一张四方连。目前一整版猴票市价少说也值120万元人民币。俗话说，财是财，命是命，是你的躲不掉，不是你的只管让它跑。若是我现在拥有整版猴票，也就如同这张方连一样，躺在邮册里，不也就是更大的一张花纸头吗？

　　人生如同一部剧情跌宕起伏的电影，有高潮，有低谷，编剧正是自己。看淡一些，放下一些，可少却许多烦恼。撞上大运，或遇见贵人，仕途一步登天，或买了彩票，获得大奖，都要保持平常心；遇到再憋屈的事儿，心中默念：天塌不下来，这还不算最糟糕的。只要作如此想，即可豁然开朗。

二

晚上有位朋友请吃饭，因为多时不见，双方都很兴奋，喝酒无遮拦。两位夫人也跟着喝，最后喝了不少酒。

人喝酒到了一定程度，或多或少会忘乎所以，易激动。一个人从不激动，说明他欠缺是非观，至少对生活缺乏热情；一个人总是易激动，说明他不成熟，还需要自度。

请我吃饭的朋友是个秃头，我则有一头密发。说到发型，我与他互相羡慕。

朋友说，因为头发少，人就看老相，做人做事得有长者风范，事情做得不到位，容易让人低看。

我不以为然地说，没有头发，生活简单得多，每天早上起床，再不用收拾头发，还因为不用木梳，可以节约木材，对大自然友好呢。

我比他大八岁，近来头发日渐花白。他给我推荐一种黑发剂，被我一再婉拒。

我对他说，人老了，头发白就白吧，这是正常的生理现象，何必强求？费事、花钱，说不定还对身体有害。

他说，一头白发，走到别人面前，让人觉得与耄耋者交，便无趣，不利于社交。

我回答说，人，活的是心态。心态阳光，头发虽白，生活质量不受影响。

他还劝我说，白发影响的是自己的形象，对别人也不尊重，人嘛，要多为别人考虑。

我对他说，关于人的形象，借用一位名人的话：有些人走了，他还活着；有些人活着，他已经走了。有些人头发漆黑，却已经衰老；有些人头发花白，却还很年轻。

伍子胥过昭关，一夜就白了头，所以，心态调节，是治理白发最好的途径。

染或者不染
发就在那里
不白不黑

掉或者不掉
根还在那里
不增不减

抗或者不抗
老就在那里
不迟不早

白不了的是心态
黑得了的是心肠

追不上的是梦
逆不了的是天

怀一抔慈悲
度一世恩缘

仰望星空
俯拾人生

三

双休日好友相约玩掼蛋，下午开始，晚饭后继续，最后大获全胜。

人上了年纪，睡眠就不好。牌局结束后，直到凌晨两点多才睡踏实，后来又被客厅的小乌龟爬缸的声音弄醒了。

儿子国庆节回来度假，带回了这四只小家伙，似乎也给我带来了好运——掼蛋竟赢多输少！

入冬以来，气温越来越低，乌龟进食越来越少，夜间还算安静，天一亮便不知疲倦地乱爬。其中有一只还特别活跃，每次都要踩着其他龟背往上爬，摔落缸底所发出的声响也最大。

伫立在客厅，看着龟们锲而不舍重复上爬、摔落、再上爬的动作，真奇怪它们的力气从哪儿来的。

能量守恒定律告诉我们，能量既不能被创造，也不能被消灭，也就是说，整个宇宙的能量总和是一个定值。

小乌龟乱爬不停，不断地做功，必须消耗能量啊。然而，他们进食越来越少，势必要消耗身上的脂肪或蛋白质，否则就违反了科学规律。

我不禁为小乌龟的健康担忧起来，仅从能量守恒看，它们摄入的少，消耗的多，长此下去如何是好？

真想把乌龟放生了，让它们"驰骋"在大自然的怀抱里，尽情享受"龟生"的自由，再不像现在这样，在狭小的空间不停地挣扎。但一想到乌龟给我带来的好运，又有几分不舍。人哪，总是自私地对待客观世界，对待别人如此，对待大自然也一样。

四

阳春时节，机关大院内柳絮纷飞，"蒙蒙乱扑行人面"。这几年政府加大乡土树种绿化力度，在机关附近种植了大量的柳树。春暖之时，杨柳依依，似二八少女婷婷；柳絮飘飘，如雪花翩翩而落。

伫立杨柳岸边，不禁想起明初大学士解缙的一首咏絮诗。

相传有一天，年轻状元解缙陪同朱元璋春游。他们走进一片柳林，只见柳絮漫天飞舞，太祖令解缙作诗咏絮。解缙不作思忖便道："一片两片三四片，五片六片七八片。"御前太监听了"扑哧"一声笑出了声。太祖也皱了皱眉头："哈，这也算诗？"接着又听解缙吟道："夕阳返照桃花渡，柳絮飞来片片红。"太祖一拍大腿，连说："好！好！好！"众人也跟着皇上一起叫好。其实，这是解缙作诗技巧，即"先抑后扬"。

另据汪曾祺先生考证，"柳絮飞来片片红"一句出自扬州八怪之一金农的一首诗。

相传某日有盐商请客，让金农作诗助兴。金农挥毫先在宣纸上写下"柳絮飞来片片红"，惹得众商人频频摇头："不妥，不妥，明明柳絮是白的，怎么会片片红呢？"等金农在此句之前又写下"夕阳返照桃花渡"时，大家又齐声叫好。金农写完全诗："廿四桥边廿四风，凭栏犹忆旧江东。夕阳返照桃花渡，柳絮飞来片片红。"在座的人拍案叫绝。金农的手法与解缙相反，属于"先扬后抑"。

无论先抑后扬，还是先扬后抑，说到底都是一种强烈的对比，让人在巨大的心理落差中产生审美快感。作文平铺直叙显得无趣；人生不走弯路难有教训。绯闻送出，赚足公众眼球，或许算是当下演艺明星们的事业"技巧"吧？然而，一旦婚内出轨、吸毒、赌博等丑闻被曝光，恐怕他们的人生只会"先扬后抑"了。

驱逐"野蛮人"

中国证监会主席刘士余曾在一次公开讲话中痛批资本市场"野蛮收购":"用来路不当的钱从事杠杆收购,行为上从门口的陌生人变成野蛮人,最后变成了行业的强盗,这是不可以的。"此言一出,沪深两市举牌概念股的股价应声而落,这将对稳定金融市场、促进实体经济发展产生积极影响。

无论是房地产行业的龙头万科,还是机械制造业的翘楚格力电器,都凝聚了创始人和经营者巨大的心血。历史的原因造成这些优秀上市公司的股权分散,一旦被资本大鳄盯上,公司的创始人和经营者将面临扫地出门的窘境。如果用自有资金,在规则范围内合法收购上市企业股权,谁也无权干预,否则必须阻止。也许是巧合,刘主席讲话刚结束,昔日不可一世的投机大鳄徐翔在青岛法院受审。人们不禁要问,出身宁波敢死队、只有高中文化的徐翔在 2015 年股灾期间创造的神话难道只是他个人所为?背后是不是还有更大的野蛮人?

改革开放以来,我国取得了举世瞩目的经济成就,为什么在国际上得不到应有的尊重?这与我们漠视规则、狂妄自大、作假成风、自私自利、官员腐败有很大的关系。

以前中学课本里有一篇故事：宋国与楚国交战，见楚军渡水作战，宋国有人对宋襄公说："楚军势大，我们应该趁他们渡河时立即出击，如此楚军必败。"宋襄公回答说："不行，这不符合战争规则。"宋襄公不知"半渡而击"这一用兵之道而坐失良机，被后人嘲笑为死守规则的傻子。殊不知宋襄公这种尊重规则与西方人的契约精神是一脉相承的。

常听国人嘲笑西方人，特别是德国人刻板、一根筋。其实德国人的"死板"是对法律、纪律、契约的遵守和对规则的尊重。而我们所谓的"灵活"才是对法律、规则、契约的蔑视和践踏。更有人以绕过法律而不受惩罚为荣，还被誉为有胆识，有智慧。我们的智慧多用在谋略上，西方人的智慧则用在发现上。在我们有些人看来，规则是用来破坏的，久而久之，便以为走捷径即正道。这些人挣钱再多，又如何得到别人的尊重？

最近看了一家文学网站某位签约作者的简介，我始终弄不明白一个人怎么能自称著名作家呢？查了查这位先生的作品，鲜见发表在《当代》《十月》《收获》等大型刊物上的小说，也没见他获得鲁迅文学奖、茅盾文学奖，怎么就"著名"了呢？著名不著名，不是自己说的，要由大众公认。我从来没有见过范小青、叶兆言、毕飞宇，甚至莫言、路遥、贾平凹等作家自称"著名作家"，尽管他们已经很著名了。就像有的人，甚至个别读书人，称自己太太为"夫人"。夫人是别人对自己太太的尊称，自己只能说"贱内"或"拙荆"，与自己的作品只能说"拙作"不能说"大作"一样。没有知识不可怕，那还是幼稚；没有文化才可怕，这就是狂妄了。

现实生活中，有的人腰缠百万，身价上亿，依然还是穷人，一个精神上的穷人。一位名叫哈维的男子的经历就是有力的证明。

哈维从浙江老家到西班牙打工近二十年,后来买彩票中了 1.3 亿欧元大奖。中奖以后,他搬到马德里的富人区生活。令他最得意的一件事是,他的儿子可以和 C 罗的儿子在一起踢足球了。刚搬进新居时,邻居对他很友好,也很热情,但不久就对他冷眼相看了。哈维作了自我反思,觉得一切都是因为自己粗鄙、自私造成的。冬季,每天送孩子上学前,他都先下楼热车,然后猛按喇叭,告诉孩子可以出发了。再后来,家里车多了,车库不够用,他就把门前的草地硬化,改造成了停车位。这些做法在国内根本算不上什么道德瑕疵,但在欧洲人看来这是一种极度自私行为。人太自私,即使你钱再多,也买不来别人的尊重。

　　有一次我随政府代表团去德国考察,我们按照商务签证上的日程,第一天参观一家著名企业,与该公司负责人座谈,商谈未来的合作计划。然而,我们这伙人在整个会谈过程中表现得漫不经心,有的打瞌睡,有的心不在焉,有的交头接耳。大家丝毫不在意德国人的认真和敬业。德国人为此很反感,中途几次停下演讲,希望我们能重视他们的发言。作为其中的一员,我当时感到非常尴尬。后来到了海德堡,更让人啼笑皆非。海德堡虽然比我们国家的千年古城要年轻得多,但人家有自己的文化底蕴。可是我们没人能静静地徜徉在内卡河边,观赏这座庆幸未被盟军轰炸掉的古堡和残壁上书写歌德的诗句,也没有人到著名的哲学家小路上走走,回味一下当年康德和尼采走过小路的心情。我们似乎不关注这些,一是没时间,二是没心情。我们一下车就忙着找厕所,然后慌慌张张照了几张相立马就走人。我们有些同胞去欧洲不是去观赏异国风光的,也不是去感受西方文明的,他们热衷于去奢华的商店烧钱、挥霍,大声喧哗者有之,乱扔垃圾者有之,随地吐痰者有之。我们再有钱,人粗鄙,如何让人

一吐为快

尊重？

我儿子有位同学聪明过人，成绩优异，多次被评为"三好学生"。他在申请去英国留学前就联系上了当地一对老年夫妇。这对老人膝下无儿，待他非常热情、友好，不仅腾出房间免费供他居住，还亲密得与他共用一个洗手间，还时常带他外出参加免费午餐会。但这种好状态没维持多久，这对老人就冷淡他了，后来干脆要他限期搬出去。男孩百思不得其解，临别问老者究竟是怎么回事。老人解释说："你每次小便只图自己方便，从来不把坐便器上的塑料环拉起来，弄得我家太太每次方便都要擦拭残留在塑料环上的尿迹。我们欢迎中国留学生，但不喜欢你这样自私的学生。"也许这一代独生子女已经把自私当作习惯，长辈都把他们当宝贝疙瘩，他们谁会在意这点细节呢？一个极度自私的人，如何让人尊重？

我们正试图以和善的面孔和温和的言语向全世界表明，中国在"和平崛起"，并以"北京奥运会"、"上海世博会"展示国家文明的形象，但是各种腐败不断被揭露使国家形象大打折扣。官员腐败不仅是道德缺失，更是对市场规则、社会规则的践踏。"兵熊熊一个，将熊熊一窝。"用人腐败是最大的腐败。我们有的地方还存在家长制作风，得到领导相中或领导庇护的干部，即使劣迹斑斑，照样如同进入"保险箱"一般，无人能动，无人敢动。干部任免还是由个别领导说了算，当年被称为"河北第一秘"的原河北省国税局局长李真，竟然能"让谁当厅级干部，写个条子就能解决；让谁当处长，打个电话就行"；安徽省原副省长王怀忠在任阜阳市委书记期间，对有争议或考察明显不合格的干部，照样"力排众议"，强行任命。阜阳有两名干部因和王怀忠个人关系密切，被安排做了副市长，最后这两人都因为受贿落马了。这样的官员选拔机制，如何让人尊重？

历史上我们曾有好几个藩属国，他们心甘情愿臣服于中原王朝，不全是因为惧怕天朝的武力，更多的是被我们的文化所征服。而现在，又有几个国家尊重中国文化呢？在世界经济全球化的今天，中华民族的伟大复兴，只有被全世界尊重才有可能。如果我们任由践踏资本市场规则的"野蛮人"、夜郎自大的文化"野蛮人"、产业粗放制假贩假的"野蛮人"、漠视社会公德的"野蛮人"以及破坏干部任用原则的官场"野蛮人"横行霸道，那么世界对我们只会厌恶而无尊重，我们也难成一流大国。

国家靠正义维持

茨威格是我比较喜欢的奥地利作家。我在大学读书时就曾读过他的小说《一个陌生女人的来信》和《象棋的故事》。前者讲的是一位视爱如生命的女子与一位习惯周旋在香肩软腰里的小说家之间的爱情故事,后者讲了一位犹太富商遭受纳粹迫害,心理受到极度摧残的故事。茨威格以描摹人性化的内心冲动,比如骄傲、虚荣、妒忌、仇恨等情感著称。他的小说多写人的下意识活动和人在激情驱使下的命运际遇,以人物的性格塑造及心理刻画见长。他比较喜欢某种戏剧性的情节,但不是企图以情节的曲折、离奇去吸引读者,而是在生活的平淡中烘托让人流连忘返的人和事。

茨威格还是一位学者。他的传记文学,更具人文学养。艺术之都维也纳养育了茨威格,培育了他的理想信念和人生追求,培养了他无与伦比的艺术鉴赏力,造就了他的艺术才能。他深受人道主义精神熏陶,又批判地接受尼采超人哲学、罗曼·罗兰、斯特拉奇和弗洛伊德等人的思想、学说,其传记文学植根于西方文化的沃土和现实生活之中,深深地打上了人道主义的烙印。

这次国庆长假,除了回老家探望了父母而外,其余时间我就在家里阅读茨威格的《人类的群星闪耀时》。这是以十四位对人类历史产生过深刻影响的人物传记结集出版的一本书(三联书店,2009年增订版）。这本书不是一味拔高伟大人物的优良品性，而是把着眼点放在他们为人类做出的巨大贡献上，或是他在某种特定环境下展现崇高的人性、完美的品质，或是他在某种特定的情况下偶然的惊世之举。作者用电影"蒙太奇"的手法将这些人所做的事，无论大小，都淋漓尽致地刻画一遍，简直就是一个个"历史特写"。

长期以来，我们所接受的历史唯物主义教育，都是人民创造历史。但你不得不承认，时势造英雄。英雄往往凭借一己之力，扭转历史的乾坤。梁启超有言"历史者英雄之舞台也，舍英雄几无历史"，确有几分道理。

这些年央视《百家讲坛》有学者如易中天、王立群、郦波、于丹等，所讲历史固然引人入胜，但包含了太多现代人的思维。历史一旦与时俱进，就遗失了它本身所具有的学术价值，变成了道德上的说教，又与现时处世哲学挂钩，就变成了某种"厚黑学"的延伸产物。

茨威格的《人类的群星闪耀时》让人深深体会到那些杰出人物在推动历史进步方面所做出的贡献。无论是穆罕默德二世、亨德尔、列宁、菲尔德等人的成功，还是拿破仑、斯科特、威尔逊的失败，都是那么生动有趣而引人深思。茨威格让我们清清楚楚地看到人类的历史是怎样在关键的一瞬间被改写，让人有生不逢时之感。《滑铁卢的一分钟》里面格鲁希的执拗和愚笨葬送了拿破仑刹那间的胜机，令人扼腕。《攻克拜占庭》中那扇被人遗忘的凯尔卡门让奥斯曼土耳其人一举将东罗马帝国粉碎，不由得让人感叹阴差阳错。《夺取南极的斗争》描述了英国探险家斯科特率领的探险小组在最后关头表现出来的沉着和勇敢，这些真正的勇者值得人们敬佩。

茨威格在这部历史特写书中，并没有对那些利用战争手段建立政权的"一将功成万骨枯"的帝王将相们歌功颂德。他通过巴尔扎克之口表达了对于暴力的厌恶。他笔下的人物具有执着精神，以良知对抗暴力。对于古罗马伟大的人文主义者西塞罗，他更致以崇高的敬意。

茨威格笔下的西塞罗，是古罗马最有才华的政治家之一，而且也是当时最伟大的哲学家、法学家、演说家和散文家。西塞罗最著名的政治著作是《论共和国》，采用的是对话体。西塞罗安排的关于共和国的谈话延续三天，每天谈一个问题。第一天谈最好的国家体制问题，第二天谈国家概念的哲学基础，主要是公正问题，第三天谈最优秀的国家管理者问题。每个问题分为两次谈话，共六次谈话，构成了六卷书。这六卷书分别是《国家的概念与国家体制》《罗马国家体制的优越性》《国家管理的正义理念》《国家公民的道德理念》《理想的国家管理者》和《西庇阿之梦》，其中第三卷的最后一节的小标题是"结论：国家靠正义维持"。

每个人读历史都有不同的感悟。开国领袖从历史中获得了治理国家的经验，比如毛泽东主席就喜欢读《资治通鉴》，而凡夫俗子的我们，通过历史走向，领悟星辰起落，时光荏苒，从而懂得珍惜生活，把握光阴。当然，读了茨威格的《人类的群星闪耀时》中的《西塞罗》，你会更加坚信：国家靠正义维持！

做人要做这样的人

下午一上班,我正在修改《关于深化生态文明建设体制改革的实施意见》,这是我们按照上级有关要求代政府草拟的一份文件。这份文件旨在认真贯彻科学发展观,坚持节约优先、保护优先和自然恢复为主的方针,将资源节约、环境友好的生态文明理念融入经济建设、社会建设、政治建设和文化建设之中去,努力走生产发展、生活富裕、生态良好的发展之路。这份文件已经酝酿很长一段时间了,还征求过社会各界的意见,一直在修改、完善。

这时走进一位长者,雪白的头发,混浊的眼睛,颤巍巍的身躯,都显示他已是我父辈的年纪。他用拐杖点了点地面,大声地问:"谁是这里的负责人?"我立即从座位上站起来,热情地迎上前去:"老人家,您有什么事吗?"我把他引到沙发上坐下来,给他泡了一杯茶,"别着急,您慢慢说。"我思忖,估计又是一个环保问题的投诉者。这样上访的老人,我接待过不少。他们都有现实的困难,或是门前河塘发臭,或是屋后噪声污染,或是村边垃圾无人清理,还可能是化工厂附近的居民,被企业散发的刺激性气味熏得简直无法入睡。他们到当地政府有关部门投诉,但迟迟得不到解决,这才越级上访。设身处地为他们想,这些上访者的要求都不过分,所欠缺的是政府管理还不到位。对待这些上访者,每一位机关工作人员都必须要有足够的耐心。

令我意想不到的是,这位老人不是上访者,而是来请我推荐两位国内知名环境学者的。据他介绍,他已经完成了一本涉及科技领域国内著名学者生平事迹的书,现在已经收集到了300多位,但还缺少环境保护方面的学者的资料。我给他推荐了几位中国科学院、工程院的院士,他们在环境工程领域的成就都很大,有的还在教学、科研的第一线。我第一个推荐了钱易,清华大学教授,中国工程院院士,著名国学大师钱穆的女儿。老人很高兴地说:"我这本书里已经有了钱穆的生平介绍,现在再加上他的女儿,一文一工,相得益彰。"见我很热心,他又请我推荐一位心理学方面的专家。我就推荐了潘菽,原南京大学校长,后来曾担任中科院心理研究所所长,新中国心理学的奠基人。

老人的脸上立即笑开了花,隐约的老人斑都随笑容而堆积起来:"潘菽早就在我的名单里了,他是我们的老校长啊!"这位老人是南京大学六二届的毕业生,比我早毕业整整二十年!因为是校友,我们的交谈顿时亲切了许多。他告诉我,自费出这本书,是为了免费送给西部山区的孩子,激励他们认真学习,争取成为国家栋梁之才。老人已经选定由南京大学出版社出版,书号申请到了,只是想再完善一下。我又应他的要求,把我所掌握的另外几位专家的生平材料,全部从电脑里调出来,供他参考,其中有国史专家范文澜、唐代文学史专家程千帆等人。与这位老人畅聊这些名人的生平,让我也开足了眼界。

因为我正在阅读《人类的群星闪耀时》这本书,所以就建议老人以后还可以仿照奥地利作家斯蒂芬·茨威格的人物特写方式写一本书。人物不在多，但要对中国近现代历史产生重大的影响。把人物放在当时的社会背景下来写，要把个人的命运与国家的命运联系起来写，要按他们对历史的影响来写。我举例简要分析了民国史上两位领袖，即袁世凯和蒋介石的历史贡献与不足。

比如袁世凯，他对中国民主进程有过极大的贡献，延续两千多年的封建体制就是在他手里终结的，从而在亚洲诞生了第一个共和国，但他的政治思想过于落后于时代，在几乎已经做上了事实上的皇帝后，还要做名义上的皇帝，这就错误估计了形势。结果，"中华帝国"仅仅存活了八十三天，"洪宪"皇帝也成了历史的笑料。

又比如蒋介石，他娶深受英美文化熏陶的宋美龄为夫人。在她的影响下，他在自由、民主方面的理念，事实上已经超越了那个时代，以至于民国那段时期，大学具有独立精神，学术很自由，但政府严重缺乏号召力，民众成一盘散沙，加之抗战胜利后，在政策上过分宽容那些接收大员，导致民怨沸腾。结果，国民党在三年之内就丧失了政权，只得盘踞在东海的一座孤岛上。蒋的悲剧不仅是他个人的悲剧，也是民族的悲剧、时代的悲剧。

老人欣然接受了我的提议，答应有机会一定尝试。

前前后后两个小时，我与老人相谈甚欢。临别，他与我互留了电话，并承诺书籍出版后，一定送我一本。为出版这本书，老人自筹了三万元。一位年逾古稀的老人还如此热心于公益，我不甘袖手旁观。晚上我给他去了电话，愿意提供3千元的资助，算尽微薄之力，也为西部山区的孩子们做一点实事。老人很开心，主动提出到时候送我100本书。你情我愿，倒也互不吃亏。

现代京剧《红灯记》里有这样一个唱段——"做人要做这样的人"，唱的是抗日战争年代，一个革命家庭为了给八路军游击队转送一张密电码,祖孙三代人,前赴后继,最后由烈士的后代李铁梅光荣地完成了任务的故事。他们为了民族解放,甘愿牺牲自己的生命。身处和平时期的我们,做人要做这样的人——精英作励志榜样,官员能为民造福,教师做道德楷模,士兵当卫国勇士,百姓都创新创业,公民皆遵纪守法。如此,工农商学兵,各尽其职,整个社会风清气正、和谐安康,又何愁中华民族伟大复兴梦不能实现?

后　记

　　曾有媒体记者做过社会调查,在人群里随机询问被调查对象:"大爷(大妈),请问您感到幸福吗?"活动初衷或许是想营造一种良好的社会氛围,正面引导舆情。然而,出乎策划者意料的是,大众哀叹的多,感觉幸福者寥寥。在目前情形下,各种利益相互交织,诱惑太多,收入分配差距拉大,做这种调查只会吃力不讨好。

　　过去读《红楼梦》特别佩服作者驾驭文字的功力和深厚的生活积累。曹老先生向我们展示了封建社会一个侯门深宅丰富多彩的生活画面和栩栩如生的人物特性。书中两位人物的笑声给人留下的印象尤为深刻,其中有凤姐的媚笑、冷笑、讥笑、奸笑、狞笑,那是一种有才无德的女人在不同场合的情感宣泄。贾母的笑值得欣赏,那是一种历经人间沧桑后对生活的欣慰和满足,是长者的风范,是处变不惊的从容,更是对他人的宽容和期待。作为侯门千金,少女时代她有过闺房的哀怨,青年时代她有过对夫君征战沙场的牵挂,中年她有过丧夫的痛苦,晚年她更有对家境衰败和子孙不肖的无奈,但她还是笑口常开,真是"知足者,常乐也"。

　　在这个物欲横流的世界,生活的乐趣从哪里来? 它不会从天上掉下来,要靠自己去寻找。贾母就是一位找乐子的大家,她与姑娘们打牌、猜谜、赏梅,同刘姥姥聊天,与凤姐儿说笑,在生活中变着花样寻找乐趣。我不相信她就没有过忧愁。她不会对焦大的醉语和探春的预言毫无警醒，也不会对拿不出几两人参给自己最心爱的外孙女将补身体的窘境没有觉察。人世间还有什么比子孙不肖、家境衰败更使一位经历过荣华富贵的老人更悲哀的呢？但我们很少看到她苦恼过。

不同的人对幸福有不同的理解是很正常的。宝玉结识一位好友，黛玉写出一首好诗，宝钗获得贾母赞赏，凤姐儿挣到一笔黑钱，刘姥姥打到一阵"秋风"；送贾环一盒茯苓霜，给周瑞家的一个体面，予秋桐于贾琏、宝蟾于薛蟠，他们都会感到快乐。很多情况下，幸福与苦恼一样都是自找的，有趣的事情多做一些即可。看自己喜欢的书，爱自己所爱的人，抽自己可口的烟，化自己合适的妆，其乐无穷。

生活的乐趣不在于结果而在于过程。黛玉最终没能够坚持到洞房花烛夜，但她与宝玉有过共读西厢的缠绵，有过"呆雁"和"香芋"的戏语，以身相许过，对于黛玉短暂的生命，这已经足够了。宝钗最终走进了洞房，她或大智若愚或藏奸守拙所追求的有了结果，但她并没有得到幸福。生活质量不高，生命里程数再多也失去了意义。追求成功是积极向上的人生观，幸福不在于成功的结果而在于追求的过程。

其实不管什么时候，真正获得成功的人永远都是极少数。黛玉、宝钗、湘云、妙玉，甚至袭人、晴雯等辈都曾向往成为宝二奶奶或宝二姨娘，最终只有宝钗如愿以偿。宝钗成功了，可是成功以后她得到的并不是欢乐而是无尽的烦恼，宝玉的出走使她徒有虚名。

快乐是一种感觉，幸福是一种心境。若是我们以平和的心态对待人生，以科学的态度善待自然，少一点儿贪婪，多一些满足，多一些奉献，少一点儿挥霍，生活就会多些幸福感了。